A outra

Outras obras da autora publicadas pela Editora Record

A cidade dos bebês – Os relógios biológicos de Júlia, Maeve e Samantha
Os príncipes encantados de Libby Manson
Tasha Harris abre o jogo

Jane Green

A outra

Tradução de
ANA BAN

EDITORA RECORD
RIO DE JANEIRO • SÃO PAULO
2006

CIP-Brasil. Catalogação-na-fonte
Sindicato Nacional dos Editores de Livros, RJ.

Green, Jane, 1968-
G82o A outra / Jane Green; tradução de Ana Ban. – Rio de Janeiro: Record, 2006.

Tradução de: The other woman
ISBN 85-01-07302-4

1. Relações interpessoais – Ficção. 2. Ficção inglesa. I. Ban, Ana. II. Título.

06-2178 CDD – 823
CDU – 821.111-3

Título original inglês:
THE OTHER WOMAN

Direitos exclusivos de publicação em língua portuguesa somente para o Brasil adquiridos pela
EDITORA RECORD LTDA.
Rua Argentina 171 – Rio de Janeiro, RJ – 20921-380 – Tel.: 2585-2000
que se reserva a propriedade literária desta tradução

Impresso no Brasil

ISBN 85-01-07302-4

PEDIDOS PELO REEMBOLSO POSTAL
Caixa Postal 23.052
Rio de Janeiro, RJ – 20922-970

Agradecimentos

Pela ajuda, pelo apoio e pela gentileza:

Heidi Armitage, Maxine Bleiweis, Margie Freilich-Den e todos da biblioteca de Westport, Deborah Feingold, Dina Fleischmann, Anthony Goff, Charlie & Karen Green, Stacy & Michael Greenberg, Dra. Melanie Mier, Louise Moore, Jean Neubohn, Donna Poppy, Deborah Schneider, Marie Skinner.

1

Fingir que estou doente para faltar ao trabalho não é coisa que costumo fazer. Bem que eu gostaria de dizer que me sinto adoentada, mas não me sinto. A não ser que nervosismo pré-casamento, incertezas de último minuto e quantidades pavorosas de estresse contem.

Mas, mesmo assim, achei que merecia um dia de folga nesta manhã (caramba, talvez mereça até dois), por isso liguei logo cedo. Como sou uma péssima mentirosa, sabia que seria muito mais fácil mentir para Penny, a recepcionista, do que para meu chefe.

— Ah, coitadinha. — A voz de Penny estava cheia de compaixão. — Mas não é nada inesperado, por causa do casamento. Deve ser o estresse. Você precisa deitar em um quarto escuro.

— Vou sim — eu disse com voz rouca, entregando minha mentira, já que os sintomas de enxaqueca não incluem dor de garganta nem espirro falso, e desliguei o mais rápido possível.

Pensei vagamente em fazer alguma coisa deliciosa para mim mesma hoje, algo que eu não faria normalmente. Fazer as unhas das mãos, ou dos pés, um tratamento de pele, algo assim. Mas é claro que a culpa conseguiu prevalecer e, apesar de eu não morar nem um pouco perto do meu escritório, que fica no bairro refinado do Soho, mesmo assim eu sei, sem sombra de dúvida, que se sair de casa no único dia em que finjo estar doente, alguém do trabalho vai estar bem na esquina da minha rua por acaso.

Então, aqui estou eu. Assistindo aos programas pavorosos que passam na TV durante o dia, em uma manhã fria de janeiro (mas eu consegui aprender uma coisa sobre "coques para casamentos", que pode acabar sendo mesmo muito útil), devorando uma caixa de biscoitos recheados de creme (minha última oportunidade antes que o regime de casamento entre em aceleração máxima) e me perguntando se há alguma possibilidade de arrumar uma massagista boa e que atenda em casa de última hora, para aliviar meus nós de tensão.

Consigo gastar 45 minutos folheando os anúncios classificados das revistas locais, mas por algum motivo acho que aquelas massagistas não são bem o que estou procurando: "discrição assegurada", "*sexy* e íntima". Então chego aos anúncios pessoais no fim do caderno.

Sorrio para mim mesma à medida que vou lendo. Claro que leio tudo. Posso até estar prestes a me casar, mas continuo interessada em saber o que existe por aí, não que, preciso admitir, eu de fato tenha acreditado no caminho dos anúncios pessoais. Mas tenho uma amiga que recorreu a isso. Sério.

E uma onda de aconchego toma conta de mim; admito que me senti até um tanto convencida. Nunca preciso dizer para ninguém que tenho senso de humor, ou que me pareço um pouco com Renée Zellwegger — mas só se eu fizer biquinho e apertar os olhos até ficarem bem pequenininhos —, ou que adoro as caminhadas pelo campo e os abraços em frente da lareira.

Não que alguma dessas coisas seja verdade, mas como é bom, como eu tenho sorte por não precisar nunca mais ficar me explicando, nem me descrevendo, nem fingindo que sou outra pessoa.

Graças a Deus Dan existe. Obrigada, meu Deus, por Dan. Enfio meus pés em enormes pantufas fofinhas, prendo meu cabelo em um rabo-de-cavalo e envolvo meu corpo com o enorme roupão atoalhado de Dan enquanto vou deslizando pelo corredor até a cozinha.

Dan e Ellie. Ellie e Dan. Sra. Dan Cooper. Sra. Ellie Cooper. Ellie Cooper. Digo as palavras em um trinado, surpresa por parecerem tão estranhas, por como serão verdadeiras em pouco mais de um mês, por como consegui um desfecho de conto de fadas para a minha vida no final das contas.

E, apesar do céu nublado, da garoa que parece ser onipresente neste inverno todo, sinto-me animada, como se o sol tivesse aparecido de repente na janela da sala especificamente para irradiar seu calor sobre mim.

O problema em se sentir culpada por mentir que está doente, como acabei de descobrir, é que a gente fica apavorada de sair de casa e, portanto, desperdiça o dia inteiro. E é claro que, quanto menos coisas a gente faz, menos quer fazer; então, às duas da tarde já estou entediada, letárgica e sonolenta. Em vez de optar pela alternativa mais fácil e voltar para a cama, resolvo me acordar com um café bem forte, tomar uma chuveirada e finalmente colocar uma roupa.

A máquina de *cappuccino* (presente de casamento adiantado do meu executivo-chefe) grita um olá brilhante de seu canto no balcão da cozinha, de longe o objeto mais glamouroso e *high-tech* naquele aposento, se não no apartamento todo. Se não fosse por Dan, eu nunca usaria aquele negócio, apesar da minha paixão por *cappuccinos* fortes e cremosos. A tecnologia e eu nunca nos entendemos muito bem. A única área tecnológica em que me destaco é a de informática, mas agora que todos os colegas mais novos do que eu andam mexendo com iPods e MPEGs e só Deus sabe o quê, também estou começando a ficar para trás nesse quesito.

Meu problema básico não é tanto a tecnologia, mas o papel: manuais de instrução, para ser específica. Simplesmente não tenho paciência pare ler esse tipo de coisa, e quase tudo no meu apartamento acaba funcionando se eu apertar alguns botões e rezar para que dê certo. É fato consumado que o meu videocassete nunca gravou nada, mas eu só comprei o aparelho para assistir a vídeos alugados, não para gravar; então, até onde sei, ele desempenhou seu papel de maneira admirável.

E, para falar a verdade, pensando bem, nem tudo tem funcionado tão bem quanto ele... O *freezer* passou o último ano cheio de gelo de condensação, mas acho que em algum lugar atrás daquilo tudo deve ter um pote de um ano de idade de sorvete Ben & Jerry's. E o meu aspirador continua com o mesmo saco de pó com que veio quando comprei, há três anos, porque eu ainda não entendi muito bem o que é preciso fazer para trocá-lo: uma vez, quando ficou cheio, eu cortei um buraco nele e tirei toda a sujeira com a mão, então fechei o buraco com fita adesiva e tudo parece estar funcionando perfeitamente. Se não tiver nenhuma outra vantagem, pense só em quanto dinheiro eu economizei em sacos de aspirador.

Ah, sim, tem também o *CD player* superchique e supercaro em que cabem até quatrocentos discos por vez, mas que de fato nunca abrigou mais do que um.

Então, pode até ser que as coisas não funcionem da maneira como deveriam, ou da maneira como os fabricantes queriam que funcionassem, mas funcionam para mim, e agora eu tenho Dan, Dan que não encosta o dedo em uma nova aquisição antes de ler o manual de instrução do começo ao fim, até ter ingerido cada uma das frases escritas com as letras mais diminutas, até ser capaz de recitar o manual inteiro de cor.

Então, Dan, abençoado seja, agora lê os manuais e me dá demonstrações de como coisas tipo aspiradores, secadoras de roupa e máquinas de *cappuccino* funcionam. O único ponto positivo disso tudo, além de agora ser capaz de operar a máquina de café, é que Dan aprendeu a resumir as apresentações de modo a durarem no máximo um minuto, porque passado esse limite eu começo a pensar em uma nova apresentação no trabalho ou entro em devaneios de nós dois flutuando em uma ilha deserta na lua-de-mel.

Mas a máquina de *cappuccino*, preciso dizer, é fantástica e, meu Deus, fico feliz de ter prestado de fato atenção quando Dan mostrou como funcionava. Chegou há três dias, e desde então já usei nove vezes. Duas xícaras de manhã antes de ir trabalhar, uma quando chego em casa e uma, ou duas, à noite, depois do jantar. (Mas, depois das 20 horas, nós dois só tomamos café descafeinado.)

E, quando vou colocar café na colher para começar a preparar a bebida, percebo que estou pensando em como será passar o resto da vida com uma pessoa só.

Eu deveria estar com medo. Pelo menos, deveria estar apreensiva. Mas tudo que sinto é uma alegria pura e legítima.

Qualquer dúvida que eu pudesse ter a respeito deste casamento, a respeito do ato de me casar, a respeito de passar o resto da vida com Dan, não tem absolutamente nada a ver com Dan.

E tem tudo a ver com a mãe dele.

2

"Éramos três neste casamento..."

Eu me lembro de assistir à princesa Diana revirando aqueles enormes olhos tristes quando olhou para a câmera e proferiu aquelas palavras hoje infames, e fiquei me perguntando de que diabos ela estava falando, fiquei imaginando como ela podia ser tão dramática.

E agora, a semanas do meu próprio casamento, sei exatamente o que ela quis dizer, com a diferença de que o meu problema não é uma amante, e sim uma matriarca.

Francamente, não sei dizer o que é pior.

Conheci Dan, apaixonei-me por Dan e concordei em me casar com ele achando que estaria me casando com, bom, *Dan*, mas, à medida que os meses de preparativos foram avançando, estou começando a perceber que estou me casando com Dan, a mãe dele e, em nível levemente menos intenso, o pai, o irmão e a irmã dele.

Não me compreenda mal. Durante um tempo, fiquei completamente maravilhada ante esta perspectiva. No começo, quando eu e Dan nos conhecemos e ele me apresentou à família, fiquei emocionada. Emocionada por ter encontrado a família dos meus sonhos. Uma família calorosa, grande e cheia de amor, irmãos e irmãs, pais que continuavam juntos e felizes.

Quando Dan confessou, na terceira vez em que saímos juntos, que almoçava todos os domingos na casa dos pais, resolvi naquela hora que ele seria o homem com quem eu ia querer passar o resto da vida. Um garoto que ainda ama a família, pensei. Uma família tão unida que se reúne toda semana. O que mais uma garota pode desejar?

Agora já não me sinto bem assim, mas era normal eu pensar daquele jeito, levando em conta que a minha própria família disfuncional tinha desmoronado bem na época da morte da minha mãe.

Não que tenha sido a destruição da mais feliz das famílias. Minha mãe era alcoólatra: imprevisível, manipuladora, obcecada consigo mesma. Quando estava sóbria, tinha a capacidade de ser exatamente o tipo de mãe que eu queria. Sabia ser gentil, calorosa, amorosa, divertida. Lembro-me de como eu a adorava quando era pequena, como ela me levava a apresentações de marionetes, ria de prazer sempre que eu me divertia com os personagens Punch e Judy, me pegava no colo enquanto eu tremia de alegria e me enchia de beijos.

Mas não ficava sóbria com freqüência. Minha mãe e meu pai viviam dando festas, viviam dando desculpas para beber. Eu ouvia a música e as risadas, saía da cama e me sentava no degrau mais alto da escada para tentar ver os vestidos glamourosos sem ser notada.

Então, no começo, ela ficava maravilhosa quando ficava bêbada. "Não estou bêbada", ela ria, "só um pouquinho tonta." Mas a personalidade dela ficava imensa quando estava bêbada, sua felicidade se multiplicava mil vezes com o álcool. Mais afetuosa, mais vibrante, simplesmente *mais*.

Mas, à medida que a bebedeira ia progredindo, as coisas mudavam. A felicidade dela se transformava em decepção, desgosto, doença; e o álcool continuava a exacerbar tudo. Se antes era divertida, tornava-se deprimida; se antes era amorosa, passava a ser distante; se antes me cobria de beijos, começava a me atacar com insultos.

Com o tempo, meu pai se afastou de nós duas. Tentava conversar com ela, mas a coisa sempre terminava em uma disputa de gritos, então ele pegava o casaco e saía, e demorava horas para voltar, às vezes passava a noite toda fora.

Aprendi a detectar os sinais, a saber quando ela tinha bebido, a saber quando ficar longe. Minhas amigas eram poucas e esporádicas, mas eram leais e compreendiam quando eu precisava dormir na casa delas, várias noites por semana.

Não posso dizer que fosse infeliz. De algum modo, eu sabia que a mãe das minhas amigas não era um anjo em um minuto e o diabo no outro e, embora ocasionalmente invejasse a estabilidade e o calor que encontrava na casa delas, isso também nunca faltou na minha. Afinal, aquele era o único lar que eu conhecia.

No dia 23 de março de 1983, eu estava sentada ao lado da minha melhor amiga, Alison, na aula de história. Estávamos aprendendo sobre a Primeira Guerra Mundial, e eu tinha começado a sonhar acordada comigo, Simon Le Bon e o amor de verdade. Tinha acabado de chegar na parte em que ele me olhava nos olhos antes do nosso primeiro beijo mágico, quando Alison me deu uma cotovelada bem forte.

Olhei para ela e vi que apontava para a porta da sala. Através do vidro, enxerguei, assim como todo o resto da turma, a diretora, Sra. Dickinson, se aproximando. Ouviu-se um engolir em seco coletivo de todos os alunos, já que estava bem claro que ela entraria, e, tirando o momento em que as aulas começavam todos os dias, a Sra. Dickinson correspondia apenas a uma presença formidável que era bem vista, mas não ouvida.

Tenho certeza de que ela deveria ser uma pessoa adorável, mas a escola inteira morria de medo dela. Até os alunos mais velhos. Parecia que ela quase nunca sorria e andava com passos duros pelos corredores com o cabelo cinzento em volta da cabeça como um capacete, olhando para um ponto à meia distância com um brilho aterrador nos olhos.

A classe inteira prendeu a respiração quando vimos a maçaneta virar e, então, ela estava na nossa frente, pedindo para falar com a Sra. Packer, a professora de história. As duas saíram e a turma entrou em erupção, com cochichos ansiosos percorrendo toda a sala.

— Você acha que alguém se encrencou?

— Será que ela vai nos dar advertência?

— O que você acha que ela quer?

— Vai ver que a Sra. Packer fez alguma coisa errada, será?

Então a porta se abriu e as duas mulheres entraram, a Sra. Packer com a expressão tão séria quanto a da Sra. Dickinson e, mesmo sem olhar para elas eu já sabia que iam chamar o meu nome, e que seria horrível.

— Ellie? — disse a Sra. Packer toda gentil. — A Sra. Dickinson precisa falar com você.

Senti todos os olhos em cima de mim quando juntei meus livros e caminhei até onde a Sra. Dickinson estava parada, e tentei ignorar a mão simpática no meu ombro quando ela me guiou para fora da sala e fechou a porta.

Não disse nada enquanto percorríamos o longo corredor até a sala dela, e se eu fosse mais velha, ou mais segura, ou tivesse menos medo dela, eu teria pedido para que parasse e dissesse logo qual era o problema, que me contasse imediatamente o que estava acontecendo, mas não fiz nada disso. Fui me arrastando ao lado dela, olhando para o chão, sabendo que minha vida estava prestes a mudar, mas sem entender muito bem como.

Na sala dela, fez com que me sentasse e disse, com a voz mais cheia de delicadeza possível, que tinha acontecido um acidente horrível, e que minha mãe tinha morrido.

Eu me lembro de estar sentada naquela cadeira dura pensando que deveria chorar. Lembrei de um filme que tinha visto havia pouco tempo em que diziam a uma menina que o cavalo dela tinha levado um tiro, e ela se dissolvia em lágrimas e ficava pulando e gritando "Não! Não!". Achei que talvez eu devesse ter feito a mesma coisa, mas nada parecia real, e eu não conseguia pensar em nada para dizer, ou fazer, a não ser olhar para o chão.

Acho que a minha falta de reação deixou a Sra. Dickinson mais desconfortável do que ela jamais conseguira me deixar. Ela queria que eu chorasse, acho, para que me abraçasse e me oferecesse algum conforto, mas, como eu não chorei, ela ficou sem saber o que fazer.

Preencheu o silêncio dizendo que às vezes coisas terríveis e trágicas acontecem, que o meu pai ainda me amava muito e que minha mãe sempre estaria cuidando de mim do céu.

Sempre penso que seria melhor se ela não tivesse mencionado aquela última parte. Disse também várias outras coisas, mas esta foi a frase que ficou. *Minha mãe sempre estaria cuidando de mim do céu.* Eu sei que ela falou com a intenção de me reconfortar, mas, durante anos depois daquilo, eu só pensava no assunto quando estava transando. Quando estava perdida em meio às ondas de êxtase com um parceiro, de repente ficava tomada pelo pavor de a minha mãe estar cuidando de mim do céu, e precisava me apressar em puxar o edredom para cobrir nós dois.

Até mesmo ali na sala dela, ouvindo a Sra. Dickinson em seu discurso interminável sobre o luto, eu já pensava na minha mãe cuidando de mim do céu e quase tremia perante aquela idéia arrepiante.

Então meu pai chegou para me buscar, abraçou-me e chorou, e eu continuava sem conseguir expressar nada, o torpor continuava arrebatador demais.

Meu pai se esforçou muito para que continuássemos a ter algo parecido com uma vida em família, mas como nunca tínhamos vivido nada assim antes, ele não sabia muito bem o que deveria fazer.

Tentou preparar o jantar naqueles primeiros dias, e nós dois ficávamos sentados à mesa, pouco à vontade. Ele me fazia as perguntas de praxe a respeito da escola, eu respondia da maneira mais sucinta possível, nós dois nos dávamos conta daquele silêncio, da ausência de gritos, da ausência de ataques histéricos e de louça quebrada.

Depois de um tempo, ele desistiu.

Ligava para dizer que ia trabalhar até tarde, ou que tinha uma reunião, ou que tinha marcado alguma coisa. Afastou-se de mim do mesmo modo como tinha se afastado da minha mãe, tão incapaz de se relacionar comigo como tinha acontecido com ela.

Não dá para dizer que eu me incomodava com isso. Não naquela época. Tinha descoberto os meninos, as drogas e as festas. Bebida não, nunca, bebida jamais. Alison dormia na minha casa todo fim de semana, e passávamos as noites de sexta e de sábado pulando de um ônibus a outro, procurando festas para entrar de penetra por toda a região oeste de Londres, chegando em casa altas e felizes nas primeiras horas da manhã, sem pai nem mãe por perto para nos dizer o que fazer.

Meu pai se casou de novo quando eu estava com 18 anos. Eu a vira algumas vezes. Mary. Recatada. Reservada. Gentil. E maçante. Tudo que minha mãe não era. Mas parecia legal, e meu pai parecia feliz. Àquela altura eu já me sentia praticamente uma órfã, e não fiquei nem um pouco ressentida com o fato de ele voltar a se casar, afinal, eu nunca o via mesmo.

As pessoas hoje riem quando eu falo da minha juventude enlouquecida. Não a parte de a minha mãe ter morrido, isso não, mas quando eu conto que vivia drogada, que detonava a casa com regularidade dando festas, que meus dois primeiros anos na universidade se passaram indo para a cama com praticamente qualquer um que me desejasse.

Soltam risadas descrentes porque, olhando para mim agora, com minhas roupas sóbrias, conservadoras e refinadas, minha maquiagem discreta, meus sapatos elegantes de salto alto, mas não muito alto, não conseguem acreditar que eu já pratiquei algum ato rebelde em toda a vida. Dan sempre diz que foi por isso que ele se apaixonou por mim. Porque eu tinha cara de bibliotecária, mas era só cutucar um pouco mais fundo que aparecia a Ellie safada (como ele dizia).

Nós nos conhecemos mais ou menos na época em que eu decidira não me casar. Nunca. Tinha passado noites demais sonhando com uma família, com uma casa cheia de crianças, riso e barulho, com um lar que fosse quase exatamente o oposto da casa da minha infância, em quase todos os aspectos. Passara noites demais sonhando com um futuro que nunca se materializava, sonhando com o homem que nunca se revelava nos homens que eu queria.

Então, resolvi me concentrar no trabalho. Aos 33 anos, era diretora de marketing de uma pequena cadeia de charmosos hotéis exclusivos, talvez você conheça, talvez já tenha se hospedado em um deles. Chamam-se Calden. Só Calden, tipo, "Você vai ficar no Calden?" Batizados em homenagem a seu fundador, Robert Calden, têm o estilo dos da rede Schrager e custam a metade do preço, mas não vá dizer que eu fiz esta declaração.

Eu adorava meu trabalho de diretora de marketing. Adorava escrever os *briefings* de marketing, apresentar novos objetivos, o tom, os serviços, e ver tudo se tornar realidade.

Adorava a emoção de desenvolver novas campanhas de imagem para nossa marca, de depois fazer o posicionamento da missão e passar as orientações à equipe de criação na agência de publicidade, e vê-la voltar, algumas semanas depois, com a apresentação em pranchas cuja maior parte, até hoje, me deixa estupefata com tanta criatividade e brilhantismo.

Eu adorava as diversas promoções que montava para aumentar, como dizemos em marketing, o *Rev Par* (lucro médio por quarto). Inventar promoções por mala-direta para fazer com que os dez por cento de nossa clientela *top* estendesse a estadia, com o incentivo de, digamos, uma noite exclusiva de compras na loja de departamentos refinada Selfridge's, ou ficar duas noites e ganhar a terceira.

Como não é de surpreender, o tipo de gente que se hospeda na rede Calden (pessoas refinadas que viajam a lazer ou a trabalho) geralmente caía de boca nessas promoções, e eu rapidamente me transformei na menina de ouro do departamento de marketing.

Eu era ocupada, minha carreira ia bem e eu era feliz. Apesar de sempre ter considerado amizades como algo transitório, tinha conseguido fazer boas amigas no trabalho, que tinham se transformado em amigas ainda melhores fora dele, e minha vida social era um turbilhão.

E, em uma noite de dezembro, eu tinha uma reunião na sala de conferências do andar mais alto do Calden de Marylebone High Street, com um par de executivos da American Express, com quem tentava me encontrar havia meses. Eu tinha formulado uma promoção para clientes com cartão Platinum: reservando um fim de semana no Calden usando o American Express, o hóspede ganhava um jantar em um dos restaurantes mais refinados de Londres, para onde era levado num carro com chofer.

A reunião correu bem e, depois, descemos todos para o bar para tomar um drinque. O Calden até podia não ser muito do meu gosto (eu geralmente prefiro hotéis mais tradicionais, mais luxuosos), mas eu adorava o bar, e especialmente o fato de aquele ser, na época, um dos melhores lugares para ver e ser vista, e eu, ainda bem, apesar dos meus *tailleurs* pretos e enfadonhos, nunca era barrada pelos porteiros.

Velas votivas espalhavam-se por todos os lados, salpicando mesas distintas e baixas, presas a prateleiras modernas e espessas. Vasos de vidro de haste longa abrigavam um único lírio escarlate de cabo comprido, arroubos chocantes de cor em contraste à brancura das paredes.

Em vez de cadeiras havia sofás: enormes e molengas. E uma fileira de mesas de jogos ao longo de uma parede: gamão, xadrez, até mesmo Banco Imobiliário e QI. Essas eram algumas das razões por que o nosso bar fazia tanto sucesso: nossa noite semanal de jogos (idéia minha, sou eu mesma quem está dizendo) tinha saído como destaque na revista de roteiro *Time Out*, depois saiu na *Metro* e no caderno de estilo do jornal *Sunday Times*, e agora era quase impossível conseguir entrar.

Mas aquela noite, uma terça-feira, estava calma. Ocupamos um grupo de sofás enfiado em um canto tranqüilo, próximo a uma das lareiras gigantes a gás que quase, quase pareciam de verdade, pedimos *mojitos* para todos, e suco de uva-do-monte com água gasosa e um toque de limão para mim.

Começamos a bater papo, e quando o peso do trabalho já estava saindo dos nossos ombros, alguma coisa me fez virar a cabeça. Tive aquela sensação de que havia alguém olhando fixamente para mim, apesar de ter percebido o fato apenas com a visão periférica. Atrás de mim, em outro sofá, havia um homem franzindo a testa na minha direção. Olhei para ele com ar inquisidor, mas ele não mudou de expressão, então desviei o olhar.

Mas, enquanto eu tentava me integrar à conversa, ficava sentindo aquele olhar na minha nuca, e foi a maior dificuldade me segurar para não ficar virando para trás. Finalmente, o pessoal foi embora (tinham mulher e filhos à espera em casa), eu me levantei para ir também e vi que o sujeito continuava lá.

Ele se aproximou e ficou em pé assomando-se a mim, muito alto, muito sério.

— Por que você não pára de olhar para mim? — eu disse de maneira direta, que não é característica minha.

— Desculpe. Mas é que tenho certeza de que a conheço de algum lugar.

Revirei os olhos.

— Bom, acho que agora eu preciso lhe dizer que aposto que você diz isso a todas as moças. — Eu não estava tentando ser engraçada, estava quase sendo sarcástica com ele. Estava cansada, o dia tinha sido longo, e eu não estava a fim de agüentar cantadas-clichê.

— Não. Estou falando sério. Você não me parece estranha.

Eu estava prestes a soltar mais uma, mas ele parecia falar sério, além de estar um pouco perplexo.

— Como você se chama? — ele perguntou.

— Ellie Black.

E seu rosto se iluminou.

— Eu sabia! Nós já fomos apresentados. Há uns quatro anos, em um churrasco na casa de Alex e Rob. Ellie Black! Eu me lembro de você. Você trabalha no marketing da Emap, e mora em Queen's Park! — ele disse isso de maneira triunfal, provando que não tinha simplesmente me passado uma cantada barata. Claro que tinha razão, eu estivera naquela festa e trabalhava mesmo na Emap na época e, apesar de não me lembrar dele em absoluto, mudei minha expressão de exasperada para surpresa com um leve ar de prazer.

— Mas é claro! — exclamei. — Agora eu me lembro de você. Mas, desculpe, não consigo lembrar do seu nome.

— Não faz mal. Eu sou Dan Cooper. Eu trabalhava na TV, no Canal 4, na produção. A gente ficou de sair para almoçar mas, bom... — ele deu de ombros. — Acho que nunca chegamos a marcar.

E então eu me lembrei. Eu saía com Hamish, e ainda estávamos no primeiro arroubo, quando eu me convencera de que ele seria o pai dos meus filhos, e tínhamos brigado porque ele tinha resolvido ir à Escócia para visitar a família sem me convidar.

Eu fora sozinha a um churrasco na casa de uns vizinhos, amigos de amigos, e não conhecia ninguém lá, mas logo que entrei já me senti em casa.

Dan viera caminhando na minha direção com olhos brilhantes e um sorriso aberto, e se apresentara, oferecendo-se para pegar uma cerveja para mim, e me lembro de ter pensado como ele tinha sido simpático, e que pena eu não estar livre.

Tinha flertado com ele de maneira inocente durante a maior parte da noite, apreciando a atenção, apreciando a sensação de ser desejada e, quando ele foi embora, falou alguma coisa a respeito de me convidar para almoçar, e eu respondi: "é claro", que me ligasse no escritório quando quisesse.

Tinha ido dormir com um sorriso no rosto e fora acordada por um telefonema de Hamish bem cedo pela manhã, desculpando-se profusamente e dizendo que estava com saudades de mim e que não conseguia parar de pensar em mim, e é claro que todos os pensamentos a respeito de Dan saíram voando pela janela.

Quando Dan ligou, umas duas semanas depois, eu não fazia a menor idéia de quem ele era. Tivemos uma conversa desajeitada, que encerrei dizendo que estava mesmo muito ocupada naquele momento, mas que ligaria quando as coisas se acalmassem um pouco.

E aquela tinha sido a última vez que eu pensara nele. Mas ali, parada no bar do Calden, olhando para seu rosto sincero e simpático, de repente me lembrei dele, e o que lembrei foi o seguinte...

Que quando ele sorria, sorria com os olhos.

Que era muito alto. O tipo de alto que sempre faz a gente se sentir protegida e segura.

Que ele era um homem à vontade consigo mesmo e com o lugar em que ocupava no mundo.

Que tinha tido um gato chamado Tetley.

Dan Cooper olhou para mim, franzindo a testa de novo.

— Você não se lembra de mim — disse.

— Lembro sim — respondi, um sorriso começando a tomar forma no meu rosto.

— Não, não lembra. Não faz mal. Desculpe ter incomodado.

— Mas eu me lembro de você. Espere! — Estiquei a mão e agarrei o braço dele para impedir que fugisse. — Vou provar. Quando você tinha quatro anos, tinha um gato chamado Tetley.

E então foi a vez dele de sorrir, e logo estávamos sentados lado a lado no sofá e, quando fomos embora, três horas depois, meu rosto doía de tanto rir a noite inteira, de sorrir, de conversar, de dar risada.

Caminhamos juntos e ele chamou um táxi e me colocou dentro dele.

— Eu poderia sugerir um almoço, mas sei o que aconteceu da última vez — ele disse, e eu fiz uma coisa tão improvável que às vezes ainda não acredito que cometi a temeridade de fazer.

Inclinei-me para a frente e dei um beijo nele. Um beijo comprido e de leve nos lábios, e meu estômago se agitou de tanta emoção.

E quando eu me afastei e vi o rosto dele, pisquei.

— Você nunca vai saber a menos que tente — ri, coloquei um cartão de visitas na palma da mão dele e me recostei no assento quando o táxi se afastou.

Ele me ligou na manhã seguinte e me encontrou para almoçar naquele mesmo dia. Normalmente eu teria considerado aquilo um balde de água fria, teria achado que ele estava afoito demais, mas eu já não era mais uma menina boba de 20 anos. Estava com 33 e já tinha rodado bastante para detectar uma coisa boa quando a avistava.

Havia muitas coisas que aprendi a amar em Dan, com muita rapidez, além do que dava para enxergar, sem sombra de dúvida, como o fato de ele estar louco para ter filhos, e que seria, na verdade, o tipo de pai que eu sempre quis para mim.

Mas eu também adorava o cheiro dele. Ele sempre cheirava a limão. Ele sabia tudo a respeito do time de futebol Arsenal e era capaz de passar horas a fio no bar com os amigos, discutindo todos os méritos de um jogo que ocorrera em 1984.

Adorava o fato de ele ter um armário cheio de roupas lindas que nunca usava, porque passava a maior parte do tempo com camisas de rúgbi, ou com suéteres enormes e largos que eram fofos e aconchegantes, roupas que sempre pareceram maravilhosas aos meus olhos.

Levei-o para conhecer meu pai quando as coisas começaram a ficar sérias. Fomos até a cidade de Potters Bar e participamos de um almoço cheio de constrangimento com meu pai e Mary, e fiquei triste de ver que meu pai e eu estávamos tão afastados que não havia como transpor o abismo. Mas estava feliz por termos feito a coisa certa, e o próximo passo seria conhecer a família dele.

Parecia que eu quase os conhecia de todas as diversas histórias, das fotos penduradas pelo apartamento de Dan, de ouvir a voz da mãe dele na secretária eletrônica.

Eu adorava ouvi-lo falar a respeito da infância, a respeito do irmão e da irmã, a respeito de sua vida com o que eu considerava uma família tão extensa.

— Tem certeza de que eles vão gostar de mim? — eu perguntava de vez em quando nos dias que antecederam o meu primeiro almoço de família dos Cooper.

— Claro que sim! — Dan me beijava e me apertava de maneira a me deixar segura. — Eles vão adorar você.

— Mas sua mãe não gostou da sua última namorada. Como é que você *sabe*?

— Confie em mim, eu *sei*. E, de todo modo, acontece que ela estava certa a respeito da minha última namorada, não estava?

A última namorada tinha fugido com um ator, e parece que a mãe de Dan tinha dito, no minuto em que a conhecera, que aquela não era uma mulher em quem se podia confiar. Mas lógico que ela só disse isso depois do fato consumado.

— Ela vai adorar você e você vai adorá-la. Se eu fosse imprudente, poderia dizer que vocês duas formam um par perfeito.

— Ha, até parece, ha ha — respondi, mas aquilo me fez sorrir, e mesmo enquanto eu sofria uma crise de guarda-roupa atrás da outra, nos preparativos para o grande dia, percebi que estava louca para que chegasse logo. Afinal, aquela não era exatamente a família que eu sempre quis?

3

Os pais de Dan moram em uma grande casa vitoriana em uma rua tranqüila e arborizada nos limites entre Hampstead e Belsize Park. É a casa onde Dan foi criado, e ele adora o fato de seu quarto continuar sendo seu quarto e de sua casa estar cheia de lembranças de sua juventude.

Ele passou de carro comigo por ela um dia, quis parar e dar um oi para os pais, mas eu ainda não estava pronta para conhecê-los. Precisava passar muito mais tempo me preparando.

Não que estivesse com medo, eu só queria que gostassem de mim. Na verdade, eu queria que me *adorassem*. Especialmente porque a mãe de Dan não tinha aprovado nenhuma das namoradas anteriores dele, eu queria que ela me conhecesse e achasse que eu era perfeita para ele, que visse logo que eu era a mulher certa.

Dan e eu já sabíamos que tínhamos futuro juntos, e ele tinha dito à família que o negócio era sério. Eu não deveria dar assim tanta importância para isso, mas ansiava pela aprovação da família dele, precisava desesperadamente ser bem recebida, ser tratada como alguém de casa.

E só olhar para o lado de fora da casa já me fez ter vontade de pertencer àquele lugar, pertencer àquelas pessoas. Era o tipo de casa com a qual eu sempre sonhara. Grande mas não enorme demais, imponente sem ser grandiosa em excesso; a hera se espalhava por cima dos tijolinhos vermelhos, quase alcançando os três frontões.

As vidraças tinham padrões em chumbo e a entrada era uma grande pista de cascalho completa com um enorme carvalho no meio e algumas poucas graminhas despontando no meio, graminhas em que o jardineiro logo daria um jeito, com toda a certeza.

Linda e Michael Cooper. Ele é advogado, do Conselho da Rainha, e, por ter feito uma busca na internet, sei que tem reputação de ser um dos melhores. Trabalha com direito comercial, tem seu próprio escritório em algum lugar do tribunal de Middle Temple e, nas fotografias, parece menos imponente e grandioso do que alguém suporia baseado em sua reputação.

Bonito de um jeito desbotado e grisalho, ele parece, em todas as fotos que vi no apartamento de Dan, eclipsado pela mulher. A adorável Linda.

Linda Cooper, sobrenome de solteira Campbell. Nascida e criada em Hampstead, sobrevivente da renomada Escola de Ensino Médio para Meninas de South Hampstead, nada menos, largou a Universidade de Oxford onde estudava história; algo bem raro entre as moças de sua geração.

A versão de Dan para esse episódio é a seguinte: a mãe e o pai se conheceram na universidade, onde as roupas com inspiração Biba e o corpo com inspiração Twiggy de Linda transformaram-na em assunto de todas as conversas. O fato de ela ser inteligente, forte e cheia de opiniões também não atrapalhou. Não com pernas como aquelas.

Era a garota na companhia de quem todo mundo queria ser visto, a garota que estava sempre rindo, com a cabeça jogada para trás, que parecia alheia à atenção que gerava aonde fosse.

Michael era a estrela da equipe de remo e, como tal, tinha um público certo. Linda, na verdade, tinha reparado nele durante a competição de remo anual entre Oxford e Cambridge, e resolvera no mesmo momento que ficaria com ele.

Claro que conseguir ficar com ele não era problema, mas o fato de ter ficado grávida quase onze meses depois disso se comprovou algo um pouco mais difícil.

Eram jovens, estavam apaixonados e tinham bastante certeza de que estavam destinados a ficar juntos. Então, que tal promoverem algumas mudanças?

Casaram-se, rapidamente, no cartório de Marylebone; um minivestido com corte embaixo do peito e saia volumosa e um buquê de rosas cor de champanhe cobriam a barriguinha de Linda.

Linda abandonou o curso de história, feliz na época, para ir brincar de esposa e mãe e, quando Dan nasceu, teve certeza de que fizera a coisa certa.

Dan ainda tem fotos de Linda, maravilhosa apesar de ter dado à luz semanas antes, segurando seu bebezinho nos braços, olhando cheia de amor dentro de seus grandes olhos azuis (que agora são castanhos, só para o caso de você estar aí imaginando).

Emma chegou três anos depois, seguida, três anos depois, por Richard. Àquela altura já moravam nos subúrbios de Londres: Linda era a dona de casa ideal, amiga de todos os vizinhos, organizava chás da tarde para os filhos.

Dan diz que ela é a mãe perfeita. Diz que a adora e que eu também vou adorar. Diz que ao mesmo tempo que ela continua forte, cheia de opiniões e fala tudo o que pensa, também é carinhosa, amorosa e gentil.

Nas fotos de Linda com os filhos, ela está sempre radiante; aparece mais reservada nas fotos com o marido. Dan diz que os três filhos são as meninas-dos-olhos dela, mas que seus pais continuam juntos e felizes como eram antes, o que é uma certa raridade hoje em dia.

Perguntei a Dan se ele é o preferido, e ele deu de ombros. Richard, diz, é o bebê, e Emma, a rebelde. Talvez seja o preferido, mas só porque é o mais velho. A mãe lhe telefona todos os dias, ocasionalmente duas vezes, e ele afirma contar tudo para ela.

Não sei se isso é normal. Não tenho nenhuma base de comparação, mas se eu tivesse uma mãe que me amasse e me transformasse na menina-dos-olhos dela, tenho quase certeza de que ia gostar que ela me telefonasse todos os dias. Ela seria minha mentora, minha melhor amiga. Tenho certeza de que pediria a opinião dela a respeito de tudo e, portanto, logo no começo, nem pensei que aquilo poderia ser estranho, não senti o cheiro de nada fora do comum.

Passei muitas horas interrogando Dan a respeito de sua família, tentando aprender o máximo possível sobre eles antes de conhecê-los, tentando compreender quem eram, como eram, quem queriam que eu fosse.

E, finalmente, o grande dia chegou. O almoço de domingo na casa dos pais dele. Com a presença de Richard e Emma também.

Minha crise de vestuário se resolveu com calça preta clássica e blusa branca, colar de prata no pescoço e sapatos pretos sem saltos. O modelo perfeito para um dia gostoso de primavera, mas, até mesmo para mim, eu parecia conservadora. Como é que eles podiam não gostar de mim? Pensei com meus botões. Eu pareço uma moça comum.

No último minuto, prendi o cabelo em um rabo-de-cavalo e joguei um suéter verde por cima dos ombros.

— Pronta! — gritei escada abaixo para Dan, que estava impaciente, batendo o pé.

Desci as escadas correndo e Dan começou a rir.

— O que foi? Estou horrorosa? Por que você está rindo? Droga. Vou ter que voltar e trocar de roupa.

— Não, Ellie! — Dan começou a se desculpar. — É que você está parecendo exatamente a minha mãe. Você não costuma usar roupas assim, só isso. Não estou acostumado a ver você com este visual.

Resmunguei.

— Ai meu Deus. Que horror. Preciso trocar de roupa.

— Não! — Desta vez, com firmeza. — Não dá tempo. E, de todo modo, você deve entender isto como um elogio. Minha mãe é a mulher mais elegante que eu conheço, e você está maravilhosa.

— É mesmo? — comecei a relaxar.

— É mesmo. Não poderia estar mais perfeita. Eles vão adorar você.

❤

Eu não deveria ter ficado nem um pouco surpresa quando Linda, ou a Sra. Cooper, como eu me referia a ela na época, abriu a porta vestindo calça preta e blusa branca, colar e um suéter cor de laranja nos ombros. As únicas diferenças entre nós duas eram que as roupas dela eram claramente de grife: a blusa, de seda; o suéter, de *cashmere*; e o colar, de ouro.

Fiquei um pouco afastada para examiná-la quando envolveu Dan com um abraço e o apertou bem forte.

Depois de soltá-lo, virou-se para mim com um sorriso caloroso nos lábios. Devolvi o sorriso e fiquei um momento sem saber o que fazer, se deveria cumprimentá-la com um aperto de mão ou lhe dar um beijo no rosto, com medo de fazer a coisa errada.

Tinha levado peônias e entreguei a ela, dizendo que estava muito feliz de conhecê-la. Pegou as flores e me agradeceu, ao mesmo tempo em que colocava os braços ao meu redor e me dava um breve apertãozinho, o que me fez relaxar na mesma hora.

— Ellie — disse ela, pegando-me pelo braço e me conduzindo para dentro. — Ouvimos falar tanto de você... E olhe só! — Fez um gesto para as próprias roupas e depois para as minhas. — Parecemos gêmeas!

Dei risada e a segui até a cozinha.

— Dan chegou, pessoal! — disse a Sra. Cooper, e o pai de Dan largou uma faca sobre a tábua de cortar e veio me cumprimentar com um aperto de mão.

— Como vai? — disse, de um jeito que considerei um pouco formal demais, mas então ele sorriu e vi que tinha gostado dele. — Desculpe — ele explicou, enxugando a mão em um papel-toalha. — Mandaram eu cortar tomate e agora estou todo sujo.

Ri quando outra voz disse:

— Só estamos tentando provar para ele que isto não é só trabalho de mulher. Oi!

Emma estava sentada à mesa da cozinha, folheando um exemplar de *Hello!* e comendo punhados de castanhas caramelizadas de um potinho de cerâmica no meio da mesa. Ela ergueu os olhos e cumprimentou o irmão, examinando-me de cima a baixo e fazendo com que eu tivesse o desejo instantâneo de estar usando outras roupas, porque vi que ela pensou na hora que eu era maçante e conservadora, que chegara à meia-idade antes do tempo.

E ninguém poderia culpá-la, já que Emma, um ano mais nova do que eu, parecia ter saído diretamente de uma revista da moda: calças justas de cintura baixa e botas de bico fino e salto alto, blusa justa e mechas vermelhas no cabelo.

— Eu sou a Emma — disse ela —, obviamente. E você, obviamente, é a Ellie. Que esquisito — falou, sorrindo. — Você está vestida igual à minha mãe.

O pai de Dan me examinou de cima a baixo, depois olhou para Linda e riu.

— Meu Deus! — disse ele. — Mas que coincidência engraçada.

— Eu sei. — Fiz uma careta. — Estou me sentindo meio ridícula, como se estivesse tentando parecer dez anos mais velha do que sou.

— Não. Você está ótima. Clássica. A mamãe ia adorar se eu me vestisse mais parecida com você. Ela sempre fica me falando para não gastar dinheiro em lojas de marca porque são moda só para uma estação e um desperdício de dinheiro. "Compre algumas peças clássicas", ela diz, mas este visual simplesmente não tem nada a ver comigo. — Eu adoro o fato de Emma puxar papo... ela faz com que eu me sinta imediatamente em casa, como se a gente se conhecesse há séculos.

— Mas você está ótima — eu disse, sorrindo. — Eu queria me vestir mais parecida com você, mas ia me sentir meio falsa. Tipo, todo mundo ia ficar olhando para mim e saberia que eu não sou moderna de verdade, que só estava tentando ser.

Emma riu.

— Parte disto é para o meu trabalho.

— O que você faz? — eu perguntei, apesar de já saber.

— Sou produtora de moda — disse ela. — Principalmente de ensaios fotográficos para revistas. Então, vivo no meio de modelos e de fotógrafos, por isso preciso me integrar. Dan disse que você trabalha no Calden.

Assenti com a cabeça.

— Estive lá ontem à noite! Que coisa fantástica, o bar é mesmo ótimo.

— Se você conseguir entrar.

— Passei a semana de abertura fazendo amizade com os porteiros — ela confidenciou. — Agora, considero Luke e Sean entre meus amigos mais próximos.

— Isso até eles passarem uma cantada em você e você precisar dar um fora neles.

— Acho que eles não teriam coragem — Emma riu. — Acho que eles simplesmente gostam de toda a atenção que recebem das gatas.

Dan chegou por trás e colocou os braços em volta da minha cintura.

— Então, o que você achou da minha irmãzinha?

— Só sou sua irmãzinha por causa da idade — Emma riu, jogando mais um punhado de castanhas na boca. — Em termos de maturidade, estou uns dez anos à sua frente. Ninguém explicou para você que as mulheres são bem mais avançadas do que os homens?

— Eu discutiria com você se não estivesse usando botas tão pontudas. — Dan soltou uma risadinha. — Ainda me lembro daquela vez que você me deu um chute no saco com aqueles saltos agulha.

Emma sacudiu a cabeça e olhou para mim.

— Dá para acreditar? Eu tinha 14 anos na época e até hoje ele não me perdoou.

— Meninos, meninos — a Sra. Cooper deu uma bronca, dirigindo-se à mesa e se sentando, puxando a revista em sua direção para examinar melhor as fotos mais recentes de Jennifer Lopez. — Nada de brigas hoje, muito obrigada. Faz semanas que não nos reunimos todos.

— Você quer dizer duas semanas. — Dan sorriu quando a mãe deu de ombros. — Então, cadê o meu irmãozinho errante, aliás? — prosseguiu Dan. — Aprontando como sempre?

— Ah, não comece — disse a Sra. Cooper. — Ele teve uma reunião...

— ...com um homem para conversar sobre um cachorro? — Emma interrompeu, e o pai abafou uma risada do outro lado da cozinha.

— Parem já com isto, vocês dois — disse ela. — Tinha uma reunião para falar sobre um novo empreendimento na internet.

— Uma reunião? No domingo de manhã? Está falando sério?

— Você conhece o Richard. O horário de trabalho dele nunca se encaixa ao do resto das pessoas.

— Isto é porque ele nunca trabalha. — Emma sacudiu a cabeça. — Ainda bem que ele tem você e o papai para pagar as contas, se não, eu iria jogar moedas de uma libra para ele na esquina todos os dias.

— Emma! — A Sra. Cooper parecia aborrecida. — Só porque o Richard ainda não encontrou o lugar dele na vida, isto não quer dizer que não vá encontrar. E não aceito que você fique dizendo que nós o sustentamos. Você não sabe do que está falando, e será preciso lembrá-la de quem comprou aquele *laptop* para você há pouco tempo?

— Só porque ia comprar um para Richard e saía mais barato se comprasse dois.

A tensão estava crescendo e, ao passo que era interessante presenciar a dinâmica familiar, eu começava a me sentir constrangida, então resolvi mudar de assunto.

— Sra. Cooper, será que posso ajudar em alguma coisa? Tem algo que eu possa fazer?

Ela se voltou para mim, visivelmente mais relaxada.

— Não, Ellie, está tudo pronto. Preparei o prato preferido do Dan, rosbife e torta Yorkshire.

— Eu não sabia que este era o seu prato preferido. — Olhei para Dan. — Por que você não me disse? Eu poderia fazer para você.

— Ah — disse a Sra. Cooper, levantando-se. — Mas nunca vai ficar igual ao da mamãe, não é mesmo?

Eu me sentei, tentando digerir a afirmação, perguntando a mim mesma se aquilo era um insulto ou se era apenas a atitude de uma mãe que adorava o filho, quando ela pegou no meu braço.

— E não me chame de Sra. Cooper. Pode me chamar de Linda. Sra. Cooper sempre me faz pensar na minha sogra. — Lançou um olhar para o marido e abaixou a voz. — E, francamente, prefiro não pensar nela nunca, se possível.

— Mãe! — disse Emma. — Só faz uns meses que ela morreu. Pelo menos deixe a coitada esfriar na cova antes de começar a falar mal dela.

— Você tem razão. Desculpe. Que a alma daquela velha chata descanse em paz. — Linda disse em voz baixa o suficiente para o marido não escutar, e Emma revirou os olhos e voltou para a revista.

— A-ha! — Dan levantou-se de um salto e deu um grande abraço no irmão. — O filho pródigo retorna.

— Richard!

Linda veio correndo e praticamente empurrou Dan para o lado para abraçar Richard, depois disso ele inclinou o corpo e deu um beijo no rosto de Emma e apertou minha mão com um sorriso jocoso.

E deu logo para ver que ele seria capaz de se livrar de uma acusação de assassinato. Era uma versão mais magra de Dan, mais jovem e mais meiga. Acho que Dan é charmoso, mas isto se deve principalmente ao fato de eu o amar e de ele ter bons modos e ser bem-educado. Richard, por outro lado, transpirava tanto charme que provavelmente um de nós precisaria pegar um esfregão para limpar o chão.

— Você deve ser a adorável Ellie — ele disse, dando um beijo em mim e, contra a vontade, senti-me corar um pouco. — Graças a Deus, parece que Dan finalmente herdou um pouco do meu bom gosto.

— Bom gosto? Você está brincando? Sua última namorada pareceu ter sido encontrada em uma esquina de Westbourne Grove.

— Acho que você já conheceu a irmã amarga. — Richard ergueu uma sobrancelha.

— Acho que você quis dizer a irmã *mais legal.*

Eu me recostei na cadeira e apreciei o *show*. Michael e Linda terminavam de preparar a comida enquanto Dan, Rich, Emma e, é claro, eu, a observadora, esperávamos sentados na mesa da cozinha. Fiquei prestando atenção enquanto eles se cutucavam e riam, com comentários que poderiam ser considerados insultos, mas que desapareciam sob o amor que claramente era muito forte e verdadeiro entre eles.

— Diga uma coisa, Ellie, você tem irmãos? — Linda perguntou da cozinha.

Balancei a cabeça, desconsolada, e me aproximei dela.

— Eu sempre quis ter uma família grande, mas minha mãe morreu quando eu era adolescente e meu pai se casou de novo.

Linda congelou, os olhos cheios de preocupação.

— Ah, mas que horror — diz. — Como ela morreu?

— Em um acidente de carro, quando eu tinha 13 anos. — Naturalmente, omiti a parte de ela viver bêbada.

O pai de Dan pareceu chocado.

— Que coisa — murmurou. — Que coisa mais triste para alguém tão pequena.

— Ah, coitadinha — ecoou Linda. — Tão pequena. Você e seu pai ainda são ligados?

Balancei a cabeça.

— Ele se casou de novo e mora em Potters Bar, então a gente não se vê muito. Mas tem dois filhos com a nova mulher, então acho que oficialmente tenho dois meios-irmãos, apesar de só tê-los visto umas poucas vezes.

— E é só isso? — Linda parecia horrorizada. — Não tem mais família? Tios? Tias? Avós?

— Não, mas tudo bem. Estou acostumada, mas sempre sonhei em ter irmãos e irmãs e de fazer parte de uma família grande como esta.

— Que bom — disse ela, envolvendo meus ombros com o braço e me apertando um pouco. — Porque agora você pode fazer parte da minha família. Que tal?

— Parece ótimo.

E parecia mesmo.

O almoço estava uma delícia. E foi comprido. E barulhento. Dan, Emma e Richard pareciam estar de volta à adolescência à medida que a refeição ia progredindo, e eu não consegui evitar me juntar a eles, sentindo-me uma aluna travessa, rindo das piadinhas secretas que os pais não escutavam.

Não havia dúvida nenhuma de que era Linda quem dava as ordens naquela casa. Michael parecia vagamente aturdido com o que estava acontecendo, agia de modo jovial e delicado, mas falava cada vez menos, principalmente porque era constantemente interrompido pela mulher.

Dan e Richard eram claramente adorados pela mãe, que não conseguia segurar um sorriso cada vez que olhava para eles. Interrogou Richard a respeito de todos os aspectos de sua vida.

— Então, você acha que este empreendimento na internet vai dar certo? — perguntou.

Richard assentiu, agora com o rosto sério.

— Acho que desta vez estamos no caminho certo — disse. — A reunião hoje de manhã correu muito bem e, assim que conseguirmos financiamento, vai dar tudo certo.

— Hmm, detesto ser responsável por estourar a sua bolha — Linda revirou os olhos quando Emma começou a falar —, mas alguém já lhe disse que o *boom* das ponto-com já acabou?

— Para ser mais exata, Emma — Linda respondeu antes que Richard tivesse oportunidade de abrir a boca —, as boas idéias continuam sobrevivendo. Veja a Amazon. Veja o Google. E o eBay? As coisas simplesmente se assentaram. Ninguém mais ganha aquelas quantidades absurdas de dinheiro do começo, mas se a idéia for mesmo inovadora como Richard acha que é, então não há razão para que não decole.

— Mas foi isso que você disse a respeito daquele negócio de serviço de porteiros que ele fez no ano passado. E o que veio antes mesmo, aquele tal de curso motivacional de auto-ajuda?

— Ah, mas nada disso deu certo por causa de razões bem concretas — disse Richard, defensivo. — E principalmente por ter acontecido na hora errada. Como é que a gente ia saber que empresas concorrentes com mais dinheiro estavam entrando no mercado ao mesmo tempo?

— Hmm... com pesquisa de mercado?

— Emma — disse Linda em tom gélido —, será que você pode poupar o seu irmão, só para variar?

— É — concordou Richard. — Quando os seus vencimentos chegarem à casa dos seis dígitos anuais, a gente vai poder conversar.

— Por quê, para você vir me achacar para investir no seu próximo empreendimento? — Emma deu um sorriso malicioso e Richard bateu nela de brincadeira.

— Não seja ridícula — ele riu. — Por que é que eu ia achacar você se Dan é (a) muito mais legal do que você e (b) tem muito mais dinheiro do que você?

— E, claro, não se esqueça do papai — disse Dan. — Ele é o investidor que você precisa de fato atrair.

— Pai — disse Emma com voz manhosa —, sabe aquele carro do qual eu ando falando...

— Pode esquecer — disse Linda. — O seu carro está muito bom. Será que podemos todos parar de falar de dinheiro agora, por favor? O que a Ellie vai pensar?

O que eu penso é como eles têm sorte de ter um ao outro, de ter tudo isto, de ter a possibilidade de brigar e de se provocar, e de rir, e de se empurrar e de bater um no outro, e de saber que no fim ainda vão ter um ao outro.

E é claro que eles não sabem disso, porque não conhecem nada diferente, assim como eu também não conheço nada diferente.

Como têm sorte. E como não fazem idéia de que têm sorte. Principalmente Emma. Fiquei observando Emma com a mãe, senti a tensão entre as duas, e fiquei triste por ela não ter noção de como deveria se sentir agradecida por ter mãe, ainda mais uma mãe como Linda.

Se eu fosse Emma e Linda fosse minha mãe, eu me sentiria muito orgulhosa e *muito* agradecida. Eu sairia com ela e a levaria para fazer compras. Nós nos encontraríamos para almoçar e trocar fofocas, e eu a atualizaria a respeito dos meus problemas com os homens e meus dilemas de amizade.

Ela é o tipo de mulher com a qual se pode ir ao salão de beleza para dar um trato no visual, com quem se comportar como uma menininha, sem se sentir nem um pouco culpada.

E quando as coisas dessem errado, quando eu levasse um fora, ou me sentisse sozinha, ou quando a vida não corresse bem do jeito que eu queria, eu iria correndo para casa para ser alimentada com canja de galinha, cozido de carne, e rosbife com torta Yorkshire preparados por Linda. Eu ia querer a solidariedade e a amizade dela, sua aceitação e sua compreensão.

Se eu fosse Emma, minha mãe seria minha melhor amiga e, por mais que eu tivesse gostado de Emma, por mais que eu tivesse achado fácil conversar com ela ao longo de todo o almoço, deu para ver que a relação não era fácil, e eu queria tanto mostrar a ela o que tinha nas mãos, falar a respeito da minha própria vida, a respeito de não ter ninguém. Até conhecer Dan.

4

— Eles adoraram você — Dan anunciou no dia seguinte. — Não que eu esteja surpreso.

— É mesmo? — Eu não conseguia esconder o alívio e o prazer na voz.

— Totalmente. — E sorriu. — Aliás, minha mãe disse que você era perfeita para mim.

— Oh-oh. — Eu me afastei do aconchego no corpo de Dan no sofá e o olhei com muita atenção. — Você não é um daqueles que só saem com mulheres que a mãe não aprova e se cansa logo das que ela gosta?

Dan começou a rir.

— Não, Ellie. Não vou a lugar nenhum na próxima... — olhou para o relógio — uma hora, pelo menos.

Tínhamos acabado de ir morar juntos naquela época. Dan se mudara para o meu apartamento e não trouxera praticamente nada consigo mas, como observou, ainda tinha um monte de coisas guardadas no quarto da casa dos pais, de modo que, se sentisse necessidade repentina e desesperada de pegar, digamos, a guitarra que aprendeu a tocar quando tinha 18 anos, era só dar uma passada em Hampstead e pronto.

Eu nunca tinha morado com ninguém antes de Dan, sempre valorizara muito a minha independência, tinha me esforçado demais para deixar meu apartamento do jeito que eu sempre quis.

Mas, uma vez que a coisa ficou séria, uma vez que Dan começou a passar de seis a sete noites por semana na minha casa, parecia ridículo nós dois continuarmos pagando as prestações da casa própria e, como o meu apartamento era uma fração maior do que o dele mas um milhão de vezes mais confortável, resolvemos colocar o dele para alugar.

Fazia cinco anos que eu morava no meu apartamento. Os anos mais felizes da minha vida. Foi a primeira vez que realmente compreendi o que significava se fixar, a primeira vez que soube o que é ter um lar.

Fucei lojas de móveis de segunda mão, decorando cada aposento com orçamento limitado, e passava os fins de semana em cima de uma escada, rolo de pintura na mão.

Comprava todas as revistas de decoração (*Architectural Digest, House & Garden, World of Interiors*), arrancava as páginas com idéias de que gostava e tentava imitá-las com o menor gasto possível.

Tinha colegas e amigos que se mudavam em intervalos de poucos anos, cansavam-se de seus apartamentos e tinham vontade de se mudar para algum lugar maior e melhor, mas eu nunca me senti assim. Eu sabia que meu apartamento era tudo que eu sempre quis, e não podia me imaginar desejando algo mais.

Dan adorou meu apartamento desde a primeira vez em que colocou os pés lá (na quinta vez em que saímos, preparei o jantar: salada de alcachofra, peixe com tomate e alho, musse de chocolate e morangos. Naturalmente, acabamos na cama e, na manhã seguinte, percebi que provavelmente nunca mais transaria com outra pessoa). Dan sempre disse que meu apartamento era exatamente como ele gostaria que o dele fosse, se tivesse alguma noção de estilo.

Achei que ele estivesse brincando, até a semana seguinte, quando fui ao apartamento dele em Kentish Town. No quinto andar de um prédio enorme, entrei pela porta e imediatamente procurei um sofá confortável em que eu pudesse me jogar para me recuperar de tantas escadas.

Nada. Nenhuma mobília. Apenas caixas de roupas, um *futton* que, com toda a certeza, já tinha visto dias melhores, uma enorme TV de tela plana e centenas e centenas de fitas de vídeo.

— Acho que não é muito confortável — disse Dan enquanto entrava no quarto para juntar roupas limpas para passar a semana seguinte na minha casa.

— Acho que você está sendo modesto — eu disse, chocada de pensar como alguém podia viver daquele jeito. — Quando foi que você se mudou? Ontem?

— Eu nunca fico aqui — respondeu, sorrindo.

— Obviamente. Mas como é que você nunca fica aqui se conseguiu passar a maior parte da semana passada na minha casa? Se nunca fica em casa, como pode ter achado tempo para ficar comigo a maior parte da semana passada? Certamente eu não causei um impacto assim tão grande sobre a sua vida social.

Dan sorriu, os braços cheios de camisas e camisetas.

— Vida social? Que vida social? Eu não tinha vida social antes de conhecer você.

Dei um tapa em minha testa.

— Claro! Eu já devia saber. O que você estava mesmo fazendo no Calden aquela noite? Uma reunião de trabalho?

— Na verdade, era isso mesmo — ele respondeu, assentindo com a cabeça. — Você sabe como nós, o pessoal da TV, somos. Por que fazer reunião em uma sala se tem um bar perfeito logo ali na esquina?

— Para falar a verdade, acho que não conheço vocês, o pessoal da TV, assim tão bem.

— Ah, não? — ele ergueu uma sobrancelha e jogou as roupas no chão, caminhando na minha direção. — Então talvez esteja na hora de nos conhecermos bem melhor.

❤

Duas semanas depois de Dan se mudar, a campainha tocou. Era sábado de manhã e ele tinha ido à academia para seus exercícios tradicionais de fim de semana, deixando que eu ficasse, finalmente, um pouco sozinha.

Por mais animada que me sentisse com a mudança de Dan, a apreensão estava começando a se manifestar. Eu sempre considerara o fato de morar juntos algum tipo de ideal romântico: acordar um nos braços do outro, rir tomando suco de laranja recém-espremido e comendo torrada na manhã de domingo. Por mais que tenha vergonha de admitir, acho que a minha idéia a respeito de morar com alguém fora algo montado a partir de fragmentos de propagandas de TV bem cafonas.

Mas a verdade era que aquele apartamento era meu, pago por mim e decorado por mim. Eu tinha escolhido cada peça de mobília ali e decidira onde colocar cada uma delas. Se não gostasse de alguma coisa, simplesmente trocava de lugar.

E, de repente, precisava encontrar mais espaço para as coisas de Dan, inclusive coisas que eu não suportava. A coleção dele de pôsteres de cinema emoldurados, por exemplo.

Chinatown. Dirty Harry. Era uma vez na América. Tenho certeza de que ficavam ótimos, digamos, no quarto de Dan no alojamento universitário, mas, sinceramente, aos 35 anos, é de se pensar que ele teria algo um pouco mais, bom, adulto. Eu os banira para o corredor, onde estavam apoiados na parede, virados para ela, esperando que Dan os pendurasse.

E, ao mesmo tempo que compreendo que a TV de plasma de tela grande é o objeto de desejo de todo garotinho quando crescer, ela não combinava muito bem com a minha decoração tão feminina. Percebi logo, no entanto, que aquela era uma batalha que eu claramente não venceria, então fiz todo o esforço para ignorar o enorme retângulo preto que me espiava como a maldição de um profeta no canto da sala.

Egoísta? Claro que eu era. Quem não seria depois de morar sozinha durante quase vinte anos? Eu estava acostumada a fazer as coisas de uma certa maneira e nunca tinha precisado pensar em qualquer outra pessoa. Compreendia o que a palavra compromisso significava; mas simplesmente nunca precisara viver de acordo com ela antes.

E lá estava Dan, removendo os porta-retratos que eu tinha colocado em cima do som dele com toda a delicadeza, em um esforço para deixá-lo mais feminino, mais de acordo com o resto da sala, e lá estava eu, observando-o e mordendo a língua para não gritar dizendo que aquela casa era minha e que, para começo de conversa, eu nem queria aquela porcaria de som ali.

— Eu sei que é difícil — disse Dan depois da nossa primeira briguinha, dois dias depois de ele se mudar. — Você mora sozinha há anos e faz muito tempo que não moro com ninguém. Nós dois estamos acostumados a ter nosso próprio espaço; vai demorar um pouco para nos acostumarmos a ter outra pessoa do lado. Mas, Ellie — ele esticou o braço até o outro lado da mesa e pegou a minha mão —, vale a pena. Eu amo você e quero passar o resto da vida com você. Esta é só uma coisinha de nada, e nós dois precisamos ceder.

Assenti com a cabeça, maravilhada por ter encontrado alguém tão perfeito para mim, alguém que me amava daquele jeito, que era capaz de ser honesto em relação a isso.

— Você tem razão — respondi. — Desculpe.

— Isso significa que posso continuar deixando minhas cuecas no chão do banheiro?

— Ah, ha, ha. Não exagere na sorte. — Mas eu concordei quando ele se inclinou para a frente e me tascou um beijão na boca.

E, naquela manhã de sábado, quando a campainha tocou, fiquei um pouco irritada, já que tinha acabado de me acomodar para saborear meu ritual solitário dos sábados de manhã na cama, com chá, *croissants* e o jornal *Telegraph*. A garoa de março lá fora ajudava a aliviar minha culpa... não há nada como ficar na cama quando o tempo está cinzento e chuvoso. E eu não fazia a menor idéia de quem poderia estar tocando a campainha.

Enfiei-me dentro do roupão (faz tempo que quero comprar um penhoar, mas nunca compro) e, com o cabelo desgrenhado e os olhos inchados e cheios de remela de sono, fui atender à porta e deparei com a mãe de Dan toda radiante nos degraus de entrada.

— Ellie! — disse ela, estalando um beijo na minha bochecha e me empurrando para o lado para entrar no corredor ao mesmo tempo em que eu ficava paralisada, mortificada por ela me ver daquele jeito. — Espero que você não se importe de eu dar uma passada, mas percebi que, se fosse esperar um convite do Dan, ia ficar esperando para sempre. Então, onde é que posso colocar isto aqui?

Estava carregando um buquê enorme de tulipas que levou até a cozinha, onde começou a abrir armários, procurando, presumivelmente, um vaso.

Droga. Parecia que uma bomba tinha caído na cozinha. Tínhamos preparado o jantar juntos na noite anterior e Dan chegara por trás quando eu lavava a louça, passara a mão na minha coxa e já sabe, qualquer chance de fazer com que a cozinha retornasse à sua forma anterior imaculada desapareceu e fomos correndo para o quarto, deixando tudo para a manhã seguinte.

Já ouvi dizer que a marca de um verdadeiro *chef* é a capacidade de deixar tudo arrumado à medida que vai cozinhando e, apesar de eu ser viciada em todos os programas de culinária da TV, apesar de prestar atenção quando Gordon, Jamie e todos os outros limpam as tábuas de cortar e tiram as cascas de alho e os talos de salsinha da pia antes de dar início à próxima etapa, eu nunca consegui fazer isso muito bem.

Mas, ah, como desejei ter me esforçado um pouco mais. Olhei para a devastação através dos olhos de Linda Cooper e desmoronei.

— Desculpe pela bagunça — eu disse com voz fraca, pegando pratos com crostas de comida da mesa da cozinha e os levando até a pia. — Não acredito que você veio ao meu apartamento no dia em que ele está mais bagunçado do que nunca. Estou morrendo de vergonha. — Abri a porta de um armário e entreguei-lhe um vaso quadrado de vidro.

— Tenho uma faxineira fantástica que está procurando mais trabalho — disse ela com um sorriso. — Se você quiser, posso ligar para ela e ver se pode vir aqui nesta semana. Que tal?

— Ah, maravilha — eu disse baixinho, sem nunca ter considerado a idéia de alguém além de mim limpando a minha casa. E, francamente, à exceção daquela manhã, gosto de achar que faço um bom trabalho, mas não havia motivo para fazer essa observação. Se eu fosse Linda Cooper, não acreditaria em mim.

— Mas, bom — ela trilou, quebrando a pontinha das tulipas e arranjando-as com muito jeito no vaso —, só vai demorar um segundo para arrumar isto aqui. Você estava indo tomar um banho? Quando terminar, já vou ter deixado este lugar impecável.

Agora eu sei que não devia ter levado isso para o lado pessoal, e sei que ela só estava tentando ajudar mas, mesmo assim, senti que eu e as minhas capacidades de cuidar da casa tinham sido desprezadas, e não fiquei nada contente.

Também me senti terrivelmente vulnerável no meu roupão encardido e esfarrapado, com o cabelo todo despenteado, sem nem um traço de maquiagem no rosto. Sabia que só seria capaz de lidar com aquela humilhação se estivesse me sentindo muito forte, e só me sinto muito forte com minha armadura, ou seja: maquiagem bem aplicada e roupas bem ajeitadas.

Então fui para o banheiro batendo o pé, deixando a mãe do meu namorado até o cotovelo de detergente Fairy Liquid.

Meia hora depois eu apareci, os cabelos presos para trás em um rabo-de-cavalo, camiseta branca e jeans, sentindo que podia enfrentar qualquer um.

— Fiz café para nós — disse Linda toda alegre quando entrei na cozinha que então reluzia. — E espero que você não se importe, mas lavei todos os seus vasos... estavam bem imundos.

Fiquei mortificada.

— Linda, você não precisava ter feito isso.

— Não, não. Eu sei que vocês, jovens, não têm tempo para limpar as coisas direito, e era o mínimo que eu podia fazer. Agora venha se sentar aqui e vamos tratar de nos conhecer melhor.

Quando ela foi embora, eu já conhecia toda a história da família Cooper, incluindo uma versão muito mais precisa da dinâmica familiar.

Parecia que Linda não era assim tão segura quanto parecera no nosso primeiro encontro, e que com certeza guardava um certo ressentimento por não ter podido seguir carreira profissional. Eu já adivinhara que ela era aquele tipo de mulher que preenchia suas ambições substituindo-as pela criação dos filhos, e tudo que ela dizia confirmava a minha impressão.

Tinha um orgulho extraordinário de Dan, que claramente é seu menino de ouro devido à carreira próspera e de nível excelente como produtor de televisão. Seu mais recente documentário tinha recebido diversos prêmios e obtivera uma surpreendente cobertura da imprensa. Linda tinha recortado tudo e organizado em um álbum.

Richard, disse ela, ainda não tinha encontrado seu lugar. Vinte e nove anos parecia ser idade bastante para saber o que se vai fazer com o resto da vida, mas Linda disse que ele era um sonhador e que acabaria chegando lá.

— E Emma? — perguntei. — Ela é tão desenvolta, tem tanta personalidade... Deve ser maravilhoso ter uma filha assim.

— Ela é igual àquela menina com um cachinho no meio da testa. Quando é boa, é ótima, mas quando é má, é terrível.

— Um pavor, mesmo? Ela parece tão encantadora...

— Isso porque ela não é sua filha. — Linda sorriu. — Eu sei que sua mãe morreu muito cedo e, não me entenda mal, mas a adolescência entre mãe e filha pode ser muito difícil.

— Não, eu sei — respondi. — Posso não ter tido minha própria mãe, mas passei por isso com a mãe de todas as minhas amigas.

— Bom, Emma sempre foi rebelde. Claro que eu a amo, mas não consigo entendê-la de verdade. E, francamente, na idade dela, já devia ter se acalmado. Quer dizer, olhe só para você, Ellie. Vocês têm mais ou menos a mesma idade, não é?

Assenti com a cabeça.

— Você já tem seu próprio apartamento, um bom emprego, independência financeira. Emma fica pulando de um emprego para outro e de uma festa para outra, vai morar com amigos ou com namorados sempre que o vento muda de direção. Ah, sei lá — ela suspirou. — Talvez as pessoas criativas sejam assim.

A chave virou na fechadura da porta da frente e eu soltei um suspiro de alívio. Conhecer melhor a mãe do namorado era uma coisa, ouvi-la falar mal dos próprios filhos era outra totalmente diferente, algo com que eu não estava disposta a lidar ainda, não naquela família em que eu estava apenas começando a conhecer.

— Mãe! — o rosto de Dan se iluminou quando ele entrou na cozinha. Beijou-a primeiro e depois veio me beijar.

— Eca. Você está todo suado. — Eu me afastei dele. — Imagino que deve ter feito bastante exercício hoje.

— Fiz sim. Vou tomar banho em um minuto. Mãe, o que você está fazendo aqui?

— Eu não tive notícias suas, então achei que era melhor vir ver o apartamento novo.

— É legal, não é? — Dan sorriu.

— Com toda certeza é um avanço em relação ao último.

— Isso não é muito difícil — eu me intrometi, decepcionada por ela não ter descrito o meu apartamento como algo além de um avanço.

— Homens! — Linda revirou os olhos para mim e mais uma vez eu senti carinho por ela, adorei o fato de ser incluída na conspiração, apesar de eu mesma não acreditar muito naquilo.

❤

Uns dois meses se passaram, meses que foram, de vez em quando, difíceis, e outras vezes mais maravilhosos do que eu poderia imaginar. Eu adorava ter alguém com quem conversar toda noite, nunca precisar ir para a cama me sentindo sozinha.

Mas, outras vezes, eu olhava para ele e fervilhava de ressentimento. Eu detestava ter que assistir a *Os Simpsons* quando só queria ficar quietinha lendo um livro; ficava puta da vida porque parecia que eu era a única responsável por ter de decidir o que comeríamos no jantar toda noite, isso sem falar que também tinha que cozinhar.

Mas, de maneira geral, eu diria que as vantagens ultrapassavam as desvantagens de longe e, apesar de discutirmos, os desentendimentos passavam rápido e nunca eram sérios o suficiente para fazer com que questionássemos o relacionamento.

No final de maio, Dan ganhou um prêmio importante por um de seus programas de televisão. Ele me ligou assim que soube e disse que ia me levar ao Zuma para jantar, que eu devia me arrumar, que íamos sair para comemorar.

Coloquei um vestido preto clássico que comprara na liquidação da Nicole Farhi, já que tinha me tornado uma mulher um pouco mais sofisticada agora que fazia parte de um casal. Quando era solteira, misturava peças, blusas da Hennes, calças da Zara, suéteres da Joseph. Agora, apesar de raramente irmos a restaurantes refinados como o Zuma, tínhamos mais eventos sociais do que eu jamais tivera na vida. Não sou do tipo competitivo, mas sempre me sentia levemente mal-ajambrada em relação às namoradas e às mulheres dos amigos dele. E resolvi tomar jeito e começar a comprar roupas melhores. Mesmo que fosse só na liquidação.

Os amigos de Dan eram, na maior parte, da escola. Por ter me afastado de todo mundo com quem estudei, achei extraordinário o fato de ele ainda ter os "garotos dele", como dizia. Eles eram tudo para ele. Eu percebi logo que, se eu e Dan fôssemos ter algum tipo de compromisso, eu teria que adorar os garotos da mesma maneira que adorava Dan.

Havia Simon, que já estava convidado para ser o padrinho, mesmo antes de Dan resolver se casar. Ãh-hã. Engraçado, bonito, charmoso. Eu não entendia como Simon continuava solteiro, mas Dan disse que ele era péssimo com as mulheres e que eu acabaria por confirmar isso por conta própria.

Tom, Rob e Cheech, cujo nome verdadeiro parecia ser Nicholas, mas já era conhecido como Cheech fazia tanto tempo que quando perguntei o porquê, Dan não conseguiu se lembrar. Acabei compreendendo que tinha alguma coisa a ver com várias experiências feitas no tempo da faculdade com uma bomba.

Tom e Rob eram casados com Lily e Anna, respectivamente, e os outros dois estavam desesperadamente necessitados de comida feita em casa, então, logo que fomos morar juntos, convidei os garotos para jantar em uma sexta, o que logo se transformou em tradição semanal. Toda semana eu fazia um assado completo, com batatas, legumes e molho, e sempre me assegurava de oferecer uma sobremesa que os fizesse lembrar do tempo da escola interna: bolinhos com passas, torta de maçã com baba-de-moça, bolinho de limão. Assegurei-me de conquistar o coração deles passando pelo estômago, e consegui.

Dan tinha me dito, depois da primeira sexta à noite, que os quatro tinham chegado à conclusão que eu era "das boas". Parecia que este era o maior elogio que uma mulher podia receber, e eu era, de fato, a primeira mulher que recebia aprovação geral. Fiquei tão feliz que mal consegui dormir.

Felizmente, as duas mulheres eram um amor, talvez não as amigas que eu escolheria para mim por conta própria, mas logo que comecei a usar roupas mais refinadas, senti-me quase como se fizesse parte da turma desde sempre.

Combinamos de nos encontrar no Zuma, Dan viria direto de uma reunião editorial tardia no trabalho. Senti-me perfeita com o meu vestido, na moda e portanto elegante com meus sapatos de salto alto novos Jimmy Choo, seguindo o *maître* até a mesa, pedi minha bebida sem álcool de sempre enquanto esperava Dan chegar.

— Desculpe pelo atraso. — Ele apareceu alguns minutos depois, debruçou-se por cima da mesa e me deu um beijo rápido. — Você está maravilhosa — disse, e eu sorri quando pegou a carta de vinhos entregue pelo garçom e a leu inteira, fingindo saber o que estava fazendo.

— O que você recomenda? — perguntou ao *sommelier* depois de fazermos o pedido e fez movimentos afirmativos selvagens com a cabeça quando um Château Beychevelle 1996 foi sugerido, como se aquele fosse exatamente o vinho que teria pedido por conta própria.

— Você acha que iam nos chutar para fora se tivéssemos pedido meia garrafa de vinho tinto da casa? — sussurrei.

— Algo me diz que este não é o tipo de lugar em que a gente pode pedir meia garrafa de vinho vagabundo. — Dan sorriu. — Não que eu esteja reclamando.

— Eu também não. — Sorri, pensando em como era bom ser mimada daquele jeito. — Então, conte como foi o seu dia.

Conversamos e rimos, e contamos um ao outro o que tinha acontecido durante o dia, falamos do futuro, compartilhamos nossos sonhos individuais a respeito do que o nosso futuro juntos poderia trazer e ficamos encantados de ver que concordávamos: uma casa com jardim grande, dois filhos no máximo e talvez, a certa altura, se tivéssemos dinheiro suficiente, uma segunda casa no interior, ou até na França. Um cachorro seria bom, concordamos, mas nada grande demais, não morando em Londres. Eu queria um West Highland Terrier, mas Dan disse que esse era um cachorro de mulher, e ele teria que ter, no mínimo, um Labrador pequeno.

As sobremesas vieram e se foram, depois os cafés com creme, e foi quando o rosto de Dan de repente assumiu expressão séria.

— Qual é o problema? — Eu observei quando o rosto dele perdeu a cor e sua pele assumiu um tom meio esverdeado. — Tudo bem com você? Ai meu Deus, será que foi alguma coisa que você comeu? O que foi, Dan? Fale.

Dan limpou a garganta e esticou o braço por cima da mesa para pegar minha mão, e eu compreendi. Juro por Deus que, assim que o ouvi limpar a garganta, já sabia o que vinha pela frente, e tenho certeza de que parei de respirar durante alguns minutos, e quando ele começou seu discurso ensaiado sobre como sempre quis se casar mas nunca achou que encontraria a pessoa certa, meu coração batia tão alto que eu mal escutava o que ele dizia.

Claro que respondi sim.

5

Pegamos um táxi para casa, fomos nos beijando abraçadinhos no banco de trás ao mesmo tempo em que eu erguia a mão para examinar meu anel de noivado. Era tão estranho usar um anel naquele dedo, um anel tão fantástico que dava vontade de mostrar a todo mundo por quem passávamos.

Dan não tinha feito nada tão óbvio quanto parar em uma joalheria e perguntar de qual anel eu gostava mais, mas lembrou-se de uma vez quando eu estava folheando uma revista e apontara um anel absolutamente estonteante.

— Não acredito que você lembrou! — Eu ficava repetindo, erguendo a mão na frente do rosto e observando o diamante reluzir sob a iluminação dos postes. — Não acredito que você fez isto.

— Eu queria fazer uma surpresa — Dan disse, com um beijo na minha orelha direita —, e achei que não ia ser a mesma coisa se não desse o anel para você.

— Tem razão. Provavelmente não teria parecido que era de verdade. Ah, meu Deus! — Soltei um gritinho quando joguei os braços em volta dele. — Nós vamos nos casar!

Quando entramos no apartamento, o telefone estava tocando. Atendi e ouvi Linda na outra ponta da linha.

— E aí? — ela trilou alegremente enquanto eu lançava um olhar desconfiado para Dan.

— E aí? — Eu devolvi para ela.

— Bom, agora eu tenho mais uma filha na família?

Eu sorri.

— É, Linda, tem sim.

Linda soltou gritinhos e chamou Michael ao telefone.

— Parabéns, Ellie — disse Michael, cheio de ternura. — Que notícia maravilhosa, sei que vocês dois vão ser muito felizes juntos.

E então Linda estava de volta ao telefone.

— Estou tão animada! — disse. — Não posso esperar para começar a planejar o casamento. Ah, meu Deus, quando vai ser o grande dia?

— Não faço a mínima idéia — ri. — Ainda nem falamos sobre isto. — Enquanto eu falava, já ia pensando: do que é que você está falando, que *você* vai planejar o casamento? Este casamento é meu, e eu tenho 33 anos, e sou diretora de marketing do Calden. Se eu não puder planejar meu próprio casamento, então para que diabos serve tudo isso?

— Que tal no inverno? — perguntou Linda. — Sei que só faltam uns sete meses até dezembro, mas eu *adoro* casamentos no inverno. É *tão* chique! Você pode usar um buquê de belas rosas cor de vinho, e a gente vai ter tempo de sobra para preparar tudo.

— Dan e eu vamos ter de conversar sobre o assunto — respondi. — Mas pode ter certeza de que você vai ser a primeira a saber quando resolvermos a data. — Eu não me preocupei em agradecer pela oferta de ajuda, mas tenho certeza de que estava tudo bem e, mesmo assim, fiz uma anotação mental para que o fizesse num futuro próximo.

— Ah, eu sei, eu sei, não é da minha conta, é só que esperei tantos anos para organizar o casamento de Emma, e como é óbvio que isso não foi possível, agora posso fazer isto por você.

— Eu sei. — Suprimi uma pontada de culpa: afinal de contas, ela só estava tentando ser gentil e, na verdade, será que eu não deveria me sentir mais agradecida pelo fato de ela estar assim tão animada? — Compreendo perfeitamente. Dan está aqui, fale com ele — e entreguei o telefone para Dan e fiquei pairando ali por perto até ele se despedir.

— Dan — eu disse lentamente, quando ele colocou o fone no gancho. — Seus pais sabiam que você ia me pedir em casamento?

Ele fez uma cara acanhada.

— Meu pai não sabia, mas minha mãe estava por dentro.

— Ah.

Eu me senti estranha por não ter sido a primeira a saber, era quase como se Dan tivesse colocado a mãe em primeiro lugar, por mais ridícula que esta idéia possa ser. Eu sei que mães e filhos têm relações especiais, mas agora eu era a mulher mais importante da vida dele, e ao contar primeiro para a mãe, ele a colocara novamente na posição de honra, e aquilo me incomodava. Por mais que eu analisasse o fato de ângulos diferentes, aquilo me incomodava, mas eu sabia que, se dissesse meus pensamentos em voz alta, Dan ia achar ridículo, só que eu não conseguia deixar de pensar que, de certa maneira, minha bola tinha ficado um pouco murcha.

— Desculpe — disse Dan —, eu também queria fazer surpresa para todo mundo, mas precisava encomendar o anel ao joalheiro da minha mãe, então ela precisou saber.

— Ah, tudo bem. Eu entendo, mas foi meio esquisito ouvir o telefone tocar assim que colocamos os pés em casa e ver que sua mãe obviamente já sabia de tudo.

Dan colocou a mão em cima do coração, em um gesto solene.

— Juro que, se noivarmos de novo, não conto para ninguém antes de você. Que tal?

— Ridículo. — Mas as palavras dele surtiram o efeito desejado. Sorri e me deixei arrebatar por um abraço.

— Que bom. Agora, vamos ligar para todo mundo.

Dan ligou primeiro para Richard, depois para Emma, e depois para os garotos. Passou o telefone para mim todas as vezes, para que pudessem me parabenizar, e então entregou o aparelho para mim, para que eu pudesse ligar para os meus amigos. Não que eu de fato tivesse alguém para telefonar. Eu estava tão acostumada ao fato de o trabalho tomar conta da minha vida que nunca me pareceu estranho não ter amigos fora do serviço. Mas, já que era para ligar, liguei para Sally, minha amiga mais próxima do trabalho, e para Fran, a RP do Calden, que, eu sabia, ficaria emocionada.

Hesitei antes de ligar para meu pai. Só tínhamos nos falado duas vezes no decorrer do último ano e, nas duas vezes, tínhamos ficado pouco à vontade. Ele tinha me convidado para almoçar em Potters Bar, mas eu andava ocupada, e parecia que não tínhamos muita coisa a dizer um ao outro. Nas duas vezes, a conversa tinha passado para: "Então, o que mais há de novo?", e nenhum de nós tinha mais nada a dizer. Mas ele é meu pai, e por mais estranhas que as coisas estejam entre nós agora, de vez em quando me lembro da minha infância, de como eu o adorava, de como ele era meu cavaleiro andante. Quando minha mãe ficava "doente", como costumávamos dizer, meu pai sempre estava lá para cuidar de mim. Era ele quem aparecia para assistir às minhas peças bobas e desajeitadas da escola. Era ele quem fazia reunião com as professoras quando havia algum problema, e quando eu ficava doente, era ele quem me dava remédio na boca e colocava um pano úmido na minha testa. Tento não pensar muito nessas ocasiões. A perda da minha mãe já foi bem ruim, mas quando penso no pai que perdi, o pai que conheci na infância, a dor é grande demais para suportar. Eu mal consigo relacionar aquele pai ao pai com quem falo ocasionalmente hoje em dia, coisa que faço muito raramente. É difícil eu pensar sobre o passado, mas é exatamente para lá que nossas poucas conversas geralmente vão; afinal, aquela história despedaçada é a única coisa que ainda temos em comum.

Peguei o caminho dos covardes. Liguei, mas só na manhã seguinte, quando sabia que ele estaria no trabalho, e Mary estaria levando as crianças para a escola. Deixei um recado na secretária eletrônica e disse que esperava vê-lo logo, e que podia me ligar no trabalho, onde eu poderia filtrar as ligações ou pedir para um assistente dizer que eu estava em reunião.

Mesmo assim. Fiz a coisa certa.

❤

Todo mundo se comoveu no trabalho. Mulheres que eu mal conhecia fizeram festa e ficaram babando em cima do meu anel de noivado, todo mundo queria saber como ele fez o pedido, se estava de joelhos (não) e quando iríamos de fato nos amarrar.

No almoço, Fran e Sally insistiram em me pagar um champanhe, apesar do fato de entrar na conta da empresa, como dizemos de brincadeira.

— Pense só nisto — diz Sally, olhando em volta do bar —, este aqui foi o lugar em que vocês se encontraram pela primeira vez.

— Eu sei — Fran sorri. — Isso quer dizer que ainda há esperança para você.

Sally é a essência da namoradeira em série, ao passo que Fran está casada com Marcus há cinco anos. Eles têm duas filhas, Annabel e Sadie, moram em uma casa em Notting Hill que causa inveja a todas as amigas, e Fran tem reputação de ser uma das RPs mais gostosas da cidade.

Ela também é aterrorizante, pelo menos logo que a gente a conhece. Ela amedronta de tão na moda que anda, com roupas de marca da última coleção; na primeira vez que nos vimos, quando ela supostamente estava concorrendo a uma vaga para trabalhar conosco, eu me senti uma maltrapilha comparada a ela. Mas, quanto mais a conheço, mais gosto dela. Na verdade, ela não é o tipo de mulher que se dá bem com outras mulheres, mas quando resolve que gosta de alguém, faz qualquer coisa por esta pessoa. Ela me provoca com regularidade a respeito da minha vida social inexistente, minha tendência a me entocar em casa, como diz e, apesar de não nos encontrarmos muito fora do trabalho (a vida "real" dela parece girar principalmente em torno das filhas), adoro nossos almoços e *happy-hours* freqüentes.

Sally, que geralmente nos acompanha nos almoços e *happy-hours* supramencionados, já passou muitas horas pedindo a Fran que encontre para ela um homem como Marcus, e Fran já lhe apresentou diversos homens, mas nunca dá certo. Sally continua esperando aparecer alguém que arrebate seu coração. Ela acredita que, se não ouvir violinos no momento em que ele a beijar, então não é sua alma gêmea. Ela vive os romances mais espetaculares, maravilhosos e românticos, mas quando finalmente percebe que seu mais recente parceiro é humano, afinal de contas, a bola murcha e ela resolve que aquilo não pode ser, de jeito nenhum, Amor Verdadeiro.

— De todo jeito — diz Sally, sacudindo a cabeça —, não consigo acreditar que você conheceu o homem com quem vai se casar aqui.

— Está brincando? — começo a rir. — É você quem vive dizendo que este nosso trabalho é dos sonhos exatamente porque os homens mais lindos de Londres estão bem aqui, à nossa porta.

— Bom, eu sei disto — diz Sally. — E com toda a certeza eles são lindos mesmo. — Todas fazemos uma pausa e olhamos ao redor do salão, reparando no número significativo de gente bonita espalhada pelo bar do Calden. — Mas caras com quem se casar? Acho que não.

— Está pensando errado — diz Fran, pedindo mais uma garrafa de champanhe. — Acho que está tentando dizer que os homens escolhidos por *você* não são do tipo para se casar. Está bem claro que o problema não é *onde* você os encontra, mas sim os *homens* que escolhe.

— Acho que eu faço tudo muito direitinho — Sally funga. — E Alex? Vocês duas acharam que ele era um amor.

— E era mesmo — concordei. — Foi você quem disse que não agüentava mais as piadas que ele não parava de contar. Sinceramente, achei que ele era mesmo um partidão. E, vamos falar sério, ele adorava você.

— Ela tem razão — disse Fran, assentindo com a cabeça. — Alex era ótimo.

— Vocês dizem isso porque não tinham que ficar ouvindo ele cair na gargalhada o tempo todo. Meu Deus, ele me deixava louca.

— *Todos* os homens deixam você louca — diz Fran. — Você precisa baixar suas expectativas, ou vai terminar como uma solteirona louca.

— Mas você não baixou as suas — diz Sally. — Nem você, não é mesmo, Ellie?

— Certo, talvez eu não tenha baixado as minhas expectativas — diz Fran —, mas Marcus tem umas coisas que me deixam louca, que sempre me deixaram louca, mas eu também não vou largá-lo por causa disso.

Sally e eu ficamos intrigadas no mesmo instante.

— Que tipo de coisas? — pergunta Sally.

— Certo. — Fran pede café com leite desnatado para todas. — Coisas do tipo: ele faz cocô com a porta do banheiro aberta e espera que eu entre lá para bater um papinho com ele.

— Eca — Sally e eu fazemos coro: Sally como alguém que nunca chegou ao estágio do relacionamento em que possa imaginar tal coisa, e eu no papel de uma pessoa levemente recatada no que diz respeito a hábitos de banheiro.

— Exatamente. Vocês têm razão. Como eu vivo dizendo ao Marcus, ele não é inteligente e não é engraçado, e às vezes me deixa louca, mas como eu o amo, preciso aceitar.

— Você *com toda a certeza* largaria alguém por causa disso — digo, olhando diretamente para Sally.

— Ah, mas com toda certeza que sim — diz ela, horrorizada. — Fazer cocô em público merece um pé na bunda. Então, o que mais ele faz? — Ela se inclina para a frente com um sorriso maligno. Eu faço a mesma coisa.

Fran suspira.

— Sally, você é patética, sabia?

— De que outra maneira eu vou poder aprender o que eu devo ou não agüentar, se uma velha mulher casada como você não me contar?

— Certo. Ele peida na cama.

— Silencioso e violento — ofereço.

— Ah, nada disso. Barulhento e revoltante. Juro por Deus, a bunda do meu marido é a arma mais poderosa que este país possui.

Sally começa a sacudir a cabeça.

— Desculpe, mas acho que você não deveria ser obrigada a agüentar essas coisas. Que nojo!

— Bom, eu sei que você não agüentaria — Fran ri. — E isto é parte do seu problema. Marcus não é o Super-Homem, ele é humano. Faz coisas nojentas igual a todo mundo, e o casamento não é o final feliz que você deve estar imaginando.

Sally se volta para mim.

— Você tem certeza de que quer se casar? Pense só, Dan parece o homem perfeito agora, mas daqui a uns meses vai começar a cutucar o nariz e limpar a meleca no travesseiro.

— Mas ele já faz isso — digo, toda inocente, e Sally arregala os olhos de pavor. — Credo, Sally. — Dou um tapinha de brincadeira no braço dela. — Você é mesmo crédula demais. Mas, de todo jeito, eu concordo com Fran. Você se livra deles no momento em que fazem algo que você não gosta.

— Só porque vocês duas acabaram com homens fedidos e sujos, isso não quer dizer que a mesma coisa vai acontecer comigo.

— É verdade. — Fran dá de ombros. — É claro que você pode muito bem virar lésbica.

— Eu poderia mesmo, mas vai ser um desperdício deixar tantos homens à toa.

Fran vira-se para mim.

— Então, Ellie, recém-pedida em casamento, com essa pedra enorme brilhando na mão, como é estar noiva, e que tipo de casamento você acha que vai fazer?

Eu rio.

— Dê um tempo. Faz menos de doze horas que eu estou noiva. Pergunte de novo na semana que vem e talvez eu tenha uma idéia melhor. Mas no que diz respeito ao tipo de casamento, minha sogra já disse que prefere um casamento no inverno...

— Não! — Sally interrompe, apavorada. — Diga a ela que não é da conta dela.

— Eu não faria isto — respondo com um sorriso. — Aliás, ela é legal de verdade, e acho que vamos ser boas amigas.

E Fran ri tanto que espirra café com leite pela mesa toda.

— Ah, meu Deus, desculpe. — Enxuga os olhos e então estica o braço para dar tapinhas de consolo na minha mão. — Às vezes você consegue ser mesmo muito inocente.

— Por quê? Porque gosto de verdade da minha futura sogra?

— Todo mundo gosta da futura sogra — Fran afirma com firmeza. — O ódio só surge depois que você se casa.

— Mas você não odeia a sua sogra — diz Sally. — Achei que vocês duas se davam muito bem.

— Agora eu não a odeio, mas digamos que, no máximo, nós nos toleramos. Francamente, é muito mais fácil quando uma não tem nada a ver com a outra.

— Mas por quê? — Estou verdadeiramente confusa. — Nunca entendi essa história de sogra. Por que é obrigatória a existência de animosidade? Por que a gente não pode se dar bem?

— Por que o céu é azul? — Fran dá de ombros. — Por que a grama é verde? Algumas coisas simplesmente *são*.

Sacudo a cabeça.

— Eu sei que você não se dá bem com a sua, mas comigo é diferente.

Fran ergue a sobrancelha.

— Não, de verdade, é sim. Lembre-se de que eu não tenho mãe. Não tenho mãe desde os 13 anos. Sonhei em me casar e entrar para uma família exatamente como esta durante quase vinte anos. E sabe o que mais? Linda é um amor, e ela me acolheu na família dela. Não posso imaginar nós duas com algum tipo de problema.

— E você não ficou nem um pouco incomodada com o fato de ela deixar claro que tem uma preferência em relação ao *seu* casamento? — Fran força.

— Acho que ela só queria ajudar. E, para ser sincera, eu também não acharia ruim me casar no inverno.

— Estou totalmente de acordo — diz Sally. — Casamentos na primavera já estão tão *ultrapassados*... Um casamento no inverno pode ser lindo, bem chique. Fogo na lareira, tons de vermelho e de roxo-escuro, luz de velas... — ela começa a devanear.

— Imagino que você vá aproveitar a Sally — Fran ri, por saber que Sally é mesmo muito competente em sua função de organizadora de eventos no Calden, e que já montou dois dos casamentos de celebridades mais espetaculares do ano.

Sally desperta de seus devaneios.

— Eu adoraria organizar o seu casamento — diz, ansiosa. — Faz séculos que não organizo o casamento de uma amiga. E a gente ia se divertir tanto...

— Então, nada de tronos de cristal nem de pombas brancas? — Aviso, referindo-me ao último casamento que ela organizou e que saiu em todos os jornais do país, apesar do custo enorme e da total falta de gosto.

— Quantas vezes preciso dizer que aqueles tronos não foram idéia minha? — ela reclama. — Disse várias vezes que era exagero, mas, no final das contas, quem paga são os noivos.

— Deixe-me falar com Dan a respeito disto — respondo. — Só estamos noivos há um minuto e já estou me sentindo sufocada. Mas obrigada por oferecer. Fico mesmo muito feliz por você ter oferecido e sei que faria um trabalho fantástico. Depois eu dou a resposta, pode ser?

— Claro — responde Sally. — Desculpe, eu não queria me impor, e sei bem como tudo isto é sufocante. Então — diz ela, inclinando-se para a frente toda ansiosa —, que tipo de vestido você está pensando em usar?

— Como está sendo o seu dia de trabalho? — diz Dan quando me liga à tarde.

— Estou completamente cheia de champanhe — rio, já lutando contra uma dor de cabeça por ter bebido demais durante o dia. — E o seu?

— Estou completamente cheio de cerveja — ele responde. — O pessoal me levou para beber e comemorar no almoço.

— Isso significa que hoje nós vamos dormir cedo?

— Com certeza. Meus pais disseram que queriam dar uma passada em casa para nos dar os parabéns pessoalmente mas, fora isso, estou pensando em pedir comida, assistir à TV e ir para a cama.

— Grandes mentes pensam igual. Agora eu sei por que aceitei me casar com você.

❤

— Dan! — Linda o envolve com um abraço enquanto Michael sorri para mim cheio de ternura e me dá um abraço desajeitado.

— Parabéns — diz ele no meu ouvido antes de se afastar. — Eu não podia estar me sentindo mais feliz por você.

— Ellie! — Linda vira-se para mim e, quando me abraça, eu tenho a certeza de que Fran está totalmente errada, que tenho mesmo muita sorte de ter alguém como Linda, e que nunca serei capaz de detestá-la, não importa o que venha a fazer.

— Trouxemos champanhe — diz Michael, e Dan e eu trocamos olhares, sem dizer palavra.

— Você tem flutes para champanhe? — Linda e Michael desaparecem dentro da cozinha enquanto eu sacudo a cabeça para Dan.

— Temos copos de vinho — diz ele, olhando para mim em busca de confirmação. Assinto.

— Ah, bom, pelo menos vamos poder dizer às pessoas o que devem comprar para vocês de presente de noivado — Linda ri.

Presente de noivado? Que presente de noivado? De que diabos ela está falando? Claro que eu espero ganhar presentes de casamento, mas nunca tinha ouvido falar em presentes de noivado.

Olho para Dan, que dá de ombros. Obviamente ele também não sabe nada a respeito disto.

Linda e Michael retornam com quatro copos de vinho e a garrafa de champanhe aberta. Servem e distribuem os copos, e todos os erguemos para fazer um brinde.

— A Dan e Ellie — diz Michael, nós sorrimos e eu finjo dar um golinho, apesar de só o cheiro daquele negócio já bastar para fazer meu estômago revirar um pouco.

— Então, tem uma coisinha que seu pai e eu queremos conversar com vocês. — Ela olha primeiro para Dan, depois para mim. — Eu sei que tradicionalmente é a família da noiva que paga pelo casamento...

Fico com o rosto impassível porque, afinal, estamos vivendo no início do século XXI, não na década de 1960 e, para ser sincera, imaginei que, apesar das minhas circunstâncias familiares, Dan e eu pagaríamos pelo casamento nós mesmos.

— ...mas seu pai e eu conversamos e decidimos que gostaríamos de pagar a festa. Não, não quero ouvir nenhum argumento. Sabemos que vocês vão querer se mudar deste apartamento minúsculo e arrumar um lugar maior, então é melhor guardarem dinheiro para isto. Não vamos aceitar um não como resposta — ela termina em triunfo.

Dan olha para mim para ver qual é a minha reação. Olho de volta para ele para ver a dele.

— Hmm... obrigado — ele gagueja nervoso, antes de eu dar um salto para salvá-lo.

— Obrigada! — Vou até cada um deles e dou um beijo. — Este é o melhor presente que poderiam ter nos dado. Têm toda a razão a respeito da nossa vontade de mudar, e esta é a melhor maneira de começar nossa vida de casados. Não acredito como estão sendo generosos.

Linda parece emocionada.

— Maravilha. — Bate palmas. — Ah, meu Deus, é tanta coisa para fazer, eu nem sei por onde começar. Nós concordamos que o casamento vai ser no inverno, não é, Ellie?

Eu engulo em seco e assinto com a cabeça. Ela vai pagar o casamento inteiro... que direito tenho eu de exigir alguma coisa de que ela pode discordar? E, de todo modo, Sally tinha mesmo dito que casamentos na primavera estavam *ultrapassados*, e tenho certeza de que vai ser lindo.

— Vamos ter de começar a fazer listas — ela prossegue. — Tem o lugar, os banqueteiros, as flores, ah, tenho ouvido falar muito bem da Absolute ultimamente. Ah, e a igreja. Acho que é melhor eu ligar amanhã. Vamos ver. A Claridges seria adorável se tiver algum dia livre, e a Connaught é pequena demais, quem sabe a Mandarin Oriental. Ou então, podemos fazer na Steracy. — Parecia que alguém tinha apertado o *play* e ela tinha desembestado. Linda continua falando enquanto eu a olho estupefata e Dan dá de ombros.

Nada do que ela diz faz sentido para mim. Acho que Dan e eu não somos do tipo Claridges. Minha idéia era mais de um casamento pequeno em algum cartório, depois, quem sabe, uma recepção no Calden, mas Linda não pára de balbuciar para si mesma, e acho que vou deixá-la saborear seu sonho mais um pouco.

Há muito tempo para dizer-lhe que não é o que queremos, que nosso casamento vai ser pequeno, que por mais que apreciemos o fato de eles pagarem pelo casamento, somos Dan e eu, no final das contas, que vamos nos casar, e que eles terão que respeitar nossos desejos.

Temos muito tempo para isto.

6

Tom disse a Dan que planejar um casamento era como rolar uma bolinha de neve montanha abaixo. Quanto maior a distância percorrida, maior vai ficando, até sair totalmente do controle, e a melhor coisa que Dan podia fazer era ficar fora de seu caminho.

E isso sem considerar a confusão e o estresse adicional de tentar comprar um apartamento novo. Adoro o meu apartamento, mas resolvemos começar do zero em algum lugar novo, algum lugar que seja *nosso*. Então, tenho tentado manter meu apartamento imaculado para a visita de futuros compradores (o que não é nada fácil, estou dizendo) e tenho folheado páginas e páginas de descrições de imobiliárias, procurando achar tempo nas manhãs de sábado para visitar todos os imóveis que me interessam.

Três meses depois do noivado, devo dizer que compreendi exatamente o que Tom queria dizer.

— É por isso que as pessoas usam alguém como eu — disse Sally em tom de ofensa quando confessei como estava me sentindo. Ela finalmente tinha me perdoado por não a ter contratado, mas foi só porque Linda parecia ter tudo sob controle e eu achei que não seria necessário contratar alguém para planejar o casamento.

— Querida, se você não está contente com isto, nós podemos pagar pelo casamento por conta própria, e daí você vai poder fazer exatamente como quiser — Dan dizia cada vez que eu comentava como o casamento não tinha quase nada a ver conosco, comigo.

— Não, não é isto que estou dizendo — eu sempre afirmava, porque os custos pareciam estar fora de controle, e agora que o hotel já estava reservado, os cardápios definidos e as flores escolhidas, eu não queria começar tudo de novo do zero.

E eu me sentia incapaz de discutir com Linda. Ela era tão convincente que, quando tomava uma decisão, ninguém parecia nem mesmo ser capaz de argumentar com ela. Isso sem contar Emma, é claro, e esta era com toda a certeza a razão por que elas não se davam bem.

Eu vira Linda e Emma tendo algumas brigas aterrorizantes; aterrorizantes porque eu detestava confrontos, porque eu sempre achava que brigas como aquela com toda a certeza levariam inevitavelmente ao abandono. Mas um dia ou dois depois, tudo parecia ter passado e as duas voltavam a ser, se não amigas, pelo menos mãe e filha.

Eu adorava Emma. Uma das alegrias de me casar com Dan era ter um irmão e uma irmã prontos, e como Dan era tão próximo deles, acho que era inevitável que eu fosse também.

Em Emma, encontrei a irmã que sempre quis, a melhor amiga de quem nunca soube que sentia falta até conhecê-la. Eu adorava o fato de nada a assustar, de tudo em sua vida ser uma aventura, de ela parecer nunca se preocupar com nada e tirar prazer de tudo.

Inicialmente, eu só a via aos domingos na casa dos pais de Dan, mas então ela ligava para falar com ele e acabávamos conversando um pouco, e depois de um tempo ela começou a aparecer nos fins de semana e, quanto mais a conhecia, mais me sentia à vontade em sua companhia.

Nós nos encontrávamos para almoçar no Calden, ou em algum dos cafés vizinhos em Marylebone High Street, e ela me contava sobre seu estilo de vida glamouroso e sobre os últimos homens com quem tinha saído, e eu me esforçava para não ter muita inveja dela. Não que eu tivesse um estilo de vida parecido quando conheci Dan, era mais que aquela possibilidade deixara de existir: eu nunca tinha tido a oportunidade de sair para dançar com o nome mais quente da música *pop*, nem dormir com o cara que a *Cosmopolitan* tinha classificado recentemente como um dos solteiros mais desejados de todo o Reino Unido.

Não que algum dia tivesse desejado essas coisas. Se eu quisesse, poderia ficar no Calden toda noite, no meio das estrelas de quem Emma falava, as estrelas sobre quem se lê nas colunas de fofoca toda manhã, mas mesmo quando tinha a oportunidade, eu estava mais interessada em ir cedo para a cama para acordar cedo, pronta para o trabalho na manhã seguinte.

Fui convidada para uma reunião de escola há alguns anos e pensei seriamente em ir. Estava curiosa para saber o que tinha acontecido com as minhas colegas, e ao mesmo tempo sentia que ainda não tinha se passado muito tempo, que assim que entrássemos no salão, íamos voltar a ser as meninas fofoqueiras e maldosas que éramos aos 16 anos.

Mas o que eu mais pensava era em como elas iam ficar surpresas ao me ver, de ver o que eu tinha virado. Imagino que esperassem que eu tivesse ficado um pouco mais parecida com Emma: que adorasse sair na balada, que não quisesse, ou não conseguisse, me fixar a nada.

Não fui. A emoção de descobrir se elas tinham mudado,

como estavam agora, não conseguiu ser maior do que o medo de que ficassem decepcionadas, ou surpresas, comigo.

Às vezes eu mesma me surpreendo, mas só tenho pensado com nostalgia naquelas noites movidas a coca e a ficadas sem compromisso desde que conheci Dan, e mesmo assim sei que é só porque a grama é sempre mais verde no quintal do vizinho que a vida de Emma parece tão fantástica, apesar de ter certeza que nada disso pudesse me fazer feliz.

❤

Emma liga em uma manhã de quinta-feira, por volta das onze e meia.

— Oi, Ellie, sou eu. Acabei de pegar umas roupas na Portland Street e estou morrendo de fome. Quer almoçar?

— Com certeza. — Olho para o sanduíche encomendado no Pret A Manger e a Coca Light em cima da minha mesa e resolvo que bem podia aproveitar de um período longe do escritório. — Quer passar aqui?

— Você se importa se nos encontrarmos em outro lugar? Estou morrendo de vontade de comer *sushi*.

— Claro. — Esta é mais uma das coisas que adoro em Emma. Ela nunca diz: "Ah, tanto faz. Aonde você quer ir?" Assim como a mãe, ela tem opinião a respeito de tudo, o que me incomodaria mais se ela estivesse assumindo o meu casamento mas, do jeito que é, não passa de mais uma qualidade nela que me faz amá-la.

Marcamos em um café japonês no mesmo quarteirão que o Calden; quando chego, vejo que Emma pegou uma das poucas mesas do lugar e já pediu vários pratos de *sushi*.

— Não deu para esperar — diz ela depois de me dar um abraço. — Tudo bem? Você quer mais alguma coisa?

— Não, assim está ótimo. Só me diga que não pediu enguia.

— Não, nada de enguia. Pode confiar. Então, como vai o casamento do século? — Ela sorri.

— Como é que vou saber? — dou de ombros. — É o casamento da sua mãe.

Emma começa a rir.

— Agora você sabe por que eu nunca vou me casar.

— Não, você ainda tem chance de se casar. — Pego um *sushi* Califórnia. — É só fugir e fazer uma cerimônia-relâmpago de acordo com a própria vontade.

— Hmm. Não é má idéia. Talvez pudéssemos ir para uma ilha do Caribe e fazer na praia.

— Emma Cooper! Não me diga que você nunca fez na praia. — Finjo ficar chocada com o jogo de palavras.

Emma ri.

— Claro que já fiz na praia. Tinha muita areia e não foi tudo isso. Só que ainda não fiz um *casamento* na praia. Mas tem algo mesmo muito romântico em se casar à beira-mar.

— É, se não for algum lugar em que seja o oitavo casamento do dia.

— Tipo nas ilhas Sandals — dizemos ao mesmo tempo. E rimos.

— Então, ela está deixando você louca?

Uma leve pausa, mas nós duas sabemos do que ela está falando.

— Não louca. Só um pouquinho maluca.

— Preciso lhe falar uma coisa, ela é minha mãe, então eu não tenho escolha, mas você pode escapar. Falando sério, ainda não é tarde demais.

— Eu sei — murmuro —, mas tem o Dan, e eu sei que talvez você não acredite, por ele ser o seu irmão mais velho, mas eu o amo de verdade.

— Mas você está apaixonada por ele?

— Claro que sim. Se não, por que iria me casar com ele?

— Sei. — Ela assente gravemente com a cabeça. — Então isto é um problema sério. Acho que você simplesmente vai ter de aprender a viver com ela, como o resto de nós.

— Eu sei, mas isto é parte do problema. Vocês todos são filhos dela: podem confrontá-la, ou ter brigas enormes, porque sabem que vão continuar amando uns aos outros quando tudo terminar. Vocês sempre vão ser uma família.

— E você é legal demais, caramba — diz Emma. — Você fica morrendo de medo que ela vá detestar você se disser que na verdade não quer arbustos podados em formatos estranhos espalhados pelo salão de baile.

— Exatamente! Então, você ouviu falar dos arbustos?

— É. Ridículo. Completamente exagerado. Igualzinho à minha mãe.

— Este não é o casamento que eu quero. Será que *você* não pode dizer algo para ela? — implorei.

— Eu já tenho discussões próprias suficientes com ela. Acho que só depende de você. Mas se quiser um conselho, eu diria que você não deve querer tanto agradar a todo mundo. Você é, no final das contas, a mãe dos futuros netos dela. Ela tem que ser legal com você, e mesmo que você a irrite, ela vai ter que superar. Você se daria muito melhor se a enfrentasse de vez em quando.

Não digo nada. Não há necessidade, porque é claro que ela tem toda a razão.

— Então, o que Dan está achando de tudo isso? — Emma pergunta. — Imagino que ele não fique do seu lado, não é?

— Coitado do Dan. Acho que ele está em uma situação impossível. Ele *diz* que concorda comigo, mas quando chega na hora de agir, não faz absolutamente nada.

— É, o meu irmão é assim — diz Emma.

— Estou falando sério. Ele simplesmente foge. Fica dizendo que não quer se meter, e que se eu estou achando alguma coisa ruim, que preciso resolver diretamente com ela mas, até onde me toca, ele é meu futuro marido e deveria me defender.

Emma olha para mim através dos pauzinhos.

— Se eu fosse você, ia querer bater nele.

Dou uma gargalhada.

— Sempre tenho essa vontade. Não de bater nele de verdade, mas penso sobre o assunto.

— Você sabe, é claro, que Dan e minha mãe têm uma relação especial.

— Por favor, não me conte nada nojento — digo bem devagar.

— Ah, meu Deus, não é nada disto, mas juro por Deus que ele tem um problema muito sério.

— Como assim, ela é apaixonada por ele?

— O negócio é que, para ela, ele nunca faz nada de errado, e apesar de o sentimento não ser absolutamente recíproco, eu sei que ele adora esta posição, e que provavelmente não vai fazer nada que abale as estruturas.

— Em outras palavras, sua família é tão ferrada quando a minha, e eu deveria pensar duas vezes antes de entrar nela por meio do casamento?

— Basicamente. — Emma dá de ombros, depois ri quando vê o pavor estampado no meu rosto. — Ellie, não se preocupe. A minha família não é mais disfuncional do que as outras que conheço, e na verdade acho que nos viramos muito bem, levando tudo em consideração. Pode confiar em mim, você podia ter se dado bem pior. De todo modo, precisamos encontrar um jeito de nos livrar dos arbustos.

Eu solto um murmúrio.

— Por favor, nem me lembre disto.

— Você pode demorar um pouco no almoço? Estou louca para olhar as *cashmeres* da Brora.

Lá fomos nós, Marylebone High Street acima naquele dia de setembro frio e seco. Até a Brora. E a Agnès b. E a Rachel Riley. Emma terminou com três sacolas de compras, eu terminei sem nada.

— Aliás, sua mãe está insistindo para ir comprar o vestido de noiva comigo — digo quando afinal paramos na frente do Calden para nos despedir.

— Eu sei. E por mais que adore a idéia de ser sua madrinha, por favor, não entre na igreja com um vestido bufante cor de creme.

— Vou fazer o melhor que puder. — Faço uma careta e então me ilumino com uma idéia. — Ei! Por que você não vem com a gente? Eu não consigo exprimir minhas opiniões quando a sua mãe está junto, mas você pode fazer isto por mim.

Emma pensa sobre o assunto.

— Quando vocês vão?

— No sábado. Ela conhece vários lugares na zona oeste e alguns outros na zona norte.

— Certo — diz Emma. — Eu vou para protegê-la, mas quero um favor em troca.

— Qualquer coisa.

— Se você me fizer vestir qualquer coisa cor de pêssego ou lilás, juro que nunca mais vou ficar do seu lado.

— Acho que temos um acordo.

Cada vez que Linda me irrita a ponto de eu ter medo de me encontrar com ela, faz algo tão inesperado, tão adorável, que a perdôo completamente e sempre acabo magoada e surpresa quando ela consegue me aborrecer mais uma vez.

No sábado de manhã ela vem me pegar e, quando entro no carro, quase esmago uma caixinha que está no meio do banco do passageiro.

Pego a caixinha e coloco no painel, mas Linda diz:

— Ellie, isto é para você.

— Para mim? Mas por quê? Não é meu aniversário...

Linda sorri.

— Eu sei, mas está noiva, e eu queria tanto dar isto para você mas eu... ah, eu conto quando você abrir. Abra agora e vamos buscar Emma.

Abro a caixinha e encontro um incrível par de brincos de diamante aninhado lá dentro, os brincos mais delicados e mais lindos que se podem imaginar, e imediatamente começo a tremer.

— Ah, meu Deus — fico repetindo. — Linda, são fantásticos. Não posso aceitar.

Linda parece emocionada.

— Pode e vai — diz. — Eram da minha mãe, e eu usei no meu casamento e agora quero que fiquem para você e que os use no seu.

— Mas não posso aceitar. Você tem que guardá-los para Emma. — Tento entregar a caixinha para Linda, mas ela sacode a cabeça.

— Não, Ellie. Eu sempre disse que ficariam para a primeira pessoa da família a se casar, e Dan é o primeiro, e você agora é parte da família.

— Mas Emma vai ficar arrasada — eu solto, apesar de não saber se é verdade, já que Emma é o tipo de mulher que vai se casar em uma praia do Caribe, sem dúvida de biquíni com brincos de cristal coloridos. Isto é, se algum dia ela se casar.

Linda sorri.

— Em primeiro lugar, minha querida filha não está com cara de quem vai se casar num futuro próximo, de jeito nenhum. Em segundo, a filha supracitada não sabe nada a respeito destes brincos...

— Mas isto não significa que eles devem ficar para mim — interrompo ao mesmo tempo em que Linda ergue a mão para me fazer parar de falar.

— Em terceiro — diz Linda, cheia de triunfo —, tenho um colar de diamantes que faz bem mais o tipo da Emma, e, Deus queira, se chegar o dia da minha filha se casar, ela vai ficar com ele.

Abro a caixinha e olho para os brincos de novo: um pequeno centro solitário com pétalas alongadas, formando uma margarida perfeita.

— Tem certeza? — sussurro, já que nunca tinha visto algo assim tão lindo fora da vitrine da Cartier. — Tem certeza mesmo?

— Tenho certeza mesmo — responde Linda, e quase dá para apalpar o prazer que ela sente por me dar este presente tão maravilhoso. — Mas acho que você não precisa dizer nada para Emma por enquanto.

— Linda, não sei o que dizer... — Dou-lhe um abraço desajeitado. — Este é o presente mais incrível que já ganhei.

*

Emma entra no banco de trás e se inclina para a frente para dar um beijo na bochecha da mãe primeiro e depois na minha.

— Então, quais são as novidades? — diz ela para ninguém, eu lanço um olhar nervoso para Linda e logo fico completamente vermelha.

De repente, é como se houvesse um comediante na minha cabeça dando uma ordem: "Não fale a respeito dos diamantes. Não fale a respeito dos diamantes."

— Nada de novo, querida — responde Linda. — E você?

— Nada de novo — diz Emma. — Mas por acaso vamos passar por Knightsbridge? Tenho um par de sapatos reservado na Harvey Nichols. Não vai demorar nem um minuto.

Minha vermelhidão, felizmente, desaparece, e eu me viro para Emma:

— Outro par de sapatos? — pergunto, sabendo que ela comprara um par da Prada no começo da semana.

— Estão em liquidação. Então, não conta. Os dois pares juntos dão o preço de um par normal. Sinceramente, seria falta de educação não comprar.

— Você e Richard — Linda suspira. — Os dois não têm jeito quando se trata de dinheiro.

— É sim, mamãe. — Emma revira os olhos. — De onde mesmo é este colar?

Linda ergue a mão e passa os dedos pelo colar da Bvlgary.

— Isto é diferente — diz ela. — Sou muito mais velha do que você e tenho dinheiro para isto.

— Você quer dizer que papai tem dinheiro para isto — Emma reclama.

— Estou dizendo que *nós* temos dinheiro para isto. Desde quando você passou a ganhar o suficiente para comprar tantas roupas de grife?

— Desde que comecei a morar com amigos e usar o dinheiro que tenho para as coisas importantes da vida.

Linda suspira.

— Será que algum dia você vai crescer, Emma?

E Emma só ri.

— Não se eu puder evitar.

— Falando sério — sussurro no provador da segunda loja de vestidos de noiva, enquanto Emma me ajuda a fechar o zíper e Linda está do lado de fora, agindo como se fosse a rainha, bebericando *cappuccino* e falando em tom cantado com os vendedores —, como é que você tem dinheiro para comprar tanta roupa de grife?

Emma ri.

— Ser produtora de moda *freelancer* não é um serviço tão baixo nem paga tão pouco quanto a minha mãe parece acreditar. Além disso, eu ganho descontos enormes. E metade das roupas que minha mãe acha que são de grife eu compro falsificadas em Portobello, bem baratinho.

Olho desconfiada para a blusa Pucci dela.

— Então, não é Pucci?

— Está mais para Fucci — ela ri. — Quando a gente tem os sapatos e a bolsa, todo mundo acha que o resto é genuíno.

— Caramba. Estou impressionada.

— Agora você sabe por que eu sou uma produtora tão boa. — Ela dá uma piscadela e se vira para olhar para o lado direito do provador. — Achei que você tinha dito que não queria um vestido bufante cor de creme. Por que estamos perdendo tempo aqui? — Faz um gesto na direção dos cinco vestidos que enfeitam as paredes do provador superdimensionado. Todos os cinco são enormes e brancos, parecidos com suspiros gigantes.

— Assim a sua mãe fica feliz — respondo, obviamente sem dizer por que é tão importante manter Linda feliz, que isto é o mínimo que posso fazer depois de ela me dar um presente tão generoso e atencioso.

Emma faz uma careta e diz.

— Desculpe dizer, mas todos eles fazem você ficar parecida com uma casa.

Viro-me e coloco as mãos na cintura, olhando-a diretamente nos olhos.

— Ainda bem que você vai ser da minha família, Emma. Se uma amiga me dissesse isto, eu daria um soco nela.

— Bom, isto explica por que você não tem amiga nenhuma — Emma me dá um cutucão nas costelas, sem saber o quão perto da verdade chegou. — Certo, eu retiro, mas você não acha que ia ficar bem mais bonita em algo mais simples e mais elegante?

— Claro que sim — dou de ombros. — Mas sua mãe precisa ver como eu fico horrorosa antes de poder apreciar a simples coluna grega.

— Ah, sei — Emma assente com a cabeça. — Belo plano. Ah, mas como foi que não pensei nisto?

Quatro lojas de vestido de noiva depois e até Linda já está começando a perder o entusiasmo. Eu não ajudo em nada ao experimentar cada vestido bufante, sair do provador para mostrar para ela, com os ombros arqueados e a barriga estufada para ficar o mais horrorosa possível.

— Nunca percebi que a sua postura era tão ruim — ela disse a certa altura. — Você precisa aprender a colocar os ombros para trás, Ellie.

Finalmente, vejo o vestido perfeito. Justo, com mangas

em formato de sino, de seda e *chiffon*, um sonho de tão simples. Cutuco Emma com o cotovelo, e ela vai examinar mais de perto.

— Mãe — diz Emma, trazendo o vestido —, o que você acha deste aqui?

— É um pouco... nada, não é mesmo? — Linda olha para o vestido com desprezo mas ele é, falando com muita honestidade, minha idéia de paraíso.

— É que ela está cansada de um vestidão depois do outro. Acho que vai ser bom ver a Ellie com alguma coisa um pouco diferente. Só para comparar.

— Ellie? — Linda continua incerta. — Quer experimentar este aqui?

— Claro — respondo, compartilhando um grito silencioso de gargalhada com Emma assim que a cortina se fecha.

— Uau — diz Emma quando olha para o meu reflexo no espelho.

— Uau — ecôo, imaginando como nunca me dei conta de que era assim tão bonita, tão magra, tão elegante. O vestido esconde todos os meus pontos negativos e ressalta os positivos.

Abro a cortina e deslizo, como um cisne, com os ombros para trás, para dentro da loja, onde Linda repousa a xícara e fica boquiaberta.

— Ah, agora sim — diz, sorrindo pela primeira vez em duas horas e meia. — Ellie, você parece uma princesa.

— Tem certeza de que não quer experimentar mais cinqüenta vestidos bufantes cor de creme? — Emma tem um brilho malévolo nos olhos.

— Ah, fique quieta. Como você se sente, Ellie? Você adorou?

— Adorei? É a coisa mais linda que já vesti na vida.

— Então é este — diz Linda. — Este é o seu vestido. Eu sabia que deveríamos ter escolhido algo mais simples desde o início.

Emma e eu tentamos não rir.

Brincos de diamante, digo a mim mesma. Não a irrite agora.

— E aí? — Dan liga no celular quando estamos no carro, voltando para casa.

— Bom, encontramos o vestido — digo, sorrindo. — O mais lindo que você já viu.

— Não conte para ele — Linda guincha bem alto na minha orelha. — Não conte nada sobre o vestido para ele.

Até parece que eu ia contar.

— Mas é óbvio — digo — que eu não tenho permissão para falar nada com você.

— Mas vocês se divertiram? — diz ele, ansioso para que eu e Linda voltássemos a ser as melhores amigas, que eu não chegasse em casa reclamando e de mau humor, que ele não precisasse ouvir nenhuma crítica à mãe.

— Nós nos divertimos muito — respondo, e é verdade. Nós nos divertimos mesmo. Eu me senti como uma mulher normal, fazendo compras divertidas com a mãe e a irmã. Bom, quase. Mas eu me senti parte daquilo, e foi a melhor sensação do mundo.

7

Finalmente encontramos o apartamento dos nossos sonhos, e se eu achava que a pressão já estava forte antes, não era nada em comparação a ficar rezando para que fizessem uma oferta pelo nosso apartamento, tendo que baixar o preço e finalmente aceitar uma oferta e tentar organizar a troca simultânea.

Corretores de imóveis e advogados ficam me ligando o dia inteiro, e eu fico tão ansiosa de alguma coisa dar errado, ou de alguém querer cancelar o negócio, que entro em pânico se meu celular não estiver sempre colado na minha mão.

E hoje estamos no meio do planejamento da campanha de primavera. Acabei de fazer a minha apresentação quando o celular começa a vibrar.

Não compreendo essa coisa do alerta vibratório. Achei que seria silencioso, que não interferiria, mas o telefone praticamente começa a pular em cima da mesa, zumbindo de uma maneira muito agressiva quando o nosso executivo-chefe, Jonathan, que está falando, faz uma pausa e ergue a sobrancelha para o telefone.

— Desculpe — balbucio e pego o telefone, achando que deve ser o advogado de novo e sabendo que vou ter que pedir licença por alguns minutos para atender mas, quando pego o telefone, vejo o nome de Linda piscando na tela.

Ah, pelo amor de Deus. E graças a Deus pelo identificador de chamadas. Aperto o botão certo para enviá-la direto para a caixa postal e peço desculpas a todos. Dois minutos depois, toca de novo. Mando para a caixa postal de novo.

Dois minutos e três conjuntos distintos de vibrações, meu chefe suspira e olha diretamente para mim, e meu rosto fica vermelho que nem um pimentão.

— Você não acha que deveria atender a esta ligação? — diz ele, uma vez que o telefone vibratório é mais intrusivo e barulhento do que o normal, já que a sala de reuniões é muito silenciosa.

— Desculpe. — Desligo o telefone imediatamente, xingando aquela mulher na minha cabeça. — Não é urgente e com toda a certeza pode esperar até que a reunião termine.

Menos de cinco minutos depois, Sandy, uma das assistentes do marketing, enfia a cabeça na porta.

— Desculpe interromper — diz ela, tímida —, mas tem uma ligação urgente para Ellie.

Ah, puta que pariu. Arrasto a minha cadeira para trás e peço licença, vou até a minha mesa batendo o pé e pego o telefone, com a voz claramente cheia de irritação.

É claro que é ela. A mulher que não conhece o significado da palavra paciência. Que, quando quer alguma coisa, quer o mais *agora* possível, se não para ontem.

— Alô? — Faço todo o esforço para ser educada, para tentar esconder a minha fúria porque ela é, no final das contas, minha futura sogra. E, por mais irritante e insuportável que possa ser, a última coisa que quero fazer é afastar esta mulher que não apenas é a mãe do meu futuro marido (ainda não consigo pensar na palavra "noivo" sem fazer uma careta) mas também está pagando todo o casamento.

Além do mais, eu sou o exemplo mais perfeito de quem gosta de agradar os outros; resultado de ter uma mãe alcoólatra e precisar sempre tomar muito cuidado e me comportar da melhor maneira possível, devido à falsa crença de que esta seria a única maneira de mantê-la feliz. Só fico feliz se você estiver feliz, e posso até nem gostar de você, mas farei todo o possível para me assegurar de que você vai gostar de mim.

E é exatamente aí que reside a loucura, e a razão por que eu não sou capaz de dar uma bronca na minha sogra por me fazer passar um vexame no trabalho, ou dizer-lhe que não me ligue no horário comercial. Aliás, que não me ligue durante as 24 horas do dia.

— Oi, Ellie — diz Linda toda animada. — Tudo bem?

— Tudo, obrigada. — Meus dentes estão cerrados e faço uma longa pausa antes de cuspir: — E você?

— Tudo bem. Tem algum problema com o seu celular? Estou tentando ligar há séculos.

— Eu estava em uma reunião. — Minha voz é fria. — Você poderia ter deixado um recado e eu ligaria de volta logo depois. — Em vez de me arrastar para fora por causa de alguma coisa que eu sei que vai ser ridícula, completo. Em silêncio, claro.

— Ah, como eu sou boba — Linda ri. — Achei que talvez o telefone estivesse quebrado, e é claro que, se soubesse que estava em reunião, não teria incomodado.

Aposto que ela sabia que eu estava em reunião. Aposto que Sandy disse a ela.

— Então, está tudo bem? — termino por perguntar, depois de um silêncio constrangedor.

— Tudo ótimo. Eu só queria saber se você e Dan querem jantar comigo e com Michael hoje à noite. Estávamos pensando em experimentar aquele indiano novo. Umas sete e meia?

Realmente, não dá para acreditar. Será que esta mulher me tirou mesmo de uma reunião para nos convidar para jantar? Será esta a razão tão importante por que ela tinha que falar comigo com tanta urgência em vez de deixar um recado?

— Desculpe, Linda. — Finjo tom de desculpa. — Mas Dan está filmando na zona norte e chegará exausto, e esta semana está mesmo muito difícil. Acho que vamos dormir cedo... Mas obrigada — ajunto rapidamente, porque sei que minha sogra é uma mulher que se ofende com muita facilidade.

— Ah — diz Linda, com um toque da minha frieza anterior na própria voz —, mas eu acabei de falar com Dan... ele está no metrô, indo para casa, aliás... e disse que estava ótimo. Eu só estava ligando para avisar você.

— Ah. — Maravilha. Agora ela também está me enganando. Por que diabos Dan disse que sim? — Ah — digo de novo, gaguejando. — Certo. Desculpe. Você devia ter dito. Quer dizer, se Dan disse que tudo bem, então tudo bem.

— Maravilha — diz Linda. — Passe aqui em casa por volta das 19h15. A gente se vê. — E desliga.

— Sandy? — berro, andando duro até a mesa de Sandy, determinada a não descontar nela, mas preciso descarregar minha frustração em cima de alguém e ela, infelizmente, é quem está mais próxima e quem é mais fácil de culpar.

— Hã? — Sandy ergue os olhos do computador toda nervosa.

— Você percebeu que era a minha futura sogra?

— Percebi.

— Então, por que, em nome de Deus, você não disse a ela que eu estava em reunião?

— Eu disse — Sandy responde. — Eu disse e ela falou que era urgente e que era para eu tirar você da reunião.

— Ah, pelo amor de Deus. — Sacudo a cabeça e Sandy parece aterrorizada.

— Desculpe mesmo — diz Sandy. — Eu tentei dizer a ela mas ela pareceu... para falar a verdade, pareceu um pouco aterrorizante.

Eu suspiro e recuo. O que mais posso fazer?

— Não, eu é que peço desculpas, só estou descarregando em você, e sei que ela é mesmo aterrorizante. É que ela tem mesmo muita coragem, droga.

Sandy dá de ombros e volta para o computador, enquanto eu me pergunto se tenho tempo de ligar para Dan e gritar com ele agora, ou se devo esperar até o fim da reunião.

Não, preciso me acalmar antes de fazer qualquer coisa, e volto para a reunião, apesar de os primeiros 15 minutos se passarem totalmente em branco, já que fiquei muito ocupada me irritando com Linda. Mas então a inauguração do Calden em Edimburgo toma conta da minha mente e, quando a reunião termina, uma hora e meia mais tarde, minha frustração já se acalmou. Ligo para Dan assim que volto para a mesa e consigo não gritar nem berrar do modo como teria feito com toda a certeza antes, só que Dan sabe, no minuto em que atende, que há algo errado.

— Qual é o problema?

— Sua mãe. Para variar.

— Ah, Ellie, por favor. — Dan não faz nada para esconder sua irritação, o que, francamente, está começando a me deprimir. Ele está prestes a se tornar meu marido. Será que não devia ficar do meu lado?

— Ah, por favor nada. Ela me arrastou para fora de uma

reunião importante, dizendo que era urgente, e então me enganou para que eu recusasse o convite dela para jantar hoje à noite, antes de me dizer que você já tinha aceitado. Muito obrigada, Dan. Eu preferia que você me perguntasse primeiro antes de...

— Espere aí um minuto! — Dan interrompe. — Eu não aceitei nada. Ela falou alguma coisa a respeito de jantar e eu disse que estava exausto e que provavelmente íamos dormir cedo, mas que precisava falar com você primeiro.

— Bom, mas é mesmo uma maravilha. Então, ela só está sendo manipuladora como sempre.

— Ah, pelo amor de Deus — Dan caçoa. — Será que você não pode dar um tempo? Faz semanas que eu só ouço você reclamar da minha mãe.

— Isso porque você nunca fica do meu lado. Se você mostrasse mesmo que tem colhão e me defendesse, ou se concordasse comigo quando sua mãe é manipuladora ou irracional, eu não ficaria tão exasperada.

— Se você está assim tão descontente com tudo, por que diabos vai se casar comigo? — Dan explode, já sem se preocupar com o fato de o metrô inteiro estar prestando a maior atenção na briga dele.

— Mas esta é mesmo uma porra de uma boa pergunta — grito e então, apesar de não ser a minha intenção, apesar de eu saber que é a pior coisa que posso fazer, bato o telefone e, por uma fração de segundo, só por uma fração de segundo minúscula, eu me sinto muito melhor.

Nós nos encontramos no nosso apartamento pouco antes das seis e meia. Eu, é claro, tinha passado o resto da tarde me sentindo péssima, detestando a mim mesma por ser tão mesquinha, ciente de que aquilo se devia principalmente ao estresse pré-nupcial, mas isso não me parece uma boa desculpa. Sinto-me ainda pior quando vejo como Dan está abalado.

Eu sei como ele está se sentindo, sei mesmo. Semanas antes, quando conseguimos conversar sobre o assunto com calma, Dan explicou como ele se sente dividido entre as duas mulheres mais importantes de sua vida, e eu compreendo. Mesmo. E eu expliquei que preciso do apoio dele, que sou, ou pelo menos deveria ser, a mulher mais importante da vida dele agora, e ele assentiu com a cabeça e disse que ia se esforçar mais, e que isto não passava de um ajuste.

De vez em quando eu penso com tristeza que, talvez, se as coisas fossem diferentes na minha família, eu pudesse compreender melhor. Talvez, se eu fosse uma filhinha de papai, Dan poderia estar brigando com o meu pai. Talvez tudo isso seja apenas parte do trajeto, parte de se tornar mulher, esposa, adulta verdadeiramente emancipada.

— Desculpe. — É a primeira palavra que sai da minha boca quando Dan entra e joga a bolsa tiracolo no quarto. — Desculpe pelas coisas que disse e desculpe por ter batido o telefone na sua cara.

E fico esperando que Dan faça o que sempre faz depois de discussões acaloradas desse tipo: me dê um abraço, peça desculpas por sua vez; mas ele não faz nada, apenas senta no sofá à minha frente e olha para o chão, e pela primeira vez sinto um mal-estar terrível se abater sobre mim. Ah, meu Deus. Por favor, não permita que ele diga algo horrível. Por favor, não permita que ele pense em desistir de tudo.

— Dan, eu pedi desculpa — sussurro.

O medo aperta o meu peito e impede que fale mais alto.

— Dan? Você não vai falar nada?

Alguns minutos se passam, e Dan ergue a cabeça e olha para mim; tem os olhos cheios de tristeza.

— É que isto é muito difícil para mim — diz ele. — Eu compreendo que tudo é muito estressante, e sei que minha mãe é capaz de exagerar, mas não agüento mais ouvir você dizer como ela é horrível. Ela é minha mãe, Ellie, e, independentemente do que você ache dela, ela só está tentando fazer o que é melhor para nós dois.

— Eu sei...

— Não, deixe-me terminar. O negócio é o seguinte: até onde eu sei, minha mãe está fazendo tudo o que pode para fazer você se sentir parte da família. Todos nós estamos acostumados a passar muito tempo juntos, a fazer as coisas juntos, e a única coisa que ela quer é que você se sinta incluída, mas parece que você interpreta da maneira errada tudo que ela faz, e eu estou ficando cansado disto.

Fico lá sentada em silêncio. Envergonhada.

— Independentemente do que você pense dela, ela não é uma mulher ruim. Ela me ama e quer que eu seja feliz, e ela acha, *achava* — olha bem para mim — que receber você bem na família seria o melhor a fazer. Eu devia estar feliz com isto mas, em vez disso, só estou vendo você ficar cada vez mais aborrecida, e não entendo por quê.

E ele está certo. Claro que está certo. Será que eu poderia ter sido mais desalmada? Mais horrorosa? Como é que posso ter chegado a todas essas conclusões horríveis agora que tudo parece tão claro? Porque o raciocínio de Dan é mesmo muito racional, e eu sou obviamente a vilã dessa história toda.

A vergonha enche o meu corpo e, quando Dan finalmente termina de falar, a única palavra que consigo balbuciar durante um certo período é: "Desculpe."

E, depois:

— Eu sei que não é desculpa, Dan, mas às vezes eu simplesmente acho tudo insuportável demais. Eu não sei como lidar com isso, já que nunca tive uma família.

— Mas você sempre disse que era exatamente o que queria.

— Eu sei. E é verdade. Mas é que estou demorando mais para me acostumar a isso do que achava que ia demorar. Você precisa ter paciência. — Respiro fundo. — Eu nunca tive uma mãe de verdade, e sei que ela está tentando preencher este papel, mas eu não sei como *agir* com uma mãe, e apesar de eu achar que era isso que queria, acho que está sendo bem mais difícil do que eu pensava.

Dan assente.

— Compreendo tudo isto — termina por dizer. — Compreendo mesmo. E sei que ela pode ser difícil, mas só é difícil porque ela nos ama.

— Ela ama *você* — observo com delicadeza.

— Mas ela está tentando amar você também — ele afirma.

— Eu sei. — Suspiro quando enxergo o relógio do corredor de canto de olho. — Merda, Dan. A gente tem que estar na casa deles em menos de cinco minutos.

— Não, não temos. Eu desmarquei.

— Desmarcou? E continua vivo?

— Ah, ha ha. Não abuse da sorte. Depois da nossa conversa calorosa no metrô, achei que jantar com eles seria a gota d'água, de certa forma.

— Ela ficou brava?

— Não, é claro que não. E, de todo modo, se eu não estava exausto antes, estou agora.

— Então isto significa que nós vamos mesmo conseguir dormir cedo? — Eu sorrio, retomando afinal o brilho nos olhos.

— Isto vai depender do significado exato de dormir cedo — Dan responde, fazendo um gesto para que me junte a ele no sofá, onde coloca o braço em volta de mim e me puxa para perto, fazendo com que me sinta segura, confortável e amada.

— Posso então achar que você me perdoou de verdade? — digo esticando o pescoço para dar um beijo nele.

— Eu quase perdoei você — diz ele, sorrindo, e me afasta. — Por que você não me leva para a cama e me faz esquecer tudo isso...

❤

No dia seguinte, quando estou saindo do escritório, começo a sentir cólicas menstruais. Apenas cólicas leves, o indicador comum de que minha menstruação está chegando. E veio bem na hora certa, porque menstruação agora significa que eu não vou estar menstruada no dia do meu casamento. Pego um absorvente na última gaveta e corro para o banheiro, mas não tem sangue. Nada.

Então vou embora e, enquanto procuro desesperadamente um táxi em Marylebone High Street (eu sei que parece piada, ainda mais na hora do *rush*, mas estou exausta e não vou conseguir encarar o metrô hoje à noite), ocorre-me que parece fazer séculos desde a última vez que fiquei menstruada.

Aliás, quando foi *mesmo* a minha última menstruação?

Um táxi dobra a esquina e pára, e quando a pessoa desce e paga, eu saio correndo e agarro a maçaneta. Quando tomamos o caminho de casa, sob as luzes de Gloucester Place, uma vaga sensação de desconforto se abate sobre mim, uma sensação que não é confortável nem conhecida. Remexo na bolsa em busca da minha agenda e viro as páginas furiosamente até quatro semanas antes.

Posso ser totalmente desorganizada, mas minha agenda contém tudo o que preciso saber, e sou docente em relação a marcar a menstruação. Durante quase vinte anos, tenho sido meticulosa ao marcar quando começa, quanto tempo dura e para quando está prevista a próxima.

Mas fica bem claro que toda a correria para o casamento e a loucura da minha vida me deixaram desequilibrada, porque há quatro semanas parece que deixei de marcar a menstruação. Será que esqueci? Seria possível esquecer? Que estranho... mas bom, eu nunca tinha ficado tão ocupada e tão distraída antes, e até que seria compreensível...

Viro mais páginas até a menstruação anterior, que está marcada. Isso significa que a minha próxima menstruação é daqui a duas semanas.

Mas espere um pouco. De novo, não pode estar certo. Se deve ser daqui a duas semanas, isso significa que eu devo ter ficado menstruada há duas semanas, e me lembro exatamente do que estávamos fazendo há duas semanas, e com toda a certeza não fiquei menstruada.

Deve ter algum erro...

Meia hora mais tarde, estou no banheiro, em casa, sentada na privada, com uma sacola vazia da farmácia Boots jogada no chão, olhando fixamente para o teste de gravidez que mostra muito claramente duas linhas azuis bem fortes.

— Merda — sussurro sem parar, medo, alegria e descrença se misturando ao mesmo tempo em que um sorriso começa a se espalhar pelo meu rosto. — O que Dan vai dizer?

— Grávida? Você está grávida? — Dan fica congelado e só olha para mim, e esta não era exatamente a reação que eu esperava.

Dan tinha um jantar de negócios, então eu passara o resto da noite examinando *sites* de bebês e sonhando que Dan ia me pegar nos braços e chorar lágrimas de alegria.

Só fazia algumas horas que sabia estar grávida e aquilo já tinha aberto um mundo todo novo para mim. Tinha passado o resto da tarde na babyzone.com e no parapais.com.

Agora sei que o bebê deve nascer no dia 30 de agosto. Sei que não é anormal sentir cólicas no início (o motivo das minhas falsas cólicas menstruais) e que isso não significa necessariamente que vou ter um aborto espontâneo. E também sei que o melhor é só contar para as pessoas depois que completar 12 semanas e estiver fora de perigo.

Então, claro que eu também precisava checar nomesdebebe.com. Por enquanto, minha primeira opção para menino é Flynn, e se for menina adoro o nome Tallulah, apesar de saber que Dan deve preferir algo bem mais prosaico, como Tom ou Isabel.

Depois de um tempo, já tinha lido tudo que era possível, então passei a pesquisar qual era o melhor carrinho (parece que o que anda fazendo mais sucesso ultimamente é uma coisa chamada *Bugaboo Frog*), se devo escolher fraldas Pampers ou Huggies, e como decorar o quarto para o nosso pequeno príncipe ou a nossa pequena princesa.

Tanta coisa para aprender! Tanta coisa que eu nunca soube!

Às onze da noite continuo *online*, surfando por *sites* de bebês, mas o choque afinal começa a passar e em seu lugar aparece uma tremenda ansiedade. Dan ficou ligando o dia inteiro, mas eu não atendi porque sabia que não ia conseguir segurar, ia acabar falando, e queria contar a ele cara a cara, para ver a alegria e a emoção em seus olhos.

Dan vai ser pai! Eu vou ser mãe! Nós vamos ser *PAIS*!

E agora, ele finalmente chegou em casa, e estou parada no corredor, assistindo às minhas fantasias de Dan me pegando nos braços (fortes, másculos) e me cobrindo de beijos emocionados voando pela janela.

— É, estou grávida.

Minha intensa alegria no mesmo instante dá lugar a um acesso de fúria, seguido prontamente pela sensação de que estou prestes a me desmanchar em lágrimas. Obviamente os *sites* não estavam mentindo quando explicaram o que acontece com os hormônios da gente.

— Você não está feliz? — Minha voz começa a falhar.

Uma pausa.

— Mas você não estava usando uma coisa? — diz Dan, finalmente.

— Ah, Dan, puta que pariu! — A raiva toma conta de mim de novo. Ops. Só posso rezar para que os próximos nove meses não sejam esta montanha-russa. — É, eu estava usando uma coisa, sim, mas parece óbvio que não é cem por cento garantido, provavelmente por causa daquelas porcarias de antibióticos, mas, de todo modo, isto não vem ao caso. Estou grávida, Dan, e nós vamos nos casar daqui a quatro semanas e achei que você ia ficar emocionado. — Agora já estou à beira da histeria e Dan, obviamente percebendo o erro, finalmente sai de seu transe.

Tenta me abraçar em um gesto conciliatório (sim, eu estou rígida e não me deixo amolecer; você não faria a mesma coisa?) e dá um beijo paternal em cima da minha cabeça.

— Desculpe, querida — diz ele. — Só estou cansado e, sinceramente, chocado. Eu não estava esperando, só isso.

— Então, você está feliz?

— Você está?

— Estou que não me agüento de tanta felicidade. — A raiva desaparece com a mesma rapidez que apareceu e, um segundo depois, já o estou abraçando e dando risadinhas descontroladas. — Quer dizer, no começo eu fiquei chocada, mas agora mal posso acreditar! Vou ter um bebê, Dan! *Nós vamos* ter um bebê!

E o aperto e nem ligo quando ele ri nervoso e diz:

— Claro que estou feliz. É só que não achei que fosse acontecer assim tão rápido.

Ah, abençoado seja. Está chocado. E tem todo o direito de estar, assim como eu passei as últimas horas em estado de choque. Então eu o conduzo até o sofá e faço uma xícara de chá para nós dois (Cafeína? Qual é o problema com a cafeína? Decido retornar à internet assim que terminar de falar com Dan e, de qualquer modo, uma xícara não vai fazer mal, com certeza), e quando levo para ele, sento aninhada em seus braços, dando um sorriso indulgente para o choque claramente estampado em seu rosto.

— Eu sei que você queria fazer viagens glamourosas de fim de semana para a Europa — começo, com suavidade —, e sei que falamos em esperar um ano antes de tentar ter um filho, mas isto aqui é uma bênção e vamos poder fazer todas as coisas que queríamos fazer, só que agora vamos ter mais uma pessoa para nos acompanhar.

— Eu sei. — Dan assente e uma ruga de preocupação passa por seu rosto. — Mas como é que a gente vai contar à minha mãe?

— Sua mãe? — olho para Dan incrédula. Ah, pelo amor de Deus. Não dá para acreditar no que Dan acabou de dizer. — Que diabos isto tem a ver com a sua mãe?

— Ah, Ellie, por favor — Dan revira os olhos. — Ela simplesmente está pagando pela porcaria do nosso casamento inteiro. Acho que ela tem o direito de saber, você não acha?

— Não, Dan, para falar a verdade, não acho. Em primeiro lugar, como você sabe muito bem, se houvesse alguma maneira possível de a gente ter pago o casamento nós mesmos, a gente teria pago...

— Não foi o que você disse na ocasião.

— Não, é claro que eu não disse isso na ocasião. Achei que ela estava oferecendo para pagar por bondade, do fundo do coração, e não para tomar conta de tudo.

— Ela não tomou conta de tudo — Dan despeja.

— Não? Corrija-me se estiver errada, Dan, mas há muitas luas, quando você me pediu em casamento, não é verdade que falamos de uma cerimônia simples? Algo pequeno e íntimo são as palavras que me vêm à mente. A gente não tinha dito que só queria os amigos mais próximos e a família?

Dan fica quieto, e tem muita razão de ficar. Ele sabe que não vai vencer esta briga e, pior ainda, sabe que eu sei disso. Mas agora a raiva voltou e, quanto menos ele fala, quanto mais quieto fica, mais brava me torno.

— Você acha mesmo que eu queria trezentas pessoas que mal conheço no meu casamento? — grito. — Você acha que eu queria aquela porcaria de peixe chileno ou as porcarias daquelas fitas brancas horrorosas amarradas atrás de todas as cadeiras?

— Bom, e porque você não disse nada se não gostou? Deus sabe que você teve tempo bastante para isto.

— Porque eu não queria parecer ingrata, e porque percebi há muito tempo que este não é meu casamento, é o casamento dela, e que o mais fácil para mim é abrir mão de tudo e deixar que ela faça do jeito dela. Mas só porque ela está envolvida em cada mínimo detalhe do nosso casamento — prossigo —, isso não quer dizer que ela precisa estar envolvida em cada mínimo detalhe da nossa vida, e isto não tem nada a ver com ela, portanto, não, para responder à sua pergunta, não precisamos nos preocupar em como contar a ela porque não vamos contar, pelo menos até voltarmos da lua-de-mel, e a razão por que não vamos contar até lá não é porque ela ficaria chocada de eu estar, que horror, grávida no dia do meu casamento, mas porque isto não tem nada a ver com ela.

— Claro que tem a ver com ela. — Dan sacode a cabeça. — Este é o meu filho, o primeiro neto dela. Ela tem todo o direito de saber.

— Caramba, Dan — sacudo a cabeça, desgostosa. — Você também quer que eu ligue para ela cada vez que a gente transa? Sabe como é, para o caso de existir alguma área da nossa vida de que ela se sente excluída... Ah, me desculpe — prossigo, sentindo-me furiosa e vitoriosa ao mesmo tempo, sabendo que Dan não pode dizer muita coisa —, é bem provável que você já faça isto, não é?

A voz de Dan fica fria.

— Você sabe ser extremamente infantil quando quer, Ellie. Por que não continuamos esta conversa quando você se lembrar de que é adulta?

— Não, por que não voltamos a falar disto quando *você* se lembrar de que é adulto e de que não precisa correr para pedir ajuda à mamãe por causa de tudo, e que a mamãe não precisa saber de tudo que acontece na sua vida?

— Você vive me acusando de ter uma família disfuncional — Dan despeja —, mas você não é exatamente capacitada para falar da relação normal com a sua mãe, não é mesmo?

— Seu canalha — eu sussurro de repente, lágrimas brilhando nos meus olhos. — Como você tem coragem de meter a minha mãe no meio de tudo isto?

— Quer saber de uma coisa, Ellie? Estou cheio de você falar tudo o que quer a respeito da minha mãe e de Deus me livre de falar qualquer coisa a respeito da sua.

— Eu não tenho mãe — digo cheia de razão, dando meia-volta, pronta para bater em retirada, surpresa de ver Dan descendo tão baixo, surpresa por ele saber exatamente onde bater para me deixar mais magoada. — Talvez você se lembre de que ela morreu quando eu era criança. Sugiro que você fique no quarto de hóspedes hoje à noite. Os lençóis estão no armário do banheiro. — E, com isso, saio logo da sala, desabo em cima da privada com uma enxurrada de lágrimas e desejo que não tivesse parado de fumar ao conhecer Dan.

❤

No domingo tudo já está esquecido, e nós dois nos deixamos levar pela animação de ter um filho. Mas como está muito perto do casamento, resolvemos não contar para ninguém, de modo que o almoço de domingo na casa dos Cooper, por mais divertido que seja de vez em quando, é algo que eu simplesmente não posso suportar, devido ao meu estado delicado.

Para começo de conversa, sei que ando irritadiça ultimamente. E, em segundo lugar, tenho a terrível sensação de que Linda pode adivinhar que vou subir ao altar grávida, e realmente não quero contar a ninguém até voltarmos da lua-de-mel. Então, acho que o lugar mais seguro para mim agora é o mais longe deles possível.

Além do mais, é claro que Linda está me deixando louca, só que pelo menos agora sei por que ando tão irritada ultimamente. Se eu achava que TPM era ruim, com certeza não é nada em comparação às primeiras semanas de gravidez.

Quanto mais eu penso sobre o assunto, mais vejo que o problema é espaço. Conheço muitas mulheres que têm problema com a sogra porque ela sempre acha que ninguém é boa o bastante para o filho perfeito dela, e que o filho poderia ter encontrado alguém muito melhor, e percebi que tenho mesmo muita sorte de não precisar lidar com esta questão.

Meu problema encontra-se na extremidade oposta do espectro. Linda quer ser a minha mãe. Está se esforçando demais, liga para mim todos os dias, quer almoçar comigo, dá presentes. Eu sei que ela tem boa intenção, e sei que pareço uma ingrata por querer fugir dela, mas simplesmente é demais para mim.

Eu pensava, antes disto, que seria a mulher mais sortuda do mundo se minha futura sogra, fosse quem fosse, me abrigasse embaixo da asa e me considerasse a filha que nunca teve. Mas é claro que agora vejo que sou independente demais para isso. Eu não quero uma mãe qualquer, eu quero a minha mãe, e isso simplesmente não vai acontecer. Não há ninguém que possa ocupar o lugar dela.

Estou me esforçando muito para não permitir que Linda tome conta da minha vida. Compreendo que as intenções dela não são nada além de as melhores possíveis, mas também não há como negar que Linda acredita que os limites existem para ser ultrapassados. Parece incapaz de escutar a palavra "não". Neste fim de semana, expliquei a Dan que simplesmente preciso de espaço, que preciso me lembrar de quem sou antes de me transformar na metade de Ellie e Dan.

E, se tiver sorte, vou encontrar um jeito de transformar Linda em aliada e amiga, e ela vai encontrar um jeito de me aceitar como nora, e não como filha. E, se eu tiver sorte, tudo que será necessário é um pouco de espaço, um pouco de firmeza para estabelecer limites e poderemos brincar de ser uma família feliz mais uma vez.

Então, neste fim de semana, Dan vai naturalmente almoçar na casa dos pais como sempre. Com toda a certeza eu não quero ser culpada por nenhum de nós dois estar lá e, além disso, Fran me convidou para almoçar e, por mais que eu adore ser a metade de um casal, ainda existem algumas tradições de que sinto falta, e os almoços de domingo esporádicos com Fran, Marcus, as crianças e alguns amigos largados e abandonados é uma delas.

O telefone toca bem quando estou me preparando para sair de casa, com o tempo exato de parar no caminho e comprar algumas flores.

— Alô?

— Você com toda a certeza é mais engenhosa do que aparenta. — A voz de Emma ecoa pelo celular. — Não acredito que você conseguiu escapar do almoço hoje, e agora eu estou aqui sem ninguém com quem conversar.

Dou uma risada.

— Você tem Dan e Richard.

— Mas você é a única pessoa que faz esta tradição ridícula de domingo ser suportável. Como você conseguiu? — Emma resmunga. — E, principalmente, por que diabo ninguém me avisou antes de eu chegar? Eu poderia ter ficado na cama.

— Desculpe — digo, conferindo o relógio e torcendo para não me atrasar. — Mas eu já tinha marcado um compromisso e, para seu governo, parece que sua mãe não ligou nem um pouco.

— Não, porque ela tem seu precioso Dan só para ela.

Ergo uma sobrancelha e falo, cínica:

— Por favor, diga que ela não proferiu tais palavras.

— Claro que não. Mas, mesmo que ela não esteja sentindo a sua falta, eu estou.

— Pelo menos já é alguma coisa. Olhe, preciso ir andando, será que a gente pode se falar mais tarde?

— Claro, eu conto tudo sobre a festa que você está perdendo.

— Só não me conte nada que eu não queira saber.

— Não se preocupe. Eu sei que a minha família inteira pensa que eu não conheço o significado da palavra tato, mas sou muito mais diplomática do que as pessoas acreditam.

Desligo o telefone, sem querer pensar no que Emma quis dizer exatamente.

— Ellie!

— Sally! O que você está fazendo aqui?

— Fran não disse que eu vinha?

— Não, mas comigo também foi de última hora, acho.

Sally dá uma voltinha na frente da porta antes de tocar a campainha.

— Como eu estou?

— Adorável como sempre — digo, e é verdade. Sally está sempre com ar fresco e doce. O cabelo sempre parece recém-lavado e com cheiro de flores, apesar de ela jurar que é seu perfume natural. E sorrio quando vejo o que ela está usando por baixo do sobretudo comprido de pele de carneiro: o jeans *sexy* da Seven que ela jura ser seu amuleto da sorte e que sempre usa quando quer impressionar. Ou pegar alguém. — Então, presumo que haverá um solteiro disponível lá dentro?

— Como foi que você adivinhou? — Ela dá um sorriso doce.

— Mas achei que Fran tinha parado de apresentar homens a você. O que foi toda aquela conversa de ninguém ser bom o suficiente para você?

— Ah, é, mas isso foi antes de ela mencionar que Marcus era amigo de Charlie Dutton.

— Charlie Dutton?

— Você não tem jeito, Ellie! — Ela sacode a cabeça diante da minha falta de conhecimento, ciente de que não costumo folhear revistas que falam das "celebridades", como *Heat*, *Ok!* e *Hello!* do mesmo jeito que Fran, e que eu nunca saberia que alguma celebridade estava por ali a menos que Fran ou Sally me dissessem. — Não dá para acreditar que você não sabe quem é Charlie Dutton.

A porta se abre e somos envolvidas em uma atmosfera calorosa e barulhenta, movimentada e agitada. Fran e Marcus nos cumprimentam com beijinhos, pegam os casacos e nos empurram para dentro da cozinha, onde tentamos terminar a conversa em sussurros apressados enquanto os casacos são guardados.

— Então, quem é ele?

Sally revira os olhos.

— Não me diga que você não assistiu a *Gemidos de prazer*.

— Bom, é claro que eu vi *Gemidos de prazer* — respondo. — Todo mundo viu, não é mesmo? Por quê? Ele está no filme?

— Ele não aparece — Sally responde, quando os passos de Fran e Marcus descem a escada. — Ele produziu.

— Ah, sei — digo, dando de ombros. Marcus e Fran estão entrando na cozinha quando avisto um homem de ombros largos e cabelos desgrenhados.

— Tudo bem com vocês? — pergunta Fran, correndo para o fogão para salvar a sopa que está fervendo e derramando para fora da panela. — Parece que hoje não estamos conseguindo nos organizar direito. Ah, vocês conhecem o Charlie?

— Oi, Charlie, eu sou Sally. — Sally se dirige para ele com a mão estendida.

— Prazer. — O sorriso dele é caloroso e simpático, o aperto de mão, firme, e Sally fica atordoada no mesmo instante, olhando fixamente para ele mesmo quando se desvencilha de seu aperto de mão e se apresenta para mim. E está certo, ela parece ter bom gosto neste quesito. Ele parece muito comum até sorrir, porque quando sorri todo o seu rosto se transforma, e preciso dizer que fiquei bem impressionada. Quando ele se vira para o outro lado, dou uma piscadela disfarçada de aprovação para Sally e lhe faço um sinal de positivo discreto, e ela sorri, e então ele olha para nós e fingimos estar muito ocupadas admirando os azulejos da cozinha.

— Onde estão as crianças? — pergunto depois de as bebidas terem sido distribuídas e cada um receber sua função para ajudar a preparar a refeição.

— Lá fora. — Fran faz um sinal com a cabeça na direção do jardim e eu quase cuspo a bebida de susto.

— Lá fora? Você está louca? Mas estamos em *janeiro*. Está congelando!

Fran dá de ombros e revira os olhos.

— Tente dizer isto para gêmeas de 4 anos. Elas insistiram.

Aproximo-me da janela para observar os dois bonequinhos da Michelin, as duas envoltas em casacos bufantes laranja e escarlate, uma correndo atrás da outra e rindo por todo o jardim.

— Eu bem que gostaria que meu filho insistisse em ir ao jardim no inverno — diz Charlie — Ou em qualquer época do ano, aliás. Ele é viciado em TV, o que não seria nada de mau, apesar de ser anti-social, se ele fosse um pouco mais velho mas, para uma criança de 5 anos, é meio preocupante.

— Seria mais preocupante se ele estivesse assistindo ao *Show do milhão*? — Marcus diz, enxugando uma travessa para cozido.

— Não, muito mais preocupante se estivesse assistindo a *Tom & Jerry* — diz Fran. — Não dá para acreditar como este programa é violento.

— Mas nós todos assistimos quando éramos crianças e deu tudo certo — Marcus afirma.

— É, mas mesmo assim — Fran sacode a cabeça. — Nós agora sabemos muito mais sobre psicologia infantil do que nossos pais, e poucos entre nós desejam cometer os mesmos erros.

— Será que *Tom & Jerry* é assim tão ruim? — Até então, me sentira completamente por fora de conversas sobre crianças, ou de qualquer assunto relacionado a elas, mas agora que estou prestes a me casar, agora que estou secretamente formando uma criança dentro de mim, sinto-me perfeitamente qualificada a me juntar ao assunto, a fazer perguntas, caramba, até mesmo a oferecer minhas opiniões se for o caso.

— Como saber? — diz Marcus. — Mas eu apanhava bastante quando era criança, e não conheço ninguém que daria umas palmadas nos filhos hoje.

— Eu já dei uma surra no Finn — Charlie admite lentamente, sorrindo enquanto fala, ciente de estar dizendo algo tão politicamente incorreto que esta pode ser a última vez que recebe um convite para almoçar ali.

— Não! — Todo mundo se vira para olhar para ele de olhos arregalados e boca aberta de tanto choque.

— É. Eu sei. Foi horrível e juro que me senti muito pior do que ele, mas ele sabia que não podia desenhar na parede e ficou nos olhando enquanto dizíamos "não" e, mesmo assim, foi lá, pegou as canetinhas e desenhou.

— Você acha mesmo que isso mereceu uma surra? — Fran pergunta.

— Foi a única vez que fiz isso e, sim, achei que naquela ocasião em especial era o mais adequado a fazer, mas gosto de pensar que foi o último recurso, e não algo que surgiu da raiva.

— Dá para entender o seu ponto de vista — diz Fran, diplomática. — É só que eu nunca precisei disto com as meninas. Talvez, se elas aprontassem alguma má-criação inacreditável, eu recorresse a esta solução.

— Não, não recorreria — Marcus ri. — Você preferiria bater em mim do que nas meninas.

Fran dá um tapa nele.

— Ai! Estão vendo? — Marcus esfrega o braço e lança um falso olhar magoado para Fran.

Sally volta-se para Charlie Dutton.

— Você tem mais filhos? — pergunta com o tom mais educado possível enquanto tento esconder um sorriso, totalmente ciente de que Sally provavelmente sabe tudo a respeito de Charlie Dutton, que sem dúvida nenhuma passou a tarde de sexta procurando informações sobre ele na internet em vez de trabalhar no lançamento do novo Calden.

— Não. Só Finn.

— Então, onde está Finn hoje? — Sally joga verde.

— Este fim de semana é o de ficar com a mãe. Uma pena, porque ele adora a Annabel e a Sadie.

Fran se vira do fogão.

— Não é para me exibir, Charlie, mas quando as meninas

perguntaram quem vinha e eu disse o pai do Finn, elas ficaram todas animadas, porque acharam que ele viria também.

Charlie dá de ombros com um ar de tristeza que não estava lá alguns minutos antes.

— Este é um dos problemas do divórcio. É terrível demais para as crianças, e muito difícil de fazer planos se a porcaria da mãe manda avisar de última hora que mudou de idéia.

Fran quebra o silêncio desconfortável que ameaça se instalar batendo palmas e mandando todo mundo se sentar à mesa, então abre uma das portas envidraçadas que dão para o jardim e chama as meninas.

As duas têm comportamento irrepreensível. Sentam-se, lado a lado, em um banco na ponta da mesa, e vão comendo enquanto riem juntas de piadas que os adultos nem podem sonhar em entender.

Fran e Marcus riem, e se provocam, e contradizem um ao outro, e eu só fico lá sentada absorvendo tudo, tão contente de estar mais uma vez ali, tão aliviada pelo fato de estes almoços não terem mudado durante a minha ausência, e percebo que não dou tanta risada assim há séculos, parece. Charlie tenta se juntar à nossa conversa, apesar de estar sendo cada vez mais monopolizado por Sally, mas parece que o encontro arranjado está indo bem e, no final da refeição, com toda a certeza existe química entre eles, o que é adorável e merecido.

E então os pratos são retirados e uma torta de limão com suspiro ("Nem perguntem." Fran revira os olhos mais uma vez. "É a preferida das meninas...") é colocada na mesa, e Charlie, com quem mal falei, vira-se para mim.

— Então, Marcus me disse que você vai se casar daqui a umas semanas. Está animada?

Faço uma pausa de um segundo. Animada? Acho que a

palavra não serve muito bem para descrever o que tem acontecido comigo nos últimos meses, que parecem infindáveis. Nervosa? Sim. Apreensiva? Totalmente. Estressada além do que é possível? Com toda a certeza.

Mas, animada?

— Vai parecer loucura mas, francamente, esta coisa toda assumiu proporções tão imensas e tão sufocantes, que acho não tive oportunidade de me sentir animada.

— Além do mais — Fran interrompe em minha defesa —, Ellie tem uma futura sogra dos infernos que basicamente acha que o casamento é dela. Não que eu entenda alguma coisa de sogras dos infernos — diz ela com um olhar enviesado para o marido, que faz uma careta.

— Achei que você e minha mãe andavam se dando muito bem ultimamente — diz Marcus, cortando a torta.

— Você acha? Ha! Digamos que conseguimos nos suportar, na melhor das hipóteses. De todo modo, não vamos ficar falando de família, é um assunto desagradável. Resolvemos há muito tempo que este era um tabu aqui em casa.

— Bom, foi você quem tocou nele — Charlie sorri.

— Eu sei. E muito obrigada. Será que você deseja ser convidado para vir aqui de novo?

Sally e eu ajudamos a limpar a mesa enquanto os homens levam as gêmeas à pracinha próxima. Sally bombardeia Fran com perguntas a respeito de Charlie e, quando ela finalmente faz um intervalo para ir ao banheiro, nós duas ficamos observando-a se afastar, sacudindo a cabeça e sorrindo.

— Ela é uma causa perdida, você sabe — suspiro. — Mas pelo menos ele parece ser boa pessoa.

— Eu sei. Ele não é o problema, ela é que é. É só mais uma

decepção amorosa esperando para acontecer, mas o que posso fazer? Ela praticamente implorou para que eu os apresentasse.

— Estava com saudade disto. — Observo a cozinha com atenção, os armários amarelos antigos e as panelas cor de laranja Le Creuset arranjadas nas prateleiras, o coração perfeito do lar de uma família feliz. — Não acredito que faz tanto tempo que não vinha aqui, e sinto muito.

— Não seja ridícula. Agora você precisa pensar na família de Dan.

— Ai, meu Deus, nem me lembre disto.

— Sabe, assim que você tiver filhos, tudo vai mudar. E só ficar de olho no prêmio. O importante é isto, formar a própria família. Acredite, eu aprendi da maneira mais difícil, mas nada disso importa, pais, a família do marido, nada, não quando você tiver a própria família. Isto é o que importa, isto é que a faz conseguir agüentar todo o resto.

— Então, você está dizendo que devo engravidar? — sorrio, sem saber se vou conseguir guardar o segredo durante muito tempo.

— Assim que você descer do altar. Você não tem nada para me contar, tem? — Fran me lança de novo aquele olhar de esguelha, e eu fraquejo, quase respondendo que não, quando ela dá um grito e me abraça. — Eu sabia! Eu sabia! — diz ela, me apertando forte, e já é tarde demais.

— Ssssh — aviso, feliz de finalmente poder compartilhar com alguém. — Só estou de algumas semanas, então ainda não vamos contar para ninguém.

— Não se preocupe. — Ela coloca a mão em cima do coração, toda solene, e então me abraça de novo. — Seu segredo está seguro comigo.

8

Coloco a cabeça na porta e examino a sala, cheia de gente reunida para brindar a nós e nos desejar boa sorte no casamento, agora só faltam dois dias, e sorrio ao perceber como estou gostando de ver o apartamento cheio de gente e barulho.

Sempre fui tão solitária, tão sozinha, e nunca soube o que estava perdendo por não formar amizades íntimas. Adoro ter sido capaz de adotar os amigos de Dan, e o fato de um mundo inteiramente novo ter se aberto para mim neste processo.

Lily está sentada no sofá, Tom no chão entre as pernas dela. Anna está no colo de Rob na poltrona superdimensionada. Richard, o irmão de Dan, também está no chão, com as costas apoiadas no sofá, e Dan está na outra poltrona, de cerveja na mão, os pés descalços apoiados na mesinha de centro.

— Dá para acreditar que vocês vão se casar em menos de uma semana? — Lily se levanta e vai ao meu encontro na cozinha, dando cotoveladas em mim para que eu saia do caminho enquanto ela começa a lavar as travessas e as panelas usadas.

Dou uma risada, porque ainda sinto que tudo aquilo é muito irreal e, no entanto, há ocasiões, como hoje, em que parece que Dan e eu já somos casados, que nos casamos há anos. Talvez seja assim que a gente sabe quando encontra o parceiro certo, talvez seja exatamente este nível de conforto que nos dá a certeza de que deve existir, no final das contas, a pessoa certa para cada um, porque eu nunca me senti assim com mais ninguém.

Jogo os últimos restos de comida no lixo e coloco os pratos com delicadeza na pia.

— É bem estranho. No começo, eu passava muito tempo me concentrando no dia em si, na festa, tanto que eu nem pensava no compromisso, mas agora que — ergo as sobrancelhas — a minha sogra assumiu todos os preparativos, só consigo pensar no compromisso. — Olho para a porta e abaixo a voz. — E, falando sério, estou aterrorizada.

Anna entra e se junta a nós e as duas riem, assim como eu, para amenizar o efeito das palavras.

— Falando sério — prossigo —, eu sei, sem a mínima sombra de dúvida, que fiz a escolha certa, que Dan é absolutamente o homem certo para mim, mas mesmo assim fico assustada de ver que é isto e pronto. Mais nenhum homem na minha vida. Mais nenhum caso. O mesmo homem durante... o quê? Quarenta, cinqüenta anos?

— Ah, meu Deus — Lily resmunga. — Não coloque as coisas assim, fica parecendo um horror — e todas rimos.

— Você acha que os homens pensam do mesmo jeito? — pergunta Anna. — Você acha que eles pensam sobre o assunto?

— Provavelmente — diz Lily. — Minha maior preocupação era me livrar das ex.

— Elas ainda continuavam por perto? — Olho para Lily, surpresa.

— Duas delas ainda eram as melhores amigas de Tom. Eu tive que dar um basta naquilo! — ela ri, depois olha para mim. — E Dan?

— Isto nunca foi problema — respondo, e é verdade, mas mesmo que Dan ainda fosse amigo das ex, não tenho certeza se me importaria com isso, já que nunca sofri de ciúme.

Sei que ele ainda fala com Sophia, a namorada de universidade e mais alguns anos depois, mas ela está casada e mora na Espanha, e quando manda um *e-mail* uma vez ou outra, ele lê em voz alta para mim. Nada com que me preocupar.

E houve os flertes obrigatórios da época em que estava na casa dos 20 anos, e uma relação de três anos que acabou há alguns anos simplesmente porque ele não conseguia se ver o resto da vida com ela e, alguns meses antes de me conhecer, Lainey, que tinha fugido com um ator.

Todo mundo que chega aos 30 anos tem história, e isso nunca me incomodou. Eu ficaria mais preocupada se ele nunca tivesse tido nenhuma relação duradoura.

— Ele só continua falando com uma das ex — digo. — Sophia, mas faz anos que ficaram juntos e ela mora no exterior. Não me incomoda nem um pouco. Para ser bem sincera, fico feliz por ele ter tido algumas relações duradouras. Pelo menos mostra que ele é alguém que sabe assumir compromisso.

Anna se apóia na pia da cozinha.

— Nunca cheguei a pensar no compromisso quando me casei com Rob. Nem passado nem presente. Estava tão envolvida com o casamento que acho que nem me dei conta que era de verdade até termos voltado da lua-de-mel.

Lily sorri.

— Então você é uma daquelas mulheres que só se casam por se casar, como a gente lê por aí?

— Acho que sim — diz Anna. — Só agradeço a Deus por ter dado certo.

— Há quanto tempo vocês *estão* juntos? — arrisco.

— Juntos há seis anos, casados há quatro.

Fico surpresa. A maior parte das pessoas que conheço casadas há mais de dois anos a esta altura já têm pelo menos um filho.

— Eu não sabia que era tanto tempo — digo, com diplomacia. — Já chegou a pensar em formar família?

— Acho que agora já devemos estar prontos. Tinha tanta coisa que queríamos fazer antes disto, mas já visitamos quase todos os lugares que queríamos conhecer, já ficamos em todos os hotéis em que queríamos ficar e provavelmente vamos começar a tentar logo. Lily é a minha inspiração. — Ela olha para Lily, que dá uma risada autodepreciativa. — E você, Ellie, tem planos?

Ah, como é difícil guardar este segredo, droga, e toda vez que alguém faz esta pergunta (que parece estar batendo a média de nove vezes por dia), preciso lutar contra a vontade de contar tudo, e não posso deixar de pensar se a pessoa que perguntou já não adivinhou.

Porque, só para constar, estou enorme. É sério. Não dá para acreditar como eu me sinto gorda. Minha última prova do vestido foi na semana passada e até a vendedora ficou surpresa.

— Ah — disse ela, fazendo uma careta. — A maior parte das nossas noivas *perde* peso antes do casamento — e eu só fiquei olhando para ela com cara de brava enquanto ela fazia justes para aumentar o vestido.

E Dan observou que vivo acariciando a barriga. Sem prestar atenção, quando estou na fila para pegar um sanduíche, parada na frente do espelho do banheiro, deitada no sofá tentando ler enquanto Dan assiste a seu amado futebol ou *rugby*. Cada vez que encosto na barriga, não consigo me conter e faço a conexão com a vida que está crescendo dentro de mim.

Mas não posso contar para elas. Ainda não. Não antes da lua-de-mel.

— Nós dois queremos uma família — digo —, mas ainda não conversamos sério a respeito deste assunto. Em uma suposição abstrata, com certeza estou pronta, mas sei que não faço a mínima idéia de como a vida da gente muda com filhos.

— Muda mesmo, e é preciso se adaptar — diz Lily —, mas não dá nem para pensar na hipótese de as crianças não existirem hoje; elas são o centro do nosso mundo.

— E foi por isso que você não as trouxe junto quando almoçamos sábado passado? — Anna ri, inocente.

— Acredite, foi por causa dos avós. Eles ficam com as crianças um dia por semana.

— Os seus pais ou os do Tom? — pergunto.

— Os de Tom. Os meus continuam morando em Yorkshire, mas os de Tom estão tão perto que tentamos deixá-los lá um pouco todo fim de semana. Por mais que a gente ame os filhos, é ótimo ter uma folga de vez em quando.

— Como são os pais de Tom?

— São ótimos — responde Lily. — Eu não poderia ter desejado sogros mais legais.

Anna e eu resmungamos simultaneamente.

— Eu sei — Lily ri. — Esta é a reação de todo mundo, mas é sério, eles são uns amores. Adoram as crianças e me adoram. Na verdade, eu considero Sandra, minha sogra, uma amiga.

— Certo — diz Anna. — Então, qual é o seu segredo?

— Sinceramente? Acho que tem a ver com aceitação. Em vez de tentar ficar transformando os outros em alguma coisa que eles não são, ou desejando que cada pessoa fosse uma coisa, ou alguém, acho que simplesmente nós nos aceitamos, e dá certo.

— Com toda a certeza — diz Anna por entre os dentes —, você é uma pessoa muito mais bacana do que eu.

— Detesto admitir — ajunto —, mas preciso concordar com Anna. Acho que seria incapaz de chegar perto da sua tolerância.

Lily dá de ombros.

— Só tentei encontrar um jeito de fazer a coisa dar certo.

— Fazer que coisa dar certo? — Richard entra na cozinha. — Tem algum chocolate nesta casa, Ellie?

— Claro que sim. — Sorrio, conhecendo a queda do meu futuro cunhado por doces. — Por acaso eu seria o tipo de mulher com quem seu irmão casaria se não tivesse um estoque constante de chocolate? — Caminho toda triunfante até um armário e o abro para revelar caixas de Aeros, Kit Kats, Double Deckers.

Richard coloca a mão no coração.

— Ellie, nunca tinha percebido, mas acho que você é a mulher que conquistou o meu coração.

Sorrio, feliz com o elogio.

— Leve um monte lá para a sala — digo enquanto Richard se serve.

— Então, sobre o que as mulheres estão conversando aqui? — pergunta, antes de sair pela porta, e Anna, sem pensar, responde:

— Sogras infernais.

— Ah? — Richard se vira e ergue a sobrancelha para mim, parada ali sentindo o rubor tomar conta do meu rosto, completamente aterrorizada, mas, para minha surpresa, Richard não se surpreende com aquilo, apenas diz, com frieza: — Então você descobriu o lado diabólico da minha mãe, é?

Um certo silêncio desconfortável se instala, mas é quebrado pelos xingamentos de Anna, que fica vermelha.

— Ah, meu Deus, isso sim é que é meter os pés pelas mãos. Eu esqueci completamente, quer dizer, não estava pensando... Vou simplesmente ficar quieta, é o melhor que posso fazer... — Ela coloca o rabo entre as pernas, desconsolada.

— Na verdade — Lily intervém, salvando o dia enquanto eu sorrio para ela agradecida —, eu estava contando para elas o segredo de se dar bem com a família do marido e, para constar, Ellie não disse nada a respeito da sua mãe.

— Não disse? — Richard está surpreso. — Bom, então é óbvio que ela não tem passado muito tempo na companhia dela.

Resisto à vontade de dar um abraço em Richard, e de repente percebo que encontrei nele um aliado. Que, por mais que Linda me irrite, parece que ela irrita Richard e Emma ainda mais, e agora sei que, se as coisas algum dia ficarem difíceis demais, Richard vai ficar do meu lado.

Observo Richard se afastando pela porta. É engraçado pensar que, se eu não conhecesse os dois tão bem, se simplesmente entrasse em uma sala e visse Dan e Richard na minha frente, provavelmente escolheria Richard. Em muitos aspectos, ele e eu nos parecemos muito mais, e em alguns aspectos, talvez combinemos melhor. Só que Dan tem a estabilidade que eu sempre desejei. Olho para Dan e vejo meu futuro. Nos braços dele vejo nossos filhos, no sorriso dele vejo anos de amizade e risadas, e na voz dele escuto conforto. Richard é mais esquentado, provavelmente mais parecido comigo, e certamente mais parecido com os homens com que já saí, mas Dan é meu porto seguro, e sei que, enquanto eu me ancorar a ele, estarei segura.

E é maravilhoso saber que Richard é capaz de se irritar tanto com a mãe quanto eu, principalmente porque Dan se recusa a se envolver. Mas eu não acho que vá continuar assim;

tenho certeza de que vai melhorar. Fran fica dizendo que o casamento é um dos acontecimentos mais estressantes da vida da gente, parecido a mudar de casa. Coincidentemente, o apartamento dos nossos sonhos revelou-se ser um imóvel no térreo, espaçoso e ajardinado (palavra de corretor de imóveis para descrever um porão, mas não faz mal) na arborizada Primrose Hill. Graças ao prêmio recente de Dan e à avaliação surpreendentemente alta do meu apartamento, de repente descobrimos ter muito mais dinheiro do que pensávamos, o que significa que Primrose Hill não é mais apenas um lugar em que vou passear nas tardes de sábado, desejando ter dinheiro para morar lá. Está marcado para fazermos a troca simultânea amanhã, com finalização cerca de duas semanas depois de voltarmos de lua-de-mel.

Então, será que é mesmo surpresa o fato de as coisas, ou as pessoas, estarem me irritando profundamente?

9

— Vamos lá, Ellie, prenda mais a respiração. — Linda arfa de tanto esforço enquanto aperta o corpete do meu vestido de noiva, falando palavrões porque os dois lados não se encontram.

— Ah, pelo amor de Deus — termina por desistir e pára, provavelmente morrendo de medo que o suor iminente estrague a maquiagem impecável. — Isto é ridículo — ela diz e se senta na cama antiga de Dan na casa dela. — Achei que você tinha feito uma prova há algumas semanas. Como é possível o vestido não servir?

Fico tentada a contar a Linda a respeito do bebê, usá-lo para que ela tenha que engolir as palavras, mas mesmo que tivéssemos decidido contar a ela antes do casamento, uma hora antes de subir no altar não é exatamente o momento perfeito, isso sem contar que Dan me mataria se eu contasse para a mãe dele na sua ausência.

— Ando comendo compulsivamente nos últimos dias — digo distraída, tentando explicar a rapidez com que ganhei peso.

— Comendo compulsivamente? — diz Linda, horrorizada. — A maior parte das noivas perde peso, Ellie, não engorda, pelo amor de Deus. O que vamos fazer? — A voz dela se ergue e chega perto da histeria, enquanto eu a observo, estupefata.

Porque, apesar de todo mundo falar sobre o estresse de planejar um casamento, apesar de ter lido praticamente todos os artigos publicados a respeito de como lidar com o estresse de planejar um casamento, não cheguei a senti-lo, sem contar as discussões com Dan, inevitavelmente a respeito de Linda. E nessas horas eu consegui me afastar do que estava acontecendo, e fiquei estranhamente fascinada de ver como Linda estava ficando cada vez mais atarantada à medida que o casamento ia se aproximando.

E agora, como o vestido mostra pouco sinal de que vai fechar, parece que Linda vai se desmanchar em lágrimas.

— Não estou acreditando, droga — a voz dela treme. — Ellie, você sabe quanto custou este vestido? Eu poderia ter pegado o meu dinheiro e jogado na privada. — A voz dela de fato começa a falhar. — Como você pôde fazer isto comigo? Como você pôde ficar gorda no dia do seu casamento? — Meu Deus. Mas isto sim é que é uma rainha do drama. Quase tenho vontade de rir.

Emma, que organizou um salão de cabeleireiro móvel no canto do quarto, tira o último alfinete da boca, coloca no coque e se vira para a mãe.

— Mãe, cale a boca! — late, erguendo-se e deslizando com seu vestido de dama de honra cor de champanhe. — Este é o casamento de Ellie. Deixe de ser tão insensível.

— Não fale comigo assim. — A voz de Linda está se erguendo mais uma vez. — Não me diga que estou sendo insensível, já que gastei uma fortuna neste casamento e a porcaria do vestido nem serve porque a noiva não liga nem um pouco para a aparência.

Que amor.

— Será que vocês podem relaxar? — Emma pega os cordões do corpete e puxa, fazendo o tecido se aproximar mais um centímetro, mas ainda com um dedo de pele escapando por entre as amarras. Bom, penso com meus botões, sentindo-me como se estivesse assistindo a uma farsa, pelo menos eu tive o bom senso de marcar algumas sessões de bronzeamento. — Certo, Ellie — diz Emma, assumindo o controle. — Passe aqui aquela meia-calça.

Emma dobra em dois, em três e em quatro a meia, até ficar opaca, então a coloca com cuidado por baixo dos cordões, contra a minha pele, enquanto Linda funga, sem querer admitir que de fato está impressionada com a habilidade da filha.

— Pronto — Emma termina de amarrar os cordões e se afasta para admirar sua idéia instantânea e o resultado final que, se não é perfeito, está perfeitamente adequado. Enquanto eu mantiver o véu na cabeça, ninguém vai se dar conta de nada.

— Certo. — Linda respira fundo. — Todas precisamos nos acalmar.

— Você quer dizer que você precisa se acalmar — Emma sussurra para mim.

— Obrigada, Emma — sorrio, agradecida. — Você é demais.

— Ellie, vire para cá e nos mostre como está. — Linda conseguiu retomar a compostura. Diz alegremente: — Você está adorável — então olha para o relógio e dá um pulo. — Ah, meu Deus, já são quase quatro. Vou correndo lá embaixo para ver se o carro chegou.

— Então. — Emma me examina de cima a baixo. — Compulsão, é?

— É. — Finjo estar ocupada alisando a saia, mas é claro que estou fazendo todo o possível para evitar olhar Emma nos olhos.

— Achei que você tinha dito que não anda comendo quase nada — Emma força, erguendo a sobrancelha.

— Quando foi que eu disse isto?

— Na semana passada, quando nos falamos no telefone.

— Bom, eu não estava mesmo, mas nesta semana fiquei morrendo de fome o tempo todo. Acho que estou nervosa.

— Mas você disse que nunca comia quando ficava nervosa.

— Eu menti — tento sem muito sucesso, um sorriso começando a se abrir, porque é lógico que Emma tinha adivinhado e não me importo mais de guardar o segredo. Quero que alguém saiba.

— Você *está* grávida, não está? — Emma solta um gritinho.

— Sssh. — Faço um gesto nervoso para a porta aberta. — Não conte para ninguém. Estamos guardando segredo até voltarmos da lua-de-mel, e só estou de dez semanas.

— Eu sabia, eu sabia. — Emma joga os braços em volta de mim com cuidado, para não desarrumar meu véu. — Ah, Ellie, eu vou ser titia!

— Eu sei — digo, sorrindo. — Mas você não pode mesmo contar para ninguém, promete? Sua mãe vai ter um ataque se achar que não foi a primeira a saber.

— Ah, meu Deus, nem me fale. Não se preocupe, não vou dizer nada.

— Emma — digo em tom de alerta, por saber que a discrição nunca foi um de seus pontos fortes —, você jura, de coração?

— Juro por Deus e pela minha vida.

O casamento pode não ter sido o que eu queria, ou melhor, pode não ter tido quase nada a ver comigo, mas foi adorável. As flores (cravos e lírios) espetaculares de tanta simplicidade;

a comida, deliciosa. E a banda (Dan e eu preferíamos um DJ, mas Linda e Michael insistiram em uma banda), barulhenta e animada o suficiente para assegurar que as pessoas dançassem a maior parte da noite.

Como observadora, que é honestamente como eu me sentia, tive que reconhecer que estava espetacular. Basicamente o casamento mais generoso e extravagante a que já fui. Como noiva, assim que a cerimônia terminou, me senti completamente afastada, como se estivesse ao mesmo tempo assistindo a um filme e caminhando nas nuvens, nem um pouco presente ao momento.

A cerimônia foi diferente. Foi o único aspecto que escapou ao controle de Linda, já que Dan e eu tínhamos escrito nossos próprios votos de casamento, e chorei quando vi os olhos de Dan marejados, sua emoção e seu amor por mim brilhando de forma tão clara e verdadeira quando proferiu suas palavras.

Annabel e Sadie foram as daminhas, as duas fofas até não poder mais com os vestidos feitos para a ocasião, o cabelo com maria-chiquinha, com cara muito séria quando entraram na igreja, caindo na risada no meio do caminho até o altar, quando todos os convidados pegaram as câmeras para tirar fotos.

E então, quase antes de eu ter a oportunidade de absorver aquilo tudo, lá estávamos nós, marido e mulher, e a intimidade e a honestidade da nossa cerimônia logo foi arrebatada pelo tamanho e alcance da festa.

As poucas pessoas que estavam lá e que podíamos chamar de amigos de verdade, gente como Fran e Marcus, Sally, Lily e Anna, pareciam portos seguros no meio da tempestade. Rodopiando pela pista de dança, eu me via frente a alguém que reconhecia, sorrindo para mim e despejando seus cumprimentos em cima de mim, e mais uma vez percebia com um tremor que aquele era o meu casamento. O meu casamento! A realização de todos os meus sonhos.

Mas o maior choque de todos foi o meu pai.

Eu não achei que ele iria, nem tinha tido vontade de convidá-lo, para falar a verdade. Dan foi quem insistiu em mandar um convite para ele, mesmo depois de eu dizer que ele não se interessava nem um pouco por mim, que seria um convite desperdiçado, que a única coisa que o transformava em meu pai era o sangue e que isso não bastava. Tentei explicar como já não tínhamos mais nada em comum, não sentíamos amor nem amizade um pelo outro, nada.

Eu sabia que seria um convite desperdiçado, e, no entanto, ele foi.

Meu pai e a mulher se sentaram na quarta fileira durante a cerimônia, bem arrumados, com as melhores roupas do armário, com ar tosco e desalinhado em comparação aos amigos glamourosos de Linda e Michael. Cada vez que olhava para eles, via que estavam pouco à vontade, e sufocados, e (será que eu estava imaginando coisas?) orgulhosos, tudo ao mesmo tempo.

É claro que fui falar direto com ele na recepção e lhe dei um abraço sem jeito, porque nós dois sabíamos que muito pouca coisa restara entre nós.

— Oi, pai — eu disse, segurando a surpresa de ver lágrimas em seus olhos.

Fiquei lá parada em estado de choque quando meu pai engasgava, repetindo:

— Desculpe, desculpe. — Ele esticou o braço e pegou a minha mão e apertou bem forte enquanto sua mulher ficava em segundo plano, deixando nós dois sozinhos. — Desculpe por não ter estado sempre ao seu lado.

E eu não sabia o que dizer, então não disse absolutamente nada, simplesmente soltei um suspiro de alívio quando alguém me puxou para fazer mais algumas fotos.

Mais tarde, depois dos discursos, todo mundo parou de falar quando um homem careca de meia-idade usando um terno que, com certeza, já vira dias melhores foi até o microfone todo nervoso e deu tapinhas nele.

— Eu sei que vocês não estavam esperando mais um discurso — disse meu pai, enquanto eu me encolhia, ciente de que aquilo não tinha sido planejado, completamente acanhada pelo que estava acontecendo. Ele limpou a garganta nervoso, e tirou dois cartões do bolso. — Mas Ellie é minha filha e eu só queria dizer algumas palavras.

"No dia 2 de setembro de 1970, Eleanor Sarah foi recebida neste mundo. Minha mulher ficou 12 horas e 14 minutos em trabalho de parto enquanto eu andava no corredor de um lado para o outro. — Fez uma pausa. — Naquele tempo, nós homens cumpríamos o nosso papel de ficar esperando do lado de fora. — Conseguiu uma risada, o que fez aumentar sua confiança, e quando continuou, o tremor de sua voz tinha desaparecido. — Uma enfermeira saiu e me entregou uma trouxinha, olhei para aquela criatura minúscula que gritava, e ela parou de chorar e olhou nos meus olhos. Naquele momento eu compreendi o que todo mundo queria dizer quando falava que a gente não é capaz de amar nada na vida como ama um filho. — Ele parou e examinou as mesas, através dos convidados que sabiam do que ele estava falando, os convidados mais jovens, que não tinham filhos e ainda iam aprender, encontrou-me e nos olhamos nos olhos, e de repente eu me enchi de uma sensação insuportável de perda e tristeza. Tristeza pelo pai que não tinha conhecido, e pelo prazer e orgulho inesperado de vê-lo fazendo um discurso no meu casamento.

"Eu não tenho sido o melhor dos pais para a Ellie — disse e eu senti um nó na garganta e uma lágrima escorrer lentamente pela minha bochecha esquerda. — A mãe dela morreu quando ela era muito nova. — Ouviu-se uma agitação quando as pessoas se entreolharam, surpresas, pois poucas delas sabiam disto, algumas sabiam apenas que eu era a mulher que estava se casando com o filho de Linda. — E, olhando para ela hoje, me lembrei de quando me casei com a mãe dela. Ellie, você não vai se lembrar disso, mas você está a cara dela agora. Você tem a beleza dela, o brilho dela, o amor que ela tinha pela vida. — Ele fez uma pausa quando as pessoas aplaudiram, sem se dar conta do impacto que suas palavras surtiam sobre mim. — Eu não sabia o que fazer com uma filha de 13 anos — reconheceu, com tristeza. — Eu a amava tanto, mas não sabia como ajudá-la. Mas o que eu não sabia na época eu sei agora e, Ellie, quero passar estas lições para você e Dan, quero ensinar para vocês as coisas que sei antes que seja tarde demais. Eu sei que amor não basta. Que a gente precisa valorizar as pessoas que ama, que dizer 'eu te amo' nunca é o bastante, que a gente precisa demonstrar este amor todos os dias, mesmo quando a vida ameaça se meter no nosso caminho. Se é que posso citar alguém muito mais eloqüente do que eu: 'A maior fraqueza da maior parte dos seres humanos é sua hesitação em dizer aos outros o quanto os amam enquanto estão vivos.' Ellie, eu amo você. Posso não ter dito isto vezes bastantes, mas amo. E vocês dois, Ellie e Dan, devem amar um ao outro, e mostrar um ao outro este amor a cada dia, todos os dias.

E, com isso, ele se afastou do palco e começou a vir na direção da nossa mesa.

— Tudo bem com você? — Dan se inclinou e enxugou com cuidado as lágrimas do meu rosto, e eu assenti com a cabeça, ainda com um nó muito grande na garganta para falar, e então meu pai estava ao nosso lado, me levantei e dei um abraço enorme nele, sentindo-me ligada ao meu pai, sentindo o amor dele por mim pela primeira vez em anos.

— Obrigada, pai — disse com suavidade quando me afastei dele. — Obrigada, e nada de pedir desculpa, porque você não precisa mais pedir desculpa.

— Preciso sim — disse com um sorriso triste —, mas é bom ouvir você dizer que não preciso. — Virou-se para Dan. — Quem sabe, depois de voltarem da lua-de-mel, você e Ellie não vão passar uns dias conosco? Ficar lá em casa um pouco?

Dan olhou para mim e eu sorri.

— Nós vamos adorar.

Dan sorriu e apertou a mão dele.

— Pai.

Linda veio correndo.

— Olá! Nós não sabíamos que você ia falar! — e me empurrou para o lado para se apresentar para o meu pai. — Eu sou Linda, a mãe de Dan. E este é Michael. Nós nem sabíamos que você estava aqui.

Ela me lançou um olhar, um olhar que deixava bem claro como não estava nem um pouco impressionada pelo fato de eu não ter avisado que ele vinha, e de não tê-lo apresentado a ela.

— Estou envergonhada por não termos nos conhecido antes — ela prosseguiu. — Mas é adorável o fato de estar aqui. A sua filha não está maravilhosa? Não parece uma princesa?

E eu fiz o que sempre faço quando Linda percebe que ultrapassou os limites e começa a fazer elogios profusos ou me dá um monte de presentes para compensar: derreto e a perdôo por toda e qualquer transgressão.

— Sabe — disse Linda, inclinando-se em tom conspiratório, assegurando-se de que Emma não estava por perto —, eu não devia dizer isto, mas me sinto abençoada por ter a sua filha na família. A gente ouve os outros falando das noras que são as filhas que sempre quiseram ter, mas no caso de Ellie é verdade. Ah, não que eu não ame Emma — disse rapidamente, reparando que Dan e Michael olhavam para ela como se tivesse enlouquecido completamente —, mas Emma é tão difícil e nós discutimos tanto, e Ellie é uma moça tão adorável, tão *fácil*... — E ela olhou para mim, toda orgulhosa. — Com certeza você fez um trabalho muito bom na criação dela, e tenho muita sorte de tê-la comigo.

— E parece que Ellie também tem sorte de tê-la com ela — disse meu pai, conquistado pelos elogios e pelo charme de Linda.

— Venha comigo. — Linda enlaçou seu braço no dele. — Você precisa me apresentar a sua esposa encantadora e precisa conhecer os nossos amigos. Quem sabe — eu a ouvi dizer logo antes de sair do alcance da minha audição — você vem jantar em casa quando os meninos voltarem da lua-de-mel?

Virei-me para Dan com um gemido, porque por mais maravilhosas que tivessem sido as palavras do meu pai, por mais que agora eu achasse que existia futuro para nós no final das contas, não estava pronta para que Linda se intrometesse e se transformasse na nova melhor amiga dele, mas de jeito nenhum mesmo.

E Dan me abraçou e deu um beijo divertido na minha bochecha.

— Não se preocupe, minha esposa adorável. Você sabe que minha mãe é só papo.

Arqueei uma sobrancelha quando me virei para olhar para ele.

— Como é que você pode dizer isto e eu não?

Mas Dan continuava sorrindo.

— Você ouviu o que eu disse? Adorável *esposa*?

E eu soltei risadinhas.

— Eu sei! E você é o meu *marido*. Ah, meu Deus, que coisa esquisita!

— Você sabe o que é ainda mais esquisito? — Dan fez um gesto para a minha barriga e sua voz se transformou em um sussurro. — Tem um bebê aqui dentro! Dá para acreditar? Um bebê!

— Eu sei. Um pedacinho de nós.

— É. Um mini Cooper — disse Dan e nós nos entreolhamos e começamos a rir.

Uma hora depois, Dan me viu conversando com Fran e Marcus e me puxou para o lado.

— Acho que a gente não pode fugir do próprio casamento, pode?

— Só se você quiser ser deserdado.

— Droga. Vamos procurar a chave de força e desligar toda esta porcaria. Quero levar você lá para cima.

— Calma, calma — sussurro no ouvido dele. — Temos o resto da vida para isto. — E nos afastamos e sorrimos de um jeito maníaco um para o outro, sem conseguir acreditar que agora éramos marido e mulher.

Duas horas depois, finalmente conseguimos ir embora. Os convidados formam uma fila e nós a percorremos, dando abraços de despedida nos amigos e apertando a mão de muitas pessoas que nunca vi na vida.

E é só quando colocamos os pés para cima no quarto que eu percebo como estou cansada, como o meu vestido é apertado e desconfortável, como a única coisa que quero fazer é desabar na cama e dormir cem anos.

Para a sorte de Dan, conquisto um segundo fôlego quando abrimos a porta do que esperávamos ser um quarto normal, mas descobrimos que o hotel nos colocou na suíte que provavelmente é a mais luxuosa que já vi. E vou dizer uma coisa: por trabalhar no Calden, já vi algumas suítes bem luxuosas na vida, mas nada se compara a isto.

— Ah, meu Deus — fico parada à porta, boquiaberta. — Este é o nosso quarto? Olho em volta para os tapetes felpudos, os enormes sofás, os lustres de cristal reluzentes, o champanhe e o chocolate à nossa espera.

— Nossa *suíte* — corrige Dan, conduzindo-me através de um enorme arco até o quarto, onde pétalas foram espalhadas sobre a cama, com minha camisola da La Perla dobrada em cima do travesseiro.

— Agora, venha aqui. — Dan me puxa em sua direção e, abraçadinhos, nós dois caímos, em meio a risadinhas, na cama.

❤

Linda e Michael ligam no dia seguinte às oito da manhã. Primeiro, o telefone do hotel toca e me recuso a permitir que Dan atenda, ciente de que só podem ser os meus sogros e, mais ainda, ciente de que eles vão querer dar uma passada no quarto para se despedir. Daí o celular de Dan toca, depois o meu.

Ignoramos tudo.

Às nove, Dan está saindo do chuveiro e estou terminando de me maquiar, a recepção liga de novo para dizer que temos visitantes à nossa espera. Não que eu me surpreenda. Trata-se de uma mulher que não pensa duas vezes antes de me arrancar de reuniões para falar comigo, então acho que ela não vai ser dissuadida pelo fato de a gente não atender o telefone. E é claro que Linda e Michael estão na recepção. Onde mais poderiam estar, pelo amor de Deus?

Eu também não me deixo abater. Como é que eu poderia fraquejar, levando em conta o jeito dela e considerando o casamento maravilhoso que organizou para nós ontem?

Porque a verdade é que, apesar de o meu casamento não ter quase nada a ver comigo, apesar de eu ser apenas uma participante, e nem tão importante assim, preciso reconhecer que Linda fez um trabalho espetacular.

Então falamos no telefone com Linda e Michael, e dez minutos depois estamos a caminho do restaurante para tomar o último café-da-manhã com eles antes de ir para a lua-de-mel.

E na última xícara de café e no último *croissant*, Linda sorri para mim.

— Um dia — diz —, você vai ter uma filha e ela vai se casar, e então, Deus queira, você vai poder fazer o *seu* casamento.

— Você está dizendo que tinha razão o tempo todo? — sacudo a cabeça e rio, incrédula, não pelo que ela está dizendo, porque as palavras não me surpreendem nem um pouco, mas pelo fato de ela não fazer a menor cerimônia em reconhecer. — Este casamento não era *meu*, era seu?

— Claro que você tinha razão. — Linda sorri. — E eu também nunca tinha tido um casamento até agora. Quando me casei com Michael, de quem você acha que o casamento foi? Meu? Não, não seja tola. Foi o casamento da minha mãe. Mas a sua vez vai chegar. — E ela coloca o braço em volta dos meus ombros e me dá um apertão.

— E se eu só tiver filhos homens? — Penso em voz alta, tentando ver a reação de Dan, perguntando a mim mesma se esta não seria a hora adequada para contar-lhes a respeito do bebê, agora que o casamento já passou, agora que, como em um passe de mágica, o estresse e as provações dos últimos meses parecem ter desaparecido por completo.

E, mais do que tudo, quero dar um presente a Linda, quero agradecer a ela por tudo que fez, encontrar um modo de me desculpar por não ter demonstrado tanta gratidão quanto deveria. E o primeiro neto é o melhor presente de todos que posso dar.

— Se você só tiver filhos — diz Linda, tomando um golinho de café e piscando —, então você faz como eu fiz e se oferece para pagar tudo.

— Mãe. — Dan sacode a cabeça. — Você é mesmo uma manipuladora, não é?

— Está vendo as coisas que eu tenho que agüentar? — Michael sorri e dá de ombros, ciente de que é apenas coadjuvante no casamento, que só tem permissão para fazer comentários esporádicos como este, que assume o papel central no tribunal, e que isso deve lhe bastar.

— Linda. Michael. — Olho no olho de Dan por um segundo e sei que ele sabe o que eu estou pensando e faz um sinal afirmativo com a cabeça, quase imperceptível, e estica o braço por baixo da mesa para pegar minha mão.

— Temos uma coisa para contar para vocês — prossigo, um sorriso se espalhando no rosto de cada um de nós.

E agora parece mesmo que estou assistindo a um filme. Parece que Linda fica paralisada, olha primeiro para Dan, depois para mim, depois de novo para Dan, enquanto Michael simplesmente ergue uma sobrancelha e espera.

Dan sorri.

— Vamos ter um bebê.

Linda dá um berro, desmancha-se em lágrimas de êxtase e se joga em um abraço em Dan, desvencilha-se dele e vem me abraçar.

— Não acredito — diz ela por entre as lágrimas. — Não é à toa que você engordou tanto!

— Ah, obrigada, Linda. — Não dá para acusar a minha sogra de não saber o que dizer.

— Mas eu deveria ter percebido — diz Linda, enxugando as lágrimas, um sorriso estampado no rosto. — Não acredito que não adivinhei, não acredito que vocês mantiveram segredo. Ah, meu Deus, Michael! — Ela se volta para Michael, que já terminou de nos abraçar, e que pode não ter dito nada, mas sorri tanto quanto Linda. — Michael! Vamos ser avós! — E as lágrimas começam a rolar de novo.

— Hmm, mãe? Tem certeza que está feliz por causa disto? — diz Dan, cheio de dúvidas.

— Feliz? Este é o melhor dia da minha vida! — Linda ri. — Só não esperava que fosse ser tão logo. De quantas semanas você está, Ellie?

— Dez. — Sorrio.

— E como você está se sentindo? Tem enjôo pela manhã?

— Não. Nada. Só muita fome.

Linda se recosta na cadeira e sacode a cabeça.

— Não dá para acreditar que não adivinhei. Ah, minha nossa, um bebê! Um neto! O que você acha, Ellie? — Ela se vira para mim, toda animada. — É menino ou menina?

Dou de ombros.

— Acho que ainda é cedo demais para saber.

— Mas você *deve* ter um palpite — diz Linda. — Eu acertei com os meus três. Diga, o que você acha?

— Sinceramente, Linda. — Balanço a cabeça. — Se eu tivesse algum palpite, eu diria, mas não tenho.

Linda se acomoda e me examina, então assente com a cabeça.

— É menina. Você está gestando uma menina, com toda a certeza.

— Mãe, não tem como você saber — Dan dá uma risada. — Que ridículo!

— Eu sei. E pode acreditar. Nunca errei.

❤

Vinte minutos depois nos despedimos na frente do hotel. Dan e eu entramos em um táxi que nos levará ao aeroporto de Heathrow, onde pegaremos o vôo da uma e meia para Antigua.

— Cuide bem do meu neto — diz Linda, acenando com fúria da calçada. — Tome cuidado e fique longe do rum.

— Que tal divirtam-se, mãe? — Dan grita pela janela quando fecha a porta.

— Não seja bobo, claro que quero que vocês se divirtam — linda diz, e eles ficam lá parados na rua, abraçados, ainda chocados, muito depois de o táxi dobrar a esquina e desaparecer.

Dan e eu nos aninhamos juntinhos no táxi e sorrimos um para o outro e falamos baixinho a respeito da reação deles, a respeito desta criança nova que chegará ao mundo.

E percebo que há certas pessoas que podem demorar um pouco para se acostumar a ser avós, principalmente quando são jovens como Linda e Michael, jovens demais com certeza para preencher o papel de vovós e vovôs de cabelo grisalho, mas eu simplesmente sei que Linda não agüenta esperar para ser avó. Naturalmente maternal e carinhosa, Linda, eu sei com toda a certeza, não consegue esperar para pegar um bebezinho no colo de novo, para sentir o cheiro do pescocinho delicado, para inalar aquele perfume de bebê que é único. Não consegue esperar para desfilar pelas ruas empurrando um carrinho, para transformar o quarto de visita em quarto de bebê, enchê-lo de móbiles. Afinal, faz décadas que os filhos dela davam seus passinhos incertos pela casa, chocando-se contra as paredes e deixando marcas meladas de dedo em todas as janelas e, ainda assim ela diz que parece ter sido ontem.

Quando nosso táxi deu a partida, virei-me e vi algo que nunca tinha visto antes: Michael estava abraçado a Linda. E foi só então que me ocorreu que era tão raro ver alguma ternura ou amor entre os dois. Estava tão acostumada a ouvir Linda implicar com Michael (porque ela não gostava do jeito como ele comia, ou do jeito como ele sentava, ou queria que ele fosse mais isso, ou menos aquilo), que era mesmo algo muito estranho, e acalentador, ver os dois felizes juntos.

E talvez, pensei enquanto o táxi ia em direção ao Westway, no caminho do aeroporto, talvez um neto seja exatamente do que eles precisam. Talvez seja um recomeço para todos.

10

Preciso dizer que adoro estar grávida! Amo absolutamente cada segundo disto. No começo, quando voltamos da lua-de-mel, estava morrendo de medo de todo o peso que ia ganhar com a gravidez e achei o começo, o primeiro trimestre, tão exaustivo e debilitante que não agüentava esperar até que terminasse.

Mas, assim que cheguei à 13ª semana, comecei a me sentir fantástica. Claro que ajudou o fato de todas as flores estarem brotando e de o sol fazer uma aparição tão bem-vinda depois de um inverno tão longo e frio. E, principalmente, ajudou o fato de eu poder contar para todo mundo que estava grávida. Felizmente, todo mundo ficou achando que era um bebê de lua-de-mel, então passamos a contar a história deste jeito. Parei de me sentir gorda e desajeitada e passei a me sentir deliciosamente feminina e voluptuosa.

Pela primeira vez, parece que o meu corpo está fazendo exatamente o que foi feito para fazer. Adoro meus peitos inchados e barriga protuberante arredondada. Não há roupas largas neste guarda-roupa, de tanto orgulho que tenho do meu novo corpo; em vez de tentar esconder minha silhueta em expansão, eu quero mostrá-la, e me sinto *sexy* e linda com meus suéteres justos e calças de maternidade transadas de cintura baixa.

E meu brilho de gravidez parece ser contagiante. A todo lugar que vou, as pessoas sorriem para mim, comentam como estou "fantástica" e, para minha surpresa, parece que ando chamando mais atenção dos homens do que nunca. Nunca fui o tipo de mulher que os homens costumam olhar em especial. Nunca precisei ter medo de passar na frente de obras porque o pior que já me aconteceu foi receber um "bom-dia" educado. Mas, de repente, estão assobiando para mim de todos os lados. No começo, eu achava que era para alguma outra pessoa, uma beleza loira que estivesse recebendo toda a atenção, mas logo percebi que era eu, e adoro finalmente ser o tipo de mulher capaz de atrair todos estes homens.

Não que eu deseje algum deles, porque eu tenho meu maravilhoso Dan, mas é muito estranho e maravilhoso a gravidez surtir este efeito.

— Juro que todos esses homens devem ter fetiche por gravidez — disse certa vez a Fran, quando Dan e eu tínhamos ido almoçar com ela e Marcus, e os rapazes tinham se apressado na frente, deixando nós duas a aproveitar o sol de maio, olhando vitrines e jogando conversa fora.

— De jeito nenhum — respondeu Fran, com toda a seriedade. — Você está fabulosa. Mesmo. Você está... — fez uma pausa, buscando a palavra certa — luxuriante! Esta é palavra! Luxuriante! Completamente fértil, *sexy* e deliciosa. Além do que, está com aquele brilho da gravidez de que todo mundo tanto fala. O cara ia precisar estar louco para não achar você bonita.

— Concordo plenamente — ecoou Marcus quando os alcançamos e ele ouviu o final da frase de Fran.

Fran riu.

— Mas, falando sério — disse —, você tem mesmo muita sorte. Eu fiquei um nojo com as duas meninas. Cabelo oleoso, coberta de espinhas. Vomitei durante a maior parte dos nove meses e me sentia uma droga. Você provavelmente vai ter um menino, pela sua aparência. Nunca ouviu dizer que a gente fica linda com um menino, e as meninas acabam com toda a energia que a gente tem?

Acariciei minha barriguinha de 27 semanas.

— Minha sogra jura que é menina e parece que ela *nunca* errou — digo, bem séria.

— Bom, todo mundo me disse que eu teria um menino e uma menina quando estava grávida das gêmeas, e é engraçado ver que ninguém estava errado.

Dei uma risada.

— E o que disseram quando você teve duas meninas?

— Que da próxima vez eu ia ter um menino *com certeza.* — E Fran riu também.

Dan está convencido de que é menino, e eu não faço a mínima idéia. Perguntei a todo mundo que conheço que tem filhos se sabiam o que era, e se sabiam, como, mas não tenho a menor noção. Às vezes acordo com a forte sensação de que é um menino na minha barriga, e em outros dias fico igualmente convencida de que é menina.

Quando estou de sete meses, o instinto de fazer ninho começa a se manifestar e, de repente, a única coisa que quero fazer é decorar a casa. Encho-me de uma energia extraordinária e passo horas na Homebase escolhendo cores de tinta, ainda mais horas na John Lewis babando em cima de móveis de bebê e de roupinhas, mas sem coragem de comprar nada, supersticiosa que sou, esperando para comprar a primeira roupa do bebê assim que chegar do hospital.

Mas quando já fiz tudo que podia fazer, depois de todas

as paredes estarem pintadas e todos os móveis terem sido rearrumados e *ainda* tenho energia para gastar, Dan sugere uma festa para inaugurar a casa.

É verdade que já é um pouco tarde para isto, mas a compra demorou mais tempo do que tínhamos calculado (dois outros compradores apareceram no último minuto e nos vimos no meio de uma guerra de lances para a qual não tínhamos dinheiro). Dan finalmente sentou-se para conversar com o vendedor e disse que ele não estava agindo com integridade, que seu comportamento era inaceitável, que ele tinha feito um acordo em relação ao preço e à venda conosco, e que se fosse cavalheiro, manteria sua palavra. Dan deu ênfase à palavra *cavalheiro*. E essa é uma das coisas que adoro em Dan. Ele tem uma noção incrível a respeito de certo e errado, e não tem um pingo de medo de confrontar os outros se achar que agiram de maneira amoral, ou se o prejudicaram de alguma maneira. E deu certo: Dan fez com que ele sentisse vergonha e vendesse para nós, por menos dinheiro do que claramente queria. Mas a gente recebe pelo que paga, e se ele tivesse vendido o apartamento para um dos outros compradores, o carma no final acabaria recaindo em cima dele, Dan disse, ou pelo menos em palavras que significavam isto.

Mas o negócio é que, quando nos mudamos, estávamos tão exaustos do estresse acumulado do casamento, a possibilidade de perder o apartamento dos nossos sonhos e a mudança em si que mal conseguimos desempacotar as coisas; decorar o ambiente então, nem pensar.

Linda se oferecia para esvaziar as caixas toda vez que fazia uma visita, olhando para o apartamento desesperada, para os livros que faziam pilhas encostadas em todas as paredes, as panelas e vasilhas que raramente usávamos ainda em caixas em um canto da cozinha. Cada vez recusava sua oferta com educação e firmeza, dizendo que eu precisava arrumar tudo pessoalmente, ou então depois não encontraria nada.

Então, é claro que ninguém ficou mais feliz do que Linda quando eu fiquei com vontade de arrumar tudo e o apartamento finalmente ficou à altura de seus padrões tão refinados, e ninguém poderia ter ficado mais animada do que eu com a perspectiva de organizar uma festa de inauguração do apartamento.

Convidamos amigos que foram ao nosso casamento, vizinhos que acabamos conhecendo surpreendentemente rápido e pessoas que são, como Dan diz, amigos experimentais (o casal com quem esbarramos quando passeia com o cachorro no começo da noite; só trocamos um sorriso e um oi com eles, mas chegamos à conclusão de que parecem ser nosso tipo de gente); a moça que trabalha na loja de *lingerie* e sempre vem me cumprimentar quando passo e pergunta se eu vou bem; os outros clientes do café Polish de todo sábado pela manhã: pessoas de que gostamos apesar de não conhecer de verdade, pessoas com quem não fomos capazes de estabelecer amizade verdadeira, por falta de tempo e de energia. E que melhor maneira de dar início a algo mais profundo do que convidá-las para uma festa?

Fico responsável pelas luzes e, depois de consultar vários livros com muito cuidado, resolvo ladear os caminhos do jardim com luminárias (saquinhos de papel pardo com areia e uma velinha de *réchaud*), coloco tochas enormes por todo o jardim, fios de luzinhas brancas nas duas macieiras no fundo e lanternas japonesas penduradas.

Dan faz o *download* de dúzias de receitas para coquetéis e, depois de escolhermos nossos preferidos, faz jarras enormes de *mojitos* e caipirinhas, ajeitando um bar em um canto do jardim, com um gigantesco balde de gelo embaixo.

Eu queria cozinhar. Queria mesmo, mas até mesmo com toda a vontade que eu estava de deixar minha casa confortável, reconheço meus limites, e em vez disso passei nos supermercados Sainsbury e Marks & Spencer, comprei saladas prontas, pães de alho que só precisam ser aquecidos no forno e bolos com ar delicioso. Depois, no dia, comprei bandejas bem arranjadas com *prosciutto*, presunto de Parma, peito de frango frio, *carpaccio*; queijos *brie*, *camembert*, *roquefort* e de cabra; azeitonas recheadas de pimentão e pepinos em conserva bem verdes.

Dan regrediu à época em que tinha 20 anos, quando era obcecado por ouvir música e sair para dançar. Eu já tinha ouvido falar dessa mania, mas não a *conhecia*, no sentido que conheço agora, depois de vê-lo passar horas debruçado por cima do CD *player*, escolhendo as músicas com cuidado, de maneira metódica, começando com *beats* de Ibiza suaves e gradualmente aumentando o compasso para ter certeza de que todo mundo dance.

E estou tão animada, *nós* estamos tão animados, que só conseguimos falar disso nas semanas que antecedem a festa. Não me entenda mal, nós dois passamos a época em que tínhamos 20 anos indo a centenas, se não milhares, de festas como esta, mas as festas foram diminuindo à medida que nos aproximávamos da casa dos 30, a diversão com os amigos mudou.

Os que não têm filhos parecem ter passado para jantares aconchegantes. Não jantares formais como os que os nossos pais organizavam, mas sim refeições na cozinha com todo mundo em pé conversando, geralmente ajudando a cozinhar antes de se sentar à mesa da cozinha mesmo com várias garrafas de bom vinho.

As pessoas que têm filhos têm tendência a oferecer almoços, ou churrascos de verão à tarde, ou então não fazem absolutamente nada, porque o conceito de divertir os amigos e cuidar das crianças ao mesmo tempo parece algo complicado demais para ser realizado.

Mas, de todo modo, as pessoas não bebem, dançam nem se divertem na mesma quantidade ou com a mesma regularidade do passado, e Dan e eu estamos determinados a mudar isto. Principalmente eu.

Ah, droga. Estou imaginando coisas ou é mesmo a campainha tocando? E quem é que vai vir até aqui enquanto estou na banheira como a baleia grávida gorda que sou uma hora antes de a festa começar?

— Dan! — grito da segurança do meu banheiro. — A campainha! Você pode atender?

Nenhuma resposta, o único som é salsa bem alta que vem do aparelho de som no jardim, quase tão alto dentro do banheiro quanto do lado de fora.

— Dan! — grito de novo quando a campainha toca, mas acabo erguendo meu corpo com dificuldade da banheira, coloco o roupão de Dan (o único que ainda serve) e vou pingando até a porta da frente. Realmente, não estou esperando ninguém na próxima hora, pelo menos; ou nas duas próximas horas, já que ninguém chega mesmo na hora marcada.

— Oi, querida — Linda me dá um beijo e passa por mim para entrar no apartamento, seguida de perto por Michael. — Chegamos cedo demais?

— Parece que sim. Ninguém vai chegar pelo menos na próxima hora. — Minha voz e minha expressão são sombrias. Eu só queria tomar um banho relaxante e demorar para me arrumar, e agora provavelmente vou ter que me sentar aqui e fazer sala para Linda e Michael. Meu humor, para colocar de uma maneira amena, não está nada bom. E então reparo que Michael está carregando diversas sacolas da Daisy & Tom.

— Ah, que bom. Eu queria mostrar o que nós compramos para o bebê. — Linda sorri. — Estou tão animada, e Michael queria que fosse surpresa, mas não agüento esperar para ver o que você acha.

Sinceramente, não tenho tempo. Todo mundo que conheço, e algumas pessoas que não conheço, vão chegar daqui a (confiro no relógio) menos de uma hora, e aqui estou eu, pingando em cima do tapete, o cabelo molhado, o apartamento ainda precisando de mais uma arrumada antes de os primeiros convidados (sem contar a família) chegarem.

— Por que vocês não vão até o jardim e falam com Dan enquanto me troco? — sorrio através de dentes cerrados enquanto olho com cautela para as sacolas. Linda sabe como sou supersticiosa, sabe que ainda não comprei nada de propósito. Então, que diabos são aquelas sacolas? — Tomem um drinque. — Tento manter um tom de voz calmo. — Vou falar com vocês assim que estiver pronta.

— Tudo bem. — Michael já está saindo para o jardim, claramente pouco à vontade perto da nora em estado praticamente despido.

— Não demore muito — diz Linda, e eu faço muita força para não dar um soco nela, ciente de que agora vou me apressar para não ofendê-los, e sem dúvida vou ficar com o cabelo crespo e sombra de olho borrada, e já estou mais irritada do que estive em meses.

Mas, de algum modo, felizmente, consigo não me apressar. Volto a me deitar dentro da água que agora já não está tão quente assim (rapidamente abro a torneira quente mais um pouco) e a calma toma conta de mim novamente, e me demoro em me aprontar, às vezes espio para fora e admiro nosso trabalho, para ver como o jardim está adorável enquanto o sol se põe e as luminárias e as tochas ganham vida própria, como tudo aquilo tem ar festivo.

Linda e Michael conversam na maior animação com Dan, os dois com copos grandes de *mojitos* na mão, Linda obviamente deliciada de ter o filho só para si, coisa rara ultimamente. E, como resultado, meu cabelo não fica crespo, minha sombra está perfeitamente aplicada e a túnica bordada da Temperley fica ótima, apesar de ser modelo de maternidade. Deslizo os pés para dentro de sandálias reluzentes recém-compradas (um mimo especial, já que ultimamente só dá mesmo para comprar sapatos), prendo o cabelo com uma fivela de *strass* e, sentindo-me bonita, saio ao jardim para me juntar aos outros.

— Ah, meu Deus — Linda diz, batendo palmas —, aqui está ela — como se tivesse passado os últimos 45 minutos em uma conversa terrível enquanto me esperava chegar, em vez de monopolizar seu filho preferido e mais favorecido.

Michael entrega a Linda as sacolas de plástico que carregava quando entrou, antes que possa me sentar e me servir de um copo de chá gelado, olhando com vontade para os *mojitos*, mas ciente de que álcool e gravidez não se misturam, e que não falta muito para que eu possa voltar a beber.

No minuto em que me sento, Linda já começa. Enfia a mão nas sacolas e começa a retirar seu conteúdo. De lá saem vestes em um arco-íris de cores, enquanto ela se delicia em especificar como são fofas e práticas. Então vêm os lençóis, pacotes e mais pacotes, seguidos por tolhas com capuz, completadas por patinhos de borracha. Há *tip-tops* e macacõezinhos: amarelos e verdes, roxos e cor de laranja.

— Se você não gostar, pode trocar — Linda não pára de dizer, enquanto a pilha de coisas em cima da mesa vai ficando cada vez mais alta. — Eu só não queria trazer nada azul nem rosa, mas assim que soubermos...

— Compreendo — digo, sentindo-me sufocada pela quantidade exagerada de coisas que compraram.

Depois das roupas vêm os brinquedos.

— Eu sei que eu não deveria ter feito isto — diz Linda —, mas olhe só! Este urso não é fantástico? Eu não consegui resistir. E esta coisa musical é de pendurar no berço e tem luzinhas e os ajuda a dormir... não é maravilhoso? Vi um anúncio na TV, e este móbile auxilia com as capacidades de aprendizado...

Dan, posso ver, está animadíssimo. Fica olhando para mim, e sei que está em busca de aprovação, confirmação.

— Não é fantástico, Ellie? — diz ele enquanto eu resmungo. — Uau, mãe, isto é demais. Não é, Ellie? — Mas eu não digo nada, não consigo dizer nada porque, por mais mal-agradecida que possa parecer com todas estas coisas na minha frente de uma vez só, tudo que um bebê recém-nascido pode querer ou desejar, o que sobrou para eu comprar?

Será que eles acham que eu não comprei nada porque não *tive vontade*? Deus sabe que preciso lutar comigo mesma cada vez que olho para as coisas, e cada vez que passo na frente de uma loja de bebê fico desesperada para entrar correndo e comprar tudo que vir pela frente; mas, como sou supersticiosa, não quis brincar com o destino antes dos seis meses. E agora que já passei das 24 semanas, agora que já cheguei ao ponto da viabilidade, o ponto em que, se o bebê nascer, tem chance de sobreviver, a única coisa que faço é sonhar com uma enorme compra para escolher todas as coisas que agora se empilham na mesa do jardim à minha frente.

Então, sim, eu sei que deveria me sentir agradecida e, sim, sei que deveria estar emocionada pelo fato de o meu filho ter avós tão generosos, mas sinto que vou me desmanchar em lágrimas, e neste momento o sentimento que toma conta de mim é o de ódio, e todo direcionado a Linda. Ódio por Linda ter roubado a minha emoção, a minha animação e a minha alegria, e por estar tomando tudo para si.

"O filho não é seu", tenho vontade de despejar, "é meu! Eu é que deveria estar comprando estas coisas! Não você!" Mas não posso fazer isto. Em vez disso, faço tudo o que posso para segurar as lágrimas, tento engolir o nó na minha garganta e forço um sorriso ao mesmo tempo que agradeço.

Nada disso dá certo. O que acontece, em vez disso, é que quando tento engolir o nó, ele se transforma em soluço de algum jeito, e isso se transforma em uma série de soluços. Eu me levanto de um pulo e corro para dentro de casa, sem dar a mínima para o fato de Linda parecer horrorizada (provavelmente devido à minha ingratidão), enquanto Michael parece bravo (só Deus sabe por quê) e Dan, o coitado do Dan, simplesmente parece confuso.

Eu me acalmo lá dentro, e, na segurança do meu banheiro com a janela aberta, consigo ouvir exatamente o que está acontecendo lá fora. Prendo a respiração e escuto.

— O quê? — posso imaginar Linda arregalando os olhos e dando de ombros, a imagem da inocência.

— Não me venha com "o quê" — diz Michael, com um tom de voz que não estou acostumada a ouvir, mas, em vez disso, o tom firme do tribunal, aquele que ele usa no trabalho, aquele que intimida e assusta, que lhe garante a reputação inabalável de um dos melhores advogados do Conselho da Rainha. — Eu disse que Ellie não ia gostar. Disse que esta não era a sua função, que Ellie ia querer comprar tudo isto sozinha, mas você insistiu.

Linda passa para o modo defensivo imediatamente.

— Como é que você sabe que é por causa disto que ela está chorando? Duvido que as lágrimas tenham algo a ver conosco. Sinceramente, Michael, que tipo de moça mal-agradecida choraria só porque os avós compraram algumas coisas para o bebê?

Michael sacode a cabeça de modo a suscitar cautela.

— Nem venha com esta para cima de mim, Linda. Você sabe que Ellie estava ansiosa para comprar as coisas do bebê, e que ela estava esperando até agora porque não queria desafiar o destino, mas você não conseguiu esperar, não é mesmo? Precisou roubar o prazer dela.

— Como você ousa — Linda explode. — Eu não estava tentando roubar o prazer dela, eu estava tentando ajudar, pelo amor de Deus, e se você achava mesmo tudo isto, por que não disse nada?

— Eu disse — Michael responde com frieza. — Várias vezes, mas, como sempre, você preferiu não ouvir.

— E o que isto quer dizer exatamente? — Linda fica feliz em transformar a briga em algo maior porque claramente sabe que Michael está certo, sem dúvida sabia no minuto em que pegou o primeiro macacãozinho e colocou na cesta de compras. Ela é a matriarca desta família, e por mais filhos que possamos ter, por mais que esta família cresça e mais pessoas entrem nela por meio do casamento, Linda é a estrela em volta de quem todo mundo, tudo o mais, gira. Esta criança pode estar crescendo na *minha* barriga, pode ser *meu* filho, mas até onde lhe toca, em primeiro lugar e principalmente, é neto *dela*. E que ninguém se engane a respeito disto.

E foi neste ponto que Dan resmungou alguma coisa sobre um problema de última hora com a música e desaparece dentro de casa para remexer nos CDs.

— O que *isto* quer dizer exatamente — Michael prossegue, e eu sei que ele está aborrecido por eu estar aborrecida, porque sei que ele gosta de mim, e que viu que isto iria acontecer, e provavelmente acha que poderia ter se esforçado mais para impedir que acontecesse, e não se esforçou só porque está acostumado a se dobrar a Linda, a permitir que sua personalidade mais forte vença —, o que *isto* quer dizer exatamente — ele repete — é que você só ouve o que quer ouvir, e que toda vez que alguém fala algo de que você não gosta, simplesmente ignora.

Linda solta uma gargalhada jocosa.

— Às vezes você fala mesmo as coisas mais ridículas — diz ela, rejeitando o comentário. — Talvez eu não ouça o que você diz porque não tem a mínima noção.

— É isso mesmo. É exatamente o que você está fazendo agora, rejeitando o que eu tenho a dizer porque não é o que você quer ouvir. Por que você acha que eu nem me dou ao trabalho de falar com você na metade do tempo? Hein? Porque não adianta nada. Porque você é tão intransigente, droga, que não aceita nada.

Linda volta-se para Michael, agora com fúria nos olhos.

— Não. Vou. Aceitar. Que. Você. Fale. Comigo. Deste. Jeito — diz. — Entendeu?

E é sempre assim que termina. Linda briga até saber que não tem como vencer, e quando fica sem munição, ou quando parece que Michael teve a última palavra, ela diz que não agüenta mais aquilo e, nas raras ocasiões em que Michael ainda tem algo a dizer e vontade de dizer, Linda sai e bate a porta na cara dele e fica emburrada até ele pedir desculpas.

E ele sempre pede.

Mas Michael (graças a Deus que Michael existe) não permite que ela estrague a nossa festa e, quando volta a falar, está mais inflexível do que eu jamais pensei que ele pudesse ser e me seguro para não sair correndo e dar um beijo nele. Em vez disto, fico sentada no banheiro e sorrio em silêncio através das lágrimas.

— Você vai entrar e pedir desculpas a Ellie — diz Michael com tanta frieza e baixinho que eu preciso me esforçar para ouvi-lo da minha posição escondida embaixo da janela. — Você vai se oferecer para devolver tudo e vai ficar pedindo desculpas até ela perdoar você.

Linda evidentemente abre a boca para falar, então fecha de novo e aceita. Levanta-se em silêncio e entra em casa para me procurar.

— Posso entrar? — A porta se abre devagarzinho enquanto Linda entra, eu aperto os dentes, certa de que nesta noite vou lhe dizer como me sinto e exatamente por que considero o comportamento dela tão desprezível. Direi que sei exatamente que joguinho ela está fazendo, que é uma viagem de poder, e que não vou mais suportar nada disto.

Minha fúria está me levando para além de simplesmente aceitar as desculpas dela. Hoje passou da conta. Vou fazer com que devolva tudo, e vou, pela primeira vez, desabafar tudo que guardo no peito. Sem restrições. Simplesmente não me importo mais com nada.

— Desculpe — diz Linda pouco à vontade, incapaz de me olhar nos olhos. — Eu sei que você estava ansiosa para compras as coisas do bebê, e eu não deveria ter comprado no seu lugar e, de verdade, não quis aborrecê-la, simplesmente não achei, estava animada demais de ver todas aquelas coisas lindas e não percebi que estava sendo insensível e...

Não dá para acreditar. Linda começa a chorar.

Senta, soluça e respira em grandes inspirações, e aquilo me deixa totalmente arrasada. Porque estou pronta para uma briga. Pronta para gritar e berrar se for necessário, para dizer a Linda como eu me sinto exatamente a respeito dela, e a última coisa que esperava era vê-la se desmanchando em lágrimas.

Eu nem sabia que Linda tinha capacidade de chorar, e é tão alarmante, faz com que eu fique tão desarmada, que me deixa totalmente sem palavras e me vejo colocando um braço acalentador em volta dos ombros dela e a reconfortando ao invés de partir para o ataque. Digo que é claro que eu a perdôo, que compreendo que ela estava apenas tentando ser atenciosa, que não, não quero que devolva todas aquelas coisas maravilhosas e que, na verdade, só fiquei aborrecida por causa dos hormônios, que estou emocionada com sua generosidade e atenção.

É claro que é tudo bobagem, mas sinto algo que nunca acreditei ser capaz de sentir por Linda: pena.

Eu de fato sinto pena dela, e apesar de saber exatamente como ela é capaz de ser diabólica e manipuladora, e saber exatamente o que ela estava tentando fazer nesta noite, uma parte de mim acredita de verdade que ela pode simplesmente ter se distraído, que talvez não tenha feito nada por malícia, que tenha sido simplesmente falta de tato, e toda a minha raiva se dissolve.

Cinco minutos depois já voltamos a ser amigas, tão próximas como uma mãe e uma filha na posição de sogra e nora podem ser, e nos juntamos a Dan e Michael, que ficam visivelmente aliviados ao ver como deixamos rápido nossas diferenças de lado.

E nos juntamos a eles bem na hora certa, percebemos, porque mal sentamos e a campainha toca para anunciar Fran e Marcus, nossos primeiros convidados, e depois disso parece que todo mundo chega ao mesmo tempo, e logo as pessoas já estão se apertando e enchendo os copos e conversando com amigos que não vêem há meses.

Apesar do mau começo, todos se divertem muito naquela noite. Até mesmo Linda e Michael. Linda sente-se em casa com "os garotos", os amigos de Dan que ela viu crescer e se transformar em homens fortes e bonitos; e Michael, quieto e discreto, que se comove, para a minha surpresa, de conversar com Sally, a loquaz e cativante Sally que, com comentários inteligentes e brilho nos olhos, parece fazê-lo desejar ter vinte anos a menos e ainda ser solteiro.

As pessoas bebem, conversam, comem, dão risada. À certa altura da noite o volume da música aumenta e o gramado se transforma em pista de dança improvisada. Esta é exatamente a festa que eu desejava: uma festa em que todo mundo se lembra de quem costumava ser antes que a vida, os filhos e as responsabilidades se intrometessem.

Acho que é justo dizer que todo mundo se divertiu.

11

...o aniversário da minha vida
Chegou, meu amor chegou até mim

Christina Rossetti

Ouço uma leve batida na porta e digo baixinho "entrem", oferecendo um sorriso beatificado a Fran e Sally, que entram e engolem em seco, imediatamente se aproximando da minha cama, onde embalo o pequenino Thomas Maxwell Cooper nos braços.

— Ah, meu Deus — suspira Fran —, a gente se esquece de como eles são pequenininhos.

— Ele é *lindo* — diz Sally, as duas se acotovelando para olhar mais de perto.

— Quer pegar no colo? — entrego-o com gentileza a Fran, que se senta na cama de hospital, segurando Tom com cuidado enorme, enquanto admira seus traços perfeitos.

— Como você está? — Sally coloca um buquê grande de tulipas no peitoril da janela, sem perceber que estarão mortas daqui a uma hora, já que esta porcaria de hospital tem calefação de uns trezentos graus, apesar de estarmos no meio de agosto e estar o maior calor lá fora; nenhum dos radiadores (que devem ter sido instalados na época vitoriana) pode ser desligado e as janelas não podem ser abertas.

— Estou me sentindo bem — digo, radiante. — Aliás, estou me sentindo ótima, e não tenho muita certeza se é assim que a gente deve se sentir depois de uma cesariana, mas estou louca para ir para casa.

— Quando você *vai* para casa?

— Amanhã.

Faz quatro longos dias. Achei que teria oportunidade de recuperar o sono. Toda noite, entrego Tom (ele já se transformou em um Tom, e não em um Thomas) para o berçário e peço que lhe dêem mamadeira para que eu possa ter uma boa noite de sono. E, toda noite, precisamente à 1h33, estou totalmente desperta, e sei que deveria tentar voltar a dormir, mas assim que acordo, lembro-me de que tenho um bebê! E que ele está aqui! E a animação ameaça explodir para fora de mim e, antes que perceba, já estou caminhando pelo corredor de chinelo para reclamá-lo para mim.

É como ter ganho o melhor presente de aniversário da minha vida, amplificado em mil vezes, e mal consigo permitir que ele fique longe dos meus braços.

Não fui a primeira a pegá-lo no colo. Foi Dan. Nenhum de nós esperava uma cesariana, mas 12 horas de trabalho de parto levaram ao diagnóstico de "impossibilidade de prosseguir" e, sinceramente, eu já estava tão exausta que, quando sugeriram uma cesariana, poderiam ter sugerido a amputação dos meus membros e eu teria dito sim.

Não reagi bem à anestesia e, assim que tiraram Tom, eu usava a pouca força que me restara para lutar contra o enjôo crescente, e quando tentaram me entregar o bebê, tive medo de vomitar em cima dele. Então, em vez de mim, Dan o pegou, fechei os olhos e finalmente me deram Valium, o que me fez parar de tremer e me permitiu dormir.

Quando acordei estava na sala de recuperação, com Dan jogado em uma cadeira no canto.

— Oi. — Ele arrastou a cadeira até a cama e pegou minha mão, deu um beijo de leve na minha testa e sorriu dentro dos meus olhos.

— Oi para você também — disse com voz rouca. — Cadê o bebê?

— Ele está bem — respondeu. — Está no berçário. Já o limparam e colocaram a roupinha.

— Ele é bonito? — perguntei.

— Ele é *fantástico* — Dan respondeu fazendo lágrimas marejarem nossos olhos. — Ele é simplesmente fantástico.

— Dá para acreditar?

Dan sacudiu a cabeça.

— Não consigo. Não consigo acreditar que fizemos uma coisinha assim tão perfeita.

— Posso vê-lo? — perguntei. Dan apertou a campainha para chamar a enfermeira e em cinco minutos Tom estava nos meus braços, e eu derramei lágrimas quentes de alegria por cima de todo o macacãozinho novo da John Lewis que, apesar de ter tamanho de recém-nascido, parecia três vezes maior do que ele.

— Com quem você acha que ele se parece? — Sussurrei, mas quase sem me mexer, afinal Tom tinha parado de se agitar e de se contorcer e tinha dormido nos meus braços.

— Acho que ele tem as suas mãos. Olhe. Olhe os dedos compridos dele — e nós dois nos inclinamos para olhá-lo e nos beijamos com suavidade.

— Meus pais acham que ele se parece comigo — Dan disse ao beijar a cabeça de Tom. — Parece que eu também tinha um monte de cabelo quando nasci. Mas mesmo que se pareça comigo agora, tenho certeza de que isto vai mudar. Parece que, biologicamente, todos os bebês se parecem com o pai quando nascem, para que não sejam rejeitados. Até parece! — E ele riu.

Meu coração começou a bater forte demais no peito.

— Seus pais acham que ele se parece com você? Como é que eles sabem? Eles já viram?

Fez-se um silêncio mortal e Dan olhou para o chão.

— Viram — disse ele sem muita certeza na voz, e eu sabia que estava procurando uma maneira de escapar, uma maneira de colocar fim na conversa agora, uma maneira de não me contar uma coisa que eu não queria ouvir de jeito nenhum.

— Como assim, eles o viram? — Eu sabia que estava me repetindo, e minha voz estava calma, mas minhas emoções estavam em ebulição. Como é *possível* eles o terem visto? Eu mesma tinha acabado de vê-lo pela primeira vez. E, aliás, o que eles estavam fazendo aqui?

Linda e Michael me perguntaram há algumas semanas se poderiam estar presentes ao parto, disseram como seria importante para eles, que era um momento por que sempre esperaram.

E eu fiquei completamente passada. Eu nunca entendi por que alguém ia querer ter alguém além do marido presente na hora do parto. Será que Linda achava mesmo que eu seria capaz de olhá-la no olho de novo se ela me visse lá de pernas abertas com a cabeça de um bebê saindo da minha vagina? Só de pensar nisso já fico toda suada. Assisti aos documentários sobre parto, vi todas aquelas famílias extensas aglomeradas em torno da mãe na sala de parto e só senti pavor verdadeiro. Será que este não é o momento mais privado da vida da gente? Quem deseja se expor desta maneira, tão vulnerável, na frente de qualquer outra pessoa que não seja médico, parteira ou marido?

Mas eu não soube o que dizer quando Linda pediu, não quis ser mal-educada, continuava tentando ser a nora boazinha, apesar de tudo que tinha sido dito e feito, então respondi com toda a educação que pensaria sobre o assunto e lhe diria mais tarde.

— Porra, ela enlouqueceu? — eu disse, virando-me para Dan assim que entramos no carro.

Ele deu de ombros, pouco à vontade.

— Eu disse que ela ia ter que pedir a você.

— Ah, que maravilha. Quer dizer que ela já pediu a você?

— Pediu, e eu disse que não dependia de mim, que o corpo era seu e o parto era seu e ela ia ter que pedir a você.

— Humpf — eu bufei, reconhecendo com mau humor o apoio dele.

Dois dias depois (período no qual evitei os telefonemas dela, deixei a secretária eletrônica atender todas as vezes e só liguei de volta quando Dan dizia que ela tinha saído), telefonei e falei com ela, explicando que não me sentiria à vontade com qualquer pessoa lá, mas que Dan e eu telefonaríamos assim que estivesse tudo terminado e então, depois de telefonarmos, claro que ela e Michael seriam muito bem-vindos no hospital.

Não tinha ficado claro? Que *Dan e eu* telefonaríamos para ela e *só então* eles poderiam vir ao hospital?

Então, por que porra ela já tinha visto o meu filho?

— Por que *porra* ela já viu o meu filho? — despejei com voz aguda, mal segurando a histeria. — *Eu* mal vi o meu filho.

Dan começou a sacudir a cabeça.

— Ah, meu Deus, sinto muito mesmo, Ellie, não sei o que dizer e juro que não sabia que eles estavam aqui.

— Como assim?

— Minha mãe ligou quando estavam preparando você para a operação. Só queria saber como você estava, e eu não podia mentir e não dizer que estávamos no hospital, e antes que eu percebesse, eles já estavam aqui.

— Aqui? Aonde? Na sala de operação? — Por um momento horrível achei que poderia estar tão grogue que eles poderiam ter ficado em um cantinho da sala de cirurgia, assistindo à cesárea, e eu nem percebera.

Ah, meu Deus. O que é pior? Seus sogros olhando a sua vagina ou as suas entranhas?

— Não, mas estavam na sala de espera e... — Ele fez uma pausa, claramente relutante em prosseguir. — Depois que Tom nasceu, o estavam levando para o berçário e a enfermeira, que nem sei qual é, deu parabéns a eles e parece que... — a voz dele foi sumindo, amedrontada.

— Parece que o quê? — gritei.

— Parece que ela os convidou para ir até o berçário para vê-lo e eles o pegaram no colo. Só um pouquinho.

Explodi em lágrimas de frustração e raiva, e Tom acordou e começou a berrar, e a única coisa que conseguia pensar naquele momento era que éramos Tom e eu contra o mundo, e eu detestava todo mundo menos aquele bebezinho minúsculo e indefeso que esperneava e berrava nos meus braços.

A enfermeira entrou, com ar preocupado, e fez com que Dan saísse às pressas, dizendo que aquilo tudo era demais para mim e que ele não deveria me aborrecer, que cesariana era uma cirurgia pesada no final das contas, e eu sei que Dan, que deveria estar se sentindo o rei do mundo até então, sentiu-se como o maior idiota que já existiu.

Que bom. Foi bem-feito.

Mas agora, quatro dias depois da operação, eu perdoei Dan. Por outro lado, não tenho certeza se algum dia vou ser capaz de perdoar Linda.

Eu sei que é ridículo. Fico feliz em deixar minhas amigas pegarem o bebê no colo. Mas cada vez que Linda e Michael fazem uma visita, ela imediatamente vem para cima de mim e estica a mão para tirar Tom dos meus braços, e eu viro para o outro lado e digo que não, que não estou pronta para deixar outras pessoas o pegarem no colo. Ela então se senta no canto toda triste, com o rosto paralisado, e eu sei que se sente rejeitada. Fico deitada na cama. Acariciando e conversando com Tom e não consigo segurar a sensação de triunfo. Você pode até ter pego o meu filho no colo antes de mim, penso, mas não vai sair vitoriosa.

Ele não é seu bebê, é meu, e vou fazer o possível para que você nunca se esqueça disto.

❤

Nada poderia ter me preparado para Tom, para todas as mudanças na minha vida quando ele entra nela, e nada poderia ter me preparado para o amor estonteante que sinto por esta criatura que só conheço há algumas semanas.

Não consigo dormir à noite. Ou fico acordada porque Tom tem fome e chora (vamos juntos para a sala onde lhe dou de mamar, a TV ligada na MTV com o volume baixo), ou fico andando na ponta dos pés em volta do berço dele, observando seu rostinho adormecido, ainda incapaz de acreditar que é meu e que está aqui.

Tirei três meses de licença-maternidade e sinto falta do trabalho, sinto falta da agitação, da rotina, de estar com adultos, mas quando paro para pensar sobre voltar e abandonar Tom, entregá-lo para que outra pessoa cuide dele, começo a me sentir doente de verdade.

Tento não pensar no assunto.

Em vez disso, concentro-me na minha nova vida de mãe, com todas as novidades que isto implica, incluindo, para minha surpresa, novas amigas.

Todo dia, às três horas, depois da mamada da tarde de Tom, eu o coloco no carrinho e vamos até o parque, onde passeamos um pouco e depois nos sentamos no *playground* para observar as crianças maiores. Depois de um tempo, a gente percebe que vê sempre as mesmas pessoas, e as mulheres com filhos da mesma idade têm a tendência de gravitar uma em volta da outra. Quando Tom está com seis semanas, começo a papear com Lisa, que tem Amy, uma menina de dois meses, e Trish, que tem Oscar, de cinco semanas.

Começamos compartilhando nossa história sobre o parto, prosseguimos trocando dicas sobre como dar mamadeira para um bebê que só mama no peito e chegamos ao ponto de falar sobre o marido e a vida em geral.

No começo, todos os assuntos, mesmo quando falamos sobre trabalho, sobre partes da nossa vida que tinham enorme importância antes dos filhos, acabam voltando para os bebês.

Mas, depois de um tempo, os encontros diários regulares (encontros que se deslocam do *playground* para o café, e depois de pouco tempo para a casa de alguma de nós, onde resolvemos criar um grupo de brincadeiras de última hora) transformam-se na parte principal do meu dia.

Lisa, Trish e eu podemos até ter nos ligado inicialmente por causa das crianças, mas não demora muito para que elas pareçam minhas amigas, e em pouco tempo já *são de fato* minhas amigas. Quando Tom está prestes a fazer três meses e estou contando os dias com pavor, para que tenha de voltar ao trabalho, fico me perguntando como foi que vivi até hoje sem Lisa e Trish na minha vida.

Como foi que vivi até hoje, aliás, sem amigas íntimas. Claro que tenho Fran, e Sally, e agora Emma, apesar de parecer que o fato de ter Tom tenha me distanciado um pouco dela. Ainda a vejo todos os domingos na casa de Linda e Michael, e ainda passamos o tempo todo conversando, mas como não estou trabalhando na zona oeste, ela não pode aparecer e me roubar para o almoço, e não parece nem um pouco interessada em bebês, e sinceramente eu não me interesso por nada mais, e não quero falar de outra coisa.

Amizades verdadeiramente íntimas com mulheres nunca foram o meu forte, e sei que não é preciso ser psicólogo para deduzir que a única mulher de quem eu fui realmente próxima foi a minha mãe, que morreu, e portanto me abandonou, apesar de acidentalmente, e que a razão provavelmente por que eu nunca me permiti ficar muito íntima de ninguém foi essa noção de abandono. Mas nunca tinha percebido, até agora, o que estava perdendo.

Adoro poder colocar Tom no carrinho, dobrar a esquina até a casa de Trish e bater na porta sem ter que telefonar antes para ver se ela está. Adoro poder tirar os sapatos e abrir o armário da cozinha e me servir de chá enquanto ela está na andar de cima trocando a fralda de Oscar.

Adoro quando Lisa aparece de vez em quando à tarde, e se fez um bolo de manhã (o que é muito estranho, mas ela faz com freqüência), sempre faz mais para mim e Trish, e traz à minha casa, lindamente envolto em um pano de prato.

Adoro o fato de nos sentirmos tão à vontade nas casas umas das outras como nos sentimos na nossa própria casa, e o fato de elas terem adicionado à minha vida um elemento de leveza e distração que não existia antes que as conhecesse.

Parte do fator de conforto, tenho certeza, é morarmos a minutos uma das outras. A vida é muito mais fácil quando não é necessário fazer planos. Continuamos a encontrar os amigos de Dan de vez em quando aos domingos para almoçar (nem de longe com tanta freqüência como antes de Tom entrar em cena) mas, por exemplo, marcar um jantar no meio da semana exige umas duas semanas de aviso prévio, e mesmo assim um de nós geralmente liga para desmarcar porque aconteceu alguma coisa de última hora ou simplesmente estamos cansados demais para nos socializar.

Durante um certo período, não ocorre a mim, nem a Lisa, nem a Trish que podemos nos encontrar nos fins de semana ou à noite. Dan se refere a elas como as minhas "namoradas", e diz coisas como "A sua namorada Trish está no telefone" ou "Você vai ver a sua namorada hoje?", e isso me faz rir.

Durante algumas semanas, elas não passam de nomes para Dan, mas no final, minhas namoradas e eu armamos um plano para reunir todo mundo, e então em um domingo à tarde, Lisa (que, apesar de ser solteira, ou talvez porque é solteira, é a mais caseira de nós) nos convida para tomar um chá.

❤

— Este é o meu marido, Gregory — diz Trish quando um homem baixinho e sorridente estende a mão para me cumprimentar, todos apertados na entrada da casa de Lisa.

— E este é o meu, Dan — digo quando a porta se abre e manobro o Maclaren (Iupi! Agora temos um carrinho bem melhor) para dentro da casa.

Entramos e cumprimentamos Lisa com beijos e nos apresentamos para o namorado dela, Andy, e em pouco tempo, Amy, Oscar e Tom estão bem contentes no cercadinho no meio da sala e Trish e eu seguimos Lisa até a cozinha para ajudar a preparar o chá.

Como sempre acontece quando entro na casa de Lisa, o cheiro é delicioso, e o aprecio bem contente enquanto as sigo até a cozinha.

— Então, o que você fez hoje? Seja o que for, o cheiro é incrível.

— Às vezes eu acho mesmo que deveria detestá-la — Trish diz a Lisa. — Como é que você consegue achar tempo para cozinhar do jeito que cozinha com um bebezinho? Eu mal tenho tempo de lavar a cabeça, e você faz bolos todos os dias da semana, caramba!

Lisa sacode a cabeça desdenhando, mas é verdade. Além de conseguir assar bolos e biscoitos dia após dia, ela ainda faz comida para o namorado sempre que ele vem visitá-la, que parece ser quase toda noite da semana.

O ex-marido de Lisa (ele se chama Paul, mas atualmente é conhecido como "O Desertor") foi embora três meses antes de Amy nascer. O negócio é que o casamento deles foi um grande erro. Ele não estava nem de longe pronto para assumir compromisso (algo que, é de se pensar, ele poderia ter percebido durante os três anos que passaram juntos, e preferivelmente antes de ela ficar grávida) e com toda certeza não estava preparado para lidar com um bebê. (O Desertor era famoso em Londres como *playboy* antes de conhecer Lisa.)

Então, foi embora.

No entanto, nunca conheci ninguém tão capaz e forte como Lisa na vida, e toda vez que digo isto, ela simplesmente ri e diz que ela e Amy estão bem melhor sem ele. Trish e eu já conversamos sobre isso quando estávamos sozinhas e, para ser bem sincera, nenhuma de nós acredita que alguém seria capaz de abandonar uma mulher como Lisa. Porque além de ser capaz de preparar pratos de sonho, ela também é *maravilhosa*. Falando sério. Se não fosse tão legal, eu a odiaria e, para falar a verdade, demorou um pouco até que eu deixasse de me sentir intimidada por ela. Cabelo loiro com mechas mais claras, pernas que não acabam nunca, acentuadas pelas botinhas Manolo Blahnik que ela usa (até para ir ao parque!) Lisa faz cabeças se voltarem na direção dela em todo lugar a que vai. Há uma parte de mim que provavelmente deveria se sentir ameaçada, e já me ocorreu que eu deveria ficar nervosa de apresentá-la a Dan. Não que não confie nele, porque confio completamente, mas quando Linda ouviu dizer que tinha uma amiga nova que era bonita e se divorciando, ergueu uma sobrancelha e me disse para ter cuidado.

O que é completamente ridículo. Isso sem mencionar o fato de que Lisa tem namorado.

No entanto, passei a me cuidar mais ultimamente. Não me considero uma pessoa competitiva, mas Lisa está sempre tão imaculada, é tão perfeita em relação a tudo, que fui forçada a começar a fazer coisas que não faço há tempos.

Cozinhar, por exemplo. Quando Dan tem muita, muita sorte, me lembro de fazer estoque de comida congelada do supermercado Sainsbury, ou ocasionalmente da rotisseria, quando tenho tempo. Na maior parte das noites, pedimos alguma comida por telefone ou comemos ovos com torrada.

Mas, na semana passada, consegui fazer duas receitas de Jamie Oliver e um *crème brulée.*

No que diz respeito à minha aparência antes de conhecer as meninas... digamos que continuei usando as roupas de grávida durante as primeiras seis semanas depois do nascimento de Tom. Eu poderia ter me organizado o suficiente para relegar as roupas de gravidez para o sótão até o próximo bebê, *se* houver próximo bebê, mas estou, de todo modo, pelo menos um número maior do que estava no começo disto tudo, e estou falando de macacões folgados e calças *stretch* da Gap. Só Deus sabe o que aconteceria se eu tentasse entrar em alguma coisa que não tem um pouco de elasticidade.

Então posso até não sair às compras por enquanto, mas comecei a passar um pouco de batom e rímel antes de sair de casa.

Por outro lado, Trish não se importa muito. Ela sabe que não é páreo para Lisa e não dá a mínima. Ah, como eu queria ser segura assim! Trish continua bem feliz com seus *leggins* da Mothercare, só lava o rosto de manhã e olhe lá, nunca se dá ao trabalho de usar maquiagem e deixa a cargo do marido, Gregory, toda a função de cozinhar.

De muitas maneiras, adoro o fato de nós três (Lisa, Trish e eu) sermos completamente diferentes, e quando estamos juntas, fico imaginando como parecemos incongruentes. Talvez, em circunstâncias diferentes, não tivéssemos ficado amigas. Lisa tão glamourosa e sofisticada, Trish tão relaxada e com os pés no chão, e eu? Tão lugar-comum, imagino.

Mas *somos* amigas, e, quando levamos bandejas de chá e bolo para a sala, parece que os maridos, ou pelo menos Dan e Gregory, podem estar destinados a ficar amigos também.

12

Eu não devia ter ficado nem um pouco surpresa pelo fato de Andy, namorado de Lisa, ser fantástico de tão bonito. Ele é bonitão de um jeito que me deixa um tanto nervosa, e não consigo muito olhá-lo no olho.

Juntos, ele e Lisa formam o casal perfeito, os dois altos, os dois maravilhosos, e se eu não fosse mais escolada, ia achar que eram um casal de sonhos, mas alguma coisa nele me deixa inquieta.

Posso não conseguir olhá-lo nos olhos, mas me instalo no sofá à sua frente para tentar avaliá-lo, ao mesmo tempo que fico de olho em Dan, que está fazendo Tom rir assoprando sua barriga. Sorrio enquanto os observo, vejo como ficam adoráveis junto, e então volto minha atenção para Andy.

Demoro cinco minutos para perceber o que está me incomodando.

Não gosto de jeito que ele fala com Lisa e não gosto nada da arrogância dele.

— Querida — diz ele, esticado no sofá, virando a cabeça um pouco para que sua voz chegue até o lugar onde Lisa está trocando Amy, mas não faz nenhum esforço verdadeiro de olhar para ela. — Você esqueceu o açúcar?

— Esqueci? — diz Lisa, distraída.

— Ãh-hã — diz ele, todavia sem se mexer, enquanto se serve de uma xícara de chá sem oferecer para mais ninguém. — Você pode pegar?

Trish e eu trocamos um olhar, as duas com cara de paisagem, obviamente pensando a mesma coisa, simplesmente esperando que Lisa diga bem alto: mas que droga, será que você não pode pegar sozinho?

— Já pego em um segundo — Lisa responde e, a esta altura, eu me levanto e dou um beijinho rápido na cabeça de Tom.

— Não se preocupe — digo para Lisa, evitando Andy de caso pensado. — Deixa que eu pego.

— Eu ajudo. — Trish se levanta de um salto e nós duas praticamente corremos para a cozinha.

— Dá para acreditar no que a gente acabou de escutar? — Viro-me para Trish descrente, assim que a porta da cozinha se fecha.

— Inacreditável! — ela ecoa. — Quem diabos ele acha que é?

— Que tal um bundão de marca maior?

— É. Acho que é uma descrição bem exata.

— Meu Deus. — Sacudo a cabeça e abaixo a voz, para o caso de alguém do outro lado da porta estar escutando. É loucura, eu sei, mas é minha paranóia pessoal. O que também me faz pegar o telefone assim que desligo, só para conferir se dá para ouvir o tom de chamada, mas neste caso eu tenho boas razões para tanto...

Fran estava na minha casa um dia, quando Tom estava com cerca de quatro semanas e cheio de cólicas. Linda ligou e eu disse que não podia falar, que conversaríamos outra hora.

Desliguei o telefone e Fran perguntou como estavam as coisas com a sogra. Contei a ela. Não estavam nada bem. Eu precisava desabafar e aquele era o momento perfeito. E lá veio uma enxurrada de raiva e frustração.

Mais tarde, naquela noite, Linda ligou de novo. Dessa vez deixei a secretária eletrônica atender e ela deixou um recado dizendo que eu não tinha desligado o telefone e que ela tinha escutado tudo.

Fiquei lá sentada me sentindo enjoada. Ah, meu Deus. Uma coisa era detestá-la, mas outra era ela saber exatamente o quanto eu a detestava e, acredite, por ter escutado a minha sessão daquela tarde, fico surpresa de ela não ter me denunciado à polícia por ameaçar a vida dela.

Então fiquei lá me sentindo enjoada e com medo, e covarde demais para ligar para ela. Fiquei imóvel até Dan chegar em casa, e nesse ponto relatei a história a ele com voz amedrontada e fraca, sem mencionar como a minha sessão de desabafo tinha sido pesada, simplesmente dizendo que ela poderia ter ouvido algumas coisas não muito simpáticas.

E Dan ligou para ela. O que ela tinha ouvido, e que ela tinha continuado a ouvir durante vinte minutos enquanto Fran e eu tínhamos (graças a Deus) ido para a cozinha para preparar uma mamadeira, tinha sido Tom berrando.

Obrigada, meu Deus, obrigada. Nunca mais faço nada de errado.

Mas, ao mesmo tempo, ela me deixou totalmente paranóica no que diz respeito a telefones mal desligados e gente escutando atrás de portas, então, antes de continuar a conversar com Trish, apesar de estar praticamente cochichando, checo duas vezes o outro lado da porta da cozinha para me assegurar de que não há ninguém ali.

— Então, vai ver que estou sendo completamente idiota — sussurro —, ou talvez tenha alguma coisa em Lisa que eu não esteja enxergando, mas como é que ela sempre consegue arrumar uns canalhas destes?

— Eu sei! — Trish concorda. — A gente fica achando que, depois de O Desertor, ela mereceria alguém adorável, mas esse aí não passa de um idiota arrogante.

— E ela é tão maravilhosa — penso em voz alta. — Será insegurança?

— O que está acontecendo aqui? — A porta se abre e Lisa entra, sorrindo. — Vocês estão em um papo particular ou alguém pode se juntar a vocês?

— Só estávamos dizendo que Andy é muito bonito — eu me apresso.

— Eu sei — Lisa faz um sinal afirmativo com a cabeça. — Ele é lindo, não é? Mas é uma besta.

Trish e eu soltamos um suspiro audível de alívio.

— Ah, meu Deus — eu digo. — Para falar a verdade, estávamos comentando que o jeito como ele fala com você é inacreditável.

— Eu sei. De que mesmo a última escrava dele morreu? De excesso de trabalho?

Esta é velha, mas ouvir a citação neste contexto faz nós duas darmos uma risada de alívio.

— Então, por que você agüenta? — pergunto. — Ele trata você deste jeito o tempo todo?

— Não o tempo todo — responde Lisa —, e eu sei que não vou ficar com ele muito tempo, mas pelo menos assim não me sinto solitária e, por mais terrível que possa parecer, é melhor ficar com ele do que com ninguém.

— É mesmo? — Trish parece duvidar. — Sempre acho que você é tão auto-suficiente... Com certeza deve ser melhor esperar alguém especial de verdade do que agüentar alguém só para não ficar sozinha.

Lisa dá de ombros e reconhece:

— Eu não sou muito boa em ficar sozinha e, de qualquer modo, ele tem suas vantagens.

— Tipo o quê? — continuo sem acreditar.

Lisa sorri.

— Tipo ele me trata bem em alguns sentidos. Olhem. — Ela exibe uma pulseira nova no braço. — Ele me deu isto aqui outro dia. E me leva a lugares legais. Além do mais — ela se inclina para a frente em tom conspiratório —, ele é fantástico na cama.

Um silêncio constrangedor recai enquanto Trish e eu trocamos olhares, sem muita certeza do que dizer. Não por causa da revelação, mas porque não podemos entender como isto pode de algum modo ser ponto positivo quando se tem um bebezinho.

Trish explode em gargalhadas.

— Você deve estar brincando!

— Não. Falando sério. Nunca fiz sexo tão bom na vida.

— Como é que você consegue *pensar* em sexo? Você não se sente cansada demais? — Meus olhos estão arregalados de descrença. E só com um tantinho de respeito.

— Cansada demais? Você está louca? No momento esta é praticamente a única coisa por que eu anseio.

Penso em uma noite não há muito tempo. Como sempre, entrei na banheira quente às oito horas e, às 8h45, já estava enfiada embaixo das cobertas com meu pijama de flanela. Maravilha. Pensei que ia ler durante 15 minutos e já estar de luz apagada às nove. Sabia que cairia no sono em dois minutos.

Mas às 8h54, Dan entrou no quarto, sentou-se na cama ao meu lado e se inclinou para me dar um beijo. Eu esperava que fosse só um selinho nos lábios, mas quando ele ficou com o rosto bem pertinho do meu, senti um tremor já bem conhecido.

E, deitada na cama, recostada nos travesseiros, com meu marido vindo na minha direção para ganhar mais um beijo, que eu suspeitava que envolveria línguas, fiz um cálculo rápido.

Transamos na segunda passada, isso significa que faz dez dias. Uma vez por semana certamente é uma expectativa razoável, não alguma coisa irracional para eu atender, então será que preciso fazer isto hoje à noite e, se precisar (olhei para o relógio), será que a gente consegue acabar em 15 minutos?

Estou esperançosa de me igualar ao recorde mundial de seis minutos de Trish.

Outra alternativa seria fazer o que faço com freqüência (mas não com repetição exagerada, porque não quero que Dan fique aborrecido demais): dizer a ele que estou cansada demais. Porque, sinceramente, estou *mesmo* cansada demais. Vivo exausta e continuo amamentando durante o dia, de modo que meus seios parecem úberes de vaca e nunca me senti menos desejável, e com menos desejo, em toda a vida.

E então, o sexo se transformou em algo mecânico. Algo que preciso fazer para manter meu marido feliz, mas tento fazer o mínimo possível, durante o menor tempo humanamente possível.

— Certo — respiro fundo. — Mas deixe-me registrar aqui que se eu nunca mais transar durante toda a minha vida, vai estar muito bem.

— Concordo plenamente! — comemora Trish. — Cada vez que Gregory olha para mim e levanta a sobrancelha, sinto um peso no coração.

Tenho um ataque de riso e então me recomponho e ergo uma sobrancelha para Trish.

— Vamos para a cama, querida? — digo, fazendo minha melhor imitação de Dan, e Trish cai na gargalhada.

— Ah, meu Deus! É isso aí! É esse olhar! É igual ao de Gregory! Ou você tem ido para a cama com o Gregory ou todos os homens fazem exatamente o mesmo olhar! — E ela se dobra de tanto rir.

A porta da cozinha se abre e Andy aparece.

— Querida? — diz, seco, olhando para Lisa. — O açúcar?

E nós três rimos ainda mais, e ele parece confuso por um instante, antes de fechar a porta e voltar para a sala.

Quando voltamos à sala, Gregory e Dan estão engatados no maior papo. Gregory é exatamente o tipo de homem que eu teria escolhido para Trish. Ele é baixinho, um tantinho gordo, mas de modo fofo e atraente, e incrivelmente alegre. Parece ter um sorriso constante estampado no rosto, e a alegria simplesmente transpira de cada poro seu. Não dá para imaginar alguém que não goste deste homem. Nunca.

Nem consigo imaginá-lo no trabalho, e, no entanto ele é diretor de relações públicas de uma grande empresa de televisão, e antes era o chefe de RP de um político de destaque, e antes disso era advogado.

Em outras palavras, é difícil ter mais poder do que Gregory tem, e no entanto não dá para conhecer nenhum homem mais pé no chão e mais humilde, e fico feliz de ver que ele e Dan encontraram montes de coisas em comum, e mais feliz ainda, de maneira bem infantil, pelo fato de Andy ter ficado de fora.

Ha!

Mas o fato de ele ser um idiota e até de Lisa achar que ele é um idiota começa a me deixar imune a seu belo visual (eu chegaria a ponto de dizer que ele está parecendo menos bonito a cada segundo que passa) e começo a sentir um pouco de pena dele, sentado sozinho no sofá. Então vou me sentar do lado dele, pensando em fazer pelo menos um pouco de esforço, quem sabe dar-lhe uma segunda chance.

— Você parece se sentir muito bem com a Amy — minto, levando em conta que nunca o vi olhando para ela , mas parece um bom ponto de partida. — Você deve gostar de crianças.

As palavras nem terminaram de sair da minha boca e já me arrependi de as ter proferido, porque assim que olha para mim, já sei o que ele está vendo, e detesto o que ele está vendo.

Está vendo uma mãe suburbana mal vestida que só sabe falar do filho, de crianças em geral ou de variações sobre o tema, como escolas de jardim-de-infância, babás e prós e contras de creches.

Eu tinha uma carreira! De repente tenho vontade de gritar. Eu *tenho* uma carreira! Sou uma profissional de sucesso! Não sou só mãe, sou uma pessoa também!

Mas é verdade que, agora que faltam só umas semanas para voltar ao trabalho, estou começando a repensar a coisa toda. Nunca imaginei, nem por um segundo, que seria o tipo de mulher que ficaria satisfeita cuidando apenas de um bebê, mas agora que estou em casa, estou adorando. Falando sério. É a coisa mais gratificante e maravilhosa que já fiz na vida, e não tenho certeza se estou pronta para voltar ao trabalho. Só preciso encontrar um jeito de introduzir o assunto a Dan.

Mas, enquanto isto, continuo lendo jornal, muito, obrigada. Continuo assistindo ao jornal da TV de vez em quando. Continuo sabendo o que acontece no mundo e detesto este homem olhando para mim com aquele tipo de expressão que diz: "Não existe a menor possibilidade de você ser capaz de me dizer qualquer coisa que me desperte o mínimo de interesse."

— Não estou acostumado com crianças — ele responde. Parece entediado. — Mas, por sorte, Lisa cuida de tudo isso

Aposto que cuida mesmo.

— Lisa me disse que você é fotógrafo — tento. — Que tipo de trabalho você faz?

— Principalmente editorial — ele responde. — Mas estou vendo se começo a fazer mais trabalhos comerciais, e andei falando com um *resort* no Caribe para fazer o folheto deles, e acho que vai dar certo.

— É mesmo? Que maravilha. Nós sempre estamos em busca de fotógrafos novos para nossas campanhas. Você por acaso tem um cartão?

Vamos lá, penso. Pergunte o que faço. Deixe que eu conte como sou interessante, como sou muito mais do que uma simples mãe.

— Claro — diz ele. — Tenho alguns lá em cima. Dou um para você antes de ir embora.

E não consigo me conter. Neste ponto eu deveria simplesmente ter desistido, ter reconhecido a derrota frente a tal autoabsorção, mas eu estava com tudo, determinada a mostrar àquele homem arrogante que era igual a ele. Diabos, eu era melhor do que ele.

— Nossa última campanha foi assinada por Bruce Weber — digo. — Você deve ter visto. Do Calden. Ganhamos três prêmios por ela. Ele fez um ótimo trabalho.

Finalmente, ele ergue as orelhas.

— Calden? A rede de hotéis?

— É. — Agora é minha vez de parecer desencanada e entediada.

— O que você faz lá? — A língua dele estava praticamente pendurada para fora da boca, de tanta vontade que tinha de conversar agora, porque a campanha era enorme, e qualquer pessoa que vale o que come (e até algumas que não valem) sabe disso, e todas as pessoas que trabalham com criatividade vivem ansiosas para conhecer mais gente.

— Sou diretora de marketing — respondo, e antes que ele tenha oportunidade de dizer qualquer outra coisa, levanto. — Ops! Estou sentindo o cheiro de uma fralda que precisa ser trocada. Venha aqui, Tom. — Pego Tom no cercadinho e o levo até o trocador. — Vamos resolver isto aqui.

Quando termino e Andy continua olhando para mim, daquele jeito ansioso e entusiasmado de alguém que quer fazer um novo contato, vou me sentar ao lado de Trish e Lisa de propósito e começo a falar sobre horários de dormir dos bebês com elas.

E passo o resto da tarde conseguindo evitar as tentativas de Andy de conversar mais.

❤

— Então, o que você achou deles?

Dan, Tom e eu estamos em casa de novo. Tom tomou banho, foi alimentado e agora dorme profundamente, Dan lê o jornal *Sunday Times* na mesa da cozinha, e abro a geladeira, o *freezer* e as portas dos armários em busca de inspiração para o jantar.

Dan larga o jornal.

— Achei todos muito legais — responde. — *Muito* legais.

— E Gregory? Parece que vocês dois se deram muito bem.

— Foi mesmo. Ele estava naquele almoço a que fui na semana passada e conhece o orador muito bem, e foi mesmo muito interessante conversar com ele. Gostei da Trish também.

— E Andy? Não é um horror?

— Eu mal falei com ele, mas ouvi a sua conversa. — Dan sorri para mim e eu devolvo o sorriso, o retrato da inocência. — Ele estava desesperado para se integrar com você e você não deu nenhuma chance para ele! — caçoa. — Esta é a minha garota!

Eu dou de ombros e rio.

— Então, ele conseguiu entregar um cartão a você? — diz Dan e eu assinto, tirando o cartão de Andy do bolso e rasgando em pedacinhos por cima do lixo.

— Até parece que iria trabalhar com alguém arrogante como ele — digo, fechando a tampa do lixo.

— Você está certa — diz Dan. — Ele é arrogante. E bonito demais.

— É, mas menos bonito a cada segundo que a gente fala com ele. E Lisa? Você não gostou de Lisa? Ela não é um amor?

— Para ser sincero — diz Dan, dando de ombros —, não passei muito tempo conversando com Lisa. Estava muito envolvido com Gregory.

— Ah. — Fico decepcionada.

Eu queria, quero, que Dan adore minhas novas amigas tanto quanto eu, quero que ele se entusiasme com elas tanto quanto eu, quero muito sua aprovação.

— Bom, da próxima vez você conversa com Lisa, e você vai amar. Ela é ótima.

— Falando em amar pessoas — Dan se levanta da mesa e vem até mim, coloca os braços nos meus ombros e me puxa para perto. — Eu disse recentemente que amo você?

— Hmm. Não tenho certeza, acho que faz um tempinho que não ouço isto. — Ergo os olhos para ele e sorrio.

Dan está com uma sobrancelha erguida. Está com *aquele* olhar.

Nesta noite eu deixo que ele me beije. Nesta noite deixo que ele faça mais do que me beijar: eu o beijo também. Vamos para o quarto e, quarenta minutos depois (com toda certeza esta não é a noite para quebrar recordes mundiais) Dan está vestindo a roupa e indo em direção à porta para buscar um aperitivo, e eu fico deitada na cama, sabendo que conquistei mais uma semana de folga.

13

Aqueles momentos de amor, ternura e carinho, de saber exatamente por que nos casamos e exatamente por que planejamos ficar juntos até que a morte nos separe parecem muito raros hoje em dia.

Eu não achava que os primeiros meses depois de ter filho fossem tão difíceis, não achava que uma criança serviria para nos afastar em vez de nos aproximar mais.

Acho que se alguém tivesse me avisado, falado a respeito da exaustão, da solidão, da perda de identidade, eu ia achar que a pessoa estava mentindo ou acreditaria que isto pode acontecer com outras mulheres, com outros casais, mas que não aconteceria conosco.

Mas é claro que acontece comigo, acontece conosco. As primeiras semanas são um horror, e me mandam quase toda noite para a cama com as costas viradas para Dan, resultado de mais uma discussão, mais ressentimentos sem palavras que vêm à tona tarde da noite, em uma exibição de palavras afiadas e vozes elevadas.

Porque sou eu que me levanto toda vez que Tom chama. Várias vezes por noite. Sou eu quem não consegue sair do apartamento até a hora do almoço, incapaz até de tirar o pijama, porque preciso subir e descer as escadas com meu filho cheio de cólicas no colo para que ele não fique berrando.

Sou eu quem o coloco nos braços do pai nos fins de semana para que possa ter uma folga, e o pego de volta quase que de imediato quando percebo, cada vez mais exasperada, que Dan não faz a menor idéia de como acalmar o próprio filho.

E sou eu quem me encho de raiva, e de ressentimento, e de uma porcaria de uma exaustão generalizada. Quem de repente está sentindo falta desesperadora de ir para o trabalho, mas que não consegue lidar com a idéia de abandonar o filho por uma tarde que seja, a semana inteira nem pensar, e que tomou a decisão de ficar em casa com Tom e trabalhar como consultora *freelancer* para o Calden, em vez de retomar o cargo de diretora de marketing.

Dan não compreende. *Não tem como* compreender. Não se ele sai de casa toda manhã e passa o resto do dia com adultos conversando sobre coisas de adulto, responsável por ninguém mais além dele mesmo. Não se ainda é visto por todo mundo que conhece como o mesmo bom e velho Dan Cooper, produtor extraordinário, que por acaso agora tem um filho.

Ele nunca será capaz de compreender o que significa perder a identidade, de passar de uma profissional de sucesso a alguém com quem gritam na rua só porque está atrás do volante de um quatro por quatro.

Ele nunca poderá compreender o que é manobrar um bebê cansado, aos berros, em um carrinho, através dos corredores estreitos de um supermercado, tentando evitar as pessoas que olham para seu filho com cara de nojo, que até param para lhe dizer que não devia levar um bebê ao supermercado.

Multidões se aglomeram para ajudar Dan nas poucas vezes que ele leva Tom para passear no domingo de manhã, de tão encantadas que ficam de ver um homem com um bebê.

Ele nunca será capaz de compreender, e eu não devia culpá-lo por isto, mas culpo.

Eu o culpo, e culpo a mãe dele.

— Como vai o meu neto querido? — diz a mensagem que ela deixa todo dia, várias vezes, na secretária eletrônica. — Como vai o meu bebê querido? — ela cantarola, enquanto eu sacudo a cabeça, com vontade de sacudir a minha sogra: ele não é *seu* bebê, sua vaca louca. Ele é o *meu* bebê.

E, há alguns dias:

— Olá, meus lindos meninos — diz e luto contra a fúria que vem subindo por dentro de mim. Posso ser a mãe de seu querido neto, a mulher de seu amado filho mais velho, mas parece que passei a ser absolutamente irrelevante. Para ela, tudo só tem a ver com *os meninos*, e agora sei como é difícil para Emma, a filha que Linda nunca quis de verdade.

Porque por mais coisas boas que Linda diga a respeito de Emma, por mais que afirme adorá-la, eu sei que todo mundo sabe que os meninos são o verdadeiro amor da vida dela, que ela vive para Dan e Richard e, até onde lhe diz respeito, Tom não passa de mais um de seus meninos.

E não permitirei que isto aconteça.

Linda telefona, e quando não atendo nem ligo de volta, ela aparece sem avisar, e isto está se transformando em acontecimento diário. Tentei fingir que saí, mas ela sabe que carro procurar na rua, e eu nunca soube mentir muito bem, então, com relutância, permito que entre.

— Mas eu liguei — diz ela, toda inocente —, e você não estava, e por acaso passei aqui perto...

Ela sempre passa ali por perto por acaso e sempre carrega um pacote consigo por acaso. Atualmente, suas visitas inesperadas trazem presentes para Tom: uma roupa, um brinquedo, alguma decoração para o quarto dele que ela viu por acaso e a que não conseguiu resistir.

Eu sei que devo parecer a maior ingrata, mas ela aparece com coisas ridículas de que não precisamos. Na semana passada foi um casaco de inverno, e já temos um lindo casaco de inverno que comprei na liquidação da Selfridge's, e na semana anterior foi um cercado da Fisher-Price igual ao que Rob e Anna deram de presente para ele quando chegamos da maternidade.

Eu gostaria que simplesmente me perguntasse antes. Se ela me perguntasse se ele está precisando de alguma coisa, se *nós* estamos precisando de alguma coisa, eu pelo menos teria a oportunidade de dizer não, ou de falar que sim, na verdade, precisamos de mais toalhas, ou mais babadores, ou coisas que de fato precisamos.

Em vez disso, sei muito bem o que ela está fazendo: dando a entender que não aprova o meu gosto. Em relação às coisas que compro. Em relação à maneira como visto meu filho. Dando a entender que ela faria melhor. Está me dizendo que isto aqui é uma disputa, não tenho a menor dúvida de que na cabeça dela é uma competição, e que ela está vencendo.

Ela não vai vencer.

Digo a Lisa e Trish que estou em guerra com a minha sogra e, cada vez que recuso um de seus presentes, que a despacho, informo que já temos este brinquedo, ou aquele casaco, ou aquele móbile, venço uma batalha, a caminho de vencer a guerra.

Digo a Dan também, tento explicar como me sinto, como sei que ela está competindo comigo e que essas ações não são originadas por generosidade, mas por espírito competitivo, e que eu me recuso a permitir que ela vença.

Discutimos a respeito disso. A respeito dela. Muito. Muito mais do que discutíamos no período que antecedeu o nosso casamento, que agora parece ter acontecido há um milhão de anos, como se tivesse acontecido com outra pessoa em outra vida.

Dan detesta ficar no meio disto tudo. Diz isso vez após outra, como sempre fez, que se eu tenho um problema com a mãe dele, deveria discuti-lo com ela. O que, obviamente, nunca vou fazer.

Ele me diz que são os hormônios, e com isso entro em uma fúria cega, em que ele se recusa a se envolver, às vezes simplesmente se levanta e sai da sala.

E, no entanto, apesar do meu ódio crescente por ela, há ocasiões em que parecemos encontrar um certo tipo de paz. Ocasiões em que consigo esquecer do meu ódio, ocasiões em que me sinto culpada, em que talvez esteja tirando conclusões precipitadas a respeito de tudo, que Linda só está sendo avó dedicada. Então tento compensar: convido-a para se encontrar comigo e Tom em algum lugar, ou telefono e a convido para tomar um chá, ou simplesmente entrego Tom para ela quando entra (algo que normalmente não faço).

Porque Linda simplesmente *quer* demais. Ela é tão carente... Não sabe quando parar, não tem noção de limites. Se estou com Tom no colo quando ela entra, ela tenta arrancá-lo dos meus braços, ou se ele está dormindo, ela se debruça por cima do berço, coloca seu rosto a milímetros do dele e começa a fazer barulhinhos infantis, e o acaricia até que acorde chorando, e neste momento tenta pegá-lo no colo.

Mas eu geralmente chego primeiro.

Converso com outras mulheres a respeito da sogra delas, e o problema é sempre o mesmo: a sogra nunca acha que a mulher é boa o bastante para seu amado filho.

Mas não tenho este problema com Linda. Meu problema é que Linda não sabe quando recuar, quando me dar espaço, quando nos dar espaço. Então, apesar de haver ocasiões em que encontramos um certo tipo de paz, parece que nunca dura. Linda sempre consegue dizer ou fazer algo que me faz ter outro acesso de fúria, e não posso dizer a ela, nunca poderia desabafar, de modo que mais uma vez me fecho na raiva silenciosa, rezando para que ela simplesmente nos deixe em paz.

— Você ama a vovó mais do que todo mundo, né?

Linda fala com voz infantil para Tom o tempo todo, e tenho vontade de matá-la.

— Quando a mamãe e o papai forem maus, você pode ficar na casa da vovó — era outra frase selecionada que me deixava tremendo de raiva.

Há ocasiões em que desejo ter sido capaz de enfrentá-la, simplesmente colocar tudo às claras, mas este nunca foi o meu estilo, e engulo todos os sentimentos, despejando tudo em cima de Dan em vez dela, o que não é justo e não é certo, mas parece que não consigo evitar.

Acha que eu não sei que Dan começou a temer a hora de chegar em casa? Claro que sei. Sei exatamente como ele detesta quando entra em casa e eu tive um dia péssimo e despejo em cima dele, e da mesma forma sei como ele fica aliviado, e feliz, quando o meu dia é bom, e Linda conseguiu não se intrometer na minha serenidade, e sou amável e carinhosa com meu marido.

O coitado do meu marido.

Quando conseguimos conversar sobre o assunto com calma, Dan reconhece saber que a mãe dele pode ser sufocante, sabe que às vezes ela não percebe quando deve parar, mas sabe, acredita de verdade, que ela faz tudo de coração e só está tentando ajudar.

Ele até reconhece que ela não consegue aceitar um não como resposta, mas diz que eu só preciso afirmar a minha posição. Mas eu tentei explicar que quero que *ele* afirme a minha posição.

Quando Linda chega na hora em que estou dando mamadeira para Tom e tenta tirá-lo dos meus braços, esticando as mãos para pegá-lo do meu ombro, eu tenho que literalmente virar para o outro lado e dizer "não obrigada, eu estou cuidando disto", Dan continua sem dizer nada.

A última novidade, agora que Tom já passou dos três meses e dorme quase a noite toda, é ela oferecer para que ele vá dormir na casa dela para dar uma folga a Dan e a mim.

Dan achou que era uma idéia brilhante, disse que ela estava percebendo como andávamos exaustos e que era uma oferta de coração. Estava pronto para agarrar a oportunidade.

— Não que eu não goste dos nossos fins de semana com Sr. T — Dan falou com voz infantil a Tom, jogando-o para cima e fazendo barulhos de vento —, mas seria tão legal a gente ter uma noite de folga... Pense sobre o assunto. Um jantar romântico. Dormir até mais tarde. Tom acha que é uma ótima idéia, não acha, Sr. T? — disse, dando beijinhos de cócegas no pescoço de Tom.

De jeito nenhum. De porra de jeito nenhum. Não me importo com meu grau de exaustão, com o fato de uma noite de sono ininterrupto parecer o paraíso neste momento: não vou permitir que aquela mulher fique com o meu filho quando eu não estiver por perto.

Conforme o tempo passa, as coisas só parecem piorar.

— Eu simplesmente a *detesto* — digo a Fran, exausta, depois de contar-lhe toda a história durante o almoço. Fran (Deus a abençoe) levou a própria babá para cuidar de Tom enquanto as meninas estão no maternal, e me arrastou para um almoço de adulto em Marylebone High Street.

Fran franze a testa.

— É mesmo tão ruim assim?

Assinto.

— Não achei que fosse possível odiar alguém tanto assim, mas juro, ela é a sogra dos infernos.

Fran franze a testa de novo.

— Certo, reconheço que ela fala umas coisas bem idiotas, mas acho que não passa de uma mulher inacreditavelmente insensível que não conhece seus limites. Porque, vamos admitir, ela tem sido ótima com você.

— Você está louca? Só porque ela está tentando tomar conta da minha vida? — digo com veemência, e minha voz se ergue quando olho para Fran, descrente.

— Parece horrível, mas ela não está conseguindo nada — diz Fran. — Olha só, Deus sabe que eu, mais do que ninguém, compreendo o que você está vivendo, mas ela é sua sogra. Enquanto estiver casada com Dan, não vai ter como se livrar dela.

Respiro fundo e digo uma coisa que ainda não compartilhei com ninguém. Nem com Fran, nem com Sally, nem com Trish e nem com Lisa. A coisa que tenho pavor de reconhecer, por medo de que com isso se torne verdadeira, que seja mais real.

— Sabe — digo devagar, olhando para a mesa, incapaz de olhar Fran nos olhos —, fico deitada à noite na cama e penso em me separar dele. Fico imaginando se Tom e eu conseguiríamos ficar sozinhos. — Fico chocada por ter conseguido colocar em palavras meu maior segredo, mas Fran, em vez de parecer horrorizada como achei que ficaria, simplesmente ri.

— E você acha que não sonhei com isto toda noite depois que as meninas nasceram? Eu ficava deitada na cama detestando Marcus e sonhando com o divórcio. Então, não se preocupe, é totalmente normal.

O alívio se abateu sobre mim.

— É?

Fran sorri de novo.

— Totalmente. Mas, Ellie, você já pensou na possibilidade de se consultar com alguém?

— Tipo quem?

— Um terapeuta.

— Não. Isto não é para mim. Eu não iria conseguir ficar lá sentada falando de mim para alguém durante uma hora. Além disso, eu não ia ter tempo, e quem ia cuidar de Tom?

— Você tem sempre a opção de pedir a sua sogra para cuidar dele — diz Fran com um sorriso maléfico.

— Ah, ha, porra, ha. Aliás, deixei um recado para Sally outro dia e ela não me ligou de volta. Está tudo bem com ela?

Fran revira os olhos.

— Está, mas ela se apaixonou por Charlie Dutton, e acho que não vai dar em nada.

Charlie Dutton. Charlie Dutton. O nome soa familiar, mas

não consigo localizá-lo, e sacudo a cabeça enquanto olho para Fran e dou de ombros.

— O produtor de cinema? Ele estava lá em casa no dia em que você e Sally foram almoçar, lembra?

— Ah, sei. — Agora lembrei. — Fofo. Com um filho.

— Exatamente. Bom, Sally conseguiu dar um jeitinho de marcar uma saída com ele e, é claro, resolveu que ele é "O Homem Certo" para ela.

— Você está dizendo que ela finalmente encontrou alguém que é bom o bastante para ela?

— Só porque ela mal o conhece. Ele a levou ao Isola para jantar, depois continuou na Soho House, onde aparentemente acabaram na mesma mesa que Hugh Grant, então é claro que ela ficou totalmente maravilhada e agora está sonhando com casamento.

— Você está dizendo que ela não mudou de lado e se apaixonou por Hugh Grant?

Fran ri.

— Acho que até Sally conhece os limites dela. Além disso, ele estava com uma morena linda, parece. Mas, de todo modo, Sally já está planejando o casamento.

— E Charlie Dutton?

Fran dá de ombros, com expressão magoada.

— Não ligou de novo. Sally está implorando para eu fazer Marcus ligar para ele e descobrir o que está acontecendo, mas como Marcus disse, não temos mais 16 anos, e eu não estou a fim de entrar naquela de "a minha amiga gosta de você".

Dou uma risada.

— Sei que devia dizer que estou muito feliz por não ser mais solteira, e obviamente eu não trocaria Tom e tudo o mais, porque ele é simplesmente maravilhoso, mas tenho saudade de ser solteira. Tenho saudade das aventuras. Tenho saudade de ir à Soho House e conhecer gente como Hugh Grant.

— Mas que bobagem — diz Fran. — Você simplesmente está se esquecendo de como as coisas são na realidade. As aventuras só acontecem uns cinco por cento das vezes quando se tem sorte, e o resto do tempo a gente fica igual à Sally, sentada do lado do telefone, esperando o Príncipe Encantado ligar e depois passa os meses seguintes se convencendo que foi porque a gente não era magra o suficiente, ou bonita o suficiente, ou com roupas da moda, ou qualquer outra coisa. Se você ficasse solteira de novo, ia ter que lidar com este tipo de coisa. Além disso — ela prossegue —, você seria mãe solteira se se separasse de Dan, o que não apenas seria incrivelmente difícil, mas também reduziria automaticamente o número de homens interessados em você.

— Tudo bem, tudo bem — resmungo. — Eu só estava dizendo que às vezes sinto falta. — E sinto.

— Eu sei. Desculpe. E eu entendo *mesmo*, mas outra coisa que sei é que Dan é uma ótima pessoa, e acho que a situação que você está vivendo, seja qual for, vai passar, e que você não deve tomar nenhuma atitude neste momento, só ficar quietinha esperando. As coisas vão melhorar. Prometo. Com quantos meses Tom está?

— Sete e meio.

— Graças a Deus. Logo você vai se sentir com mais energia e vai parecer que é outra mulher. Confie em mim.

— Tem certeza?

— Eu já disse. Já passei por isto. No que diz respeito a sua sogra, também pode confiar em mim. Ela não é o diabo encarnado, só está tentando encontrar uma maneira de se encaixar na sua vida, e você precisa achar uma maneira de permitir que ela entre.

— Eu sei — suspiro, e Fran, apesar de detestar a própria sogra, provavelmente tem razão. — Vou tentar. Prometo.

E tento mesmo. Quando o nome de Linda pisca no meu telefone naquela mesma tarde, coloco um sorriso no rosto (uma vez li que se a gente forçar um sorriso quando fala no telefone, parece alegre automaticamente), atendo e cantarolo um alô.

— Alô — responde Emma.

— Ah! Eu achei que fosse a sua mãe. — O alívio toma conta de mim, apesar da minha resolução.

— Não. Ela saiu. Só passei aqui para pegar um livro que esqueci na semana passada e pensei em ligar para ver se você estava em casa. Posso passar aí?

— Seria ótimo — sorrio, com saudade de Emma. — Parece que o sol vai sair, então a gente pode brincar com Tom no jardim. Já vou colocar a água para o chá no fogo.

— Concordo que aquela mulher é um pesadelo — diz Emma, segurando Tom no colo e o enchendo de beijos ruidosos, o que o faz dar gritinhos e rir. — Mas acho que é bem-intencionada. — Emma ecoa as palavras de Fran e fico me perguntando se é mesmo boa idéia dividir minhas confidências com Emma. Afinal, Linda é mãe dela, e todo mundo diz que o sangue vale mais do que tudo.

— Ela só quer se envolver, e este é o primeiro neto dela — Emma prossegue.

— Mas ela não me deixa em paz, droga — eu reclamo. — Ela me liga todo dia, pelo menos duas vezes, e fica aparecendo aqui sem avisar, droga.

Emma dá de ombros com um sorriso resignado.

— Eu sei que ela é impossível. Você deveria fazer o que eu faço, e mantê-la a certa distância.

— Eu tento — respondo —, mas ela simplesmente não entende o recado. Todos os dias, pelo amor de Deus. Todos os dias! O que ela tem para falar comigo todo dia? Eu nem mais atendo ao telefone. Se vejo o nome dela no identificador de chamadas, deixo a secretária eletrônica atender, e mesmo assim, se ela deixa recado e eu não ligo de volta, ela continua telefonando e desligando até eu atender. Juro, sua mãe é louca.

— Nem me diga — Emma ri. — E você achando que estava se casando para fazer parte de uma família perfeita...

— Nem me lembre disso — faço careta, sabendo que Emma não tem noção de como se aproximou da verdade. Vejo Emma fazer cócegas em Tom com o cabelo comprido, ele ri de maneira incontrolável e estica o braço para pegar no rosto dela. — Você se dá bem de verdade com bebês, não é? — sorrio. — Mais um lado oculto da sua personalidade.

— Eu adoro bebês — Emma tasca um beijo estalado no pescoço de Tom, fazendo com que ria ainda mais. — Sempre que você quiser que eu cuide dele, é só pedir.

— Você está falando sério?

— Claro que sim.

— Porque fomos convidados por uns amigos novos para jantar na quinta, mas não temos babá, então eu não ia aceitar, mas se você pudesse...

— Ah, meu Deus, eu adoraria, mas é nesta quinta?

Assinto com a cabeça.

— Desculpe, mas marquei uma coisa que não dá para desmarcar. Se pelo menos você tivesse pedido antes... E a minha mãe? Por que você não pede a ela? Eu sei, eu sei — ela ri, vendo a expressão no meu rosto. — Eu sei que você não quer mas, admita, você precisa de uma babá e ela está praticamente babando para cuidar do Tom. Ela vai aceitar com toda a certeza.

— Talvez — dou de ombros, sabendo muito bem que não vou pedir. Ah, sei lá. Talvez Trish e Gregory e Lisa e Andy possam vir jantar aqui em vez de sairmos.

14

Já não saímos tanto, e a idéia de tirar férias é algo absolutamente inimaginável neste momento. A primavera foi chuvosa e triste, houve duas semanas lindas no final de maio, quando todo mundo tirou quase toda a roupa e foi ao parque para aproveitar ao máximo, mas estamos de volta a junho e ficou quente e chuvoso de novo, e eu sinceramente esqueci o que é sentir o sol na pele.

Mas hoje o dia foi bom, e não só porque o sol conseguiu perfurar as nuvens. Hoje é o dia que eu gostaria de ver se repetir mais vezes. Eu sabia que alguma coisa aconteceria hoje, acordei de manhã toda animada, mas não sabia que tinha algo planejado, que este sábado seria diferente de todos os outros.

Dan levou Tom para visitar Linda e Michael hoje de manhã. Isto começou a se transformar em uma espécie de rotina, e vou reconhecer que está dando certo para todos nós. Finalmente tenho a possibilidade de ficar longe de Tom um pouco, Dan pode passar um tempo com os pais sem se preocupar que Linda e eu entremos em uma espécie de confronto passivo-agressivo que sem dúvida terminaria com cada uma de nós falando mal da outra para ele.

E, para deixar registrado, Dan nunca admitiria que a mãe

fala mal de mim, mas tenho certeza de que ela fala. Claro que fala. Só que ele é inteligente demais para me contar.

Hoje de manhã, Dan deu café da manhã para Tom, deu-lhe sua mamadeira e o cereal Weetabix enquanto lia as notícias do *Guardian* em voz alta para ele, com voz cantada de quem lê para crianças, adicionando seus próprios comentários quando necessário.

— Ouça só isto, Sr. T. — dizia, lendo uma resenha de filme. — Será que a gente deve ir assistir? Parece bom. — E Tom gorgolejava de alegria.

Então, as minhas manhãs de sábado são bem parecidas com as minhas antigas manhãs de sábado, tomo café da manhã, uma xícara de chá, e daí volto para a cama com os jornais. Quando acabo de ler, geralmente desligo o telefone e volto a dormir, e quando acordo de novo, com freqüência tarde da manhã, sinto-me de fato um ser humano.

Dan traz Tom de volta mais ou menos ao meio-dia. Linda e Michael já transformaram o quarto antigo de Dan em um quarto de criança com todos os equipamentos, com um berço novo lindo que só está esperando para que Tom durma lá, mas mesmo que eu estivesse disposta a permitir, não acho que Tom dormiria em qualquer outro lugar que não sua própria cama em seu próprio quarto.

Hoje Dan traz Tom para casa para colocá-lo no berço para sua soneca do meio-dia e dá para ver, assim que ele entra, que está de bom humor. Não, está de ótimo humor, e assim que Tom dorme, Dan me agarra e me balança no ar como não faz há meses e tasca um beijão nos meus lábios e pergunta o que eu acho de umas férias.

O que eu acho de umas férias? Mas que pergunta! Eu adoraria tirar férias, muito obrigada, mas nosso apartamento em Primrose Hill nos deixou duros para pagar o financiamento, para colocar de maneira delicada e, considerando que eu não tenho mais emprego em tempo integral, concordamos que férias eram um luxo, e não algo que poderíamos usufruir num futuro próximo.

O que não é o fim do mundo: não costumo ficar pensando em férias. A única vez que de fato senti falta de tirar férias, ou realmente pensei que seria bom para mim, foi há algumas semanas, quando fui ao médico.

Fiquei esperando quarenta minutos e peguei distraída um exemplar da revista de turismo *Condé Nast Traveller* (eu sei, Deus sabe o que uma revista como esta está fazendo no consultório de um médico), e quando tinha terminado de ler, só conseguia pensar em areia quente e em água azul-turquesa.

Felizmente, saí do consultório do médico direto para Finchley Road, onde quase fui atropelada pelo ônibus 113, o que me trouxe diretamente de volta à realidade, e todas as idéias a respeito de sol e areia foram completamente esquecidas.

Então, o que eu acho de umas férias? Se achasse que existia uma chance, por mais remota que fosse, de que isto acontecesse, responderia que acho a coisa mais maravilhosa do mundo.

— Sente-se — diz Dan, sorrindo como um maníaco e me empurrando para o sofá, onde prossegue para me contar o que tinha acontecido na casa dos pais dele naquela manhã.

❤

— Tem uma coisa sobre a qual o seu pai e eu queríamos falar com você.

Dan disse que sentiu o coração pesar no peito. Qualquer conversa que começava daquele jeito imediatamente o fazia se sentir como um adolescente culpado. Apesar de adulto, aliás, casado e com filho, aquelas palavras, um eco de sua infância, ainda colocavam medo em seu coração, aquela sensação horrível e assustadora de que o tinham pego fazendo algo errado.

"*Tem uma coisa sobre a qual o seu pai e eu queríamos falar com você.*" Dan pego roubando trocados da cômoda do pai.

"*Tem uma coisa sobre a qual o seu pai e eu queríamos falar com você.*" Dan e Emma pegos fumando maconha no telhado, no lugar que dava para alcançar da janela do quarto de Emma.

"*Tem uma coisa sobre a qual o seu pai e eu queríamos falar com você.*" Sacudindo o boletim na frente dele, aquele que sempre trazia as palavras tão temidas, poderia se esforçar mais.

Mas é claro que eles não podiam ter descoberto nada, disse a si mesmo. O que poderia ter feito que eles não podiam saber? Que segredo ilícito poderiam ter desencavado?

Dan ajeitou a expressão de modo a demonstrar interesse para esconder a vaga ansiedade que deveria ser, calculou, resquício de sua juventude errante.

E a juventude dele tinha sido mesmo bem errante, levando em conta sua criação privilegiada. Assim como quase todos os outros meninos de escolas internas de classe média da zona norte de Londres, Dan afirma que fumava cigarros aos 13 anos, maconha aos 14 e fazia coisas impossíveis de descrever com as meninas das escolas próximas em quartos escuros de festas em que entrava de penetra. Dirigia o Mini extra dos pais (o carrinho supostamente reservado às *au-pairs*) aos 16 anos sem carteira de motorista e comemorou a formatura da Universidade de Manchester com uma festança de cinco dias regada a champanhe e cocaína.

Não dá para acreditar em nada disso quando se olha para ele agora, este fino representante da comunidade. Mas ali, na casa em que cresceu, com os pais sentados do outro lado da mesa da cozinha, Dan disse que se sentiu exatamente como se sentia quando tinha 16 anos e estava prestes a se meter em uma confusão bem séria.

O pai limpou a garganta de modo exagerado.

— Queremos falar com você a respeito da França.

— França? — Aquilo não fez o menor sentido para ele. Por que os pais iam querer falar a respeito da França com ele?

— Você sabe que nós alugamos uma casa no sul da França neste verão — disse Linda. — E a idéia era o seu pai e eu passarmos os meses de julho e agosto lá. O negócio é que fomos convidados para viajar no barco de um amigo nas duas últimas semanas de agosto, e achamos que, como a casa vai ficar vazia neste período, talvez você, Ellie e Tom gostassem de viajar durante uma quinzena. Vocês dois parecem tão estressados e cansados, achamos que umas férias poderiam lhes fazer bem.

Michael então completou:

— Sabemos que, no quesito financeiro, as coisas estão meio apertadas, com o apartamento novo e tudo o mais, então achamos que seria uma boa oportunidade, e é claro que vocês só precisam pagar as passagens de avião.

— Vocês podem convidar amigos se quiserem — disse Linda. — Deus sabe que a casa é bem grande. Tem o quê? — Ela se virou para Michael. — Quatro quartos? Cinco?

Michael assentiu.

— Quatro quartos no piso principal e um quartinho de empregada atrás da cozinha, então teoricamente vocês podem convidar todo mundo.

— Mas não tenho certeza se eles *devem* convidar todo mundo. — Linda lançou um olhar duro para Michael. — Talvez só mais um casal. Tenho certeza que assim ficaria bem.

Michael deu de ombros.

— Não faz mal nenhum, querida — disse com suavidade. — Dan já é adulto. Acho difícil vermos uma repetição daquela festa que ele deu quando fomos viajar.

— Mãe, pai — Dan interrompeu imediatamente —, não sei o que dizer.

E um sorriso se espalhou pelo seu rosto e ficou lá.

O sul da França durante uma quinzena inteira em uma casa luxuosa bem pertinho de Mougins. E é claro que estávamos desesperados por férias, não tínhamos planejado ir a lugar nenhum neste ano, nem, para falar a verdade, nos anos seguintes.

Visões de piscinas, bronzeador com cheiro de coco e preguiça sob o céu azul encheram a cabeça de Dan, mas ele não podia aceitar sem falar comigo, apesar de já ter uma boa noção do que eu ia responder.

— Parece fantástico — ele respondeu com muita calma. — Tenho certeza de que seria ótimo, mas deixem-me falar com Ellie primeiro. Vou conversar com ela sobre isso e aviso vocês. Mas muito obrigado, é mesmo muita generosidade de vocês.

Michael riu.

— Não, só seria muito generoso se nos oferecêssemos para pagar as passagens de avião.

— Alguma chance? — Dan perguntou, cheio de esperança.

— Agora você está abusando da sorte — Michael deu uma risada e Dan voltou para casa, mal conseguindo segurar a animação no caminho, ansioso para me dar a notícia.

*

— Sim! — danço pela sala com Dan, nós dois dando risadinhas como crianças de escola. — Sul da França! Siiim!

— Então, posso deduzir que você quer ir? — Dan finalmente desabou sobre o sofá, feliz da vida de me ver tão animada.

— Ligue para eles *agora*! — agarro o telefone sem fio, estendo para ele, e disco o número antes de entregar o telefone, quando começa a chamar. — Rápido. Diga que aceita antes que eles mudem de idéia.

Mais tarde naquela noite, ficamos na cama conversando sobre a França. Dan me mostra as fotos da casa: uma *mas** de pedra aninhada entre as colinas, uma linda piscina com vista para o vale e as montanhas por trás, uma pérgula coberta de trepadeiras perto da piscina, enormes vasos de barro derramando folhagens abundantes pela varanda.

Parece algo tirado de um sonho. E é *algo tirado de um sonho.* Como se fosse um filme. Como algum lugar que nunca imaginei ser capaz de visitar, quanto mais me hospedar ali.

— Caramba! — sussurro, examinando a fotografia, maravilhada. — Olhe só para este lugar. É um palácio!

Dan apenas dá de ombros, porque está muito mais acostumado com este tipo de luxo do que eu, já que, apesar de este não ser o estilo de vida que temos hoje, foi criado no meio do luxo.

Sei que nas ocasiões muito raras em que vamos aos restaurantes mais finos ou aos hotéis mais chiques, Dan sente-se muito à vontade, como eu nunca me sentirei. Ele sabe falar com *maîtres* e gerentes com aquela facilidade de quem foi criado

---

*Em francês, casa de campo de estilo tradicional. (*N. do E.*)

com o melhor do melhor. Sei que Dan provavelmente passou boa parte da infância ficando em lugares bem parecidos com este, ao passo que eu só vi coisas assim nas páginas da *Condé Nast Traveller*.

— Então, será que a gente convida alguém? — Dan arrisca. — Ou será que transformamos o evento em uma escapadela romântica só para nós dois?

— Por mais maravilhoso que isto pareça — respondo, virando-me para Dan e dando-lhe um beijo suave —, acho que vamos nos divertir bem mais com amigos.

— Acho que você está certa. E agora que Tom está com quase dez meses, provavelmente vai se divertir mais com outros bebês por perto. Então... — Ergue uma sobrancelha para mim. — Preciso mesmo perguntar quem você quer convidar?

No passado, Dan teria sugerido os garotos (Simon, Rob, Tom e Cheech e suas parceiras respectivas). Mas, por mais que eu gostasse deles, *goste* deles, parece que nossa amizade já não é mais a mesma; desde o casamento, passamos a nos ver com menos freqüência, e praticamente não nos encontramos desde que Tom nasceu.

Nos últimos meses, Trish e Gregory têm sido nossos amigos mais próximos. Nossa relação é o que classificamos como incrivelmente rara, uma amizade inteiramente igualitária e isso, acho, é o que estava faltando na relação com os garotos. Eu gostava das mulheres, Anna e Lily, mas nunca achei que era capaz de conversar com os garotos do mesmo jeito, sabia que, se pudesse escolher, não os teria escolhido.

Mas, na nossa nova amizade, gosto de Gregory tanto quanto gosto de Trish, e Dan pensa igual.

Se Trish liga e Dan atende, os dois conversam durante horas, e eu faço a mesma coisa se Gregory atende quando ligo.

Nós quatro nos transformamos, em muito pouco tempo, em praticamente inseparáveis, e eu sempre acho difícil me lembrar de como as coisas eram antes de eles entrarem na nossa vida.

— Eu ligo para eles ou você liga?

— Ligo para ela amanhã — respondo, e minha testa de repente se franze. — E Lisa e Andy? Não podemos convidar Trish e Gregory sem convidar Lisa e Andy.

Dan dá de ombros.

— Você é que implica com Andy. Ele não é meu amigo, mas não me incomoda; então, se você quiser que eles viajem com a gente, por mim tudo bem.

— Mas e sua mãe? Ela disse mais um casal. Você acha que ela vai se importar se convidarmos os dois?

— Não, acho que ela vai achar que tudo bem. Até parece que ainda somos adolescentes, independentemente do que eles podem pensar. Acho que não vamos destruir a casa alugada deles.

— Não sei — digo com um sorriso. — Até que gosto da idéia de dar uma festança.

— Uau, oba. — Dan olha para mim com a sobrancelha erguida. — Esta não é a esposa calma e conservadora que eu conheço e amo — e rola na minha direção enquanto eu solto risadinhas.

Agora você já sabe por que hoje foi um dia tão fantástico.

❤

Na noite de quinta-feira, está marcado de jantarmos com Trish, Gregory, Lisa e Andy. Segurei a vontade de falar qualquer coisa sobre a França porque queria convidá-los pessoalmente e, como nós seis estaríamos juntos na quinta, achei que era a ocasião perfeita.

Nem é preciso dizer que não liguei para Linda para requisitar seus serviços de babá e, apesar de ter planejado um cardápio delicioso, continuo me sentindo péssima em ligar para todos e dizer que precisamos desistir porque não temos babá, e convido-os para vir à nossa casa, em vez de sair.

Trish responde:

— Graças a Deus.

— Graças a Deus? — ecôo, sem muita certeza do que aquilo significa.

— Graças a Deus não preciso sair. Estou em crise de roupa nesta semana, e só ia porque achei que vocês queriam ir. Detesto restaurantes da moda. Eles me deixam acuada, totalmente, e eu fico me sentindo inferior.

Começo a rir.

— Por que você simplesmente não disse não quando Lisa fez a sugestão?

— Achei que iríamos nos divertir de qualquer maneira, mas prefiro bem mais colocar as minhas *leggings* e ir jantar na sua casa.

— Sei bem do que você está falando — reconheço, de má vontade. — Sempre me sinto meio mal de não freqüentar os restaurantes e as casas noturnas certas. Na metade do tempo, nem sei do que Lisa está falando.

Trish dá uma risada.

— Eu sei. Não estou falando mal, mas... — Sorrio, porque é claro que estas palavras sempre servem de introdução para algum comentário maldoso.

Nós três já conversamos a respeito dos perigos de sair em três. Não no sentido da baixaria, mas nos triângulos de amizades femininas que sempre deixam alguém de fora, ou quando uma se transforma na mal falada, enquanto as outras duas são as que falam mal. Trish e eu resistimos a isto durante meses, mas Lisa (e eu de fato a adoro), Lisa é superficial de arrepiar.

No começo, eu achava engraçado. Lisa era obcecada por jeans da Chloé supercaros, até comprá-los, e então ficou obcecada por uma bolsa da Prada, até que Andy comprou uma para ela de um contato em algum lugar no exterior, e então ela transformou um anel da Cartier em sua obsessão.

Repito, eu a adoro, mas temos estilos de vida totalmente diferentes, e não dou a mínima de passar noites no Embassy, ou de usar o último casaco da Gucci, ou de aparecer em uma reportagem da revista *Tatler* a respeito de "mamães gostosas" (mas confesso que esta última fez com que me sentisse bacana por ser amiga dela).

Mas acontece que Trish e Gregory e Dan e eu não damos importância às mesmas coisas que Lisa e, inevitavelmente, há momentos em que Trish e eu não conseguimos nos segurar e falamos sobre o assunto, em conversas pontuadas por "eu a adoro, *mas...*", para tentar amainar nossa culpa.

— Não estou falando mal... mas aposto o que você quiser que Lisa não vai aparecer para jantar.

— O quê? Você acha que ela não vai desmarcar a reserva e vai com Andy?

— Acho. Aposto o que você quiser.

— Acho que você está errada — afirmo. — Sei que ela é superficial, e estou falando isto de uma maneira carinhosa porque a adoro, mas somos amigas dela e o motivo da noite é estar com amigos, não ir a algum restaurante da moda.

— Estou dizendo, ela vai jantar lá — Trish dá uma risada. — Vá lá. Ligue para ela agora. Ela está em casa, acabamos de nos falar. Depois me telefone.

— Certo, mas continuo achando que você está errada.

Cinco minutos depois, ligo de novo para Trish.

— Mas você é mesmo uma desgraçada de uma sabichona.

— Não! — ouvi uma inspiração profunda. — Ela vai jantar no restaurante?

— Vai. E não finja tanta surpresa.

— O que ela disse?

— Fez um longo silêncio quando disse que teríamos que mudar os planos para a minha casa e então ela perguntou se me importaria se ela não desmarcasse o jantar no restaurante, porque estava louca para ir lá, e era impossível conseguir uma reserva blablablá.

— Certo, então somos só nós quatro. Melhor ainda. Pelo menos não vamos ter que agüentar o Andy.

— Agradeço a Deus por suas pequenas bênçãos.

— Então, o que eu levo?

— Você pode trazer a sobremesa?

— Perfeito. A gente se vê na quinta.

Adoro meus amigos, penso, enrolada no sofá ao lado de Dan enquanto Gregory se serve de uma bebida e Trish tira os sapatos para se jogar no sofá da frente.

Adoro poder convidá-los para jantar e usar jeans e chinelos felpudos, e me sentir absolutamente à vontade. Posso não ter crescido com uma família unida, mas estou criando a minha própria e com certeza aqui há tanto amor quanto em qualquer laço de sangue, se não mais.

— Então. — Gregory se acomoda e dá um gole na bebida. — Vocês disseram que queriam falar sobre alguma coisa com a gente.

Dan estica a mão embaixo da mesinha de centro e pega o álbum de fotos da casa na França.

— É. — Ele o entrega a Trish e Gregory. — Dêem uma olhada nisto aqui e digam o que acham.

— O que é?

— Dêem uma olhada.

Sorrio enquanto eles folheiam.

— Deixe-me adivinhar — diz Gregory, virando as páginas. — Vocês receberam uma bolada e compraram esta casa na Toscana e vão nos oferecer férias grátis.

— Quase — Dan dá uma risada. — Não é a Toscana, mas o sul da França, e não tem bolada nenhuma, mas se vocês estiverem interessados, ela é de vocês nas duas últimas semanas de agosto.

— Nossa? — Trish olha para mim, os olhos começando a brilhar. — Como assim?

E Dan explica sobre a casa, dizendo o quanto ficaríamos felizes se eles viajassem conosco.

— Fechado! — Gregory dá um tapa no próprio joelho e estica o braço para apertar a mão de Dan. — Está combinado.

Trish dá um pulo e me abraça.

— Ah, meu Deus! Nós sempre falamos sobre isto! Sobre dividir uma casa com amigos. Vão ser as melhores férias possíveis! Vamos nos divertir tanto!

— Vamos convidar Lisa e Andy também — digo quando já estamos nos acalmando. — O que vocês acham?

— Claro que sim! — Trish responde.

— A menos que Lisa receba algum convite melhor — diz Dan, o que não é próprio dele.

— Uau! — Gregory ri. — Você está ficando tão mau quanto as mulheres.

— Ei! Isto não é justo! — Trish interrompe. — Nós adoramos a Lisa.

— E é exatamente por isso que vocês duas vivem falando mal dela. — Dan ergue uma sobrancelha.

— Não é falar mal — respondo com muita calma. — É uma conversa, nada mais, e, de todo modo, não falamos nada que não poderíamos dizer na cara dela. — Esta última afirmação não é absolutamente verdadeira, mas soa bem e, o mais importante, soa verdadeira e serve como atenuante.

— Calma, calma. Por mim, quanto mais gente, melhor.

— A casa tem cinco quartos, então, se levarmos berços de viagem, as crianças podem dormir juntas.

— Ou no quarto com a gente — diz Trish. — Tanto faz. Mas que legal! Férias! E no sul da França! — Ela vira as páginas do álbum de volta à página um e eu me sento no sofá ao lado dela enquanto examinamos cada foto com atenção, tentando memorizar cada janela, cada parede de pedra, cada *lit en bateau* de cerejeira dos quartos.

— Não é um sonho? — Trish suspira.

— Eu sei. E o melhor é que só faltam oito semanas.

— Ah, meu Deus. — Trish parece assustada. — Oito semanas? Eu ainda não me livrei da porcaria dos quilos da gravidez. Quanto peso dá para perder em oito semanas?

— Uns bons seis quilos. Com facilidade — respondo. — Mas precisa começar o regime amanhã. Eu me ralei no fogão a tarde inteira e você vai ter que comer tudo hoje à noite.

— Certo — Trish sorri. — Vou tentar não pensar em biquínis.

— Biquínis? — olho para ela, horrorizada. — Está brincando? Não uso biquíni desde uns 16 anos.

— Eu sei. Eu também não. Mas a gente tem direito de sonhar. — Ela parece tristonha. — Aposto que Lisa usa biquíni.

— É. E aposto que fica linda. — Afundo no sofá ao lado de Trish e nós duas olhamos para a barriga saliente dela.

— Você acha que consigo me livrar disto em oito semanas?

Olho para a minha.

— Acho que seria bem mais fácil comprar logo um Miraclesuit, o maiô que promete milagres, como o nome diz.

— Um Miraclesuit?

— É novidade. Garante que faz emagrecer cinco quilos, só de vestir.

Gregory, que está ouvindo, começa a rir.

— Se garante que você perde cinco quilos só de vestir, então é mesmo milagroso. Você está dizendo que parece que você emagreceu cinco quilos?

— Ah, não seja tão pedante, droga — solto. — Você sabe do que eu estou falando. Então. Vamos comprar milagres na semana que vem?

— Pode contar comigo — Trish diz enquanto entramos na cozinha para jantar.

15

Por que ninguém nunca me avisou como é difícil fazer as malas quando há crianças envolvidas, especialmente crianças que acabaram de fazer um ano, e parecem precisar de tudo que podemos carregar?

Eu costumava demorar meia hora para fazer as malas. Eu fazia uma lista geral, para me assegurar de que não ia esquecer o desodorante ou as calcinhas, tirava todo o guarda-roupas, colocava dentro de uma mala e pronto.

Desta vez, nossa primeira viagem depois de ter filho, fazer as malas demorou cerca de três semanas. Eu fiz listas e mais listas e mais listas. Tive que fazer a mala para as férias, depois a mala para o vôo. Acordava no meio da noite suando frio, pulava da cama para pegar o AAS do armarinho do banheiro para enfiar na mala que vai conosco na cabine.

Precisei colocar na mala brinquedos, e fraldas, e lenços umedecidos, e lanches. Coloquei livros, e protetor solar infantil, e lenços umedecidos antibacterianos, e mudas de roupa.

Pegamos o berço portátil, a cadeirinha do carro, a cadeira de balançar e o cadeirão portátil. E nunca fiquei tão cansada na vida.

Se antes não precisava de férias, agora estava necessitada com toda certeza.

Estou no quarto de Tom, dando uma olhada geral, mais ou menos pela quinta vez hoje. Vamos viajar amanhã e já repassei tudo diversas vezes, mas não consigo me livrar da sensação que me incomoda de que esqueci alguma coisa, mas estamos indo para o sul da França, como Dan me diz várias vezes, e não para a Mongólia. Se esquecermos alguma coisa, vamos poder comprar lá.

O telefone toca e ouço Dan atender, ao mesmo tempo em que tento adivinhar com quem ele está falando (geralmente descubro pelo tom da voz dele).

É a mãe dele. Com toda certeza. Ergo os olhos para o céu, apesar de a única pessoa capaz de me enxergar ser Tom, que começa a rir porque acha que estou fazendo careta para ele, o que então começo a fazer quando fecho a porta. Não estou nem um pouco interessada em ouvir o que ela tem a dizer, seja lá o que for.

Cinco minutos depois, Dan abre a porta do quarto de Tom e entra respirando pesado.

— Vamos lá — olho para ele. — O que foi que ela disse?

— Você quer a boa notícia ou a má notícia? — diz ele, e meu coração pesa. Merda. Estou vendo que vai ser algo bem ruim mesmo.

— Ah, meu Deus. São as férias. Não podem cancelar. Vamos viajar amanhã, pelo amor de Deus. Não acredito nisto — começo a resmungar, sacudindo a cabeça. — Vou matar os dois.

— Não, não. Relaxe. — diz Dan. — Esta é a boa notícia.

— Então, qual é a má notícia?

— Eles também vão estar lá.

Acontece que o iate em que iam viajar teve alguma espécie de acidente e estava passando por reparos no estaleiro, de modo que agora vão ficar na nossa casa, mas não precisamos nos preocupar, porque não vão nos atrapalhar e, pensando bem, não vai mesmo ser divertido passar férias em família?

— Você está gozando da minha cara?

Dan balança a cabeça, infelizmente.

— Mas isto é uma loucura. Não vão ser férias, e sim um *pesadelo*. Não quero ficar com os seus pais. Precisamos achar outro lugar. Vamos para outro lugar. Qualquer coisa!

— Não sei o que dizer — diz Dan. — Não dá para trocar as passagens e, sinceramente, não temos dinheiro para ir para outro lugar, isso sem falar que é bem improvável encontrarmos alguma coisa nas duas últimas semanas de agosto no sul da França. Deve estar tudo lotado.

E começo a chorar, de tanta decepção e frustração que simplesmente se abatem sobre mim.

— Ah, querida — Dan se agacha e me abraça. — Eu sei que não é o que a gente queria, mas mesmo assim vamos conseguir nos divertir. E, quem sabe, vai ver que eles têm um monte de coisas programadas e nós nem vamos vê-los.

— Deixe eu ligar para os outros. Só Deus sabe o que eles vão achar.

❤

Deixo um recado no celular de Trish, depois ligo para Lisa e deixo recado na secretária eletrônica da casa dela, e logo depois a encontro no celular.

— Onde você está?

— Estou na Selfridge's, fazendo algumas compras de última hora. Percebi que Amy não tinha maiô e, enquanto estava aqui, vi o biquíni da Missoni mais lindo do mundo, que vai ser perfeito.

Espero que ela termine de me falar a respeito das últimas compras (ah, como é bom ter marido rico) e então solto a bomba em cima dela.

— Olhe, tenho más notícias.

— Mais más notícias? — Só na semana passada, Andy avisou que não poderia se juntar a nós. Um trabalho de última hora tinha coincidido com a viagem, e ele sentia muito, mas pagava tão bem que não tinha como recusar, e o trabalho tinha que vir primeiro. Havia a possibilidade de ele conseguir passar o último fim de semana com a gente, mas não era certeza.

Não sei quem ficou mais aliviado: nós ou Lisa. Trish e eu ficamos felicíssimas, mas é claro que não podíamos dizer a Lisa, só que até ela reconheceu que as coisas não andavam muito bem entre os dois e que certamente era melhor passar férias sem ele.

Parte do problema, ela disse, além de ele ser um bundão de maneira geral, era Amy. Ele simplesmente não se interessava nem um pouco por Amy, de modo que nunca foi mesmo uma relação de longo prazo, e estavam chegando ao ponto em que se encaminhavam para o fim.

O único problema é que assim, como ela mesma colocou, ficaria de escanteio.

— Quem sabe você não pega um milionário em um iate no porto? — Eu disse só meio de brincadeira, porque Lisa é o tipo de mulher que a gente vê de braços dados com *playboys* europeus milionários.

— Hmm — ela respondeu. — Boa idéia. Quem sabe não vai ser assim tão ruim.

— Não, esta notícia é mesmo péssima — digo a ela agora ao telefone. — Os pais de Dan vão estar lá. Dá para acreditar?

— Como assim, eles vão estar lá? Mas eles não iam fazer uma viagem de iate? — Então explico e Lisa começa a rir.

— Ah, querida, não é tão horrível assim. Achei que você ia dizer que as férias estavam canceladas. Tenho certeza de que os pais dele vão ser ótimos e que nós mal vamos cruzar com eles. Devem estar se sentindo péssimos com isto... provavelmente nem vão ficar muito em casa.

— Foi o que Dan disse.

— Está vendo? E são os pais dele, ele os conhece melhor do que ninguém. De todo modo, sua sogra não vai ter coragem de ficar implicando com você comigo e Trish do seu lado. Se ela for horrorosa com você, eu bato nela. Que tal? — Começo a rir. Talvez Lisa esteja certa. Talvez não seja assim tão ruim no final das contas.

— Pense pelo lado positivo — Lisa prossegue. — Vamos ter babá residente todas as noites e vamos poder sair para jantar. Juro que vai ser ótimo. Não se preocupe com nada.

❤

Heathrow está lotado, cheio de gente em férias, animada com a viagem, e crianças agitadas. Tom, graças a Deus, está se comportando excepcionalmente bem para uma criança de um ano, apesar de ter sido acordado às cinco horas da manhã. Pegou no sono de novo no carro, mas agora parece bem feliz em seu carrinho, abraçado com seu coelho (que tem um nome nada criativo, Coelho), com os olhos arregalados por causa de tanto barulho.

Estou usando um moletom da Gap que, juro, é idêntico à versão muito mais cara da Juicy Couture, e tênis Puma novos, e estou me sentindo bem, como digo a mim mesma, como

Victoria Beckham passeando pelo aeroporto, à exceção do boné, as extensões de cabelo e os óculos escuros, claro.

Não dá para acreditar que estamos mesmo saindo de férias! A decepção a respeito da presença de Linda e Michael também parece ter se dissipado com a noite, e agora eu me sinto dentro de uma bolha de animação, pensando que finalmente vamos viajar.

Férias é uma palavra que nunca fez parte do meu vocabulário. Nunca viajei quando era criança (a relação de minha mãe com a garrafa a transformava em companhia de viagem perigosa) e nunca vi razão para gastar centenas de libras para ficar esticada em uma praia se existem coisas muito mais importantes com que gastar dinheiro.

E apesar de eu compreender o conceito de *precisar* de umas férias, nunca o apliquei a mim mesma e raramente senti esta necessidade, se é que algum dia já senti.

Isso tudo foi antes de ter filho. Agora que Tom chegou e noites sem dormir não são mais eventos que acontecem duas vezes por ano, resultado de uma festa que dura a noite inteira, mas se transformaram em acontecimento semanal, e às vezes diário, resultado de simplesmente ser mãe, compreendo completamente o conceito de precisar de férias.

Mas, mesmo antes desta manhã, antes de chegar ao aeroporto e me misturar à agitação generalizada que preenche o ar, eu não sabia como estava animada com esta perspectiva.

Então, estou me sentindo ótima, e vejo Lisa, do outro lado do saguão de embarque, com uma bolsa enorme da Louis Vuitton entre as pernas, falando toda animada em um celular, usando calças brancas justas, mules de salto alto, uma camiseta colorida e estampada em espiral da Pucci, enormes óculos escuros estilo Jackie O e brincos de argola de ouro.

De repente, sinto-me toda errada. Lá estava eu, admirando a mim mesma em uma vitrine de loja há menos de três minutos, e agora me sinto como uma dona de casa suburbana mal-ajambrada tentando parecer na moda. Ah, meu Deus, como eu queria ser mais parecida com Lisa, que está a cara de Elizabeth Hurley neste momento, só que mais loira.

E Amy é o acessório perfeito, com um vestido lindo em rosa antigo estampado, acomodada em um carrinho Bugaboo Frog, o mais novo do mercado. A dupla parece ter saído diretamente de um anúncio de revista.

Quando chegamos até elas, Trish e Gregory aparecem pela esquerda, Trish toda esbaforida tentando empurrar o carrinho, segurar uma braçada de casacos e simultaneamente tentando catar a trilha de migalhas que Oscar deixa atrás de si.

Ela me dá um abraço, um beijo em Dan, depois se volta para Lisa, que fecha o telefone e nos abraça a todos.

— Lisa! — Trish sacode a cabeça quando terminamos a sessão de cumprimentos. — Como é que você consegue ter esta aparência tão glamourosa nesta hora tão ingrata da manhã? Por que não consigo ficar igual a você? Conte o seu segredo! — Lisa ri e eu relaxo: quanta bobagem é se sentir ameaçada por uma grande amiga como ela, e todos fazemos o *check-in* e passamos pela segurança para esperar na sala de embarque.

Os rapazes ficaram cuidando das crianças enquanto nós três vamos à livraria para comprar nossa leitura de praia, ao Free Shop para comprar o que Lisa chamou de pó bronzeador obrigatório, e voltamos bem quando o vôo está sendo chamado.

As comissárias de bordo da Air France conseguem ignorar Trish e eu, dão a Gregory e Dan um aceno de cabeça superficial e então praticamente se amontoam em cima de Lisa que, aliás, fala um francês bem passável. Eu já deveria saber, mas, quando nos sentamos, ela jura que seu vocabulário é uma porcaria mas o sotaque, ótimo, então todo mundo fica achando que ela fala a língua muito melhor do que na verdade.

Estamos nos acomodando em nossos assentos, ajeitando as crianças, e Dan se senta ao meu lado, observando os outros passageiros que enchem o avião.

— Por que você está olhando feio para toda esta gente? — pergunto depois de um tempinho.

— Estou tentando descobrir se algum deles é terrorista — diz Dan todo sério e eu caio na risada.

— Ah. Beleza. Então, o que você está procurando? Alguém com uma bomba amarrada em volta da cintura? Uns fios delatores aparecendo por fora da camiseta?

— Ah, ha ha. — Dan pára de fazer seu levantamento com olhos maldosos e volta a atenção para mim. — Dizem que atualmente é melhor saber quem está viajando com você.

— Então, por que você não vai lá se apresentar? Descobre o histórico de vida de cada um? — Não consigo segurar a gargalhada.

— Certo. Ótima idéia. Vou lá me apresentar para ela. — Sorri e faz um gesto na direção de uma mulher estilo modelo, maravilhosa, que está caminhando pelo corredor, os óculos escuros empoleirados com graça em cima da cabeça.

— Calma aí, calma aí — faço um carinho no braço dele e me inclino para dar um beijo e demarcar minha propriedade. — Você ainda não viu nada, garotão. Se acha que ela é bonita, espere só até ver todas as gostosas de *topless* na praia.

Dan sorri.

— E por que é que você acha que eu estou tão animado com estas férias?

— Então, não é com a perspectiva de me ver de *topless*? — Ergo uma sobrancelha e Trish se inclina na minha direção, do outro lado.

— Certo — diz ela. — Confesso que estávamos escutando. — E olha para mim, surpresa. — Você não vai fazer *topless*, vai?

— Duvido muito. Antes do Tom, pode até ser que fizesse, mas agora, com meus peitos balançando mais ou menos até as canelas, preciso de todo o suporte possível.

— Ah, meu Deus, então não sou a única. Você sabe que Lisa operou, não é?

Eu assinto com a cabeça e os olhos de Dan se iluminam.

— Operou? — pergunta. — Está dizendo que ela colocou silicone?

— É — faço um aceno afirmativo. — Ela mandou erguer e colocar implante. Pare de ofegar, Dan. Tenho certeza que você vai poder dar uma olhadinha.

— Estou surpresa por ela não fazer *topless* no avião — diz Trish e dou uma risada, porque a falta de recato de Lisa nunca deixa de me surpreender.

Ela fez a operação há uns dois meses, não que parecesse estar precisando, e logo que se recuperou, tirou a camiseta na sala e insistiu que pegássemos neles, e eu e Trish pegamos, com muito cuidado. Era difícil manter a objetividade quando uma das suas melhores amigas está meio nua na sua frente, insistindo que você pegue nos peitos dela.

Mas preciso dizer que sinto uma boa inveja dela. Os peitos dela ficaram espetaculares, apesar de parecerem meio duros demais. Não tenho a menor dúvida de que Lisa só vai usar a parte de baixo do biquíni na praia, e que Dan e Gregory vão apreciar cada segundo do visual.

— Lisa! — A mulher com cara de modelo e óculos escuros prendendo o cabelo chega até nós, e seus olhos se arregalam e se iluminam ao avistar Lisa.

— Kate! — Lisa passa Amy pelo corredor para mim e se levanta para abraçá-la. — Ah, meu Deus, o que você está fazendo aqui?

— Vamos ficar com Jonathan e Caro em Grasse! Tem um monte de gente! Eu, Sarah, e Mark e uns outros! Você vai ter que ir nos visitar. Mas o que você está fazendo aqui?

— Vamos ficar em uma casa em Mougins, bem pertinho de vocês, e você também vai ter que vir nos visitar!

Ouço estas palavras e sinto uma onda de raiva direcionada aos meus sogros mais uma vez. Se não estivessem lá, poderíamos receber com alegria qualquer pessoa que quiséssemos; mas vão estar lá, e acho bastante improvável que aceitem hordas de gente aparecendo na casa.

— Ah — diz Lisa, voltando-se para nós. — Estes são os meus amigos — e nos apresenta todos, nós sorrimos e nos inclinamos para cumprimentá-la com um aperto de mão, e eu desejo estar usando jeans e uma camiseta branca, apesar de ainda precisar emagrecer no mínimo seis quilos para ficar com pelo menos a metade da beleza desta Kate.

— Certo — sussurro para Trish assim que Kate desaparece pelo corredor. — Sei que parece ridículo, mas por que sempre me sinto deslocada perto de Lisa e das amigas dela?

— Por que você se importa? — Trish dá de ombros. — Lembre-se que não se deve julgar as coisas pela aparência. Eu sei que Lisa tem cara de modelo, mas não seríamos amigas dela se não fosse autêntica e adorável. E aquela Kate também deve ser um amor.

— Como é que você sempre consegue enxergar o lado bom das pessoas?

Trish dá de ombros.

— Eu sou assim e pronto. Mas também consigo ser um pouco maldosa. Por exemplo, Lisa, por mais adorável que seja, às vezes me irrita com toda a importância que dá às roupas de marca.

— Você está tentando dizer que ela é superficial? — digo, sorrindo.

— Totalmente. De todo modo, não estamos falando mal dela. Parte da razão por que a gente a adora é *porque* ela é superficial. E, aliás, não estamos dizendo nada que não diríamos na frente dela — Trish afirma com sinceridade, e nós duas caímos na risada.

— Do que vocês duas estão rindo? — Lisa se inclina na nossa direção do outro lado do corredor, onde Amy está acomodada com delicadeza sobre o seu colo.

— Só estávamos dizendo que gostaríamos de conhecer roupas tão bem quanto você — digo, achando que isto é o mais próximo da verdade a que posso chegar.

❤

Assim que descemos do avião, o calor se abate sobre nós, e pego a mão de Dan e aperto com força. Parece que nossa lua-de-mel foi há tanto tempo, faz tanto tempo que sentimos o calor ardente do sol quente, que aquilo me transforma completamente, como se o calor e a alegria fossem uma coisa só.

Dan sorri para mim e lê meus pensamentos.

— Parece que estávamos mesmo precisando destas férias.

— Mas faz mesmo a gente se sentir bem, não é?

— Você está aceitando melhor o fato de os meus pais estarem aqui?

Assinto. Porque, agora que estou aqui, tenho certeza de que não vai fazer a mínima diferença. Preciso deste descanso mais do que eles, e vou me divertir, os sogros que se danem.

Trocamos números de telefone com Kate no aeroporto, entre promessas de que vamos nos reunir todos, e sinto-me levemente desorientada quando ela insiste em nos dar beijinhos de despedida, apesar de não nos conhecer.

— Quando na França... — Lisa ri enquanto nos dirigimos para a locadora de automóveis. — Pelo menos não estamos em Paris — ela prossegue. — Da última vez que estive lá, o pessoal estava dando até cinco beijos. A coisa nunca terminava. Caramba, despedir-se de três pessoas demorava uma hora.

Dois Renaults estavam à nossa espera e, em 15 minutos, já tínhamos deixado o aeroporto de Nice e pegamos a estrada litorânea, na direção de Cagnes-sur-Mer e depois até Mougins.

— Olhem! Palmeiras! — Fico dizendo a todo instante, virando-me para Tom para apontá-las, apesar de ele provavelmente não fazer a menor idéia do que estou dizendo. Li em algum lugar que as pessoas mais inteligentes são aquelas com quem os pais conversam bastante, mesmo que seja a respeito das coisas mais banais, e é claro que Tom é um gênio em formação, de modo que faço tudo o que posso para alimentar esta capacidade e converso com ele o dia inteiro, geralmente a respeito das maiores besteiras possíveis.

Dan uma vez me pegou pedindo a opinião de Tom para saber se eu colocava calça preta ou marrom. Na ocasião, Tom estava na nossa cama entre travesseiros, mordendo um círculo de borracha sem piedade, e olhou para mim quando ergui as calças para que ele avaliasse.

— Hmm — disse Dan da porta e eu me assustei —, acho que você não devia passar tanto tempo assim com Tom. Algo me diz que você está precisando de um pouco de companhia adulta — e, no final, nós dois caímos na risada.

Mas é um hábito difícil de largar, e não estou interessada em parar com isto por enquanto, então aponto tudo o que vemos para Tom. Até faço a tradução para o francês de vez em quando: luto para me lembrar das aulas da escola.

Nos arredores de Mougins, subimos uma colina íngreme enquanto vou tentando seguir as orientações dos pais de Dan, enviadas por fax há alguns dias; Trish, Gregory e Lisa vêm atrás no carro alugado por eles, rindo de nós através das janelas abertas quando viramos no lugar errado e precisamos fazer o retorno na entrada da casa de desconhecidos.

E, finalmente, encontramos a Rue des Oiseaux e entramos em uma estrada esburacada que parece levar a lugar nenhum, até que a trilha se transforma em um caminho liso cascalhado, então atravessamos alguns pilares e entramos em um estacionamento coberto de hera.

Descemos e corremos pelo antigo caminho até a frente da casa, onde empurramos uma porta pesada de carvalho e encontramos um recado no capacho.

Dan, Ellie e pessoal,
Fomos à cidade para comer. Sintam-se em casa.
Toalhas ao lado da piscina. Aproveitem!
Beijos, Mamãe e Papai

— Certo — diz Gregory, largando as malas ao lado da porta de entrada. — Que tal nadar um pouco?

Trish ergue uma sobrancelha e se volta para ele.

— Que tal achar o nosso quarto e desfazer as malas, guardar as nossas coisas e colocar Oscar para tirar uma soneca, de que ele está precisando muito?

Oscar, aproveitando a deixa, começa a choramingar, o que logo leva Tom a fazer o mesmo, e depois Amy.

— Boa idéia, Trish — diz Dan. — Vamos dar um jeito nas crianças para os adultos poderem se divertir.

— Que amor! — sacudo a cabeça. — Imagine se o seu filho e herdeiro pudesse entender o que você está dizendo!

— Mesmo que pudesse entender, ele não seria capaz de ouvir, com toda esta gritaria.

— Bom, que tal nos ajudar a encontrar os quartos para podermos montar os berços de viagem?

— Certo, certo — Dan sobe as escadas primeiro, carregando algumas malas. — Vou na frente. Vamos tentar nos instalar.

16

Eu já deveria saber que Linda e Michael ficariam com a suíte principal. Eu tinha passado os últimos dois meses folheando o álbum de fotos, olhando a casa e sonhando em me deitar na enorme cama *king-size* com as portas envidraçadas abertas, o sol entrando, iluminando a bandeja de café-da-manhã em cima da cama, cheia de *croissants* fresquinhos, *pains au chocolat* e café com leite fumegante.

Então, acho que tenho pelo menos um pouco de direito de ficar brava no minuto em que entramos na suíte principal e fica imediatamente claro que Linda e Michael não têm intenção de sair dali para abrir lugar para nós.

Os romances vagabundos de Linda fazem uma pilha alta na beira da estante, os sapatos dela enfileirados no chão, e algumas *pashminas* arranjadas na poltrona em um canto do quarto.

Ainda assim, abro o armário só para conferir, e é claro que está lotado até a tampa com as roupas de Linda e Michael.

— Caralho! — assobio por entre os dentes, sentando-me na cama, e Dan parece preocupado.

— Sinto muito — ele suspira e me abraça. — Eu sei que estávamos com vontade de ficar neste quarto, mas vai ser ótimo, mesmo assim vamos nos divertir muito.

— Eu sei, eu sei. Estou sendo péssima, e principalmente porque as férias são deles e eles é que estão pagando. É que eu queria mesmo ficar neste quarto.

— Bom, vamos dar uma olhada nos outros, a gente pega o segundo melhor para nós, antes que alguém o ocupe. — Dan sorri, puxa a minha mão para que me levante e eu o sigo com relutância.

Os quartos se chamam, na ordem, quarto azul, quarto verde, quarto amarelo e quarto de empregada. Colocar as crianças todas juntas pode ter parecido boa idéia na ocasião, mas quando vemos o quarto de empregada, percebemos que mal comporta um berço de viagem, três, nem pensar.

— Será que não podemos colocar os três no mesmo berço? — Lisa resmunga e todo mundo ri.

— Não, mas podemos fazer um acordo. Quem ficar com o quarto menor fica também com o quarto de empregada para colocar a criança.

— Eu fico com o quarto menor — diz Lisa cheia de esperança.

Mas, no final, resolvemos escrever o nome dos quartos em pedaços de papel e os sorteamos de um cinzeiro, Lisa fecha os olhos e fica dizendo "quarto amarelo, quarto amarelo, quarto amarelo" enquanto embaralha os papeizinhos em busca da opção mágica.

Lisa fica com o quarto azul, Trish e Gregory com o verde, que provavelmente é o maior depois da suíte principal, Dan e eu ficamos com o amarelo, que pode ser o menor, mas com a vantagem de ter uma pequenina sacada com vista para um telhado vermelho e um bosque de oliveiras.

Uma mesa de ferro bamba com duas cadeiras fica na sacada e, assim que enfiamos tudo em um armário de cerejeira que se encontra em um dos cantos do quarto, levamos Tom para a varanda e nos sentamos um pouco, aproveitando o sol e a vista.

— Vamos lá — Dan termina por dizer. — Que tal colocar um maiô e ir nadar um pouco?

Acho que o meu Miraclesuit é mesmo milagroso. Pena que não chega às canelas, porque bem que a minha celulite estava precisando de um ou dois milagres. Tanto faz. Cubro as áreas ofensivas com uma canga semitransparente da Accessorize e vou alegremente para a piscina com o protetor solar na mão.

Parece que todo mundo teve a mesma idéia. Trish está passando creme nas costas de Gregory e, quando aparecemos, Trish ergue os olhos e sorri, fazendo um gesto para Lisa, e ouço Dan prender a respiração.

— Muito bem, respire fundo. Relaxe — balbucio, dando tapinhas gentis no braço dele, mas preciso reconhecer que ali, deitada em um colchão flutuante com o corpo reluzente de óleo de bronzear e seios nus apontando para o céu, ela de fato está espetacular.

— Lisa — chamo quando ela flutua preguiçosamente na nossa direção. — Acho que os seus seios deviam vir com uma advertência do governo. Meu marido está prestes a ter um ataque do coração.

— Qual é o motivo de gastar tanto dinheiro com eles se ninguém vai ver? — grita ela.

— Tem razão — respondo. — De todo modo, acho que você vai fazer o meu sogro ganhar o dia, pelo menos. — Então resmungo para Dan, com voz bem mais baixa: — Mas não sei o que a sua mãe vai achar.

— Provavelmente vai ficar verde de inveja — Dan responde. — E vai perguntar qual foi o cirurgião plástico que a operou.

Dan puxa duas espreguiçadeiras para perto de Gregory e Trish.

— Certo — diz Trish, levanta-se e protege os olhos do sol com a mão. — Levando em conta que vamos nos ver quase nus pela primeira vez, preciso dizer algumas coisas. Estas aqui — vira-se e faz um gesto na direção da batata das pernas — são minha varizes repugnantes, que são hereditárias e que foram exageradamente aumentadas por aquele docinho conhecido como Oscar. Isto aqui — agarra um punhado de coxa cheia de buracos — é a minha casca de laranja, e isto — dá tapinhas na barriga protuberante — é, mais uma vez, a marca de Oscar, o Terrível.

— Querida — diz Gregory, erguendo-se nos cotovelos — , por que diabos você insiste em apontar todas as suas imperfeições? Por acaso você me ouve falando das minhas?

— Isto é porque você é perfeito — ela pisca para mim.

— Eu sabia que tinha uma razão para eu ter me casado com você. — Gregory estica a mão e aperta a dela, com afeição.

— Sinceramente? — Trish franze o cenho. — Só quero ter certeza de que tudo está bem às claras. Nunca vou me esquecer de quando saí de férias com os meus pais e alguns amigos deles e, assim que voltamos para o hotel, a minha mãe não parou de falar como os peitos das amigas dela eram caídos, e como não sabia que tinha os quadris tão largos. Não consigo nem pensar em você voltando para o quarto e falando da minha celulite e das minhas varizes, então achei melhor eu mesma fazer um escarcéu a respeito disto tudo para que você não tenha mais nada para comentar.

Dan olha para Trish e balança a cabeça.

— Você é muito esquisita mesmo, sabia?

Trish dá de ombros.

— Sou apenas prática.

Olho para Lisa, que é a própria personificação de anúncio de bronzeador Hawaiian Tropic.

— Lisa já teve o prazer de contar as suas imperfeições?

Trish faz sinal afirmativo com a cabeça.

— Claro que sim.

— E, deixe-me adivinhar, ela não tem uma única imperfeição no corpo, não é mesmo?

— Tenho sim! — grita Lisa da piscina. — Tenho as piores microvarizes nas coxas que vocês já viram. Olhem — ela aponta para as coxas. Hectares de pele lisa e dourada.

— Não tem mesmo, não é verdade? — sorrio para Trish.

— Não consegui ver nenhuminha. — Trish retribui o sorriso.

— E tenho um monte de pêlos crescendo na marca do biquíni — berra Lisa. — Um monte de pêlos encravados roxos horrorosos...

— Certo! — Dan a interrompe. — Acho que por hoje basta.

— Concordo plenamente — ecoa Gregory. — E, para constar, preciso dizer que vocês três são as mulheres mais bonitas que eu já vi. Ai! — Lança um olhar torto para Trish que lhe dá uma cotovelada forte. — E preciso dizer, sem nenhum tipo de favoritismo, que a minha mulher é a mais bonita de todas.

— Eu sabia que tinha uma razão para eu ter me casado com você. — Trish diz para Gregory e se inclina para dar-lhe um beijo.

— Isto aqui não parece o paraíso? — Largo o livro, rolo para o lado e tasco um beijo no ombro quente de Dan. — Nham-nham. Você está com gosto de coco.

— Isto é uma maravilha. — Dan sorri para mim. — Não é engraçado como a gente nunca percebe que precisa de férias até estar de férias, e daí a gente fica se perguntando por que diabos não faz isto com mais freqüência?

— Até voltar para casa, e três dias depois você esquece que viajou — respondo, sorrindo. — Vou dar uma olhada em Tom.

— Você dá uma olhada na minha? — grita Lisa. — Mas acho que ela vai estar dormindo.

— Vou com você para dar uma olhada no Oscar. — Trish se ergue da espreguiçadeira e se estica. — Não seria maravilhoso se eles estivessem todos exaustos e simplesmente dormissem a tarde toda enquanto nós fingíamos não ter filhos?

— Não que mudaríamos alguma coisa... — olho torto para ela.

— Claro que não — ela ri. — Claro que não mudaríamos nada. Bom, quem sabe arrumar uma babá em tempo integral para as férias?

Oscar continua dormindo em paz, os braços e as pernas abertas, roncando e fungando baixinho.

— Eles não são lindos quando dormem? — Trish sussurra, fecha a porta com cuidado e vamos dar uma olhada em Amy, que também dorme pesado.

Caminhamos pelo corredor na direção do meu quarto e Trish volta-se para mim, parecendo confusa.

— Shhh — diz ela, e nós duas paramos e escutamos com atenção.

— Que estranho. — Ela franze o cenho. — Poderia jurar que ouvi conversa no seu quarto.

— É mesmo? Quer dizer, sei que meu filho é um gênio,

mas não é um pouco demais, mesmo para ele? — Começo a rir, então escuto. O som inconfundível da voz de Linda.

— Este é o meu garoto. — Linda está sentada na cama, balançando Tom e fazendo cócegas nele quando abro a porta. — Quem adora a vovó? — está cantarolando. — Quem adora a vovó?

Tom olha para mim e seu rostinho imediatamente se abre em um sorriso e ele estica os bracinhos para mim.

Ha!

Corro até ele e o pego, dando tapinhas em suas costas e beijinhos em seu rosto, olhando furiosa para Linda.

— Você o acordou? — Minha voz tem um tom assassino.

— Não! — ela responde, com os olhos arregalados e inocentes. — Voltamos e eu só queria vê-lo, e não sabia qual era o quarto em que ele estava, mas juro que quando abri esta porta ele estava de olhos abertos, olhando para mim.

— Então, quanto tempo faz que ele acordou? — olho para o relógio, todavia furiosa.

— Eu disse para você — Michael fala pela primeira vez, sacudindo a cabeça e olhando para Linda. — Eu disse que não era para entrar.

— Mas eu não o acordei — insiste Linda. — Ele já estava acordado.

— Certo — digo. — Mas há quanto tempo ele está acordado?

— Cheguei há uns dez minutos.

Michel dá uma gargalhada e sei que ela está mentindo, mas não tenho força para brigar.

— Certo — repito. — Então ele dormiu mais ou menos uma hora e meia, em vez das três horas que sempre dorme, o que significa que vai estar de mau humor às cinco. Muito obrigada, Linda. Por acaso você vai cuidar dele mais tarde, quando estiver completamente cansado e berrando?

— Vou — diz ela, ansiosa. — Claro. Vai ser um prazer — e eu simplesmente reviro os olhos e saio, batendo os pés até a piscina.

— Não dá para acreditar na sua mãe. — Estou parada na frente da espreguiçadeira de Dan, assegurando-me de bloquear todo o sol e fazer sombra em cima dele.

— O que foi? — Dan suspira. — O que ela fez agora?

— Ela está aqui, acordou Tom da soneca dele e estava brincando com ele, e você sabe como ele fica quando não dorme o suficiente. Agora ele vai ficar terrível mais tarde. Não dá para acreditar que ela fez isto. Simplesmente não consigo acreditar.

— Certo, certo. Relaxe. Tenho certeza de que ela não fez por mal. Eu nem sabia que estavam aqui. Cadê eles?

— Lá dentro, em algum lugar. Eu também não sabia que eles estavam aqui. Encontrei os dois brincando com Tom no quarto dele.

— Fique aqui e se acalme. Vou lá dentro dar um oi para eles. Eles deveriam vir aqui fora para falar com todo mundo. Pronto, dê o Tom para mim, eu cuido dele.

— Para a sua mãe colocar as mãos nele de novo? — praticamente cuspo. — Acho que não. Tom pode ficar aqui comigo. — Fico ocupada procurando o protetor solar fator 30 na sacola de praia. — Pode ir. A gente fica bem aqui.

Depois de vinte minutos (durante os quais eu me acalmo bastante, mas está sendo bem cansativo correr atrás de Tom, que fica tentando entrar na piscina), Dan, Linda e Michael saem para cumprimentar todo mundo.

Tudo bem. Preciso reconhecer. Fico muito feliz de ver a cara de Linda quando Lisa sai da piscina e vem apertar sua mão, apenas com um sorriso no rosto e a menor parte de baixo de biquíni do mundo.

Linda, com seu maiô de oncinha e canga combinando fica obviamente mortificada, sem saber para onde olhar.

— Como vai? — diz ela toda formal, apertando a mão de Lisa e olhando bem no fundo dos olhos dela, fingindo não notar o fato de que Lisa está tão próxima dela quanto seria permitido a uma pessoa nua, disfarçando seu constrangimento.

Michael, por outro lado, sorri de alegria.

— O-lá! — diz ele, erguendo as sobrancelhas e parecendo o gato que roubou o leite quando Linda se vira para ninguém em especial e revira os olhos. — É um prazer conhecer *você* — e aperta a mão de Lisa, sem parar de sorrir, e lhe dá uma examinada de cima a baixo muito óbvia. — Então, você é uma grande amiga de Ellie? É sempre um prazer conhecer os amigos de Dan e Ellie.

Quase caio para trás. Este é o pai de Dan. O pai dele! Um sujeito dominado pela mulher, grisalho, nada sociável. Um sujeito que não apresenta nem um grama de charme ou de carisma fora do tribunal, que parece de repente ter se transformado no encantador Leslie Phillips.

"Estou *dizendo*", espero que ele prossiga, "para uma mãe tão jovem, seus melões estão no *lugar*".

Claro que ele não diz isto. Vira-se para cumprimentar Trish e Gregory ("Parecia que eu estava pedindo desculpas". Trish diria mais tarde. "Desculpe por eu não ser uma loira de 1,80m com peitos esculturais."), mas ele pede licença na primeira oportunidade que tem e vai nadar, apenas, desconfio, para ver melhor o corpo de Lisa, já que ela voltou para o colchão flutuante.

Trish ergue as sobrancelhas para mim.

— O seu sogro é *bem* maroto!

Observamos enquanto ele percorre toda a piscina, parando em cada ponta para dar uma olhada em Lisa.

— Eu sei! — começo a rir. — Quem poderia imaginar! Meu sogro idoso de cabelo grisalho a fim da Lisa! Eu não sabia que ele era capaz de se comportar assim!

— Ah, dá um tempo, ele não é assim tão idoso e grisalho. — diz Trish, surpresa. — Na verdade, acho que é bem charmoso. Acho que a sua sogra devia ficar de olho nele.

— Ah, eca. — Faço careta, mas vejo que estou olhando para Michael com outros olhos. Será que poderia parecer charmoso se não fosse meu sogro? Nunca me senti atraída por homens mais velhos mas, acho que, se me sentisse, e se ele não fosse pai de Dan, e se eu não soubesse que a mulher manda nele do jeito que manda, talvez eu o achasse charmoso mais ou menos ao estilo de Michael Douglas.

E apesar de eu não dizer a Trish que ela tem razão, ela tem razão: a gente olha para as pessoas de outro jeito quando estão quase sem roupa do nosso lado.

Eu nunca pensei duas vezes em como meu sogro devia ficar sem roupa, mas preciso dizer que, ao vê-lo ali de calção de banho, fico surpresa de ver como está em forma. Colocando assim, para um homem que deve estar quase com 60 anos, tem o físico de alguém bem mais jovem.

— Você acha que ele está mesmo dando em cima dela? — digo, observando Michael parar mais uma vez depois de uma volta, e olho para Lisa, que continua flutuando sem se dar conta de nada. — É mesmo muito estranho achar que ele pode estar dando em cima de uma amiga minha.

— Que nada — Trish responde. — Não acho que ele esteja

dando em cima dela. Acho que só está desfrutando da vista. Provavelmente nunca viu algo assim antes. Não assim de tão perto, pelo menos.

— Ah, você está falando das famosas colinas do sul da França, né?

— Estas mesmo.

E nós duas sorrimos.

Dan vem em nossa direção e se senta na ponta da espreguiçadeira.

— Ellie, você pode passar creme nas minhas costas? — Sento-me, massageio-o com o creme e dou um beijo do lado do pescoço dele quando termino.

— Hmm. Obrigado. Vou levar Tom para a piscina. Quer entrar comigo?

— Deixe eu ir lá dentro pegar a máquina. Volto em um minuto.

— Boa idéia. — Trish se levanta comigo. — Vou ver como o Oscar está. Se estiver acordado, podemos fazer algumas fotos em grupo.

No começo da noite, já perdoei Linda. A tarde foi exaustiva. Dan e eu nos revezamos para correr atrás de Tom, que agora engatinha na velocidade da luz, e apesar de não tirar as bóias dos braços, fico apavorada cada vez que ele chega a cinco metros da piscina.

— A gente não tinha dito que estas férias seriam para relaxar? — Falei toda brava para Trish a certa altura.

— Peça para a sua sogra cuidar dele — ela balbuciou, fazendo um gesto para o lugar onde minha sogra fingia ler um livro, olhando para Tom com uma certa melancolia nos olhos em intervalos de poucos segundos.

— Não — eu disse, mas quando Tom começou espernear nos meus braços não consegui me conter. — Linda? — disse. — Quer cuidar do Tom?

Linda quase tropeçou de tanta ansiedade para vir nos ajudar, como se precisasse pegá-lo antes que eu mudasse de idéia.

— Vou levá-lo para dentro — disse ela. — Vamos brincar um pouco. Venha, querido, a vovó vai mostrar o que tem para você. — Ela o levou embora, e para variar eu não reclamei, simplesmente me recostei com um sorriso preguiçoso no rosto e deixei que as preocupações do dia se esvaíssem.

❤

— Quais são as chances de a gente sair para jantar hoje à noite? — pergunto a Dan, quando estamos sozinhos no quarto, um cuidando de Tom enquanto o outro toma banho.

— Quem? Você e eu?

— Não, bobo! Todos nós. Você acha que seus pais vão se incomodar?

Dan franze o cenho.

— Para falar a verdade, acho que vão sim. Sabe como é, é a nossa primeira noite aqui, e eles provavelmente vão querer conhecer todo mundo. Além do mais, você conhece a minha mãe, deve ter se esforçado muito para preparar algum jantar delicioso.

— Então a resposta é não? — resmungo, toda triste.

— Para ser sincero, nem quero pedir a ela — diz Dan. — Temos tempo de sobra. E amanhã podemos sair todos juntos. Eles não vão se importar de cuidar das crianças e vamos encontrar algum lugar adorável na cidade. Que tal?

— Tudo bem — balbucio, passando os dedos pelos meus

vestidos esvoaçantes de *chiffon* novos e, em vez deles, escolhendo um *short*. Acho que meus trapos podem esperar mais um dia.

À noite, nossa primeira noite aqui, se hoje valer como sinal em relação ao que vem pela frente, todos os meus temores a respeito de Linda e Michael foram sem motivo e, apesar de estarem aqui, todos nós vamos nos divertir muito.

Quase chego a ponto de dizer que Linda foi incrivelmente acolhedora, sem mencionar que ajudou muito com Tom. Então, enquanto as garotas davam banho nas crianças, davam-lhes o jantar e as colocavam na cama, Linda reuniu os rapazes e eles prepararam o tipo de jantar delicioso que às vezes fazemos em casa (mas que nunca fica tão delicioso como quando é apreciado na varanda de uma casa no sul da França).

Aparecemos na sala por volta das sete e meia e encontramos travessas de comida dispostas na mesinha de centro: baguetes crocantes e quentes, *prosciutto*, presunto de Parma, salames, *bries*, *camemberts*, *reblochons*, pepinos em conserva, pimentões assados, patês e azeitonas.

E estas são só as entradas.

Lisa faz jus à sua reputação com um vestido-envelope estampado estilo anos 60 de Diane Von Furstenberg que deixa aparecer as coxas quando ela se senta, e Trish e eu trocamos cotoveladas e rimos como menininhas cada vez que vemos os olhos de Michael se voltarem para as pernas dela.

— Esta foi a sexta — Trish sussurra para mim, nós duas com os olhos colados em Michael, que, felizmente, está completamente alheio em relação ao nosso comportamento pueril.

— Sete — eu sussurro quando ele manda um olhar para o decote dela, e nós duas temos um ataque de risadinhas.

Dan sacode a cabeça, fingindo compostura.

— Quantos anos mesmo essas mulheres têm? — pergunta a Gregory.

— Acho que nesta noite regrediram a mais ou menos cinco — Gregory responde, sorrindo.

— Cinco e meio! — afirma Trish, petulante.

— E eu tenho cinco e três quartos! — exclamo, e isto faz com que tenhamos outro ataque de riso, e os outros dois balançam a cabeça.

Acho que estamos levemente bêbadas.

Quando nos sentamos à mesa lá fora, os patês e as baguetes, que Dan insistiu para que Trish e eu comêssemos em grandes quantidades, parecem ter anulado um pouco da ação do álcool.

— Pai — diz Dan olhando para o pai, que está sentado na cabeceira da mesa —, agradeço se você não deixar as mulheres completamente bêbadas todas as noites.

Michael ri.

— Ah, relaxe — responde. — Vocês estão de férias. Experimente, vai fazer bem.

Dan olha para a mãe.

— Este é mesmo o meu pai ou algum alienígena apareceu e o abduziu no meio da noite?

Linda balança a cabeça, exasperada.

— Parece que as moças não são as únicas que regrediram nesta noite. Seu pai parece estar achando que é jovem, livre e solteiro.

Dan ri.

— Ah, ele é inofensivo, mãe. E você precisa admitir, Lisa é mesmo estonteante. Não se preocupe. — Ele abaixa a voz para que os outros não consigam escutar, com exceção de mim, claro, que estou sentada ao seu lado, sintonizada na conversa. — Quanto mais você a conhece, menos bonita ela parece.

— Ah, não estou preocupada com *ele* — responde Linda. — Só não sei qual é a *dela*. — E olha bem para Dan, enquanto eu reviro os olhos e tomo mais um gole de vinho.

— Um brinde! — Michael exclama da outra ponta da mesa. — Às férias! E aos novos amigos!

— Às férias e aos novos amigos! — ecoamos, erguendo os copos e bebendo, sentados à mesa, conversando e rindo e esquecendo que algum dia alguém ali já teve alguma discussão, sinto-me tomada pela alegria e por uma sensação tranqüila de calma.

De acordo com a etiqueta, Linda preparou um *cassoulet* francês autêntico, seguido por uma *tarte tatin* quente com sorvete de baunilha bem gelado.

E ali, comendo na varanda, sentados sob a hera, velas na mesa lançando luz suave e romântica sobre nós, esqueço por algumas horas os problemas que tenho com Linda, e quando ela faz um comentário aleatório sobre o neto, ou conta alguma história que dá a entender que somos íntimas, eu simplesmente faço um sinal afirmativo com a cabeça e sorrio, contente demais, e provavelmente um pouco bêbada demais, para fazer comentários.

Ou para me importar com aquilo.

17

Não é estranho como a adição de pessoas é capaz de conferir dinâmica totalmente nova à equação? Quando almoçamos no domingo com Linda e Michael, conversamos a respeito dos acontecimentos da semana sem discutir nada a fundo, terminamos a refeição em cerca de meia hora e ficamos contando os minutos para poder ir embora sem parecer mal-educados.

E, no entanto, hoje à noite, com Trish, Gregory e Lisa aqui, parece que estou vivendo uma noite maravilhosa com um grupo grande de amigos.

Em vez de ficar falando amenidades, contamos histórias, cada um tentando ser mais engraçado ou mais ousado do que o outro.

Depois, enquanto ajudo Linda a lavar a louça, ela se vira para mim na cozinha, com o rosto corado do sol e do vinho.

— Nunca soube que você tinha amigos tão adoráveis — diz.

Dou de ombros.

— Você nunca perguntou. Parece surpresa... você *está* surpresa por eles serem adoráveis?

— Nem um pouco — diz ela. — Estou feliz por você. Sempre penso que ser mãe de primeira viagem é o trabalho mais difícil de todos. Eu sempre me sentia tão isolada e sozinha, acho que o único jeito de conseguir sobreviver é ter amigas no mesmo barco. Acho fantástico vocês se darem assim tão bem, e as crianças terem praticamente a mesma idade.

— É, você tem razão. É muito bom, não sei o que faria sem elas.

— E Trish é tão querida — diz Linda. — Dá para ver que ela é mesmo uma boa amiga para você.

Oh-oh. Lá vamos nós. Antes mesmo de ela abrir a boca, já sei que ela vai dizer alguma coisa a respeito de Lisa, apesar de Lisa ter sido o charme em pessoa durante toda a refeição, fazendo de tudo para que Linda e Michael soubessem que nos sentimos muito agradecidos com a hospitalidade deles.

— Fale sobre Lisa — diz Linda afinal. — Qual é a história dela?

— O que você quer saber?

Linda dá de ombros, fingindo desinteresse.

— Ela não parece o tipo de pessoa que não tem companheiro.

— Ah, ela tem. Andy. Mas acho que logo vão terminar. Mas, com a aparência dela, tenho certeza de que logo vai arrumar outro.

— Ela é mesmo estonteante — diz Linda. — Mencionou que é divorciada. Ela já contou o que aconteceu?

— Não tenho muita certeza — respondo, sem querer trair minha amiga, sem querer que Linda saiba mais, apesar de ter certeza que Linda acha que ela teve um caso... dá para ver no rosto dela.

— Não sei o que você está pensando — digo na defensiva —, mas ela é um amor. Muito autêntica e com os pés no chão. Não é o que parece.

— Você quer dizer que ela não é uma vagabunda? — Linda tenta fazer piada.

— Linda! — fico puta da vida de verdade. — Ela é uma das minhas melhores amigas. Eu acharia bom se você não falasse das minhas amigas desta maneira.

— Tem razão. — Ela se arrepende. — Desculpe, não falei sério, e ela parece mesmo um amor. — Linda faz uma pausa enquanto pega um copo e se concentra totalmente em enxugá-lo. — Como Dan se dá com ela?

E agora sei bem aonde ela quer chegar. Minha voz sai fria como gelo.

— Dan se dá bem com ela, Linda. Por quê? O que está tentando sugerir?

Linda suspira.

— Olhe, Ellie, não me leve a mal. Sempre tomo muito cuidado quando falo com você porque fico com medo de ofendê-la, mas estou aqui há muito mais tempo do que você, e já conheci centenas de mulheres iguais a Lisa, e só acho que você deveria tomar cuidado.

— O quê? Cuidado com o quê? Você acha que ela está interessada em Dan?

Linda dá de ombros, com um gesto que demonstra exatamente o que está pensando.

— Só acho que é perigoso ter uma amiga bonita divorciada, principalmente com filho. Muitas destas moças, moças como Lisa, estão em busca de segurança, de um homem com dinheiro que possa sustentá-las da maneira como estão acostumadas.

Deixo escapar um latido curto de risada.

— Homem com dinheiro? Bom, então Dan está fora, não é mesmo?

— Pode rir — diz Linda sem nenhum resquício de sorriso no rosto —, mas estou dizendo, conheço o tipo dela e eu tomaria muito cuidado. Não estou dizendo para deixar de ser amiga dela, só estou dizendo que a sua amizade não deve permitir que ela se aproxime demais da sua família. Este tipo de férias, por exemplo... talvez seja melhor que não se repita.

Respiro fundo, sacudindo a cabeça por toda esta conversa ridícula, é tão ridícula que parece quase impossível ficar ofendida. Se é que penso algo sobre tudo isso, acho é muito engraçado. Claro que Lisa é maravilhosa, é só olhar para ela para perceber, mas também é uma grande amiga.

— Escute, Linda, admiro a sua preocupação — minha voz vem carregada de sarcasmo — e também me sinto muito grata por tudo que você fez por nós nestas férias, mas acho que você deveria... — faço uma pausa para achar uma maneira simpática de dizer para ela cuidar da própria vida, sua bruxa maldosa — guardar o que pensa das minhas amigas para si.

— Sinto muito por ofendê-la. Não foi minha intenção e vou tentar não repetir, certo?

— Tudo bem. — Largo o pano de prato e saio à procura de Dan.

— Você não vai acreditar no que a perversa da sua mãe inventou agora — sussurro, assim que o encontro, sentado no sofá, jogando gamão com Gregory.

— O quê?

— Termine logo o jogo, então vamos para a cama e eu conto.

Repito a conversa inteira para Dan na privacidade do nosso quarto, e ele fica olhando para mim durante alguns segundos antes de cair na gargalhada.

— Ela é ridícula, não é mesmo? — Minha voz sai toda esperançosa; vem à tona em forma de pergunta, não como afirmação. Eu confio em Dan. Completamente. Não acho que ele seja o tipo de homem que tem casos, e mesmo que fosse, não acho que seja nem um pouco a fim de Lisa. Mas Linda plantou uma semente e, enquanto Dan jogava gamão com Gregory, não pude evitar de ficar observando com muita atenção para ver se ele estava olhando para Lisa mais do que o normal, se havia ali algo que eu estava deixando passar batido.

E a única coisa que passava pela minha cabeça era o seguinte: será que Linda tinha captado alguma coisa que eu não percebera? Sempre achei que se algum homem me traísse, eu saberia na mesma hora. A gente vê aqueles programas de televisão em que o marido liga para casa e diz: "Desculpe, querida, a reunião ainda não acabou", ou inventam viagens de negócios e não deixam o telefone dos hotéis, e a gente fica olhando para as coitadas das mulheres com vontade de berrar: "ELE TEM UMA AMANTE, SUA IDIOTA! NÃO ESTÁ VENDO OS SINAIS?"

E é claro que ficamos achando que somos muito inteligentes por perceber tudo, mas talvez não fôssemos assim tão espertas se a traição estivesse acontecendo na nossa própria casa; talvez nosso instinto de autopreservação nos proteja das coisas que é melhor não saber.

Sempre pensei, sempre disse, que se alguém me traísse, eu iria embora no mesmo instante, sem pensar duas vezes. Mas Fran uma vez afirmou que eu mudaria de idéia com a idade.

Ela tinha me contado que, antes de conhecer Marcus, o grande amor de sua vida era o namorado da faculdade, Tim.

Ela e Tim estavam juntos fazia cinco anos, e ela soube, no momento em que o conheceu, que ele era o homem com quem se casaria.

Tinham falado sobre o assunto desde o início. Quantos filhos teriam, onde morariam, qual seria o nome dos filhos. ("Só para você saber, sou uma pessoa consistente: um dos meus nomes era Sadie, e foi muito antes de Sadie Frost transformá-lo em algo da moda", ela explicou. "Só para você saber", rira na ocasião.)

Tinham passado horas planejando o futuro juntos, daquele jeito romântico e idealista que a gente deve planejar o futuro quando tem 20 anos e está apaixonada pela primeira vez, quando o amor faz a gente caminhar nas nuvens e não é possível imaginar nem um momento, quanto mais uma vida inteira, sem o homem que sem a menor dúvida é a sua cara-metade, que a gente passou a vida inteira procurando.

— Meu Deus — eu dei uma risada. — Nem dá para imaginar que você pode ser assim tão romântica.

— Não sou mais. — Fran revirou os olhos quando Sadie apareceu com dedos melados de chocolate e agarrou o casaco dela. — Eu era nova e muito, muito boba.

Depois da formatura, Fran e Tim tinham mudado para Londres, Fran trabalhava como assistente de RP e Tim tinha algum emprego em vendas que o fazia viajar por todo o país.

Ela não tinha desconfiado de nada.

— Nada? — perguntei surpresa, quando me disse que ele ficava incomunicável durante dias, que mulheres ligavam e diziam que era engano antes de desligar o telefone, que às vezes ele precisava atender ao telefone longe dela, enfiado no quarto com a porta fechada. E no final contou que encontrou pedaços de papel, bilhetinhos de amor, nos bolsos dele.

— Meu Deus, você devia ser mesmo muito ingênua — lembro-me de ter dito.

— Não sei se foi ingenuidade ou se simplesmente eu não queria saber. Acho que, no fundo, é claro que eu sabia, devia saber, mas não queria acreditar, então fiquei cega para a situação.

Ela então o confrontava, e ele sempre tinha uma explicação, que parecia razoável para alguém disposta a acreditar. Os telefonemas eram do trabalho, as negociações eram feitas sob o maior sigilo, por isso a porta fechada e, para concluir, os bilhetinhos eram resultado da paixão que uma secretária extremamente chata chamada Angela nutria por ele.

— Como ela é? — Fran perguntara, toda nervosa.

— Ela é horrorosa — Tim rira. — Uma solteirona de meia-idade com mau hálito e cabelo ensebado que acha que sou a melhor coisa desde a invenção do pão fatiado.

Fran rira junto com ele, até que Tim começou a passar cada vez mais tempo em Manchester e cada vez menos em Londres e, no final, acabou confessando que estava tendo um caso. A única verdade que dissera a respeito de Angela fora a respeito da paixão que nutria por ele. Tinha omitido o fato de ela ser uma loira gostosa de 19 anos.

— Espero que você o tenha mandado fazer as malas no mesmo instante — eu disse.

— Bom, não. E é o mais impressionante. Como você, eu sempre disse que, se alguém me traísse, eu sumiria antes de poder dizer Mrs. Robinson. Lembro de ter dito isso várias vezes para Tim, que se algum dia ele me traísse, ia me perder, como se fosse a pior coisa imaginável. Mas, quando aconteceu, eu me desmanchei em lágrimas, solucei até esvaziar meu coração, joguei-me no chão e implorei para que ficasse comigo.

Olhei para ela, sem saber o que dizer. A perspectiva de que Fran, uma mulher tão bacana, com tanto sucesso, tão bem-vestida, pudesse implorar alguma coisa a alguém era algo fora das minhas capacidades imaginativas. Ainda mais jogada no chão, como uma idiota. Aquela imagem bastou para me deixar completamente sem palavras.

Mas o negócio era bem esse, Fran explicou. A gente nunca sabe como vai reagir a alguma coisa até que aconteça. Até aquele dia, ela achava que simplesmente iria embora, que teria dignidade suficiente para cair fora, com a cabeça erguida, e sairia em busca de alguém que a valorizasse.

Mas, em sua histeria, disse que teria feito qualquer coisa para que ele não fosse embora, disse que o perdoaria, que podiam continuar juntos como se nada houvesse acontecido, que demoraria um pouco para ela se recuperar da infidelidade, mas que conseguiria. Acreditava bastante no relacionamento para conseguir, e como é que ele podia jogar tantos anos juntos no lixo?

— Graças a Deus — disse ela, tomando um gole de vinho —, ele preferiu jogar tudo no lixo, e agora que eu tenho — fez uma pausa — trinta e poucos anos e estou casada com Marcus e tenho filhos, sei que minha reação seria completamente diferente.

— Não que o Marcus algum dia fosse ter um caso — eu me apressei por dizer. — Mas se tivesse, como você reagiria?

— Não seria problema — ela respondeu, sorrindo. — Porque eu o desmembraria.

Eu estava recém-casada quanto tivemos essa conversa e me lembro de ter ficado horrorizada quando ela prosseguiu e afirmou, toda séria, que não necessariamente abandonaria Marcus se ele tivesse um caso. Pedia a Deus para nunca se encontrar na posição de ter que lidar com a questão, mas desconfiava que encontraria uma maneira de seguir em frente.

— Eu adoro a minha vida — disse com toda a simplicidade. — Adoro as minhas filhas, adoro a minha casa, adoro Marcus, que é, aliás, um homem maravilhoso. Claro que dependeria da natureza do caso, se fosse uma ficada de uma noite, algumas trepadas ou uma história de amor completa; mas, de maneira geral, eu seria obrigada a questionar muito seriamente se valeria mesmo a pena mudar tudo, tirar a base das meninas e mudar completamente a nossa vida, só por causa de algo que talvez não passasse de uma indiscrição sem importância. Você não vai compreender — ela afirmou, sorrindo — até ter filhos.

*

Eu não compreendi, mas nesta noite tento encontrar sinais de que posso ter deixado alguma coisa passar em branco, que Dan pode estar mais interessado em Lisa do que eu pensava.

Não enxergo sinal nenhum, mas talvez eu não saiba o que procurar. Trocas de olhares que duram uma fração de segundo a mais, uma mão pousada em um ombro como sinal de intimidade que a gente não devia ver entre o marido e a amiga? Não sei, então fico observando, e não vejo nada que possa ser interpretado como outra coisa. Como alguma coisa de mais.

Talvez sejam muito inteligentes, talvez saibam que os estou observando, talvez não exista fumaça sem fogo, e Linda não diria nada se não tivesse realmente detectado alguma coisa fora do lugar, alguma coisa que entregasse o jogo para uma mulher como Linda, uma mulher bem mais velha e bem mais sábia do que eu.

Não enxergo os sinais, mas começo a pensar o que poderia acontecer se enxergasse.

Será que deixei passar alguma coisa que Linda viu? Será que ela por acaso se abaixou para pegar um guardanapo e reparou em mãos se tocando, ou dedos entrelaçados embaixo da mesa? Mesmo que nada disso tenha acontecido, e fosse, como eu achei que era, uma mera suposição, e se Dan *fosse ter* um caso? E se Dan estivesse tendo um caso agora, o que eu faria?

Não acho que a minha vida acabaria sem Dan. Nos primeiros meses depois do nascimento de Tom, sinceramente cheguei a desejar que ele desaparecesse completamente. Será que isto quer dizer que ele não é o grande amor da minha vida? Será que eu deveria ficar achando que a minha vida acabaria se Dan fosse embora?

Já me senti assim a respeito de homens, mas não homens com quem tive relações saudáveis. Senti-me assim em relações vertiginosas, cheias de tesão maluco, quando a relação toda parece se equilibrar na beira de um precipício. Nunca quis isto para o casamento. Nunca desejei os altos e baixos, a sensação de nunca ter nada sob controle, de nunca se entregar inteiramente a outra pessoa.

E, no entanto, a idéia de Dan com outra mulher, especificamente com Lisa, me deixa bastante enjoada. A traição. Meu marido e minha melhor amiga. Como é que a gente pode superar uma traição destas, como é que a gente pode ser capaz de voltar a confiar nas pessoas?

E é por isso que eu e Dan estamos no quarto e lhe pergunto cheia de esperança se a mãe dele está mesmo sendo ridícula. Estou esperando que ele responda que sim, que ria das interferências e implicações dela, que me diga que sou o grande amor de sua vida.

— Ela está sendo completamente ridícula — Dan ri e me abraça, e eu começo a relaxar. — Não dá para acreditar que minha mãe acha que eu me interessaria por Lisa! — Ele começa a rir de novo, então faz com que eu me sente na cama e coloca as mãos no meu rosto, olha para mim com muita atenção e pára de rir. — Ellie, eu amo você. Eu amo Tom. Eu amo estar casado com você e ter uma família com você, e nunca vou ter um caso. Isso sem falar que, apesar de saber que Lisa é uma mulher muito bonita, nunca me senti nem um pouco atraído por ela.

— E se você fosse solteiro? — insisto. — Você a teria convidado para sair?

Dan suspira e sacode a cabeça.

— A verdade é que Lisa é sim o tipo de mulher que eu convidaria para sair, e no fim da noite eu já estaria louco para ir embora. Ela é bonita, e engraçada, mas a falta de profundidade dela me faz subir pelas paredes. Eu nunca ia querer ficar com alguém superficial como ela.

— Ah, valeu, Dan. Ela é uma das minhas melhores amigas.

— Pare com isso — diz ele. — Você perguntou, e eu respondi.

— Não dá para acreditar a vaca que a sua mãe é — digo, alguns minutos depois, enquanto tiramos a roupa. — Mas que vaca dos infernos.

— Ellie! — Dan se vira para mim, fulo de raiva. — Não fale sobre a minha mãe deste jeito.

— Tudo bem, tudo bem. Desculpe. Mas por que ela tinha que me dizer todas aquelas coisas? Por que ela ia pensar uma coisa dessas, e ainda mais vir me dizer tudo? Juro, ela só queria me aborrecer.

— Em primeiro lugar, você sabe que é ridículo. Você vive reclamando que minha mãe quer ser a sua melhor amiga; a última coisa que vai querer é magoá-la. E, em segundo, ela não estava tentando aborrecê-la, provavelmente está se sentindo ameaçada pela Lisa e descarregou em cima de você.

— Mas que beleza. E por que ela foi descarregar em cima de mim?

— Não foi bem isso que eu quis dizer. Olhe — ele suspira —, sei lá. Não sei o que deu nela hoje à noite, ou por que ela colocou essa idéia idiota de que posso estar a fim de Lisa na sua cabeça, mas não estou, estou a fim de *você*, e você sabe muito bem que não quero me intrometer entre vocês. Se você está assim tão aborrecida, por que não conversa com ela amanhã?

Olho para Dan estupefata. Como é que ele pode ter sido tão carinhoso e terno há alguns minutos, e como é capaz de despertar tanta fúria em mim agora?

— Não dá para acreditar — praticamente despejo em cima dele. — Você nunca me defende, porra. Só diz que não quer se intrometer. Bom, mas que tal se intrometer para variar? Que tal se dar conta de quais são as suas prioridades? Sou sua mulher, pelo amor de Deus. Agora eu sou a sua família. Não ela. Ela não é mais a mulher mais importante da sua vida, eu sou, e se você parasse de ser tão molenga e deixasse isto bem claro para ela, se me defendesse para variar, ela talvez parasse de fazer essas porras desses joguinhos imbecis.

Dan simplesmente balança a cabeça e olha para mim em silêncio, e sei que deveria ficar quieta, sei que estamos tendo a mesma discussão de sempre, e que vai terminar no lugar em que sempre termina — nós dois sem falar um com o outro, às vezes durante dias a fio —, mas não consigo me segurar. O silêncio dele só serve para fazer a minha raiva aumentar e, quando ele vira as costas para mim ao deitar na cama, preciso me conter para não bater nele.

— Não dê as costas para mim — assobio por entre os dentes e caminho até o lado dele da cama com as mãos na cintura. — Não ouse dar as costas para mim. Quem você pensa que é? — Ecos da minha mãe, minha mãe em um acesso de raiva bêbado, soam na minha cabeça, mas eu não ligo, cega pela fúria perante o silêncio de meu marido, perante sua recusa em me defender frente aos ataques da mãe dele exatamente como meu pai tinha se recusado a me defender há tantos anos contra os ataques verbais de minha mãe.

A gente colhe o que a gente semeia.

E, no fim, isso acontece de verdade. E lá ficamos nós dois deitados na cama, sem falar, quase imóveis, fingindo dormir, mas eu sei pela respiração dele que está acordado, e sei, por experiência, que vou provavelmente ficar lá deitada até de madrugada, o coração batendo forte de raiva, desejando que tudo volte ao normal, mas sem capacidade de pedir desculpas.

Sei exatamente o que preciso dizer para consertar tudo; só que não tenho como dizer isto.

18

Dizem que nunca é bom ir dormir brigado. Ah, se fosse fácil assim. Quando brigamos, sempre vamos para a cama assim, e quando acordamos, o mesmo silêncio, o mesmo ressentimento e as mesmas recriminações continuam lá.

Nesta manhã, fingi estar dormindo. Não quero ter que olhar para Dan, falar com ele, ficar perto dele, e fico deitada na cama enquanto o ouço se levantar e sair do quarto. Minha idéia é fazer o mesmo e dar café-da-manhã para Tom, mas antes que me dê conta acordo de novo; sonada, pego meu relógio na mesinha-de-cabeceira e vejo que são 11h16.

11h16? Fico olhando para os números enquanto meu cérebro tenta entrar em sintonia (é isto que acontece quando a gente só consegue dormir às 5h da manhã). 11h16! Pulo da cama e corro para fora do quarto para procurar todo mundo, pensando primeiro em Tom. Será que ele sobreviveu sem mim? Será que ainda estava (por mais irracional que isso possa soar) no berço esperando por mim?

O rosto de Tom se abre em um enorme sorriso, os bracinhos rechonchudos se esticam na minha direção assim que apareço na piscina. Todo mundo está lá, conversando e rindo, e fazem uma algazarra enquanto eu cambaleio até o lugar em que Tom está sentado em cima de uma toalha.

— Eu queria que *meu* marido me deixasse dormir até mais tarde — diz Trish, olhando especificamente para Gregory quando me aproximo da espreguiçadeira dela, sento-me na ponta e equilibro Tom no colo.

Olho para Dan mas, assim que nossos olhos se encontram, ele vira o rosto. Continua puto da vida por causa da discussão da noite passada, mas eu também; então, embora aprecie o fato de ele ter me deixado dormir até mais tarde, não posso fingir que tudo ficou bem de repente. Não sei como fazer isto.

— Obrigada — digo com frieza para Dan, e sai em um tom mal-humorado, e ele simplesmente assente com a cabeça sem olhar para mim, levanta e mergulha na piscina para nadar.

Lisa sorri para mim, o livro apoiado na barriga, as mãos atrás da cabeça e Amy sentada entre suas pernas brincando com blocos de encaixar coloridos.

— Lembra da minha amiga que encontramos no avião, a Kate?

Faço sinal afirmativo.

— Ela ligou hoje de manhã. Perguntou se a gente não quer ir lá hoje à noite para um drinque, e depois sair para jantar. Estávamos esperando você chegar para ver o que acha.

— Acho ótimo — respondo. — Mas e as crianças? O Tom dorme às sete em ponto.

— Não se preocupe — avisa Linda. — Michael e eu já dissemos que cuidamos delas.

— O quê? Todas as três? De toda forma, acho que Tom não vai dormir se a gente não estiver aqui. Não sei se é uma boa idéia.

— Ah, não seja ridícula — Dan solta uma gargalhada. — O que você acha que vai acontecer, pelo amor de Deus? Tom vai ficar ótimo. Todos vão ficar ótimos.

Ele tem razão. Se fosse qualquer outra pessoa que não os meus sogros, eu deixaria Tom de bom grado. Estou sendo infantil, eu sei, por isso dou de ombros e faço um sinal positivo de concordância.

— Mas a gente precisa que vocês dêem banho neles — diz Michael, apressado. — Acho que Linda e eu não conseguimos dar conta. — Ele ri. — Faz tempo que não cuidamos de três crianças e já não somos tão jovens quanto antes.

Lisa revira os olhos, como se ele estivesse falando bobagem, sendo um espécime de macho tão fino quanto o meu sogro.

— Achamos que podemos sair depois que todas as crianças dormirem — diz ela. — Assim, Tom e Amy provavelmente nem vão se dar conta de que saímos.

Eu hesito.

— E Oscar?

Sei que Trish é mais liberal com Oscar do que Lisa e eu com nossos filhos. Enquanto Lisa e eu praticamente memorizamos o conteúdo de *O livro do bebezinho feliz*, passamos horas expondo nossas teorias a respeito da necessidade dos bebês de ter rotina, estrutura e disciplina, Trish acredita em dar comida quando a criança pede, deixa o menino dormir na cama dos pais e, de maneira geral, permite que Oscar mande na casa.

À exceção de pagar as contas, claro.

É o único aspecto da nossa amizade que considero difícil. Tenho tanta certeza de que tenho razão, que o meu jeito de criar meu filho é o certo (que nós, Dan e eu, nós somos os pais, os adultos, somos nós que ditamos como e quando a criança faz o que faz) que fico furiosa de Trish não ser capaz de ter esta iluminação.

Tom tem rotina desde o início. Acorda às sete, toma café-da-manhã, depois tira uma soneca curta às nove horas. Às onze e meia, todos os dias, almoça e depois é colocado para uma soneca, sempre ao meio-dia no máximo. Acorda às duas, toma uma mamadeira às duas e meia, dá um passeio à tarde, janta às cinco em ponto, toma banho às seis e finalmente toma a última mamadeira antes de dormir às sete.

Oscar, por outro lado, parece fazer exatamente o que tem vontade. Trish continua amamentando, apesar de agora estar misturando mamadeira e peito, e confessa estar arrasada porque Oscar está começando a dar preferência à mamadeira e não ao peito.

Juro que, se Trish tivesse poder, amamentaria Oscar até ele ir para a faculdade. Não que eu ache que há algo errado em amamentar, mas fico incomodada de ver crianças que andam e falam penduradas no peito da mãe.

Trish já confessou que não fica na melhor das formas pela manhã e por sorte Oscar acorda bem alegre, então ficam na cama por uma boa hora, pelo menos, assistindo televisão. Toma mamadeiras o dia todo quando começa a ficar com fome e só tira uma soneca quando cai no sono no carrinho.

Por isso, às cinco da tarde, Oscar está impossível. Acredite em mim. A única coisa que o deixa feliz é colo, então Trish fica com ele no colo das cinco até a hora que vai para a cama, que é basicamente a hora que ele quiser. Gregory gosta de brincar com ele quando chega em casa, por volta das sete e meia, de modo que, em um dia tranqüilo, Oscar vai dormir por volta das nove.

Deus me livre se Oscar chorar a qualquer horário da noite. É imediatamente acalmado pelo peito de Trish, antes de ser embalado até dormir na cama de Trish e Gregory. E ela ainda se pergunta por que vive exausta.

Meu médico, com quem já conversei sobre Trish diversas vezes, afirma veementemente que nenhuma criança de 11 meses precisa acordar para se alimentar no meio da noite, e eu transmiti a informação a Trish, que deu de ombros e riu, dizendo que ia para a cama toda noite torcendo para que ele acordasse, de tanto que gosta de abraçá-lo e acariciá-lo.

E a vida dela é muito difícil. Já teve que ligar várias vezes para desmarcar alguma coisa porque Oscar está impossível, ou porque dormiu quando deveríamos nos encontrar no parque, ou então não está cansado e não quer dormir.

Eu sei que deveria apoiar a maneira como ela faz as coisas, deveria aceitar que cada uma de nós pensa diferente, e que não há certo ou errado na criação dos filhos, mas quando olho para as crianças e vejo como Tom e Amy são felizes e fáceis de lidar, e depois olho para Oscar, que passa a maior parte do tempo bastante infeliz porque, na minha opinião, não dorme o suficiente, a gente precisa mesmo se perguntar se Trish está agindo corretamente.

Adoro ser mãe e, agora que estou experimentando as delícias da amizade feminina, adoro ser mulher. Adoro poder compartilhar tudo e qualquer coisa com as amigas, o fato de não ser julgada e ser aceita por quem você é.

E me considero uma felizarda por ter encontrado amizades assim neste estágio da vida. E, no entanto, apesar do apoio que damos umas às outras, foi chocante descobrir que a criação dos filhos é uma área em que as mulheres não se apóiam mutuamente de maneira alguma, a menos que você encontre uma alma solidária que concorda plenamente com a sua filosofia, seja ela qual for.

Trish e eu podemos ser aliadas no quesito de não apreciar o gosto que Lisa tem por coisas finas, mas Lisa e eu, por nossa vez, nos aliamos em relação a nossa maneira comum de criar os filhos, e eu já me peguei, mais de uma vez, perguntando a Lisa como Trish não consegue ver que o nosso jeito é que é certo.

Tentamos dizer a ela, mas com cuidado e sutileza, porque mães não podem ser criticadas pela maneira como tratam os filhos, nem mesmo pelas melhores amigas. Mas eu não me arrisco a perdê-la, então aprendi a ficar quieta, a desabafar minha frustração com Lisa quando estamos só nós duas.

Então, quando pergunto a Trish: "E Oscar?", é porque estou bem certa de que Oscar vai ter um ataque quando tentarmos deixá-lo com Linda e Michael. Não que eu me importe com isto. Pode ser bem engraçado. Mas, bom, também pode eliminar a possibilidade de eles cuidarem das crianças para nós uma segunda vez.

— Eu sei. — Trish franze o cenho. — Preciso dizer que estou preocupada em deixar Oscar. — Ela se volta para Linda e Michael. — Não que eu ache que vocês não dão conta, meu Deus, não saiu como eu queria, mas Oscar é muito sensível — Lisa e eu trocamos olhares e ela revira os olhos quase que imperceptivelmente —, e ele pode ficar insuportável se não estivermos por aqui.

Ela se vira para Gregory em busca da opinião dele, mas ele só dá de ombros: a criança está nos domínios de Trish dentro de casa. Ela é quem dita as regras, mesmo que não exista nenhuma.

— Vocês se importam se eu o levar conosco? — Trish olha para nós todos. — Ele vai se comportar, prometo. Ele está saindo bastante com a gente ultimamente, e geralmente dorme no carrinho. Estou preocupada, acho que ele vai ficar terrível se não estivermos por perto.

Ninguém diz nada, mas o alívio no rosto de Linda é enorme. Ela é a primeira a falar.

— Acho ótima idéia, Trish — diz. — Se o bebê vai ficar nervoso sem a mamãe, então é melhor você ficar perto dele.

Que ótimo.

Dan e eu mal nos falamos durante todo o dia. Fingimos para todo mundo que está tudo bem entre a gente, mas fico esperando que ele peça desculpas primeiro, e ele com toda a certeza espera que eu o faça.

Vai ficar esperando um bom tempo.

Sentamos ao lado de Tom para brincar, e quem não soubesse que tínhamos tido a maior briga do mundo na noite anterior certamente também não ia supor. Conseguimos conversar, olhar um para o outro, fazer perguntas, mas há uma frieza embutida em tudo que, tenho certeza, ninguém é capaz de detectar, de tão bons que somos em mostrar uma fachada.

— Está tudo bem? — Linda pergunta quando estou na cozinha me servindo de uma Coca Light.

— Tudo certo — digo, despreocupada. — Por quê?

— Você e Dan não brigaram?

Olho para ela, descrente.

— Não, por quê?

— Nada, nada. Não é da minha conta. É que eu conheço Dan muito bem, e sempre sei quando ele está com alguma coisa entalada na garganta; ele fica com umas ruguinhas bem aqui. — Ela aponta o lugar entre as sobrancelhas. — Tom vai ficar do mesmo jeito, já percebi.

— Talvez não. — Tento manter a calma. — Todo mundo diz que ele é a minha cara quando eu era bebê. — Não é totalmente verdade. Ninguém nunca disse isso, já que meu pai não vê Tom há meses, e ninguém mais saberia.

— É mesmo? — Os olhos dela se arregalam. — Que estranho. Ele é igualzinho a Dan quando pequeno. Você não acha mesmo?

— Não. — Termino de colocar o gelo no copo e saio da cozinha. — Não acho de jeito nenhum.

❤

Não posso ir reclamar com Dan, não depois do que aconteceu na noite passada, mas preciso tirar Linda dos meus ombros, preciso falar com alguém. Quando volto para a piscina, descubro que Lisa desapareceu, foi dar um passeio no bosque de oliveiras, então coloco chinelos e vou atrás dela.

— O que você está fazendo? — Ela está sentada no chão, escondendo a mão atrás das costas cheia de culpa, enquanto uma fumacinha reveladora paira sobre sua cabeça.

— Fumando? — fico chocada. — Caramba! Você está fumando!

— Shhh, shhh — diz ela toda culpada, tirando a mão de trás das costas e revelando um cigarro. — Não quero que os outros saibam.

— Mas você não fuma. Pelo menos, eu nunca soube que fumava — digo, ainda chocada. — Como é que você consegue ser uma das minhas melhores amigas e não me contar que fuma?

— Para começo de conversa, não me considero fumante. — Lisa dá uma tragada comprida no cigarro e exala, e eu espanto a fumaça com a mão. — E, em segundo lugar, este não é o tipo de coisa que a gente sai falando por aí. Como vai? Como vai a sua filha? Ah, estamos ótimas e, aliás, você sabia que eu fumo?

Minha testa se franze.

— Eu sei, mas mesmo assim...

— Eu não fumo de verdade — Lisa sorri.

— Estou vendo. — Não consigo esconder um sorriso sarcástico.

— Não, estou falando sério. Larguei durante anos, e só fumo um aqui e outro ali de vez em quando. Se saio para beber, fumo um cigarro, e também às vezes quando estou de férias.

— Diga que você não fuma na frente da Amy — digo, muito severa.

— Ah, meu Deus, não! O que você acha que eu sou, algum tipo de mãe sem princípios?

Sacudo a cabeça.

— Não, você é uma ótima mãe. Desculpe, eu não devia ter dito nada.

— Tudo bem. Você tinha que perguntar. — Ela amassa o cigarro e o enterra embaixo de alguns galhos. — Então, qual é o problema entre você e Dan?

— Como assim, qual é o problema? Nenhum.

— Sei. E eu não estava fumando um cigarro, era coisa da sua cabeça.

Não consigo me segurar. Dou uma risada.

— Tudo bem — digo. — A gente teve uma briga terrível ontem à noite e nenhum de nós dois quer reconhecer o erro, então ninguém pediu desculpas e neste segundo tenho bastante certeza de que o odeio.

— Foi o de sempre?

Suspiro.

— Foi. Dá para acreditar? A gente bem que podia ser um pouco mais criativo nas nossas discussões, em vez de ficar brigando por causa da chata da mãe dele uma vez depois da outra, mas eu simplesmente não suporto o jeito como ele nunca me defende.

E desabafo. Não conto a ela o motivo específico da discussão, claro, mas desabafo falando mal de Linda de maneira generalizada, como ela sempre tenta assumir o controle, e como Dan nunca me defende.

— O que você acha? — termino. — Diga o que *você* acha dela.

— Não sei o que dizer — ela responde. — Quer dizer, compreendo como você se sente, de verdade, e talvez eu me sentisse do mesmo jeito se fosse casada, mas nunca soube como é porque os pais d'O Desertor moravam nos Estados Unidos e eu mal os via. — Ela olha para mim e vê a expressão do meu rosto. — Certo, acho que Dan provavelmente poderia, e deveria ficar do seu lado mais do que fica, mas, Ellie, eles não são tão maus assim.

— Não eles — digo. — Ela.

— Tudo bem, se quer assim. *Ela*. Não acho que ela seja tão péssima. Meu Deus, podia ser muito pior. Ela só está tentando ser uma boa sogra e uma boa avó. Você fica tão alterada pelo ódio que sente que pula na garganta dela sempre que ela abre a boca, por mais que não diga nada de mais.

— Obrigada pelo apoio — resmungo, de um jeito que parece infantil demais até aos meus próprios ouvidos.

— Ellie, você sabe que estou do seu lado, mas você precisa colocar as coisas em perspectiva. Você já pensou que ela talvez seja assim porque não é feliz?

— Não é feliz? O que poderia deixá-la infeliz?

Lisa dá de ombros.

— Veja bem, eu não os conheço o suficiente, mas com toda a certeza existe uma certa tensão entre ela e Michael. Pelo que pude perceber, ela é uma mulher incrivelmente infeliz. Sei lá.

— Lisa dá de ombros. — Talvez se sinta sozinha. Talvez tenha vivido em função dos filhos todos esses anos e não saiba o que fazer, como conduzir a vida, agora que os filhos cresceram e seguiram em frente. Talvez seja por isso que ela se mete tanto, provavelmente só está se sentindo solitária. Em vez de detestá-la, você devia ter pena dela.

Minha testa se franze e eu penso em Linda. Será que Linda pode ser infeliz? Solitária? Vulnerável? Sempre penso nela como uma mulher tão forte, que aparece na minha mente como a supersogra, uma personagem gigantesca, capaz de grandes maldades. Mas, naquele instante, Lisa consegue humanizá-la aos meus olhos.

De repente, não enxergo mais Linda como um monstro, como uma pessoa capaz de criar caos e destruição por onde passa. Vejo-a como uma idiota. Uma coitadinha. Abriu mão da vida pelos filhos e agora os filhos não querem nem saber. Emma vive irritada com ela, Richard só telefona quando quer alguma coisa, e Dan? Dan agora tem a mim. E a Tom. Uma família dele.

— Não dá para acreditar — digo baixinho. — Acho que você está certa. Ela é infeliz. Eu deveria me esforçar mais em relação a ela. Devia tentar incluí-la mais na minha vida.

— Acho que ela não é nem de longe tão má quanto você pinta. E ele é engraçadíssimo.

— Quem? — olho para ela, confusa.

— Seu sogro.

— Michael? Engraçadíssimo? — digo bem devagar. Com certeza ela está fazendo alguma confusão.

— É. Ele estava contando umas histórias de quando estava na faculdade de direito hoje de manhã, e todo mundo ficou rolando de rir.

— Michael? — Não consigo me livrar da expressão de preocupação do rosto. Quanta incompreensão. — O meu sogro? Tem certeza?

— Ah, não seja ridícula — ela dá uma gargalhada. — Todos nos jogamos no chão de tanto rir. É melhor voltarmos antes que Trish venha nos procurar e sinta o cheiro de cigarro do meu hálito.

Dou uma risada.

— Você tem medo de Trish, de verdade?

— Vamos colocar as coisas da seguinte maneira — Lisa diz. — No Natal, Andy me deu uma estola de pele.

— Achei que ele tinha dado uma pulseira para você.

— Que nada. Eu fui lá e comprei a pulseira sozinha, porque não podia dizer a Trish que tenho uma peça de pele de verdade. Está escondida no sótão. Cada vez que penso em usar, tenho certeza de que vou esbarrar em Trish e ela vai me dar a maior bronca.

— Sua molenga — rio.

— *Você* usaria uma peça de pele na frente de Trish?

— Bom, não. Mas isto não é exatamente um problema que eu tenho — digo, sabendo que, mesmo se tivéssemos dinheiro para isto, Dan nunca me daria uma estola de pele.

— Veja bem, eu adoro Trish, mas nós somos muito diferentes.

— Eu sei, eu sei. E você está certa. Ela provavelmente faria um escândalo se soubesse que você fuma — olho torto para ela —, mesmo que seja só em férias. Mas que coisa — levanto e tiro o mato das pernas. — Não acredito que eu não sabia.

Lisa se levanta comigo, esconde os fósforos no nó da canga e dá um sorriso misterioso.

— Existem muitas coisas que você não sabe a meu respeito.

19

Peguei um pouco de sol hoje, e apesar de não estar me sentindo muito bem (brigar com Dan sempre me deixa fora de prumo, faz com que me sinta um tanto desequilibrada, fico com a sensação desconfortável de que há algo errado, por mais que eu finja para o mundo que está tudo bem), preciso dizer que estou bem bonita.

Lisa até pode ter comprado o estoque inteiro de todas as lojas de marca da zona oeste de Londres, mas eu me dei bem com minhas alternativas mais baratas, e hoje à noite coloquei um vestido de *chiffon* esvoaçante que destaca o meu início de bronzeado, e flutua com suavidade em volta dos meus joelhos.

— Que vestido bonito — diz Lisa quando entro na sala. — Onde você comprou?

Gostaria de poder mentir, de dizer que era da Diane Von Furstenberg ou de alguma marca dessas, mas Lisa, o retrato perfeito do euro-chique com seu modelo da Allegra Hicks e brincos de argola de ouro, ia saber com toda a certeza.

— É de brechó. — Respondo, sorrindo. — Não é maravilhoso?

Ela sorri, aproxima-se para pegar no tecido e concorda que é adorável.

— Querida, não diga que é de brechó. Ninguém mais diz coisas assim. Diga que é *vintage*.

— *Vintage* — balbucio, e ela tem razão, de fato soa muito melhor.

— Mas é uma beleza — diz ela. — Você está maravilhosa.

E eu sorrio, agradecida pelo elogio, por receber qualquer elogio, aliás, porque parece que Dan e eu continuamos sem nos falar.

Bom, azar dele. Estou determinada a me divertir hoje à noite. Posso não conhecer aquela gente, mas estou de férias, posso ser quem quiser. E, nesta noite, senhoras e senhores, não vou ser Ellie Cooper, esposa, mãe, suburbana em formação; hoje à noite vou ser Ellie Black, garota descolada e solteira, cheia de vigor, engraçada, reluzente. Planejo beber champanhe (por favor, tomara que tenham champanhe, com nomes como Jonathan e Caro, devem ter champanhe, com certeza) e, quem sabe, até sair para dançar, e depois do dia e da noite que eu tive, beber um pouco com certeza vai me fazer bem.

Como pode ser? Estamos casados há menos de dois anos e já me sinto uma pessoa completamente diferente. Será que é o casamento em si ou a maternidade que faz a gente mudar tanto?

Ou talvez seja o meu casamento. Aquelas noites em que fico deitada na cama, detestando Dan, com vontade de ir embora, pensando que fiz mesmo a escolha errada. Normalmente, acordo de manhã e o sentimento já foi embora, já ficou para trás com a escuridão, e costumo desprezá-lo, dizer que eram temores noturnos. Mas talvez não sejam. Talvez eu não devesse me sentir assim tão diferente, talvez signifique que fiz a escolha errada. Que entrei no casamento errado.

Mas então penso em Lisa. E em Trish. E em Fran. Penso

em como parece que todas nós vivemos a mesma coisa, temos os mesmos sentimentos em relação aos filhos, não temos muita vida social (certo, acho que não é muito adequado incluir Lisa neste aspecto em particular), reclamamos constantemente da falta de energia, da exaustão permanente e acho que deve ser normal. Que eu não escolhi o homem errado, mas que minha vida mudou tanto, de um jeito tão incomensurável, que com certeza é preciso mais do que dois anos para me acostumar.

Mas hoje à noite eu não estou com vontade de me acostumar. Não quero fazer absolutamente nenhuma concessão. Hoje à noite quero me esquecer de que sou casada, de que tenho responsabilidades. Hoje à noite vou tirar umas férias da minha vida. E vou me divertir, mesmo que isto me mate.

— Entrem! Entrem! Lisa! Que bom você estar aqui! — Jonathan é um homem grande, corpulento e exuberante, e logo que abre a porta já vejo que vou gostar dele, que não vou nem precisar de champanhe para me sentir à vontade.

Mas vou beber de todo modo.

A mulher de Jonathan, Caro, está logo atrás dele, e estendo o braço para cumprimentá-la com um aperto de mão, mas ela ri e me dá um abraço.

— Ellie, não é mesmo? Muito prazer em conhecê-la. Entrem e peguem uma bebida.

Todo mundo do nosso grupo recebe tapinhas nas costas de Jonathan e abraços de Caro, e entramos na sala onde vemos os outros, e preciso admitir que começo a me sentir um tanto preocupada.

Estas parecem ser as Pessoas Bonitas de que tanto se fala por aí. São as pessoas que freqüentam o Calden, que confiam em seu charme e beleza para conseguir qualquer coisa.

"*Concierge*, meu caro, você pode por favor telefonar para o Ivy e fazer uma reserva para seis às oito horas de hoje?"

"Gostaria que você me fizesse um favorzinho e ligasse para a British Airways. Pergunte se tem como me darem um *upgrade*. Diga que é para mim."

"Querida, ligue para a Hermès e veja se tem algum biquíni sobrando. Mencione o meu nome."

Eu cruzava com gente assim todos os dias no Calden. Ficava maravilhada com a facilidade com que demonstravam autoconfiança, como tinham capacidade de conquistar o mundo com seu charme, porque inevitavelmente obtinham o que pediam, por mais irracional que fosse o pedido. Seus pedidos eram atendidos, e eles nunca pareciam surpresos, já sabiam que tudo aconteceria da maneira desejada, já que aceitavam que receberiam tudo que pedissem.

Eu os observava de longe, mas nunca fui apresentada a eles, e nunca pensei em me socializar com eles, me sentia intimidada só de pensar que poderia passar uma noite com eles, até conhecer Lisa.

Mas Lisa sozinha é apenas Lisa. Foi só quando vi Lisa dando beijos em Kate no avião que percebi como ela faz parte daquela cena. Desta cena. Deste grupo de pessoas que me faz sentir tão fora do lugar e tão mal-ajambrada.

— Já fomos apresentados.

Registro as palavras enquanto aperto a mão deste homem, reconhecendo seu rosto de algum lugar, mas parece que já vi todo mundo ali em algum lugar, fotos destas pessoas aparecem nas páginas das revistas com regularidade.

Aperto os olhos um pouco e tento localizá-lo. Tenho certeza de que não é apenas uma foto em uma revista. Tenho certeza de que também já escutei sua voz.

— Eu sei — respondo. — Tenho certeza de que já nos encontramos antes, mas perdi a memória desde que tive filho. Desculpe. — Dou de ombros e ele ri. — Ajude um pouco. Dê uma pista.

— Nós nos conhecemos na casa de Fran e Marcus — ele diz. — Você trabalha com Sally, certo? Ellie, não é mesmo? Eu sou o Charlie. Charlie Dutton.

— Ah, meu Deus, é claro. Charlie Dutton! — Charlie e Sally, o Charlie atrás de quem Sally passou meses correndo, antes de perceber que ele não estava nem um pouco pronto para assumir compromisso e que ela deveria seguir em frente, o que fez bem rapidinho.

— Como é que você pode se lembrar de mim? — digo, contente. Eu costumava ser a garota que as pessoas não conseguem localizar, a garota que vive lembrando aos outros como foi que se conheceram, ou sendo a amiga de Fran, ou a mulher de Dan, ou alguma coisa de alguém.

Acho que eu tenho um rosto deste tipo.

— É, você é comum — Trish rira um dia quando eu lhe disse, mas é verdade. Acho que faço muita gente se lembrar de outras pessoas, então é raro alguém conseguir me localizar, ou se lembrar de mim.

— Você é produtor de cinema, certo?

Ele assente.

— E você é diretora de marketing do Calden.

— Não acredito que você se lembra disto também!

Ele dá de ombros.

— Minha memória sempre foi excelente.

— Mas não sou mais diretora de marketing — digo. — Agora faço consultoria *freelancer*. A gente deve ter se conhecido há séculos. Meu Deus, nem sei se eu já era casada.

— Estava noiva, acho, prestes a se casar. E você disse que teve filho? Parabéns! Vocês devem ter agido rápido.

— Fingimos que ele foi concebido durante a lua-de-mel, mas na verdade eu já estava grávida quando nos casamos, então, é verdade, acho que agimos bem rápido.

— Você casou por causa da gravidez? — Ele ergue a sobrancelha.

Dou uma risada.

— Não. Já tínhamos decidido nos casar muito antes de descobrir que estava grávida.

— Então, quem é o seu marido?

— Dan. — Viro-me e reparo que Dan está sentado ao lado de Kate, conversando com ela todo animado. Então, penso, os dois vão fazer o mesmo joguinho. Se você está se divertindo tanto aí, conversando com outra mulher, eu também vou me divertir a valer por aqui, flertando com outro homem.

Desculpe, eu quis dizer *conversando* com outro homem.

— Pronto. — Caro vem até nós e me entrega uma taça: oba! Champanhe! — Beba um pouco de champanhe. Vocês já se conhecem?

— Ellie era diretora de marketing do Calden. — Charlie diz. — Nós nos conhecemos em um almoço. Você conhece Fran e Marcus, não conhece?

— Claro que sim — Caro assente com a cabeça. — Eu adoro a Fran, e qualquer amiga da Fran é minha amiga também.

— Obrigada. — Sorrio, ciente de que, com meu vestido *vintage*, minhas sandálias de salto alto, champanhe na mão e conhecendo tanto Charlie Dutton quanto Fran, eu de fato me sinto como queria me sentir naquela noite: reluzente e sensual.

Adoro usar este vestido. Adoro usar estes saltos. Normalmente, eu não usaria nem morta alguma coisa mais alta do que 2,5 centímetros, e vestido? Deve ser piada. Não se calças são bem mais confortáveis, sem contar a praticidade.

Tinha me esquecido de como me sinto maravilhosa de vestido. Principalmente com um tão esvoaçante e feminino como este aqui, que faz a gente se sentir tão esvoaçante e feminina quanto a peça.

Totalmente parte do cenário. Que amor. Pena eu não ter me esforçado mais para ficar amiga deste pessoal, caramba, para me vestir deste jeito, antes de me casar.

Sigo Charlie até um sofá e nos sentamos, estendo o meu copo para que Jonathan o complete quando passa por mim com a garrafa. Meu querido marido continua conversando com Kate. Ele que se foda, resolvo. Não vou permitir que estrague a minha noite.

Volto-me para Charlie Dutton, tentando pensar em algo brilhante, engraçado, inteligente para perguntar. Tomo consciência de que estou tentando flertar e fico chocada. Não que eu ache Charlie Dutton charmoso (mas vou dizer, pode acreditar, também não é nada ruim olhar para ele), mas porque agora estou convencida de que Dan está flertando, e ele não é a única pessoa capaz de fazer isto.

Só que não sou capaz. Nunca fui boa em paquerar ninguém, sempre me surpreendia quando algum homem começava a flertar comigo. Consigo pensar em coisas brilhantes, engraçadas, inteligentes e galanteadoras para dizer, mas só depois que o momento já passou, e geralmente quando estou na minha cama. Sozinha.

— Então, que tal a maternidade? — Charlie Dutton pergunta, graças a Deus, antes que eu consiga ter alguma idéia.

— Adorável. Exaustivo, mas adorável — respondo.

— Não é extraordinário como a vida da gente muda? — diz ele, sorrindo. — Eu me lembro de quando Finn nasceu. A minha ex e eu costumávamos conversar sobre como ele se encaixaria na nossa vida igual a um acessório fofinho, que a gente ia levá-lo a todos os lugares e ele iria aprender a se adaptar. Cara, a gente sofreu um choque daqueles.

Rio, porque tinha me esquecido de que ele tinha um filho.

— Exatamente, foi exatamente isso que a gente disse. Não fazíamos a menor idéia de que ele ia virar a nossa vida de ponta-cabeça.

— Mas vocês estão sobrevivendo — Charlie Dutton diz e dá um gole na bebida. — Nós não conseguimos sobreviver, mas também nunca teríamos ficado juntos se ela não tivesse engravidado.

De repente, sinto vontade de saber mais. Quero fazer perguntas a respeito da ex dele, como se conheceram, por que resolveram ter o bebê, como exatamente a vida dele tinha virado de ponta-cabeça.

Ele é charmoso.

As palavras entram na minha cabeça com um choque. Olho para Dan com culpa, tentando me tranqüilizar por meio da conexão com o marido com quem não estou falando. Não é surpresa nenhuma: não dá certo.

E me vejo corando. Sem razão aparente. A não ser a minha consciência imediata de que me sinto atraída por Charlie Dutton. Faz tanto tempo que não me sinto atraída por ninguém... Sou uma mulher casada: não devo me sentir assim.

Claro que eu tinha elaborado teorias a respeito da atração. Tinha passado horas teorizando a respeito de infidelidade, e casos, e por que as pessoas cometiam ou não adultério.

Tinha declarado toda confiante que obviamente ninguém

pára de sentir atração por outras pessoas só porque se casou, mas que a gente tinha uma escolha: precisava avaliar o que tinha, o que poderia perder, e perceberia que não valia a pena arriscar o casamento por nada, e que o seu interesse, que não passava disto, passaria.

Mas tem uma coisa a respeito das teorias. A gente pode teorizar tanto quanto quiser mas, no final das contas, quando as teorias se tornam realidade, quando a situação a respeito da qual a gente teorizou se apresenta à sua frente, as teorias escorrem pelo ralo.

Igual a quando Fran disse que não sabia como reagiria à infidelidade até que o fato se apresentou a sua frente, e na ocasião ela agiu de maneira completamente diferente do que sempre achou que agiria, estou sentada aqui completamente chocada por me sentir atraída por Charlie Dutton. E tomo um susto quando percebo que estou admirando os braços dele.

Braços fortes. Claros, diferentes dos braços escuros e peludos de Dan, os braços de Charlie Dutton são cobertos de pêlos loiros. Bacana. Ai, meu Deus, será que perdi a cabeça completamente?

Olho com culpa para Dan, que não olha para mim nem uma vez. E Charlie Dutton está fazendo alguma pergunta, mas não consigo olhar para ele. Não posso olhá-lo no olho, se não vou ficar cor de escarlate.

Ah, pelo amor de Deus, Ellie! Você é adulta! Componha-se! Você é esposa e mãe, e ADULTA! Pare de agir como criança.

— Perdão? — digo a Charlie Dutton. — O que foi mesmo que você disse?

— Perguntei onde estava a criança. Estou vendo que a sua amiga trouxe o filho. — Ele faz um gesto para Oscar, sentado quietinho no carrinho, aos pés de Trish, ignorando o barulho ao seu redor, sorrindo alegremente por estar com a mãe.

— Desculpe. — Balanço a cabeça para chacoalhar as idéias. — Tom ficou em casa. Meus sogros alugaram uma casa para o verão. Eles deveriam estar em um iate, mas o iate sofreu um acidente, então estão aqui. O único lado positivo é que exercem a função de babá.

Certo. Consegui. Formei uma frase coerente sem corar. De todo modo, estou obviamente sendo ridícula. Fran não tinha dito que ele era um dos solteiros mais cobiçados? Por que alguém como ele se daria ao trabalho de olhar para alguém como eu? Isso sem contar que sou casada.

Começo a retomar meu equilíbrio, respiro com mais facilidade. É claro que não desejo que ele se interesse por mim, isto aqui não passa de um flerte, eu nunca faria nada além disso, mas nem isto vai acontecer. Ele é bonitão. Nunca olharia para mim. E nem deveria olhar.

Relaxo.

— Você com toda a certeza conseguiu pegar um pouco de sol também — diz Charlie. — Você está... — faz uma pausa e ergue os olhos, consigo encará-lo. — ...deliciosa — diz lentamente, sem nem um traço de sorriso, e meu coração começa a bater forte.

E então eu fico vermelha como um pimentão, da ponta dos dedos dos pés até o último fio de cabelo. Ah, que merda.

— Ah, Charlie — diz Caro do outro lado da sala. — O que você está dizendo para a coitada da Ellie? O que quer que seja, pare já, pare agora mesmo, ela está parecendo uma beterraba. Ele a deixou acanhada, Ellie? É só ignorar, ele gosta mesmo de fazer piada.

— Não, não, tudo bem — balbucio.

Dan olha para mim querendo saber o que aconteceu.

— Ele está dando em cima de você? — Jonathan sorri, e neste ponto fico ainda mais vermelha.

Se é que é possível.

— Ah, Charlie — diz ele. — Você é mesmo um velho safado.

— Mas que coisa horrorosa de se dizer — Charlie Dutton reclama, indignado, e eu gostaria muito de poder bater os calcanhares, igual à Dorothy, e voltar para casa direto.

— Não se ofenda — diz Jonathan. — Coitada da Ellie. Só está tentando ser educada e você a deixa totalmente sem jeito. Deixe-a em paz.

— Certo, certo. — Charlie Dutton ergue as mãos para o céu e dá um sorriso antes de voltar para mim e fazer uma mesura. — Desculpe por deixá-la sem jeito — diz bem alto. — Se me dá licença, vou ali passar pó no nariz.

— Eu disse para você não trazer cocaína para a minha casa — Caro dá bronca.

— Não é este tipo de pó. — Charlie Dutton sorri. — Vou ao banheiro, certo? Que tal assim?

Ele se vira para sair e eu fico ali sentada, ainda corada, ainda mais porque acabei de ser o centro das atenções, e porque acho que acabo de me fazer de boba, totalmente. Não que eu, ainda bem, tenha correspondido à paquera. Repasso nossa conversa, para ver o que eu disse, e solto um suspiro de alívio audível. Nada que eu tenha dito pode ser considerado um flerte, nada poderia ter entregado o choque de atração que senti.

Minha vermelhidão começa a se dispersar e os outros voltam a conversar entre si mais uma vez. Relaxo. E então ouço uma voz no meu ouvido.

— Só para constar — Charlie Dutton diz bem baixinho mesmo —, eu falei sério.

E eu fico sentada ali, dura que nem pedra, e finjo que não ouvi. Mas não consigo disfarçar o sorrisinho que brinca nos meus lábios.

Mais tarde, quando estamos de saída para o restaurante, vou ao banheiro para ver se não estou com a pele brilhante e para passar mais batom.

Abro a porta e dou de cara com Lisa.

— Você está se divertindo?

Faço acenos entusiasmados com a cabeça, já que passei a última meia hora conversando com Jonathan e Caro, tentando ignorar Charlie Dutton completamente, percebendo minha exaustão por precisar ignorar dois homens (apesar de as razões serem bem diferentes) e emocionada com a paquera, por saber que ainda sou atraente! Sou *sexy*! Alguém além do meu marido acha que eu sou... *deliciosa*.

— Todo mundo é tão legal — digo. — São pessoas tão acolhedoras e charmosas... E adorei Caro e Jonathan, que gente bacana.

— Eu sei — ela responde. — E aquele tal de... Charlie Dutton?

— O Charlie Dutton? — finjo não me abalar e rezo para não corar, para não entregar o jogo. — O que tem Charlie Dutton?

Lisa ergue uma sobrancelha.

— O que você acha de Charlie Dutton?

— Acho que ele é um amor — respondo.

Um silêncio recai.

— Apenas tome cuidado — diz ela. — Eu não o conheço,

mas já ouvi falar dele. Ele é muito charmoso e tem a péssima reputação de... como posso colocar, já sei... alguém que não se importa com o fato de as mulheres serem casadas. Se ele estiver a fim de alguém.

— Ah, pelo amor de Deus — digo, com vontade de saber mais, de saber tudo sobre ele, tudo sobre as mulheres com quem já saiu, do que gosta, que reputação é esta exatamente, mas é claro que não faço nenhuma dessas perguntas, porque não quero que ninguém, nem mesmo Lisa, saiba o que eu sinto. — Então, ele estava flertando um pouquinho comigo. Sou casada, Lisa, e não estou nem um pouco interessada em trair meu marido. Eu me senti lisonjeada — prossigo. — Só isso. Meu Deus, você sabe como é bom quando um homem faz um elogio quando você está se sentindo gorda e mal-vestida depois de dar à luz, e os homens nunca mais olham para você nem flertam com você nem lhe fazem elogios porque agora você é uma mãe aos olhos deles, além de meio largada?

Olho para Lisa e vejo logo que ela não sabe. Claro que não sabe. Como é que poderia saber?

— Você nunca vai entender — digo agora com mais simpatia. — Olhe só como você é maravilhosa, mas para o resto de nós mortais, a gente se contenta com o que aparece.

Lisa dá uma risada.

— Tudo bem, tudo bem. Peço perdão. Só prometa que você não vai ter um caso com ele, porque ouvi dizer que ele deixa corações partidos por onde passa; além do mais, Dan é dos bons. Ouça o que eu digo. Eu sei.

— Prometo completamente que não vou ter caso nenhum com ele. Você sabe o que eu penso sobre isto. Eu não ia me arriscar a perder tudo que tenho com Dan. De jeito nenhum.

Ela me abraça e voltamos para a sala, onde Dan está parado, branco como uma folha de papel, segurando o telefone, e ninguém diz nada.

Todo mundo olha para mim.

E eu sei. No mesmo instante sei que alguma coisa horrível aconteceu, e o mundo pára de se mover.

— É Tom — Dan sussurra. — Ele sofreu um acidente.

20

Não sei muito bem o que acontece imediatamente depois disso.

Dan me pega pelo braço e me leva até o carro, e tenho a vaga consciência de ser abraçada, de rostos preocupados, de murmúrios a respeito de quem deve ir ao hospital e quem deve ficar.

Tenho consciência do que está acontecendo, mas é uma consciência distante. É como estar debaixo d'água: dá para ver e ouvir, mas tudo parece borrado, e estou completamente calma, mais calma do que jamais estive na vida, e o meu coração, em vez de bater em pânico absoluto — a reação que eu esperava, tendo em vista que a pior coisa que eu poderia imaginar está acontecendo — meu coração parece ter desacelerado a ponto de quase parar.

Tenho consciência de que Dan continua branco como uma folha de papel, que Trish insiste em dirigir, e que Dan e eu nos sentamos no banco de trás, e ficamos olhando cada um pela sua janela.

Tenho consciência de que Trish pergunta a Dan o que aconteceu, e ele diz alguma coisa a respeito de alguém que tropeça com Tom no colo, e que Tom cai escada abaixo, mas não consegue dizer mais nada porque começa a chorar.

Tenho consciência de que estou absolutamente entorpecida. De que não consigo pensar em nada, dizer nada, sentir nada, até que chegamos a L'Hôpital de Broussailles em Cannes, estacionamos o carro e corremos para o pronto-socorro.

— Tom Cooper — diz Dan com desespero na voz para a enfermeira atrás do balcão. — *Mon fils. Nous cherchons notre fils.*

E então ouvimos:

— Dan? — e nos voltamos para ver Linda e Michael vindo apressados na nossa direção, lágrimas escorrendo pelo rosto de Linda.

— Pedimos ao vizinho para ficar em casa cuidando de Amy — Linda explica entre as lágrimas. — Viemos direto para cá.

— Cadê Tom? — Dan quer saber. — Cadê ele? O que está acontecendo?

— Sinto muito — ela fica repetindo, e meu coração se transforma em uma pedra e a única coisa que eu consigo pensar é por favor, Deus, não. Por favor, Deus. Não. Não. Não.

— Ah, meu Deus. — Dan prende a respiração. — Ele não... — Ele não é capaz de dizer. A palavra não sai.

— Não! — diz Michael, empurrando Linda, agora histérica, para abrir caminho com gentileza. — Ele ainda está sendo examinado pelo médico.

E finalmente os sentimentos explodem de mim em um grito primal, explodindo em meio aos sussurros preocupados deste lugar inteiramente branco.

— Quero ver o meu filho! Cadê o meu filho? Quero ver o meu filho. Agora!

O médico fala inglês. Graças a Deus.

— Ele quebrou a perna e fraturou o pulso, mas estamos mais preocupados com as lesões na cabeça. — Faz uma pausa. — Ele é muito pequeno, e os ossos ainda são maleáveis, e o cirurgião ortopédico está a caminho para...

— Como assim, estão mais preocupados com as lesões na cabeça? — Dan fala, já que o medo causado por estas palavras me deixou muda. A única coisa que consigo fazer é continuar a respirar.

O médico suspira.

— Fizemos raios-X do corpo dele e conseguimos determinar o que aconteceu com os ossos, mas com o cérebro não é assim tão fácil. A lesão na cabeça, que o está deixando inconsciente, foi causada por uma contusão no cérebro.

Olho para ele, inexpressiva.

— Precisamos fazer uma tomografia para verificar se há sangramento no cérebro.

— Quando? — diz Dan baixinho. — Quando vão fazer isto?

— Estamos preparando tudo agora mesmo — ele responde.

— Mas o que isto significa? — sussurro. — O que *quer dizer* isto, sangramento no cérebro? Ele vai ficar bem? O que isto *quer dizer*? — Minha voz vai se elevando, à beira da histeria, e aquela sensação de calma, de afastamento da realidade, deixa o meu ser em um instante, e é substituída por uma camada gelada de medo em volta do meu coração. — Isso significa que ele teve alguma lesão cerebral?

O médico desvia o olhar.

— Acho que seria prematuro fazer especulações. Há muitas possibilidades, e a tomografia vai poder fornecer mais informações. A melhor perspectiva é que o sangue esteja sendo reabsorvido pelo corpo.

— E então ele vai ficar bem? — Dan ficou branco de novo.

O médico faz um sinal afirmativo.

— Então ele ficaria bem.

— E qual é a pior perspectiva? — Eu não quero saber. Mas tenho que perguntar.

— Se o sangramento estiver fazendo o cérebro inchar, ou se estiver fazendo a pressão do cérebro aumentar, vamos começar tratamento imediato para aliviar a pressão. — O médico coloca a mão com suavidade no meu braço. — Saberemos mais depois da tomografia — diz. — Tenha fé.

Olho para o corpinho de Tom, os olhos fechados, fios espalhados por todos os lados, conectados a diversas máquinas, e começo a chorar. Enormes soluços que me fazem ficar com falta de ar e que não consigo mais segurar, e Dan me abraça e eu não consigo parar de soluçar. Simplesmente me apóio nele e choro e choro e choro.

Isto não pode estar acontecendo comigo, fico pensando. Como pode estar acontecendo? Eu perdi minha mãe quando era menina. Já não é tragédia suficiente para uma vida inteira? O que fiz de tão ruim para que isto esteja acontecendo comigo de novo? Por que eu? Por que nós? Por que este bebezinho tão pequeno e indefeso?

Não vamos para casa naquela noite. Nem na seguinte. Nem na semana que se segue. Os médicos e as enfermeiras são gentis e solícitos de um jeito que, acredito, reservam para os pais de crianças que estão mal de verdade, que podem não se recuperar.

Tom é levado para fazer tomografias com regularidade, e por enquanto as notícias são boas. Houve um pouco de sangramento, mas sem inchaço e, como torcíamos para que acontecesse, parece que o sangramento está sendo reabsorvido pelo corpo.

Ah, meu Deus. *O corpo*. Não o corpo. Tom. Meu filhinho. Por que isto está acontecendo conosco?

Dan e eu dormimos, e digo isto com grande dose de ironia porque é claro que mal dormimos, em catres improvisados ao lado da cama de Tom. Nós dois nos revezamos ao lado dele, cantando para ele, segurando sua mãozinha, e só saímos do quarto para ir ao banheiro ou tomar mais um pouco de café no meio da madrugada.

Tenho consciência de que as pessoas vão ao hospital. Sei que Linda e Michael passam bastante tempo na sala de espera. Sei que Trish e Gregory estiveram lá, e também Lisa, mas não consigo falar com eles. Não consigo falar com ninguém. Não há nada sobre o que conversar, nada a dizer, e toda a minha energia está concentrada no meu filho e em rezar a Deus para que ele fique bem.

Colocaram pinos na perna dele e ele está rodeado de uma aparelhagem enorme, ligado a diversas máquinas, com várias sondas intravenosas. Às vezes agradeço a Deus por ele estar inconsciente, alheio, espero, à dor que deve ter sentido quando os pinos atravessaram seus ossos e as agulhas perfuraram sua pele.

Linda tentou falar comigo uma vez. Eu tinha saído do quarto de Tom, desesperada para pegar um ar, e ela veio até mim e começou a falar, começou a dizer algo, mas eu não tinha como lidar com aquilo, não conseguia nem olhar para ela, então simplesmente dei meia-volta e me afastei, deixei que ficasse lá parada no meio da frase.

Não estou nem aí.

Isto aqui não tem nada a ver com ela. Não tem nada a ver com o que ela pode ou não ter feito, fez ou não fez. Não estou interessada em saber como ela se sente mal por ter derrubado o meu filho. Não estou interessada em saber por que, para começo de conversa, ela estava com o meu filho no colo, e sei que ele deveria estar dormindo. Não quero ouvi-la me pedindo perdão.

Só estou interessada em Tom. Linda não existe para mim neste momento. Não sei se algum dia vai voltar a existir.

Passamos 17 dias no hospital. A cada dia, recebemos um pouco mais de informação. Os ossos dele estão se recuperando bem. A tomografia cerebral não apontou nada, mas agora precisa recobrar a consciência antes que possamos dizer mais alguma coisa.

No décimo segundo dia, estou dormindo no catre quando um bebê chora nos meus sonhos. Estou no meu antigo escritório no Calden, em uma reunião, e a única coisa que escutamos é um bebê chorando. Droga, penso no meu sonho. Não tenho permissão para trazer o bebê para o trabalho, e agora todo mundo vai saber. No meu sonho, o bebê está na minha sala, e eu peço licença e saio correndo feito louca para acalmá-lo e ele, aliás, (e não sei muito bem o que isto significa) não é Tom, e não consigo achar o bebê, só ouço o choro interminável.

Desperto do meu sono e deixo o sonho para trás, só que o choro continua audível, e de repente percebo que é Tom, e pulo da cama e ele está choramingando, a boca aberta e berrando, os olhos apertados, e tento acalmá-lo, tento abraçar seu corpinho através dos fios e das estruturas, e começo a chorar e rir de alívio.

Ele está acordado.

Ele está vivo.

Dan entra correndo, com uma xícara de café fumegante na mão, que larga imediatamente na mesa e vem se juntar a mim, sacudindo a cabeça, descrente, e logo se desmancha em lágrimas.

— Achei que ele nunca mais ia acordar — diz ele, soluçando em cima dos lençóis enquanto aperta forte a mão de Tom. — Achei que nunca aconteceria.

A enfermeira entra, depois o médico, e somos afastados para que possam examiná-lo.

— O que estão dizendo? — fico perguntando a Dan, mas ele não sabe. O curso de francês avançado da escola não cobria terminologia médico-hospitalar.

— Shhh, shhh — ele fica repetindo, na tentativa de entender, de pegar quem sabe uma palavra, ou uma frase que lance alguma luz, mas todos falam tão rápido, e com vocabulário tão desconhecido, que ele não consegue entender nada.

— Bom, de uma coisa nós sabemos — o médico finalmente diz, vindo em nossa direção no canto do quarto. — Os pulmões dele não foram afetados — e sorri e, pela primeira vez desde o acidente, sinto alívio. Alívio porque de repente parece haver uma luz no fim do túnel, alívio porque este médico, que tem sido tão sério e cuidadoso conosco o tempo todo, agora parece disposto a fazer uma piada, o que deve significar que ele está confiante, ou pelo menos positivo, a respeito do desfecho disto tudo.

— Mas isto é bom, não é? — pergunto. — Isso quer dizer que ele está bem?

— É um ótimo sinal — ele responde. — Mas ainda precisamos fazer alguns exames.

No dia em que vamos embora, no dia em que Tom finalmente recebe alta, Linda está sentada na sala de espera sozinha. Dan continua lá dentro assinando os papéis da alta e organizando o seguro. Estou com Tom no colo e prestes a ir para o andar de baixo, onde pegaremos o carro alugado e iremos diretamente para o aeroporto, para tomar o avião para casa.

Não vejo Linda de imediato. Ela vem até nós e estende a mão para Tom, e eu movimento o corpo para protegê-lo dela, não vou mais permitir que ela encoste nele, nunca mais.

Porque agora eu sei o que aconteceu.

Tom estava fazendo barulhinhos no berço, como se tentasse falar, e Linda resolveu levá-lo para o andar de baixo porque era óbvio que ele ainda não queria dormir. Só para constar, Tom sempre fica deitado fazendo barulhinhos, mas ele sempre vai para cama às sete horas e, portanto, o deixo lá conversando consigo mesmo até que adormeça.

Linda preferiu ignorar as minhas instruções (porque eu deixei bem claro antes de sairmos que ele ia ficar falando, e que ela deveria ignorá-lo), e o pegou. E quando começou a descer as escadas, tropeçou e (ainda não consegue acreditar que fez isso, jamais vai se perdoar por ter feito isso) esticou os braços instintivamente para se segurar.

Ela se segurou e, no processo, deixou meu filho cair.

Se alguém me perguntasse, antes de isto ter acontecido, o que eu teria feito, como eu teria me sentido, se Linda algum dia fizesse mal ao meu filho, eu responderia que gritaria com ela, despejaria toda a minha raiva, minha dor e minha fúria.

Imaginei-me gritando como eu a odiava, destilando todo o veneno e apreciando o horror estampado na cara dela, a incapacidade de responder.

Mas, quando aconteceu, não senti nada disso. Simplesmente me senti cansada. E aliviada. Mas principalmente cansada.

— Por favor, deixe eu falar com ele — diz Linda baixinho, lágrimas já escorrendo pelo rosto. — Deixe apenas que eu olhe para ele — e, pela primeira vez, eu realmente paro e a fito nos olhos.

— Não — respondo, com muita suavidade, mas minha voz nunca soou tão firme, e nunca falei alguma coisa com tanta decisão quanto estas palavras agora. — Você não pode olhar para ele e você não pode pegá-lo no colo. Você precisa saber que nunca vou perdoá-la pelo que fez. Entendeu? Eu. Nunca. Vou. Perdoar. Você.

E, com Tom nos braços, eu me viro e me afasto.

❤

Gostaria de poder dizer que a vida volta ao normal assim que retornamos a Londres, mas já não sei mais o que é normal. Não tenho certeza se algum dia voltarei a me sentir normal.

Tom passou seis semanas imobilizado, até que seus ossos se restaurassem, e agora está absolutamente bem. Os médicos nos asseguraram que ele vai poder jogar futebol e *rugby* como qualquer criança.

E lesões cerebrais, ou lesões permanentes de qualquer tipo, foram descartadas. Como nosso médico aqui em Londres disse, Tom está tão bem quanto antes. Caramba, com os pinos de metal na perna, vai ver que está até um pouco melhor.

No entanto, não se pode dizer a mesma coisa em relação a Dan e eu. Cada vez que olho para ele, lembro-me daquela noite, antes de sairmos, dizendo: "*O que você acha que vai acontecer, pelo amor de Deus? Tom vai ficar ótimo. Todos vão ficar ótimos.*"

Será que tive algum pressentimento? Será que eu poderia ter evitado? Talvez não mas, por mais irracional que pareça, olho para Dan e escuto aquela conversa. Olho para Dan e vejo Linda.

Nem é preciso dizer que culpo Linda mais do que qualquer outra pessoa.

Mas também culpo Dan.

21

O Natal chega, e Tom está ótimo. Melhor do que ótimo. Delicioso, maravilhoso, fofíssimo. Não passamos o dia de Natal com Linda e Michael. É estranho (e portanto tão agradável), mas passamos a data com o meu pai.

Meu pai e Mary tinham ligado e deixado um recado, dizendo que seria maravilhoso se pudéssemos passar o Natal juntos, e em vez de ligar de volta e dizer que já tínhamos compromisso, liguei de volta e disse que sim. Adoraríamos ir até Potters Bar para passar o Natal com eles.

Dan ficou furioso. Mas assim escapamos de ficar com Linda e Michael, e meu pai teve oportunidade de ficar com Tom; e, apesar de não ter sido o melhor pai do mundo, foi fantástico com Tom, e os dois se deram bem logo de cara.

Dan ficou de mau humor durante a maior parte do dia, mas achei aquilo estranhamente reconfortante, e fiquei infinitamente mais à vontade com eles do que com os Cooper.

Então, Tom está bem, mas Dan e eu, por outro lado, não estamos. Como é irônico o fato de as férias na França, as férias de que precisávamos tão desesperadamente, terem se transformado de céu em inferno em tão pouco tempo, e continuarem afetando cada minuto de nossa vida.

Dan não pára de repetir que a culpa não é dele. E, racionalmente, sei que é verdade. Dan diz que tudo já está no passado, que a única coisa importante é que Tom está bem, e que quando eu esquecer a raiva, poderemos dar prosseguimento à nossa vida.

Mas o problema é que eu não consigo esquecer, não sei como esquecer e, neste preciso momento, não me vejo esquecendo, nunca.

Lembro-me de como me senti surpresa quando Tom estava no hospital, surpresa pela minha calma, minha ausência de emoção, minha incapacidade de culpar alguém. Não tinha energia para culpar ninguém, não naquele momento, mas agora que Tom está bem, que voltamos para casa e que todo mundo espera que retomemos nossa vida como era antes, como se nada tivesse acontecido, vejo-me cheia de uma fúria que nunca, jamais conheci antes.

Como Linda ousou pegar Tom no colo? (Só a lembrança do nome dela já faz meu sangue ferver ultimamente.) Como ela pôde ignorar a minha vontade de maneira tão deliberada? Se aquela mulher idiota o tivesse deixado em paz, Tom ficaria ótimo.

Eu sei que agora ele está ótimo. Sei que isto é a única coisa que importa, mas só fico pensando em Linda derrubando meu filho precioso escada abaixo, esticando as mãos para se proteger, colocando-se antes do meu filho.

Eu sei que ela nunca vai se perdoar. As cartas dela imploram que a perdoe, dizem que o fato de ela não se perdoar já é castigo suficiente, e que eu não deveria castigá-la ainda mais com a proibição de que ela veja Tom.

No começo, eu lia todas as cartas. Agora, nem abro mais, vão direto para o lixo. Eu costumava lê-las, impassível, dando gargalhadas de escárnio quando ela pedia para visitar Tom. Como se algum dia eu fosse deixar ela se aproximar do meu filho de novo.

Ela também insistiu com Dan, eu sei, nos dias em que ele foi visitá-la ou quando ela falou com ele pelo telefone. Logo depois ele chega em casa e já vai sugerindo que nós os convidemos para uma visita, diz como ela tem saudade de Tom, como está acabada por não poder vê-lo.

— Nós dois vamos estar lá — ele diz. — Não vai acontecer nada. Será que você pode por favor parar de fazer tanto drama e de ser tão ridícula? Pare de castigá-la por um acidente horrível que não teve, graças a Deus, um desfecho horrível.

E, finalmente:

— Será que você pode parar de ser tão filha-da-puta?

— Como você tem coragem? — grito para ele, literalmente grito, com toda a força, surpresa com a maneira como consigo externar minha raiva, surpresa de ser capaz de falar com outra pessoa da maneira que falo agora com Dan. — Como você tem coragem de me chamar de filha-da-puta? Como você tem coragem de sugerir que a deixe ver Tom depois do que aconteceu? Como você tem coragem de me chamar disso? Saia daqui! Saia da minha frente!

É tudo que eu sou capaz de fazer para não gritar "eu odeio você", mas cada vez que as palavras ameaçam escapar, alguma coisa faz com que eu as engula. Se elas saíssem, acredito que nada seria capaz de anulá-las, apesar de pensar nelas todos os dias.

Não sei o que aconteceu com a gente. Não compreendo esta raiva, este ódio, esta sensação permanente de injustiça. Mas eu sei que Tom e eu ficamos felizes quando estamos juntos só nós dois. *Mais felizes* quando somos só nós dois.

Dan começou a sair de casa antes de eu me levantar. Sempre estou acordada, mas fico lá deitada, fingindo dormir, meu corpo cheio de tensão, minha respiração curta e dura, contando os minutos até que a porta da frente finalmente se feche e eu possa relaxar.

Acordo Tom e tomamos o café-da-manhã juntos, e a maior parte da refeição acaba no chão ou lambuzando todo o rosto de Tom.

"Mama", ele agora diz. E "A-ii", que é Harry, o nome do gato de pelúcia dele. Amy parece estar falando bem mais, e com 16 meses eu fico achando que o vocabulário dele deveria ser mais extenso, mas também sei que cada criança progride em seu próprio ritmo, e que Oscar também não fala muito mais do que Tom.

Vamos à aula de ginástica, e à aula de música, e encontro Trish e Lisa para as crianças brincarem. A menos que esteja chovendo a cântaros, vamos passear no parquinho toda tarde, e adoro cada minuto de cada dia, até a hora do banho cheia de risadas e carinhos quando Tom se contorce nos meus braços enquanto leio uma historinha para ele e o coloco na cama.

Meu dia só começa a azedar quando a porta da frente se abre e Dan chega em casa, trazendo de volta toda a tensão e o estresse.

Mal nos falamos ultimamente. Quando isso acontece, o assunto é Tom, conversas superficiais a respeito do que Tom fez hoje, e é só. Passamos a ser um daqueles casais nos quais tinha pavor de me transformar. casais que se sentam em um restaurante a noite toda e não trocam uma única palavra.

Porque é claro que continuamos saindo. Não tenho energia nem vontade para cozinhar, e ainda precisamos apresentar a fachada de união para o mundo.

Pelo menos uma vez por semana, jantamos com Trish e Gregory, geralmente em algum lugar perto de casa, o Lemonia ou o Manna. Gosto de acreditar que não dá para perceber que há algo de errado entre nós, que quando estamos na companhia de outras pessoas, somos bons em fingir que está tudo bem, que somos iguais a qualquer outro casal jovem.

Lisa e Andy terminaram logo depois da França. Ainda a vejo durante o dia, mas à noite ela leva vida de solteira, livre, leve e solta em Londres, e é raro poder nos acompanhar no jantar.

Na realidade, não conversei a fundo com ninguém a respeito do que está acontecendo. Faço piadas a respeito das discussões que temos, mas não disse a ninguém como somos infelizes, apavorada de colocar em palavras o que eu já sei, apavorada de colocar o mecanismo em funcionamento.

Porque ando vivendo em uma espécie de inércia. Sei que alguma coisa precisa mudar. Sei que não posso continuar vivendo, ou não vivendo, desta maneira, mas não sei que atitude tomar a seguir, como mudar as coisas.

Parte de mim fica esperando que termine. Fica achando que vou acordar uma manhã e toda a raiva vai ter passado e vou olhar para Dan e me apaixonar de novo, mas então olho para ele e os sentimentos que um dia tive não passam de lembranças distantes. Lembro-me vagamente de como costumava me sentir, mas não sinto mais nada. Nem uma migalha de afeição.

E sinto esta raiva, esta irritação, e a necessidade de afastá-lo ainda mais.

O Lemonia está lotado, e Dan e eu serpenteamos por entre as mesas até vermos Trish e Gregory no canto. Estampo um sorriso reluzente no rosto e Dan faz o mesmo, acenamos e vamos nos juntar a eles.

— Que tal a babá nova?

— É maravilhosa! — diz Trish ao erguer o rosto para me cumprimentar com um beijinho. — Oscar está no céu, nem olhou para mim quando tentei me despedir, estava ocupado demais brincando com Emily.

— Graças a Deus que você finalmente conseguiu encontrar alguém. — Sento-me ao lado de Trish e Dan se senta ao lado de Gregory e começa a falar de trabalho. — Não sei o que eu faria sem a Rachel.

Rachel é meu anjo de misericórdia, minha segunda pessoa mais querida no mundo, depois de Tom. É uma australiana forte, assertiva e engraçada que está na Inglaterra há oito meses, mora em uma casa em Acton com, até onde consigo presumir, mais 124 australianos, e faz quatro meses que trabalha como nossa babá em meio período.

Achei que nunca mais seria capaz de confiar Tom a outra pessoa, não depois do que aconteceu, mas o Calden me entregou um projeto grande, e de repente precisei ir a reuniões de novo e me isolar de verdade de Tom para participar de teleconferências e ler planos de marketing.

Resolvi que precisava de uma babá dois dias e três noites por semana. Rachel trabalha o restante do tempo para uma amiga de Fran, por meio de quem eu a descobri, e assim que ela me disse maravilhas de Rachel, comecei a relaxar.

E então, quando apareceu para conversar comigo, a primeira coisa que fez foi pegar Tom no colo e fazer coceguinhas nele com os cílios, e ele riu. Era tão óbvio que ela gostava de crianças, que se sentia totalmente à vontade com elas, que eu a contratei.

Confesso que as três primeiras semanas foram difíceis. Eu não conseguia afastar a lembrança de Linda derrubando Tom da minha mente, então me assegurei de que não saíssem de casa e fiquei de olho nos dois.

Davam-se muito bem.

Então Trish sugeriu que ela, Oscar, Tom e Rachel fossem ao parquinho juntos, e ela ficaria de olho neles. Depois informou que Rachel era fantástica, que até mesmo Oscar a adorava. Depois disso, permiti que Rachel fosse aonde bem entendesse.

— Rachel é fantástica — diz Trish —, mas você poderia deixar Tom com qualquer pessoa e ele ficaria feliz, não é mesmo? Oscar é muito mais sensível. Ele adora Rachel, mas ela não tem mais noites livres para trabalhar conosco, então Emily é a primeira com quem ele fica feliz. Meu Deus! — Ela revira os olhos antes de prosseguir, toda carinhosa. — Oscar sabe fazer confusão. Por que o meu filho foi ser tão sensível?

Sensível. Mas que maneira amena de descrever uma criança que é um pesadelo. Eu me sinto péssima até de pensar isto, mas Oscar está se transformando em uma coisa pavorosa. Adoro Trish, de verdade, ela passou a ser minha melhor amiga, mas com toda a certeza eu passaria bem sem Oscar.

Oscar não tem regras a seguir na casa dele, então, é claro, acredita que o mesmo se aplica à minha casa. Pega um lápis de cera e rabisca todas as paredes enquanto Trish tenta impedi-lo de modo vago, ao mesmo tempo que me diz com orgulho como ele tem veia artística. Sobe no sofá com os tênis cobertos de lama, e Trish diz bem delicada que desça, e simplesmente dá de ombros quando ele a ignora e continua a conversar enquanto eu tenho um leve ataque cardíaco. Quer dizer, os meus sofás custaram uma *fortuna*.

Ele aponta para a comida e berra se não ganha um pouco, então Trish acaba lhe dando exatamente tudo que ele quer, só para que fique quieto. "Eu sei que não deveria", diz, "mas não consigo agüentar tanta gritaria."

E a coitada da Trish está vivendo no inferno das babás. É óbvio que Oscar detesta quando a mãe o deixa com qualquer outra pessoa, então é mesmo uma bênção ela ter encontrado alguém de quem Oscar finalmente gostou.

— Espero que esteja pagando bem — digo.

— Se Oscar gosta dela, eu pago o que ela quiser — Trish ri. — Faço de tudo para manter o diabinho feliz.

Rio, também. Ah, se ela soubesse...

A noite é adorável. Adorável porque parece normal. Porque é animada, e barulhenta, e mal dá para notar que Dan e eu não estamos nos falando.

Às vezes observo Gregory e Trish, vejo como ele aperta o braço dela com afeição, ou se inclina para lhe dar um beijo; observo como Trish o inclui o máximo que pode na conversa. "Não é mesmo, Gregory?", "Nós não fazemos, Gregory?", "O que você acha, Gregory?". E fico me perguntando se notam a ausência de atenção entre nós dois.

Cada casal é diferente, penso. Eles só notariam a diferença se nos conhecessem no início, antes de Tom nascer. Costumávamos ser afetuosos. Costumávamos ser gentis um com o outro, dar beijos sem motivo aparente, pousar a cabeça em um ombro ou acariciar uma bochecha com suavidade.

Agora parece que isso aconteceu há uma eternidade. Com um Dan diferente. Com uma Ellie diferente. Fico imaginando o que aconteceria se eu fizesse isso agora. Se eu esticasse o pescoço e desse um beijo na bochecha de Dan. Olho para o rosto dele, imaginando sua reação, e ele percebe que estou olhando e pára de falar com Gregory para olhar para mim.

E, por um segundo, quando nossos olhos se encontram, eu me lembro de como ele era quando estava apaixonado. Lembro que ele se virava para mim com olhos ternos e faiscantes, e eu me sentia segura, aconchegada, amada.

Nesta noite, assim como em qualquer outra noite atualmente, só há frieza. E possivelmente um toque de irritação.

— O que foi? — Dan pergunta.

— Nada — respondo distraída, e ele volta para sua conversa com Gregory como se eu não existisse.

Pagamos a conta e nos levantamos, pegamos o casaco das costas da cadeira e vestimos. Gregory se espreguiça e coloca as mãos nos ombros de Trish.

— Ah, que bom — diz, olhando para o relógio. — Ainda é cedo — e dá uma piscadela para Trish, que sorri e revira os olhos.

— Ah, meu Deus — ela resmunga. — Será que isto é mesmo preciso? Ontem *fomos para a cama cedo*.

— Pelo que sei, nunca é demais ir para a cama cedo — diz Gregory. — Não é mesmo, Dan?

Dan dá de ombros.

— Sinceramente, não sei. Faz seis meses que não dormimos juntos.

Um silêncio mortal recai sobre nós e Gregory olha primeiro para Dan, depois para mim, esperando algum dos dois dizer que é piada.

— Dan, cale a boca — digo baixinho, horrorizada por ele ter anunciado o fato aos nossos melhores amigos. Horrorizada porque a coisa finalmente se tornou pública.

— O quê? Você não quer que a sua melhor amiga saiba que você se recusa a transar comigo? Por que não? Porque ela pode achar que você é uma aberração?

Meu rosto está vermelho como um pimentão. Não dá para acreditar nesta conversa. Não dá para acreditar no que Dan está dizendo.

— Dan, pare com isto — aviso. — Não vou falar sobre este assunto agora.

Dan olha para mim e simplesmente balança a cabeça, com cara de nojo.

— A gente se vê em casa — diz, e sai andando pelo restaurante.

— Hmm, hmm. — Coitado do Gregory. Ele não faz a menor idéia do que dizer. — Ellie, estou me sentindo péssimo por ter tocado neste assunto. Não queria começar...

— O meu marido é mesmo um retardado. — Trish dá uma cotovelada nele. — Vá lá fora falar com Dan.

Trish me segura ao lado da porta, e quando Gregory sai, vira-se para mim.

— Eu sei que vivo perguntando se está tudo bem e você vive dizendo que está, e se você não quiser mesmo falar sobre isto, é claro que eu entendo, mas quero que você saiba que pode conversar comigo sobre qualquer coisa. Eu não vou julgá-la e vou fazer tudo que puder para compreender.

Assinto com a cabeça. Parece que vou começar a chorar. Eu gostaria de dizer alguma coisa, mas tenho um soluço entalado na garganta, e a única coisa que consigo fazer é tentar engoli-lo enquanto lágrimas enchem meus olhos.

Quando chego em casa, Rachel já foi paga e foi embora, e Dan está sentado no sofá, olhando para o vazio. Entro e tiro o casaco, então me sento no sofá na frente dele. Não agüento mais. *Nós* não agüentamos mais. Alguma coisa precisa mudar, e antes mesmo de eu poder pensar direito as palavras já saíram, calmas de arrepiar, quase como um sussurro no silêncio.

— Não agüento mais.

Dan não diz nada, nem ergue os olhos, só continua olhando para as mãos enfiadas no meio das pernas, os cotovelos pousados nos joelhos e os olhos voltados para baixo.

— Dan, precisamos conversar. — Respiro fundo. — Ultimamente parece que a gente só consegue deixar o outro infeliz. Acho que não podemos continuar assim, alguma coisa precisa mudar.

Nada.

— Dan, será que você pode olhar para mim? — Dan ergue os olhos lentamente até que se encontram com os meus, e fico chocada de ver quanta mágoa há neles. Ele desvia o olhar de novo e então fala.

— E aí, o que você quer fazer?

— Não sei. — E eu não achava que sabia, mas então, quase sem ter consciência do que estava falando, digo: — Acho que a gente precisa se separar por um tempo. — E respiro fundo. Chocada. Dan olha para mim, e percebo que também ficou chocado.

Parece surreal. E um clichê. E um monte de besteira. Eu bem que queria ter dito algo mais original, algo melhor do que esta frase que parece saída de um filme vagabundo para televisão. Mas não existe nenhum outro jeito de dizer isto.

— Dan, você não vai dizer nada?

— O que você quer que eu diga? — A voz dele está vazia. Sem emoção.

— Diga o que você está sentindo. Diga o que você quer. Diga o que *você* acha.

Ele dá de ombros.

— Acho que você já decidiu.

Continuo forçando. Este pode ser o fim do nosso casamento, mas não posso deixar que tudo aconteça assim com tanta facilidade. Não posso permitir que o casamento termine com esta nota de silêncio, com esta ausência de comunicação. De repente, quero *saber*, quero a resposta de todas as perguntas que não formulei nos últimos seis meses.

— Mas você *concorda*? É isto que você quer?

— Que diferença faz o que quero?

— Você também não está feliz.

— Não. Mas ainda não acho que está na hora de jogar a toalha.

— Escute — suspiro. — Não é permanente. Talvez só estejamos precisando de espaço para reavaliar. Não sei se devemos falar sobre... divórcio... ou qualquer coisa assim. — Ah, meu Deus. *Divórcio*. Só a menção da palavra faz com que eu sinta calafrios pela espinha. — Espero que seja só uma fase.

Ele não concorda. Nem discorda. Não diz nada até que ergue os olhos e fala baixinho:

— E Tom?

Ah, meu Deus, e Tom?

— Como assim?

— Estou querendo saber o que vai acontecer com Tom. Imagino que você vá querer ficar no apartamento com Tom.

Eu não tinha pensado sobre isto, mas agora que ele tocou no assunto, sim, é claro que quero ficar no apartamento com Tom. Posso trabalhar apenas meio período, posso colocar bem pouco dinheiro na casa, mas nosso apartamento não poderia ter sido comprado sem o dinheiro do meu antigo apartamento, isso sem contar que é a casa de Tom, e quanto menos a vida dele for abalada, melhor.

— Bom, quero sim — digo. — Claro que você pode vê-lo sempre que quiser. Pode vir aqui a qualquer hora. Ou quem sabe nos fins de semana. Ou... sei lá. Qualquer coisa. Também nunca fiz isto antes. Vamos dar um jeito.

E parece que o choque finalmente está começando a ser absorvido, apesar de eu mal ser capaz de acreditar que esta conversa se transformou em realidade assim tão rápido. Passamos meses gritando um com o outro, dormindo com as costas voltadas um para o outro, mal nos falando, e agora, que finalmente conseguimos ter uma conversa calma, nosso casamento está acabando.

Simples assim. Em poucos minutos, tudo terminou. Puf! Outro nó na garganta, e mais uma vez eu o engulo. Não sei o que eu estava esperando. Talvez mais discussão, mais briga. Talvez simplesmente conversar sobre tudo e ir para a cama. Então acordar com as coisas exatamente iguais.

Mas de repente tudo está completamente diferente. De repente, meu casamento terminou. Porque eu posso ter dito que só estamos nos separando, que é apenas temporário, mas quem eu estou enganando? Meu casamento é um desastre e eu estou sozinha.

— Você acha que devemos conversar melhor de manhã? — digo, enrolando para ganhar tempo, incapaz de acreditar como isto se transformou em algo definitivo tão rápido.

— Não. — Dan suspira e se levanta, passa os dedos pelo cabelo e, por um segundo, tenho vontade de correr e me agarrar a ele. Não, quero berrar. Quero consertar tudo, melhorar a situação. Ficar e brigar. Mas é claro que não faço nada disso. Só mordo o lábio e olho para o chão.

— Vou pegar algumas coisas — diz Dan. — Vou ficar na casa dos meus pais até definirmos tudo um pouco melhor.

Ele sai e escuto quando entra no quarto, depois o barulho de gavetas e armários sendo abertos, o som de roupas sendo enfiadas em uma bolsa de mão.

Durante um tempo, não consigo me mexer. Só fico lá sentada no sofá, incapaz de acreditar que isto é de verdade, que esta conversa aconteceu de verdade, que o meu marido está me deixando. Que tudo acabou de verdade.

Levanto e vou até a porta do quarto, fico observando-o, querendo dizer mais coisas, querendo conversar mais, querendo que algum de nós lute por este casamento, que tudo volte ao normal, mesmo que normal signifique os longos silêncios dos últimos seis meses, sem se falar, sem se tocar, sem conversar. Qualquer coisa, menos isto.

Dan não olha para mim. Só termina de colocar algumas coisas na mala. Quando vai até o banheiro, eu me viro e volto para a sala e fico escutando meu coração batendo nos ouvidos.

Depois de um tempo, ouço passos no corredor, então ouço a porta de Tom se abrindo e, no final, bem baixinho, ouço Dan chorar.

E eu também começo a chorar.

22

Fico imóvel durante muito tempo depois que Dan vai embora. Só fico lá sentada, chorando de maneira intermitente, incapaz de acreditar que isto aconteceu de verdade, que ele foi embora mesmo. Parte de mim achava que íamos seguir em frente exatamente da mesma maneira, que viver juntos infelizes era melhor do que mudar.

Você conseguiu o que queria, uma voz na minha cabeça fica repetindo, mas agora que aconteceu, agora que o apartamento parece ecoar de tanta imobilidade, com a ausência de Dan, já não tenho tanta certeza.

Mas não. É claro que assim é melhor. E, como eu disse a ele, isto não é forçosamente para sempre. Espero que seja só uma separação temporária, uma ausência que vai nos permitir encontrar o caminho de volta um para o outro.

Vejo nossa foto de casamento com o canto do olho, tirando sarro de mim de sua posição de honra em cima da lareira. Meu Deus. Veja só como éramos felizes. Como eu achei que estava me casando com o homem perfeito, que estava entrando para a família perfeita. E como é irônico eu ficar achando que Linda, Linda, sem quem nada disto teria acontecido, ocuparia a posição de mãe, seria a mãe com que eu sempre sonhei.

Cheia de tristeza, pego a fotografia e a guardo com cuidado

em uma gaveta. Não preciso me lembrar do passado, do que provavelmente nunca mais vai voltar a acontecer, porque sinceramente não acredito que Dan e eu algum dia voltemos a encontrar aquela felicidade de novo. A mágoa foi grande demais, a distância que existe entre nós é muito extensa.

De madrugada, vou até o quarto de Tom e o observo enquanto dorme. Está agora dormindo de bruços, algo de que eu morria de medo no começo, pensando em morte súbita de recém-nascido e tudo o mais, mas dizem que, quando eles passam a ter capacidade de se virar sozinhos, tudo bem, e já faz meses que ele se vira sozinho, está no cantinho do berço, enrolado em uma bolinha, com o bumbum bem arrebitado.

Geralmente, como agora, o amor que sinto por ele toma conta de mim por inteiro. Tenho vontade de pegá-lo no colo e apertá-lo, descobrir uma maneira de fazer com que o meu corpo e o dele voltem a ser um só, mas o deixo ali, depois de fazer apenas um afago leve em suas costas, com cuidado para não acordá-lo, e no fim saio do quarto dele e caio na minha própria cama, exausta.

Durmo. Deito-me virada para o lado de Dan, algo que não faço há meses, incapaz de olhar para ele, sem vontade nem de chegar perto, e esvazio minha mente de pensamentos até que, finalmente, caio em um sono profundo e sem sonhos.

Trish me acorda na manhã seguinte — o telefone me desperta de supetão — e durante alguns segundos, enquanto procuro o aparelho, não tenho certeza de quem sou, onde estou e que negócio é este.

— Alô? — Balbucio, apertando os olhos para focar as horas no relógio. Ah meu Deus, 8h11. Tom deve estar morrendo de fome. Não acredito que dormi tanto.

— Oi, sou eu. Acordei você? — Ela parece surpresa.

— Acordou. Dormi demais.

— Desculpe. Eu só quis ligar para ver se estava tudo bem. Você parecia bem... tensa ontem à noite. Eu estava preocupada.

— Está tudo bem — digo. — Mas... — Como contar isto aos outros? Como reconhecer que o seu marido foi embora, que você foi um fracasso no casamento? Que, no decurso de meras 12 horas, a sua vida se transformou de maneira irreversível? — Dan foi embora.

Não há outro modo de colocar.

Trish engole em seco.

— Como assim, ele foi embora? Você está dizendo que *ele foi embora*?

— Estou.

— Mas para onde? Para onde ele foi? Por quê? Não entendo.

Respiro fundo.

— Ah, Trish. Nós estávamos infelizes há tempo demais. Acho que ontem foi a gota d'água. Chegamos em casa e finalmente reconhecemos que não está dando certo, que não podemos continuar do jeito que as coisas estavam.

— E Tom? — Dá para escutar o choque na voz dela.

— Ele vai continuar vendo Tom. Não sei como vamos definir os pequenos detalhes, mas eu não vou fazer nada que ameace o relacionamento dele com o filho.

— Ah, meu Deus, Ellie — diz Trish, e parece estar perigosamente à beira das lágrimas. — Não sei o que dizer. Bom, não dá para acreditar, é que... eu sabia que você andava infeliz, mas será que não é só uma fase? Achei que ia demorar um pouco, mas que depois você ia ficar bem.

— Eu sei — dou de ombros, triste. — Acho que eu também acreditava nisto. Mas olhe, quem sabe? Talvez não seja permanente, talvez só estejamos precisando de um pouco de espaço.

— Não dá para acreditar — Trish fica repetindo. Ela consegue se recompor. — O que você está fazendo agora?

— Agora? Estou sentada aqui na cama e preciso dar de comer ao coitado do Tom. Ele deve estar morto de fome.

— Não, depois disto. O que você vai fazer hoje de manhã?

— Não sei. Acho que vou me ajustar à nova posição de mãe solteira.

— Vou passar aí. Vou levar Oscar e a gente vai poder conversar de verdade sobre tudo.

— Está tudo bem, Trish, não precisa.

— Claro que precisa — ela responde. — É para isto que servem as amigas.

❤

Lisa e Trish estão sentadas uma ao lado da outra, recurvadas no sofá, com uma tristeza infinita no rosto.

Lisa tinha ligado às nove para saber o que faríamos hoje, e como eu poderia não contar algo assim tão importante? Então contei para ela, e sua reação foi bem parecida com a de Trish, só que mais contida.

Durante um minuto, lembrei-me da conversa que tivera com minha sogra, na época em que conversávamos. Como Linda tinha me avisado a respeito de Lisa, dando a entender que Lisa é o tipo de mulher que teria um caso com Dan. Dan poderia ter tido um caso, Deus bem sabe que ele saía de casa bem cedo e voltava bem tarde, pelo menos desde o acidente, mas Lisa não faria isso comigo, independentemente do que Linda pensasse. E, de todo modo, esse não foi o problema entre nós.

— Ah, pelo amor de Deus — digo. — Não é o fim do mundo. Provavelmente vai ser bom. Sinceramente, faz meses que Dan e eu mal nos falamos, a menos que estivéssemos berrando um com o outro. Ando tão cansada de fingir que tudo está bem, e a coisa ia ter que explodir de algum jeito. Isto é bom, sério.

— É que eu estou tão triste... — diz Trish. — E Gregory vai ficar arrasado. Quer dizer, a gente sai tanto...

— Você vai continuar saindo comigo. E Gregory provavelmente vai continuar saindo com Dan — digo, mas sei do que ela está falando. Nunca mais vai ser a mesma coisa. Não que eu esteja pedindo a eles que escolham, nunca faria isto, mas sei que a dinâmica vai ser diferente, que nunca mais vamos ficar tão à vontade, quando formos jantar, vou ficar segurando vela, fingindo que Gregory não conversou com Dan, ou que nossa amizade continua exatamente igual.

Eu não tinha pensado nisto. Como as amizades mudam quando um casal se separa. Claro que eu já tinha ouvido falar disso, tinha ouvido várias mulheres divorciadas (que eu também considerava amargas) dizerem que tinham visto quem eram suas amigas de verdade quando se separaram, como já não eram mais convidadas para nada, como todas as amigas em casamentos "felizes" de repente passavam a vê-las como ameaça, como se estar recém-solteira automaticamente significasse que iam voltar a atenção para o marido chato, feio e de meia-idade delas.

As mulheres recém-solteiras diziam que precisavam começar do zero. Que mesmo quando as amigas não a abandonavam, elas sempre se sentiam mais à vontade quando outro homem era adicionado à equação, compondo um grupo de quatro bem confortável, em vez de um grupo de três em que todo mundo ficava pouco à vontade.

Nunca achei que me veria nesta posição, mas agora que estou, será que as minhas amizades vão mudar? Trish, Gregory, Dan e eu tínhamos nos acostumado tanto entre nós, que provavelmente é muita ingenuidade minha achar que tudo vai ficar igual sem ele. Não acho que minha amizade com Trish vá mudar muito. Imagino que vamos continuar nos vendo bastante durante o dia, e sei que ela nunca vai se sentir ameaçada por mim, nunca ficaria preocupada de eu dar em cima de Gregory. Mas, infelizmente, sei que não vai ser mais a mesma coisa agora que estou sozinha, que não vamos compartilhar jantares com a mesma regularidade e nem vamos nos sentir assim tão à vontade quando o fizermos.

E Lisa? Ela é solteira, e Deus bem sabe que é sociável. Por um tempo, quando nos conhecemos, nós três parecíamos ser iguais, mas ultimamente tenho visto Lisa cada vez menos, ultimamente ela parece andar tão ocupada, e Trish e eu ficamos mais próximas ao passo que Lisa parece ter se afastado.

Mas será que agora Lisa vai passar a ser minha parceira de crime? Será que Lisa vai substituir Trish como minha melhor amiga? Substituir Dan como minha acompanhante para os programas noturnos?

Um enorme suspiro escapa e eu sacudo a cabeça.

— Eu sei que é para o nosso bem — digo. — Mas eu também mal posso acreditar. Parte de mim acha que Dan vai vir para casa hoje à noite, simplesmente vai entrar pela porta como se nada tivesse acontecido.

— Como você se sentiria se isto acontecesse? — Trish pergunta.

— Do mesmo jeito. O que me apavora é a mudança, é fazer tudo sozinha, mas mesmo que Dan viesse para cá hoje à noite, nada mudaria. O fato é que nós só fazemos nos odiar há meses. — Tanto Trish quanto Lisa parecem chocadas. — Eu sei, sinto muito, mas é verdade. Temos sido terríveis um com o outro e precisamos que algo aconteça, realmente não estava mais dando.

— Ele vai ficar com Linda e Michael? — Lisa pergunta, e eu faço sinal afirmativo com a cabeça. — Você falou com eles?

— Meu Deus, não! — solto uma gargalhada sarcástica. — Não tenho nada a dizer a eles. Vou deixar Dan explicar. De todo modo, eles já me odeiam mesmo. Tenho certeza que Linda vai ficar toda contente por eu não estar mais em cena.

— Acho que não. — Lisa sacode a cabeça. — Não acho que eles odeiem você. Acho que eles simplesmente não sabem agir como sogros e é claro que, depois do acidente, ainda têm um monte de culpa para digerir, e você não permitiu que eles se aproximassem.

— Caramba. — Olho para Lisa, horrorizada. — De que lado você está? — Reparo que até Trish lança a ela um olhar reprovador, um olhar que diz, cale esta boca, este não é o momento nem o lugar.

— Desculpe, Ellie. — Lisa se arrepende. — Eu não queria aborrecer você. Só estou tentando ajudar.

— Não faz mal — digo. — Eu compreendo. Aliás, as últimas pessoas em que preciso pensar agora são os meus sogros. Ou meus ex-sogros.

— Então são ex-sogros. Mas o mais importante é Tom. Ele precisa saber que continua sendo amado e que está seguro.

— Você acha que ele vai perceber o que está acontecendo? — Trish parece preocupada.

Assinto, cheia de tristeza.

— Tenho certeza de que vai. Mas, sinceramente, Dan não tem ficado muito por aqui. Não é como se ele estivesse perdendo um pai fabuloso que passava muito tempo com ele. Ele só via mesmo Tom nos fins de semana e, como eu disse, provavelmente vai continuar vendo.

— Preciso dizer — Lisa fala — que, como mãe solteira, isto é dificílimo, se não impossível. Vai ter horas em que você vai ficar completamente exausta, com vontade de gritar de tanto desespero, gritar de tanta solidão e de tanta responsabilidade que ter um filho envolve, mas esses momentos sempre passam, e você é forte, você vai ficar ótima. No final das contas, estes macaquinhos — ela faz uma pausa e se abaixa para dar um beijo em Amy — fazem tudo valer a pena. Você tem toda a razão, eles precisam sentir que são amados. E que estão seguros, e a salvo, e acho que é muito melhor ter só a mãe ou só o pai feliz do que crescer em um lar com pessoas que vivem brigando, que com toda a certeza não deviam ter ficado juntas.

Ela está certa. Olho para ela surpresa, de repente percebo que o sentimento desconfortável de que não consigo me livrar desde que Dan foi embora na noite passada é culpa. Culpa relacionada a Tom. O que me deu o direito de fazer com que Tom fosse impedido de crescer com pai e mãe? O que me deu o direito de fazer com que Tom fosse impedido de ter uma família feliz?

Lisa acabou de me dar uma noção bem ampla de clareza, porque é claro que *não éramos* uma família feliz. Tom nunca cresceria na família que eu sonhava em lhe proporcionar, não se nossa casa fosse cheia de brigas, de acusações, de silêncios.

Para nós, é muito melhor ficar sozinhos, poder encher a casa apenas de amigos, e de amor, e de risos.

Pela primeira vez desde ontem à noite, começo a ver que pode existir uma luz no fim do túnel de fato. Isto pode ser algo terrível, mas não é a pior coisa que já aconteceu comigo e, como aprendi quando tinha 13 anos, pode parecer o fim do mundo quando acontece, mas tudo passa, e tudo melhora.

— Obrigada, Lisa. — Levanto e dou um abraço espontâneo nela. — Obrigada por dizer isto. Você não faz idéia de como fez com que me sentisse melhor.

— Tudo bem — diz ela, abraçando-me bem forte e sorrindo. — É para isto que servem as amigas.

❤

Dan liga na sexta de manhã. É um choque ouvir a voz dele, tão familiar e tão distante ao mesmo tempo. Meu coração começa a bater forte assim que o escuto. Nervosismo. Ansiedade. Sensação de perda. E esperança.

Porque, apesar de saber que terminou, apesar de estar aliviada porque as brigas, o ódio e a atmosfera terrível no apartamento finalmente chegaram ao fim, a voz dele me faz lembrar de como era no começo. De quando éramos felizes, de quando eu o amava tanto que, durante alguns segundos, tenho a esperança de que ele ligou para se reconciliar.

Ah, meu Deus, Ellie, será que você poderia ser mais volúvel?

Espero para ouvir o que ele tem a dizer, espero que ele se desmanche, mas quase não há emoção quando ele fala. Curto. Sucinto. Objetivo.

— Como Tom está?

— Está bem. Um amor.

— Que bom. Estou com saudade dele.

— Eu sei. Tenho certeza de que está.

— Ellie. Precisamos conversar. — Pronto, ele disse. Eu sabia. Ele quer descobrir uma maneira de dar um jeito nisto. Preparo-me para dizer que é cedo demais, que não estou pronta para tentar de novo, que ainda preciso de um pouco mais de espaço mas, antes que eu tenha oportunidade de falar, ele prossegue. — Ainda preciso pegar várias coisas no apartamento, e precisamos conversar sobre Tom, descobrir como vai funcionar entre nós. Eu sei que falamos de eu passar o fim de semana com ele, mas estava pensando em também tirar uma tarde de folga durante a semana para poder vê-lo mais.

— Ah. — Minha voz soa impassível. Por esta eu não esperava.

— Achei que talvez pudesse passar aí hoje à tarde para pegar umas coisas, e então a gente pode conversar.

— Claro — digo olhando para o relógio. — Que tal às quatro?

— Ótimo — ele responde, a voz todavia fria, afastada. — A gente se vê. Tchau.

Fico surpresa de estar tremendo um pouco quando coloco o telefone no gancho.

E as coisas não ficam mais fáceis. Estou tão nervosa hoje como estava na primeira vez que saímos. Para falar a verdade, é mentira. Eu não estava nem um pouco nervosa na primeira vez que saímos. Eu me apaixonei por Dan especificamente porque não fiquei nervosa, porque nunca tinha me sentido tão à vontade com qualquer outra pessoa, porque parecia que estava com o meu melhor amigo, e não em um encontro amoroso. Eu me apaixonei por ele porque, quando estávamos juntos, eu me sentia em casa.

Hoje estou mais do que compensando pela ausência de nervosismo na primeira vez em que saímos. Levo Tom para dar um passeio e faço uma parada na frente das lojas de roupa mais chiques e mais caras de Primrose Hill. Na vitrine está um casaquinho bordado. É macio, de *cashmere*, e justo, e a coisa mais linda, e provavelmente também a mais cara, que eu já vi.

O que estou fazendo?

Em piloto automático, sem perceber, entro, aponto para o casaquinho e, alguns minutos depois, estou parada na frente do espelho com um visual que não tem nada a ver comigo. Sorrio para o meu reflexo e a vendedora devolve o sorriso.

— Está fantástico — diz ela.

— Não tem nada a ver comigo — digo, virando-me para examinar de lado, de trás. — É lindo. Mas eu sou só uma mãe. — Faço um gesto para Tom, todo feliz, balbuciando no carrinho. — Nunca posso usar coisas assim, a menos que queira ficar com a manga toda cheia de vômito em cinco minutos.

— Você vai usar para sair à noite — diz ela, sorrindo —, depois que o bebê for para a cama. E, além do mais, com um filho, mais razão ainda para se fazer um mimo.

Eu dou uma volta, faço um sinal de aprovação e então engulo em seco quando olho para a etiqueta com o preço.

— Ah, faça um mimo para si mesma — diz ela. — Ficou muito *sexy*. O seu marido deveria vir aqui me agradecer.

Não digo nada. Mas, alguns minutos depois, lá estou eu do lado de fora da loja, carregando o casaquinho precioso em uma sacola de compras grande.

Algumas lojas mais para baixo, encontro sapatos de salto alto magníficos, mules de tirinha, nem um pouco práticos, nunca vou usar, mal consigo andar com eles e, no entanto, alguns minutos depois, já fazem parte da minha coleção.

O que estou fazendo?

Alguns itens novos de maquiagem, um par de brincos e finalmente Tom e eu estamos em casa. Olho para o relógio: 15h15. Tenho 45 minutos para ficar mais maravilhosa do que jamais fiquei na vida.

Termino às 15h55. Meus brincos novos de cristal reluzem com a luz do abajur, meu casaquinho parece macio como manteiga sobre a pele e me dá uma cintura que não vejo há meses, com um decote bastante espetacular, sem falsa modéstia. Os saltos me deixam alta e elegante como não me sinto desde o casamento. E sorrio quando olho para esta nova versão melhorada de mim mesma que me devolve o sorriso no espelho.

Mas que diabos estou fazendo?

Arranco tudo, enfio um casaco cinzento velho pela cabeça e corro para o banheiro para tirar a maquiagem. Estou sendo ridícula. Ele vai ver que estou sendo ridícula. E não é que eu queira reconquistá-lo, fazer com que mude de idéia, só quero que ele veja o que está perdendo. Quero que ele se sinta um pouco arrependido, porque o Dan com quem eu falei hoje me pareceu um tanto composto demais para o meu gosto.

Mas como é injusto, percebo ao tirar o resto de batom dos lábios. Como é infantil, e bobo, e egoísta.

Pareço comigo mesma de novo, e é melhor assim. É melhor parecer que não estou tentando provar nada, não estou tentando fazer joguinho, e agora que chegou a hora, agora que o meu relógio diz que são quatro horas, começo a me sentir tremendamente nervosa.

É só Dan. É só o meu marido. Como é que o meu marido, o homem que me conhece melhor do que qualquer outra pessoa do mundo, pode me deixar tão nervosa?

A campainha toca, e eu começo a me sentir levemente enjoada. Ele tem chave. Sempre teve chave. E sei que está com ela e que assim está me dizendo que é de verdade. Isto não é uma brincadeira. Não é alguma coisa que vai melhorar daqui a algumas horas, ou alguns dias. Ele tem chave mas não usa porque a casa não é mais *nossa*.

Ele tem chave mais não usa porque já não somos mais um casal.

Ele tem chave mas não usa porque não tem mais direito a isto.

Ah, meu Deus.

A coisa cai sobre mim como um golpe de marreta e finalmente se torna real. Meu casamento acabou. Sou mãe solteira Sou um fracasso.

23

— Hmm. Oi.

— Oi. — Merda. E agora eu queria não ter trocado de roupa, não queria ter tirado a maquiagem, queria estar pelo menos um pouco melhor do que estou agora.

— Achei que devia entregar isto aqui. — Enfia a mão no bolso e tira um envelope. — É a chave da porta da frente.

— Ah — digo, estico a mão e me sobressalto um pouco quando nossos dedos se tocam. — Certo. Obrigada. Você poderia ter usado, você sabe.

Dan dá de ombros.

— Não me pareceu certo.

Assinto com a cabeça.

— É. Compreendo. — Viro-me para colocar o envelope na mesa e, quando olho de novo para Dan, não consigo conter a idéia de como aquilo é esquisito. Como é possível que apenas alguns dias antes estávamos dormindo na mesma cama, e agora falamos um com o outro como se fôssemos estranhos?

— Cadê o Tom? — Dan estica o pescoço e o procura pela sala.

— Está dormindo um pouco. Ontem à noite ele não estava com sono, só foi dormir às duas horas. Já deve ter acordado. Vou lá olhar.

— Você se importa se eu for lá acordá-lo?

— Não, de jeito nenhum. Tudo bem. Vá lá. — Sento-me no sofá e examino as unhas. Meu Deus, quando foi que passamos a ser tão educados um com o outro? Daqui a pouco eu já vou lhe oferecer um chá.

Depois de um tempinho, vou até o quarto de Tom sem fazer barulho. A porta está aberta e Tom está em pé no berço, rindo e segurando o rosto de Dan com as mãozinhas.

— O papai ficou com tanta saudade de você — ouço Dan sussurrar quando vira a cabeça para dar um beijo nos dedos de Tom. — O papai pensa em você todos os minutos de todos os dias.

— Papa — Tom diz todo contente, puxa o cabelo de Dan, ele finge gritar de dor e ergue Tom do berço, balança-o no ar e o abraça bem forte. — Eu amo você, Sr. T, sabia? — diz ele e enterra o rosto no cabelo de Tom. — Não importa o que aconteça, eu amo você mais do que tudo.

Dou meia-volta para retornar à sala. Eles não me viram. Está certo não terem me visto. Não tenho o direito de me intrometer em seu momento de privacidade. Sinto-me como uma estranha na minha própria casa, desconfortável, prestando atenção a cada barulho, cada ruído.

Relaxe, Ellie. Relaxe. Respire fundo. Solte-se. Tento respirar fundo algumas vezes, então pego uma revista jogada em cima da mesa. *Houses & Gardens*. Dou uma folheada, parando de vez em quando, como se estivesse de fato interessada, mas mal registro o que vejo, um olho constantemente no relógio, esperando Dan voltar. Esperando que conversemos pelo menos mais um pouquinho sobre isto, para tentar resolver as coisas, porque com certeza esta separação aconteceu com muita rapidez e facilidade, é preciso haver mais lágrimas, mais conversa, quem sabe mais tentativas.

Cinco minutos se passam. Quinze. Vinte. Volto para o

quarto de Tom e vejo Dan deitado no chão, esticando Tom bem para o alto, acima da cabeça. Trinta e cinco. Dan está sentado na cadeira de balanço, lendo *Adivinha o quanto eu te amo* para Tom. Quarenta minutos.

— Quer um chá? Ou qualquer coisa? — Não acredito que estou oferecendo chá para o meu marido. Ainda mais que eu nunca fiz chá para ele, e ele nunca bebeu.

— Não, obrigado — ele responde. — Está tudo bem.

— Certo.

Fecho a porta e sento na cama do nosso quarto durante um tempo, sentindo-me completamente vazia. Mas então percebo que não quero que ele me veja sentada ali olhando para o nada, me levanto e tento parecer ocupada na cozinha preparando um café para mim mesma.

O telefone toca. Trish.

— Só liguei para ver se você está bem — diz ela.

— Está tudo bem. O Dan está aqui.

— Está? E como estão as coisas com ele?

— Tudo bem. — Abaixo a voz até um sussurro. — Está esquisito. Parece que a gente nem se conhece.

— Então, o que ele disse?

— Nada. Não conversamos. Ele está no quarto do Tom há uma hora.

— Ah. E o que você está fazendo?

— Estou tentando fingir que tenho vida própria.

— Quer que eu ligue mais tarde?

— Quero. Espero ter mais coisas para contar.

Às 17h20, Dan entra na cozinha com Tom.

— Você tem algum plano para agora? — ele pergunta.

— Não — respondo cheia de ansiedade. Com um pouco de ansiedade demais. Quero conversar mais. Preciso conversar mais.

Não acredito que um casamento possa se dissolver assim, sem mágoa. Preciso de lágrimas. Corações partidos. Arrependimentos. A coisa não pode acontecer como parece estar acontecendo agora: definhando silenciosamente até se transformar em nada.

— Achei que talvez pudéssemos jantar fora.

— Claro. — Sorrio com felicidade verdadeira. — Parece ótimo.

— Eu o trago de volta às seis e meia — diz Dan.

Olho para ele, confusa.

— Para tomar banho? — diz Dan. — Achei que poderia levá-lo a um café em Belsize Park para jantar. Se você achar que tudo bem, quer dizer. Se não achar, não faz mal.

— Ah, não, não. — Tento sorrir, mas estou envergonhada. Humilhada. Graças a Deus não fui mais óbvia, graças a Deus não peguei o casaco nem nada. — Tudo bem.

— Eu sei que estou me apressando um pouco mais do que gostaria, mas posso ficar com ele nos fins de semana? Digamos, de sexta à noite até domingo à noite? Será que tudo bem? E depois, também uma tarde por semana?

— Hmm, claro. — Ainda estou tentando me recuperar da humilhação, rezando para que ele não tenha ficado pensando que eu queria jantar com ele, não desejando que ele pudesse exercer este tipo de poder sobre mim, ou que soubesse que era o que eu desejava. — Tudo bem sobre os fins de semana. Vou dar uma olhada na minha agenda para ver qual é o melhor dia durante a semana.

— Obrigado, Ellie — diz ele, e de repente meu nome soa estranho em seus lábios. — A gente se vê mais tarde. Dê tchauzinho para a mamãe — ele diz a Tom, e eu lhe dou um beijão, segurando-me para não lhe dar um abraço forte, mais forte do que jamais dei.

— Eu amo você — digo a Tom e meus olhos se encontram com os de Dan por cima da cabeça dele. É estranho demais. Dolorido demais. E nós dois desviamos os olhos bem rápido e Dan se ocupa colocando o casaco em Tom, e eu finjo estar fascinada com o conteúdo da pia da cozinha.

Será que as coisas vão ser assim para o resto da vida?

Dan traz Tom de volta e eu resolvo que precisamos sentar juntos para dar prosseguimento ao processo da outra noite, porque isto com certeza é um processo, com certeza precisamos trabalhá-lo de alguma maneira, primeiro juntos e depois separados. Posso não ter sido feliz e posso ter cometido um erro ao me casar com ele. Mas isto aqui não parece normal e não deveria ser assim tão fácil.

— Quer alguma coisa? — pergunto, depois de Dan dar banho em Tom e colocá-lo na cama. — Um café? Uma taça de vinho?

— Adoraria — ele responde. — Mas tenho compromisso.

— Ah. — Eu me sinto a maior idiota. Pela segunda vez nesta noite.

— Desculpe, Ellie — diz ele e coloca a mão no meu braço.

— Tudo bem — respondo. — Só achei que ainda precisávamos conversar sobre algumas coisas.

— Certo — ele faz sinal afirmativo. — Que coisas?

Sacudo a cabeça. São coisas demais, complexas demais.

— Não faz mal — digo. — Falamos uma outra hora. Aliás — olho para o relógio —, meu Deus, já são sete e quinze. Rachel chega daqui a pouco. Preciso me aprontar. — Uma mentira, porém plausível. Se Dan tem programa, então, que porra, eu também tenho o meu.

— Ah. Vai a algum lugar legal?

Dou de ombros.

— Só vou sair para tomar um drinque.

— Com alguém que conheço?

O poder retornou às minhas mãos. Finalmente. Obrigada, Senhor.

— É só Lisa e uns amigos dela — minto. — Bom, mas preciso me apressar. Obrigada por ter vindo — e o conduzo na direção da porta.

Escoro-me no batente quando o vejo subir os degraus. Não vá, tenho vontade de gritar. Volte. Fique. Mas não faço nada disso. Ele hesita quando alcança o último degrau, e o meu coração dá um salto. Ele vai voltar, penso. Vai dar meia-volta e descer, para conversar sobre as coisas. Resolvê-las?

E ele de fato dá meia-volta. Dá meia-volta e olha para mim com tristeza, então tenta sorrir.

— Boa noite, Ellie — diz, então entra no carro e já se foi, e nenhum de nós menciona o fato de que nosso aniversário de casamento de dois anos é dali a dois dias.

Volto para dentro e passo o resto da noite sentada no sofá sozinha, olhando para o nada e me perguntando por que diabos tudo deu errado.

❤

Já faz oito semanas que Dan foi embora, e não dá para acreditar como a minha vida virou de ponta-cabeça. Será que a gente sempre tinha tanta papelada com que lidar quando estávamos juntos, ou será que as forças superiores sabem que minha capacidade está longe de saber lidar com todas estas cartas oficiais e oficiosas?

Será que esta é alguma espécie de piada cósmica?

Taxa de condomínio, renovação da licença de residente para estacionar, contas de concessionárias de serviços públicos, cartas da Receita Federal: nas oito semanas desde que Dan foi embora, minha cozinha desapareceu sob pilhas de papéis e eu não sei que diabos devo fazer com tudo isto.

Eu costumava ser organizada. Costumava fazer tudo sozinha, nunca precisei (Deus me livre) de um homem para me ajudar a resolver minha vida. Mas, de algum modo, desde que Tom nasceu, esse tipo de responsabilidade passou para Dan. E agora todos estes envelopes, estes envelopes impressos horrorosos que parecem chegar em enxurrada todos os dias, com que devo lidar sozinha apesar de mal compreender o que qualquer um deles quer dizer, estão me sufocando.

Minha nova estratégia é a seguinte: abro tudo que seja endereçado a mão, ou que pode ser um convite, um cartão, uma carta ou algo divertido que posso gostar de ler.

Abro tudo que é oficial, dou uma olhada e, a menos que seja uma conta atrasada, em vermelho (parece que ando recebendo uma quantidade muito grande delas ultimamente), que pode ser facilmente paga com um telefonema ou com um cheque enfiado dentro do envelope de resposta, eu equilibro o novo papel em cima da pilha já precária no balcão da cozinha e deixo para resolver depois.

Quando a pilha fica grande demais e desaba mais do que três vezes no período de dois dias, a pilha supracitada então é acomodada com cuidado no armário embaixo da escrivaninha. E fica tudo lá esperando para ser resolvido depois.

A pilha supracitada é então imediata e eficientemente esquecida até que uma entre as três seguintes coisas aconteça: eu mude de casa e descubra uma pilha gigantesca de contas a pagar, assim esclarecendo por que tantos oficiais de Justiça vieram bater à minha porta; ou eu arrume uma secretária pessoal altamente organizada que vá tomar conta de todas as coisas que eu não consigo resolver; ou, se nada disso acontecer, que Dan volte para casa.

Nenhuma das alternativas acima parece propensa a acontecer num futuro próximo, e minhas pilhas estão aumentando, então faço a coisa mais lógica possível, que é simplesmente não cuidar de nada disso, que não vai dar mesmo. Ligo para Lisa.

— Como diabos você consegue dar conta de tudo?

— De quê? — ela pergunta, sem entender nada.

— Da vida! De todas as porcarias que mandam para a gente. Contas. E impostos. E pedidos. E toda a porcaria da burocracia.

— Eu sei, não é um saco? — Dá para ouvir o sorriso dela na outra ponta da linha. — Bem-vinda ao mundo real.

— Não dá para acreditar que eu tenho que fazer tudo sozinha — resmungo. — Nunca me dei conta de que Dan tinha tanta coisa para fazer.

— Você se acostuma — diz Lisa. — É só costume. Eu separo uma semana todo mês para examinar tudo e resolver as coisas. E pense pelo lado positivo, você vai conseguir preços muito melhores com os encanadores e os eletricistas do que o seu marido jamais conseguiria. Um pouco de charme feminino faz maravilhas, especialmente se as pessoas sabem que você é mãe solteira.

— Ah, meu Deus. Não diga isso.

— O quê, mãe solteira?

Estremeço.

— Acho que ainda não estou preparada para ouvir isso.

— Então, o que você vai fazer mais tarde? Dan vai ficar com Tom, não vai?

— Vai. Todo sábado.

— E você está achando que tudo bem Tom ficar com os seus sogros assassinos?

Suspiro. Porque este tem sido um dos aspectos mais difíceis da separação. Todo fim de semana Tom fica na casa de Linda. Eu detesto, fico preocupada cada segundo que ele passa longe de mim, mas não tenho escolha senão aceitar, apesar de eu ter feito Dan jurar que nunca vai deixá-lo sozinho com eles, e ele concordou.

— Não é o ideal — respondo —, mas a esta altura, realmente não tenho escolha. Mas, bom, para falar a verdade, Dan pegou Tom ontem à noite. Por quê?

— Eu estava a fim de ir a algum lugar aqui perto para um drinque e um jantar calmo. Quer ir ao Queens?

— Adoraria — respondo entusiasmada, já que saí pouco só com uma amiga desde que me casei. — Vamos convidar a Trish?

— Ela e Gregory vão sair com alguns amigos para jantar — diz Lisa. — Falei com ela antes.

— Ah. — Eu não devia me sentir preterida. Que infantilidade a minha me sentir preterida. E, no entanto, há meses eu falo primeiro com Trish, sempre pergunto o que ela vai fazer primeiro. E, com mais freqüência do que não, eu estou inserida na atividade. Por um instante me pergunto se meus temores se tornaram realidade, se nossa amizade está sofrendo agora que não faço mais parte de um casal. É verdade que já não saio mais tanto com Trish e Gregory em casal. Pode fazer só uns dois meses que Dan foi embora, mas a dinâmica já foi alterada. Nas poucas vezes que me convidaram para sair, eu fiquei lá conversando quase só com Trish, enquanto Gregory fingiu se interessar, mas dava para ver que ele se sentia deslocado com a ausência de Dan.

E eu sei que Gregory continua falando com Dan. Muito. Trish me disse que se recusa a se meter. Que ela e Gregory não conversam a respeito de Dan e eu. Que minhas conversas com Trish são particulares e não serão repetidas a Gregory, e que o mesmo vale para os papos de Gregory com Dan.

Eu gostaria que ela fosse um pouco mais leal comigo, droga. Mas a discrição dela é parte do motivo por que valorizo tanto nossa amizade. E nossa amizade, pelo menos no horário das nove às sete, não mudou muito. Confesso que me encontro com Lisa talvez com um pouco mais de freqüência do que antes, mas agora Lisa e eu temos muita coisa em comum, por sermos as duas mães solteiras, e Trish, por mais que me adore e deseje ajudar, não tem como compreender que é muito diferente e muito difícil ser mãe solteira.

No entanto, fico meio ofendida por não saber que Trish tinha programa para hoje à noite. Por eu não ter sido a primeira pessoa para quem ela ligou hoje de manhã. Por eu nem saber aonde iam nem com quem.

E me vem à cabeça a idéia de que talvez vão sair com Dan. Ah, meu Deus, talvez Dan e outra mulher? Para ser sincera, não tinha me ocorrido que Dan pudesse estar saindo com alguém, mas à medida que a paranóia começa a se instalar, fico achando que talvez seja por isso que Trish não disse nada.

Talvez Dan tenha se apaixonado. Será que isso pode ter acontecido em espaço de tempo tão curto? Será que ele tinha conhecido alguém? Alguém tão especial que ele tem vontade de apresentar para os amigos mais íntimos?

Será que ela tinha sido apresentada para Linda? Um retrato desta mulher imaginária aparece na minha mente: bonita, sofisticada, o tipo de mulher que não faz como eu, que não dorme com pijama de homem e meias grossas de lã, mas que vai para cama com camisolas de seda rendada e acorda com a pele lisinha e o cabelo perfeito.

Imagino-a como uma versão mais jovem de Linda e resisto a uma risadinha sarcástica: Freud teria uma ou duas observações a fazer sobre este assunto. Mas a paranóia começa a se instalar e eu me sinto levemente enjoada. Consigo lidar com a separação. Afinal, fui eu mesma quem a instigou. Mas pensar no meu marido com outra mulher? De jeito nenhum.

— Ele está saindo com alguém, não está? — As palavras saem antes mesmo de eu me dar conta do que estou dizendo.

— O quê? Quem? Gregory?

— Não. Dan. Tem alguma coisa que você não quer me contar, não é mesmo? Trish e Gregory vão sair com Dan hoje à noite, não vão? E ele tem namorada. Pode contar, eu agüento. Só quero saber a verdade.

Segue-se um longo silêncio, e meu coração começa a martelar no peito.

— Você enlouqueceu completamente? — diz Lisa. — De que diabos você está falando?

— Trish não me disse que ia sair para jantar, e acho que ela vai sair com Dan.

— Certo, sua louca. Trish raramente me fala sobre a vida dela, então não sei com que vão sair, mas eu sei que eles andam saindo com um monte de gente diferente, e você está tirando conclusões precipitadas ridículas.

Começo a me acalmar. Talvez eu esteja mesmo tirando conclusões precipitadas, um pouco.

— E duvido muito que Dan tenha namorada. Prometo que, se eu souber de alguma coisa, com toda a certeza vou contar para você, mas ele está passando por tantas dificuldades quanto você e, vamos encarar, você não está exatamente interessada por outros homens agora, está?

— Não — reconheço de má vontade.

— Então, por que você está achando que Dan pode estar minimamente interessado por outra mulher?

Começo a me sentir bem mais calma.

— Então, você acha que eu estou sendo boba?

— Mais do que boba. É um absurdo. Garanto você que Dan fica em casa toda noite assistindo à TV e contando os dias para chegar o fim de semana e ele poder ver o Tom. A única coisa com que ele se importa neste momento é fazer os dias passarem, e não sair por aí comendo mulheres! Ellie, querida, graças a Deus que eu liguei, porque você com toda a certeza precisa sair mais e se divertir. A gente se encontra no Queens às sete e meia. Que tal?

— Certo — dou uma risada. — Acho ótimo.

— Ah, e Ellie? Veja se se esforça um pouco, tá?

Eu deveria ficar puta da vida, mas não fico. Olho para mim mesma no espelho, para o meu cabelo sem lavar há quase uma semana, preso para trás em um rabo-de-cavalo para disfarçar a oleosidade, para a minha pele inchada e com aparência cansada, para o meu suéter disforme, e percebo que Lisa tem razão.

Estou cansada de me sentir uma porcaria e de ter aparência de porcaria. E, apesar de não poder fazer muita coisa a respeito de como eu me sinto, posso pelo menos começar com a minha aparência e, quem sabe, se eu mudar o visual, também comece a me sentir melhor.

Encontro uma máscara de argila da Body Shop no fundo do armário do banheiro; ela promete retirar todas as impurezas. Ao lado dela está um esfoliante de damasco e um creme Darphin antigo que promete refrescar e revitalizar.

Preparo um banho de banheira bem quente (para que servem os fins de semana sem filho senão para cuidar um pouco de mim mesma, penso) e me deito no meio das bolhas, aproveitando a sensação do tratamento facial, e o luxo de me cuidar de um jeito que nunca mais fiz desde que Tom nasceu.

Algumas horas depois, eu mal reconheço a mim mesma. Visto o casaquinho de *cashmere* novo que deveria ter sido minha maneira de mostrar a Dan o que ele estava perdendo, meu cabelo está brilhante e leve e, com maquiagem bem aplicada, fico mesmo bem bonita. Na verdade, diria que estou mais do que bem bonita, estou maravilhosa.

Mas que ironia: na noite em que me sinto capaz de conseguir qualquer pessoa que eu deseje, não estou nem um pouco interessada em arranjar ninguém. Apesar de estar feliz por ter me esforçado, penso, quando fecho a porta de casa atrás de mim e a tranco com duas voltas da chave, só para garantir, uma parte de mim preferia estar de pijama assistindo à televisão na cama.

24

— Uau! — Os olhos de Lisa se arregalam quando eu caminho até o lugar em que ela está sentada em um canto do Queens. — Será que esta é a mesma Ellie que eu conheço e adoro?

— Gostou? — dou uma voltinha de brincadeira para mostrar meu casaquinho novo, jogo o cabelo e faço biquinho de modelo.

— Você está maravilhosa. — Faz sinal afirmativo de aprovação. — Quem imaginaria que você é capaz de se arrumar tão bem?

— Ah, obrigada. — Faço uma careta. — Com amigas como você...

— Sente-se — diz ela, fazendo um gesto para a cadeira vazia na frente dela. — Deixe eu ir buscar uma bebida.

— Não se preocupe. Eu pego. Vodca com suco de uva-do-monte? — aponto para o copo grande e avermelhado dela.

— Vodca, tônica e suco de uva-do-monte. Obrigada. — Ela sorri quando me viro e vou na direção do bar.

Parece muito estranho estar em um bar no sábado à noite. Há meses não faço algo assim, não tinha energia para fazer nada nas noites de sábado além de tomar um banho de banheira quente e ir para a cama. Mas já não posso me dar ao luxo de fazer isso, agora que já não moro mais com o meu marido, agora que meu casamento parece mesmo ter acabado.

Posso não ter vontade de ficar com ninguém, não por enquanto, mas já sei que preciso me esforçar mais, preciso sair, preciso fingir que quero mais da vida além do que já tenho.

Na maior parte do tempo, não consigo acreditar que estou solteira. Não consigo acreditar que em algum ponto vou ter que passar pelo processo do namoro de novo, com alguém que não é Dan.

Nunca gostei disso, nunca achei emocionante como as minhas amigas pareciam achar, parecem continuar achando, se você perguntar para Lisa. O que Lisa mais adora é a emoção de conhecer uma pessoa nova, de esperar para ver quando ele vai ligar (com Lisa nunca é *se*, mas sempre *quando*), de escolher a roupa para o primeiro encontro.

Ela adora separar uma tarde para se arrumar, chama uma babá para cuidar de Amy, marca horário no cabeleireiro, coloca as roupas separadas em cima da cama, entra no banho e passa horas se embelezando.

Adora descobrir quem é aquela pessoa, fica emocionada com a paquera, com a descoberta da existência da química, quer saber se aquilo é algo que vai seguir em frente.

Lisa diz não ser o tipo de mulher que sai com um homem cada noite, não desde que Amy nasceu, mas também diz que não há nada como uma boa química que termina em agarrões no sofá, em um beijo ardente na porta de casa no final da noite.

Nunca compreendi isto, fiquei tão feliz por não ter ficado pouco à vontade com Dan, por ele parecer meu melhor amigo desde o início, por eu me sentir mais à vontade do que nunca, tão eu mesma, do que com qualquer outra pessoa. Não consigo suportar a idéia de precisar encontrar outra pessoa, de existir grande possibilidade de ninguém jamais me fazer ficar tão à vontade.

Não estou pronta para isto e, ao mesmo tempo, também não posso me trancar em um armário e ficar esperando a vida vir ao meu encontro. Não estou procurando homens, mas preciso começar a procurar uma vida, uma vida além de Tom, além de conversas sobre tardes de brincadeiras com outras crianças, e creches, e babás.

Então, aqui estou eu colocando vodca, tônica e suco de uva-do-monte na frente de Lisa, tentando ficar com cara de alguém que não preferia estar em casa assistindo a uma porcaria de um vídeo.

— Estou vendo que você continua usando, né? — diz Lisa.

— O quê?

— Sua aliança.

Nós duas olhamos para o meu dedo, para o anel de ouro liso que já me pareceu tão estranho e errado, mas que agora faz parte de mim.

— Continuo casada — digo baixinho, tateando a aliança com o polegar, vendo como pertence àquele lugar, ciente de não estar nem perto de pronta para tirá-la dali.

— Separada — lembra Lisa.

— Eu sei. Mas não estou divorciada.

— Vocês já conversaram sobre alguma coisa? Ainda não vão resolver nada? — pergunta.

— Só faz oito semanas, mas parece que não conversamos sobre nada além do Tom. É que... — suspiro. — Está tudo tão estranho entre a gente... Eu sei que estava muito infeliz, que eu odiava Dan, e já fazia tanto tempo, mas agora não consigo acreditar como tudo parece ter terminado com tanta facilidade e tanta rapidez. Parece que ainda tem muitas coisas sobre as quais não falamos, mas nenhum de nós consegue começar, encontrar as palavras certas.

Faz-se um silêncio, uma pausa.

— Você quer voltar com ele?

E outra pausa.

— Não sei. Só sei que estávamos deixando um ao outro muito infeliz e achei que eu tinha cometido um erro pavoroso.

— E agora? Você continua pensando assim?

— Acho que sim. Mas tem horas que eu me lembro de tudo que era bom no nosso casamento, e por que nos casamos, e não consigo acreditar que terminou.

— Você não acha que deveria se sentar com Dan e conversar de verdade?

— Eu já tentei... não dá. Talvez com o tempo a gente consiga, mas agora é impossível.

— Acho que é muito triste vocês dois deixarem o orgulho impedir que, talvez, vocês voltem a ficar juntos.

— Não é orgulho. É... não sei. Mas não vamos falar disto, achei que você queria me alegrar, não me deixar deprimida. E você, o que anda acontecendo? Por que a gente quase nunca mais se vê?

— Ah, nada de mais. — Lisa responde. E fica vermelha.

— Você está vermelha! — fico chocada. — Ah, meu Deus. Você conheceu alguém, não é mesmo, você arrumou um namorado?

— Não, não, não arrumei — responde e as bochechas ficam ainda mais vermelhas, entregando tudo.

— Não acredito! — recosto-me na cadeira e cruzo os braços, observando o desconforto dela com um sorriso no rosto. — Não acredito que você arrumou um namorado e nem nos contou os detalhes mais sórdidos. Não é para menos que você não deixa mais Trish e eu irmos à sua casa! Ah, meu Deus, não dá para acreditar que fomos assim tão burras! A Trish até disse ter certeza de que você estava saindo com alguém, e eu disse que ela era ridícula, que você ia contar para gente com toda a certeza se estivesse, e você está e não disse nada, porra!

— Ah, meu Deus — Lisa resmunga e a vermelhidão começa a desaparecer. — Devia ser segredo. Não acredito que entreguei tudo.

— Por que tanto segredo? — Fico curiosa imediatamente e me inclino por cima da mesa em posição de conspiração. — Vamos lá, pode contar. Ele é famoso? Ele é famoso, não é? Por isso que você está fazendo tanto segredo. — Sem dar a Lisa chance de falar, começo a pensar em celebridades locais com quem ela pode estar saindo. — É o Jude Law? Aposto que é o Jude Law! Meu Deus, ele é maravilhoso, eu ficaria morrendo de inveja se fosse o Jude Law, mas achei que ele estava saindo com a...

— Não. — Lisa balança a cabeça e parece pouco à vontade. — Não é o Jude Law.

— Não? E que tal o Les Dennis? Pelo amor de Deus, diga que não é o Les Dennis...

Lisa começa a rir.

— Não, não é ninguém famoso.

— Então, vamos lá, conte quem é.

— Você não conhece — ela termina por dizer. Toda sem jeito. — E, além do mais, não é nada sério. Quer dizer, ele é superlegal, mas é uma coisa passageira.

— Então você fica aí vermelha como se o seu rosto estivesse pegando fogo e é só uma coisa passageira? Quanta besteira. Ah, por favor, Lisa, conte mais, libere alguma coisa, qualquer coisa, só um detalhezinho.

— Tudo bem, tudo bem, mas você não pode contar nada a Trish, por favor.

— Por quê? — respiro fundo. — Ela o conhece?

— Não, não. É que eu não queria que ninguém soubesse. Para ser sincera, ainda está muito no começo, e é complicado.

— Complicado. — Olho para ela e ela desvia o olhar. — Você quer dizer que ele é casado, não é mesmo?

Lisa dá de ombros. Continua incapaz de me olhar nos olhos. Ela sabe muito bem o que eu penso disto.

— Ele é meio casado — ela responde. Relutante.

— Ah, meu Deus, Lisa. Com toda a certeza você é mais esperta do que isto.

E desta vez ela me olha bem nos olhos.

— Ele está esperando o divórcio — diz com firmeza. — Só está esperando a hora certa, mas o casamento dele acabou, e juro que acredito nele.

Meu sangue gela. Meu coração começa a bater forte e parece que vou vomitar.

Minha voz se transforma em um sussurro.

— É Dan — digo, quase engasgando nas palavras. — É por isso que você não queria que ninguém soubesse. É Dan, não é? — E não sei se grito, se vou embora ou se dou um tapa bem forte na cara dela.

Mas ainda parece que vou vomitar.

Os olhos de Lisa se arregalam.

— Ah, meu Deus! — diz ela. — Não! Não! Meu Deus, não! Não acredito que você acha que eu faria isto com você.

E meu coração volta a bater normalmente de novo. Ela não está mentindo. Ninguém é capaz de mentir assim tão bem. Nem que seja sobre algo assim.

— Ah, Ellie — ela começa a rir. — Não acredito que você

pôde pensar que eu estava tendo um caso com Dan! Ah, minha querida! Ah, Ellie!

— Ah, meu Deus. — Recosto-me na cadeira e coloco a mão em cima do meu coração, que bate forte dentro do peito. — Achei que eu ia vomitar.

— Achei que você ia me bater — diz Lisa.

— Estava pensando nisso. — Ergo os olhos para ela, o rosto sério mais uma vez. — Eu acredito em você, mas você jura, pela sua vida, que não está tendo um caso com Dan?

— Juro — ela assente com a cabeça. — Juro pela minha vida que não estou tendo um caso com ele.

— Certo — dou uma risada e o alívio toma conta do meu corpo.

— Certo — diz ela e também dá uma risada. — Que tal mais um drinque? Parece que nós duas estamos precisando.

Uma hora mais tarde, período em que consegui deixar todos os meus medos de lado, Lisa se inclina por cima da mesa e sussurra:

— Tem um homem sentado ali no canto que não pára de olhar para você.

— Ah, sei — rio, três vodcas com tônica e suco de uva-do-monte na cabeça. — Se ele está olhando para alguém, deve ser para você.

— Não, não está mesmo — diz Lisa. — Pode acreditar, sou especialista nessas coisas. Ele está olhando para *você*.

— Ele é bonito? — dou uma risada, sem me importar de verdade.

— Aliás, é fofo sim — ela responde. — E parece que o conheço de algum lugar. Será que a gente o conhece? Mas ele está olhando para você com toda a certeza.

— Lisa — digo, erguendo uma sobrancelha —, por que ele estaria olhando para mim se (a) você é muito mais maravilhosa e *todo mundo* olha para você e (b) ele só consegue ver as minhas costas?

— Só estou descrevendo o que eu estou vendo. — Lisa se recosta na cadeira. — Por que você não se vira e olha para ele, lhe oferece um bom contato visual?

— Certo. — Eu me viro e tento ver quem ela está observando. E vejo. Que está olhando para mim. Sem disfarçar.

Volto-me para Lisa bem rapidinho.

— Eu o conheço.

— Conhece? Ah. — Ela ficou decepcionada.

— E você também conhece.

— Conheço? Então, quem é?

— Charlie Dutton.

— Charlie Dutton! O produtor! Ah, não é para menos que eu achava que já o tinha visto em algum lugar. Espera aí... ele não estava no sul da França naquela noite em que...

— Estava — interrompo. Ainda nem consigo pensar naquela noite, falar nela então, nem pensar.

— Bom, ele com toda a certeza reconheceu você. Você não vai lá dar um oi?

— A gente não se conhece de verdade. Fui apresentada a ele na casa da minha amiga Fran, e ele saiu um tempinho com outra amiga minha, e conversei um pouco com ele naquela noite na França. Quando a gente sair eu dou um oi, se ele ainda estiver lá.

— Ou antes — ela sussurra e se inclina para a frente. — Ele está vindo para cá.

— Ellie? — ouço uma voz masculina atrás de mim.

Viro-me, fingindo surpresa.

— Charlie?

— Como vai? Não estava conseguindo ver direito se era você mesma ou não.

— Acho que deve ser difícil de distinguir por trás.

— Mas eu estava certo — diz ele, sorrindo. — E então, está tudo bem?

— Está tudo ótimo. Você se lembra da minha amiga Lisa?

— Oi Lisa, bom vê-la. — Ele a cumprimenta superficialmente e volta a falar comigo. — Ouvi dizer que está tudo bem com o seu filho. Não dá nem para dizer como ficamos preocupados naquela noite, como fiquei triste por você.

— Obrigada — digo. — É muita gentileza. Agora ele está bem, e é isto que importa.

— Posso me sentar com vocês? — diz Charlie já puxando uma cadeira antes que alguma de nós possa dizer não. Lisa simplesmente se recosta e sorri enquanto eu, desajeitada, me afasto para abrir espaço para ele.

— E os seus amigos?

— Eles já estão de saída — ele responde. — Vão a uma festa, mas eu não estou a fim. Preciso ir cedo para a cama.

E sentados lá, os três, fico me perguntando por que ele veio se juntar a nós.

Pareço ter me esquecido da arte de bater papo. Eu estava me divertindo tanto com Lisa e fico meio sentida por ele ter se juntado a nós, por eu ter que me esforçar, por eu precisar ficar pensando no que dizer.

— Então, como vai o seu marido? — diz Charlie, depois de tomar um gole comprido de cerveja e colocar o copo na mesa, olhando para mim de um jeito que deixa duas coisas bem claras na mesma hora. Número um, que ele sabe. Claro que sabe. Se ele ouviu dizer que Tom vai bem, com certeza também deve saber que Dan e eu estamos separados.

E, número dois, que ele se lembra de uma coisa de que até então, até este momento exato, eu não me lembrava. Que estávamos flertando naquela noite. Que existia uma química entre nós de que eu me esquecera completamente, que tinha dispersado ou ignorado, levando em conta tudo que aconteceu na seqüência.

Com um arrepio, percebo que a química continua lá. Ah, que merda. Por esta eu não esperava.

— Sinto muito. — Viro e vejo Lisa em pé ao lado da mesa, com o casaco na mão. — Detesto ter que fazer isto com vocês dois, mas preciso mesmo ir para a cama cedo. A gente se fala amanhã de manhã, certo? — Ela se abaixa, dá um beijo em mim ao mesmo tempo que tenta (e não consegue) esconder um sorriso e se despede de Charlie.

Eu devia ir embora, uma voz na minha cabeça fica repetindo. Levante-se agora, vista seu casaco e saia com ela. Saia. Vá embora. Levante-se e saia. Mas não consigo. Viro-me de novo para Charlie, e juro que é igual assistir a uma cena de *Matrix*, em que o tempo parou e as duas únicas pessoas no local, as duas únicas pessoas que se movem, são Charlie e eu. Eu e Charlie.

Ah, meu Deus. Realmente, não estou pronta para isto.

— É Dan, não é mesmo?

E agora é a minha vez de corar.

— Hmm, ele vai bem — respondo. — Acho que vai bem.

— Acha?

Ergo os olhos para Charlie.

— Você deve estar sabendo que estamos separados.

Graças a Deus ele faz a gentileza de parecer encabulado, e assente.

— É, eu sabia sim, mas você sabe como os boatos se espalham e eu nunca acredito em nada a não ser que ouça da boca da fonte zero.

— Bom, este aqui é verdade. — Dou de ombros e tomo um gole comprido do meu drinque, para ocupar as mãos, encabulada de um jeito que não fico há anos e anos.

De repente, sinto-me como uma adolescente. Não sei o que fazer com os dedos. Tomo cuidado com tudo o que digo e, apesar dos três drinques que já bebi, de repente fico desesperada para beber mais.

Como se lesse a minha mente, Charlie olha para o meu copo vazio.

— Posso pegar mais um?

Eu ainda posso ir embora, penso. Posso sacudir a cabeça e sorrir, dizer não, que preciso ir para casa, cuidar do meu filho e tudo o mais, mas como foi bom vê-lo, que coincidência, tenho certeza de que vamos nos cruzar de novo, cuide-se. Tchau.

Ainda dá para fazer tudo isso, penso, as palavras poderiam sair com tanta facilidade mas, em vez disso, faço sinal afirmativo.

— Outra bebida seria ótimo — digo.

Charlie faz muitas perguntas. Quer saber tudo sobre Tom. Quer saber o que anda fazendo, como eu estou me virando, o que é mais difícil e o que é mais fácil.

Fala de Finn. De como é ser pai solteiro. Diz que, desde que o filme dele ganhou dois Globos de Ouro, parece ter se transformado no solteiro mais cobiçado entre as mães solteiras da escola de Finn, e me faz rir ao descrever sua ida diária à escola para deixar o filho como uma rota de ataque em que ele precisa escapar das garras de mães solteiras ambiciosas.

E Charlie faz perguntas sobre mim. Pergunta sobre a minha vida, sobre o que eu faço, se eu me sinto sozinha, se sei o que vai acontecer.

Eu me surpreendo ao conversar com Charlie. Não tinha achado que seria assim tão fácil conversar com ele, mas acho que faz a gente se sentir bem quando alguém quer conhecer a gente tão bem assim, especialmente quando este alguém é tão, bom, gostoso.

Porque ele é mesmo bem gostoso. Olho para os braços dele, lembro-me de como estavam bronzeados no verão, e olho de novo para o rosto dele e percebo que está olhando para mim, e ele sorri, e eu coro.

Ah, meu Deus. Realmente, não estou pronta para isto.

E enquanto Charlie fala sobre seu divórcio, sobre como ele se ajustou, como as coisas são para ele, eu me pego divagando, vejo que estou me perguntando se não estou mesmo pronta, pensando sobre a realidade de beijar outra pessoa, de ir para a cama com outra pessoa.

Imagino o rosto de Charlie se movimentando na direção do meu, os olhos se fechando, as bocas se encontrando. Vejo-o, quase sinto, lambendo o meu pescoço. Quase sinto as ombros sob as minhas mãos, e tenho um calafrio.

Ah, meu Deus. Será que não estou mesmo pronta para isto?

— Está tudo bem com você?

— O quê? — Volto à realidade com um solavanco, com quase todos os botões da camisa abertos na minha fantasia.

— Parece que você viajou para algum outro lugar.

— Desculpe. — Droga. Por que estou corando de novo? — Só estava pensando que preciso voltar para casa daqui a pouco. É a babá. — A culpa faz as palavras saírem apressadas.

— Você mora por aqui?

Faço que sim e lhe digo.

— Eu moro em Gloucester Avenue — diz ele. Logo aí na esquina. Posso acompanhá-la até a sua casa?

Assinto. O que mais posso fazer?

Quando viramos na minha rua, a conversa pára. Penso em Lisa e suas histórias de beijos apaixonados na porta de casa. Penso em agarrões no sofá. E penso em Dan.

Não estou mesmo pronta para isto.

Viro-me para Charlie quando coloco a chave na fechadura, pronta para dizer algo educado para dispensá-lo, ciente de que não posso fazer isto, que uma fantasia é uma coisa, mas que a realidade de beijar outro homem é outra completamente diferente e não algo que eu esteja perto de conseguir agüentar.

— Foi ótimo vê-la — diz Charlie com um aperto de mão. — Mesmo. Eu sempre penso em você depois daquela noite, e obviamente em Tom também. Fiquei muito aliviado de saber que ele estava bem. Queria escrever para você, e sinto muito por não ter escrito.

— Ah, tudo bem.

— Mas, veja, somos vizinhos. Então, se você algum dia quiser sair para tomar um drinque ou ver um filme ou algo assim, é só ligar, certo? Sei como é quando a gente se separa, e os amigos fazem toda a diferença.

— Certo — digo, confusa. Estava pronta para dispensá-lo. Pronta para repeli-lo, para dizer-lhe que não, que não podia entrar para um café, e não, obrigada pelo convite para jantar, mas eu ainda não estou pronta para sair com ninguém.

— Aqui está o meu cartão — diz ele, colocando um cartão na minha mão. — Cuide-se, Ellie — e, com isso, ele retoma seu caminho e vai embora.

Entro em casa e fecho a porta, e então me recosto na parede no corredor escuro durante alguns segundos, com a mão no coração para acalmá-lo, enquanto penso no que acabou de acontecer. Ou não aconteceu. Ou poderia ter acontecido.

Tinha que ser assim, penso. Graças a Deus que ele não deu em cima de mim, imagine como seria estranho, como eu ficaria morrendo de vergonha.

Com toda a certeza tinha que ser assim.

25

Solto um grunhido quando abro os olhos e tento focar o relógio: 7h38. Droga. Recosto a cabeça no travesseiro e tento escutar Tom, mas não ouço nada, então me lembro de que é domingo e Tom está com Dan.

Ah, por que tomei tanta vodca na noite passada? O que eu estava pensando? Nove meses de abstinência durante a gravidez reduziram minha tolerância ao álcool para perto de zero e, 18 meses depois disso, eu com toda a certeza ainda não a recuperei.

Vou cambaleando até o banheiro, vejo a imagem borrada do meu rosto no espelho e solto outro grunhido, a mulher glamourosa da noite passada foi substituída por um monstro de olhos inchados. É a queda perfeita do sublime ao ridículo. Engulo dois analgésicos e depois me arrasto até a cozinha para preparar um café.

Às dez e meia, finalmente consigo colocar uma roupa e, quando estou saindo para o Polish para tomar um *cappuccino* e comer um *croissant* de amêndoas, o telefone toca e é Lisa.

— A gente se vê perto dos balanços, daqui a uma hora — diz ela.

Eu reclamo que no meu dia sem filho não vai ter jeito de eu me aproximar de um parquinho.

— Tudo bem — ela ri. — Então a gente se vê no Polish daqui a 15 minutos.

E desliga o telefone antes que eu tenha oportunidade de argumentar. Sei que ela quer saber o que aconteceu, e por um instante me pergunto se devo inventar alguma coisa: sexo selvagem e apaixonado em Primrose Hill? Não com esta temperatura. Mas ela provavelmente não acreditaria em mim. Ela pode não conhecer Charlie, mas conhece a turma dele, com certeza conhece o tipo dele. Vou ter que contar a verdade, pura e simplesmente.

— Você está um horror! — ela ri e empurra o carrinho de Amy por entre as mesas até onde estou sentada, já com um café nas mãos que aos poucos vai restaurando o meu lado humano.

— Ah, mas você sempre serve para colocar a gente para cima, não é mesmo? — Reviro os olhos.

Ela sorri.

— Desculpe, mas é que nunca tinha visto você de ressaca.

— É tão óbvio assim?

— Você quer que eu seja honesta?

— Ah, esqueça — solto uma gargalhada sarcástica. — Aliás, como é que você consegue estar assim tão perfeita, droga? Se eu me lembro bem...

— O que é pouco provável...

— Não é assim tão improvável, mas a gente não bebeu a mesma quantidade ontem à noite?

— Nós duas bebemos três, mas imagino que você tenha continuado com o Charlie.

— Ah, é. Eu tinha esquecido.

— Bom, é melhor começar a lembrar. Quero todos os detalhes sórdidos.

Sorrio e sacudo a cabeça.

— Não tem detalhe sórdido nenhum. Ele me acompanhou até em casa, a gente se despediu com um aperto de mão e é só.

— Só isso? — Lisa parece horrorizada.

— Só isso. O que você queria? Sexo em Primrose Hill?

— Bom, é, se você quiser saber a verdade. Era exatamente isso que eu esperava.

— Eu ainda sou casada, você sabe muito bem. — Minha voz agora está séria. — E a última coisa que desejo é um envolvimento romântico.

— É, eu sei que você ainda é casada, mas você não pode fazer nada se um envolvimento romântico vier ao seu encontro e, vamos ser sinceras, ele é uma delícia, e a química entre vocês dois é inegável.

— É?

— Não se faça de inocente! Claro que é. E não finja que não está interessada. Eu sei que você está separada, não divorciada, mas isto também não é motivo para deixar de se divertir.

O que foi mesmo que ela disse?

Olho para Lisa.

— O que foi mesmo que você disse?

— O quê?

— Como assim, "isto também não é motivo para deixar de se divertir"? Você está dizendo que Dan anda se divertindo? Como é que você sabe? Que tipo de diversão? Dan arrumou uma namorada, não arrumou? Eu sabia. Tem alguma coisa que você está escondendo de mim.

— Ah, Ellie, pare com isto. Não foi o que eu quis dizer, só saiu assim. Eu duvido que Dan tenha namorada e não, mais uma vez, não estou saindo com ele. Só quis dizer que você não precisa se isolar e nunca ir a lugar nenhum, nem ver ninguém.

Compreendo que estar separada é um horror, é uma posição ruim, parece que a gente está no limbo, mas esta pode ser a sua última chance, e você precisa viver um dia depois do outro.

— É assim que você faz?

— Vivo um dia depois do outro? Eu tento. Opa! Tome cuidado, Amy! Tudo bem aí? — Amy saiu do carrinho e está perambulando pelo café, conversando com todo mundo, e ninguém consegue entender nenhuma palavra do que ela diz. Ela tropeça no pé de uma mesa e cai, e Lisa corre para acudi-la.

Quando Amy se acalma, com a ajuda de um chocolate quente, Lisa pede desculpas pela interrupção, e eu nem ligo, de tão acostumada a interrupções que estou.

— Então — digo quando tudo volta à calma. — Acho sim que Charlie é legal, e sim, também sinto que existe química, mas realmente não acho que vou tomar alguma atitude em relação a isto. E, de todo modo, ele foi muito *blasé* na hora de ir embora, acho que não está nem um pouco interessado. — Conto como se despediu de mim com um aperto de mão e o que disse.

— Acho que ele não quis assustá-la — diz Lisa. — Então, você vai ligar para ele?

Enfio a mão no bolso do casaco, que está pendurado nas costas da cadeira atrás de mim, e sinto o cartão acomodado lá dentro.

— Que nada — sacudo a cabeça, inclinando-me para fazer cócegas na barriguinha de Amy, e ela se encolhe e dá gritinhos de alegria. — Provavelmente, não.

Em uma tarde de quinta-feira, quando vou me aproximando da entrada do apartamento, vejo uma silhueta conhecida sentada nos degraus. Conhecida e estranha, porque faz meses que não vejo Emma, não sei como continuar nossa amizade, nem se de fato é possível continuarmos amigas. Então, em vez de conversar sobre o assunto, de explorar a possibilidade, eu me afastei.

Ah, mas não tão na cara assim. Quando ela liga, eu deixo a secretária eletrônica atender, depois ligo de volta quando sei que ela não vai estar em casa. Deixo recados animados dizendo que adoraria vê-la, apesar de andar muito ocupada, torcendo para que a mensagem chegue até Dan, torcendo para que Dan fique achando que a minha vida está muito animada sem ele.

Às vezes me sinto muito infantil, às vezes Trish me diz como sou infantil e, no entanto, não consigo suportar a idéia de Dan saber como me sinto solitária. Não consigo suportar a idéia de ele saber que fico deitada na cama chorando com muita freqüência, que a única coisa que me faz levantar de manhã e chegar até o fim do dia é Tom.

Não consigo suportar a idéia de que ele saiba como me sinto apavorada ao pensar que as coisas vão ser assim para o resto da vida, e que a felicidade não existe mais, e que esta rotina monótona é a única coisa que me restou.

Mas tento não pensar nisso com muita freqüência, se não, não conseguirei seguir em frente.

E lá está Emma, sentada à minha porta, abraçando os joelhos enquanto lê uma revista aberta no chão. Hesito. Ela não erguera os olhos. Será que dava para ir embora? Fugir sem que ela me visse porque só Deus sabe que eu não quero que ela me veja assim, não quero que ela diga a Dan como eu estava horrorosa?

Só que tenho uma boa desculpa para estar assim. Tom começou a chorar e me chamar no meio da noite, e ultimamente tenho dormido menos do que nunca. Às vezes fico tentada a deixá-lo dormir na minha cama, mas ainda não estou pronta para percorrer este caminho.

Emma ergue os olhos. Ela me vê parada ali, hesitante, e se levanta de um pulo e corre na minha direção, desmanchando-se em lágrimas enquanto me abraça, e eu me vejo agarrando-a e chorando no ombro dela.

— Sinto tanta saudade de você — diz ela, eu esfrego as costas dela e tento consolá-la, derramando lágrimas salgadas em cima do casaco de camurça.

— Ah, meu Deus, desculpe. Seu casaco — digo quando ela afinal me solta, e nós duas olhamos para o ombro molhado dela e rimos.

— Ah, este trapo — diz ela. — Ganhei depois de uma produção — e percebo em uma fração de segundo como ela me fez falta, e começamos a nos abraçar de novo.

— É melhor você entrar antes de os vizinhos começarem a fofocar sobre a minha amante lésbica. — Afasto-me dela e enxugo as lágrimas.

— Pelo menos vão poder dizer que a sua namorada tem ótimo gosto para casacos — diz Emma e me ajuda a descer os degraus com o carrinho e, já dentro de casa com a porta fechada, ela olha para mim, repentinamente séria, e diz: — Você é mesmo uma vaca espertinha, ficou me evitando durante tantos meses. Você acha que eu não sei que andou filtrando meus telefonemas e que só ligava de volta quando sabia que eu não estaria em casa?

— Foi tão óbvio assim?

— Foi. Você não pode enganar a mestra — diz ela, soltando Tom e fazendo-o rir com coceguinhas. — Venha aqui com a tia Em — diz ela e ele puxa o cabelo dela e ri. — Seu macaquinho. Você disse para a mamãe que a gente foi ao zoológico na semana passada?

— Foram?

— Dan não contou?

Suspiro.

— Dan não anda me contando muita coisa ultimamente.

E Emma balança a cabeça.

— Como diabos vocês dois conseguiram se afastar tanto em tão pouco tempo? Quer dizer, que porra está acontecendo? O que está rolando? É uma loucura completa.

— Quer um chá?

— Quero. Quero um chá e quero saber que diabo está acontecendo, porque o meu irmão não fala com ninguém a respeito disto, e minha mãe sabe que ela é a última pessoa que você quer ver, e Dan parece triste de matar e você também parece péssima...

— Na verdade, hoje eu só estou com esta cara porque estou de ressaca — minto, na esperança de que chegue aos ouvidos de Dan, na esperança de que ele ache que ando saindo e me divertindo, e me sinto um pouco animada por saber que Dan anda triste de morrer também. — Você tinha que ter me visto ontem à noite.

— Imagino que você estava incrível ontem à noite?

— Aliás, estava sim — digo como quem não quer nada, resolvida a parar de mentir naquele minuto. Esta aqui é a Emma, e se tem alguém que consegue detectar uma mentira, este alguém é Emma. — Mas, bom, vá se ferrar, Emma. Faz meses que não nos vemos, e daí você aparece na porta da minha casa para me insultar.

— Só estou fazendo isto porque amo você — ela responde.

Viro-me para olhar para ela, mas está sentada na mesa, folheando a revista.

Fico lá chocada, segurando o bule. Ninguém nunca me disse que me amava, não fora da minha família imediata e Dan, é claro. E nem minha família imediata tinha dito isso, para falar a verdade. Minha mãe me amava do melhor jeito possível, acho, e meu pai fez referência ao amor que sentia por mim no meu casamento, mas se as ações falam mais alto do que as palavras, o fato de termos nos visto muito pouco desde então faz com que eu duvide disso em certo grau.

Dan diz. Dizia. Mas como é estranho ouvir aquilo de Emma, que não estava brincando quando disse, mas que falou de um jeito tão direto, como se fosse algo que eu devesse saber automaticamente, algo que não poderia ser questionado, nem seria.

— Emma. — Coloco o chá na mesa e me sento na frente dela. — Sei que parece uma pergunta idiota, mas você me ama de verdade?

Emma olha esquisito para mim.

— Não do jeito lésbico que faz os vizinhos fofocarem. Mas se você está perguntando se eu amo você de um jeito saudável, não-sexual, como as cunhadas se amam, com toda a certeza. Por que pergunta?

— É que é estranho ouvir uma amiga dizer que ama a gente. Desculpe. Sei que você não falou por algum interesse esquisito.

— Mas não sou sua amiga. Quer dizer, sou sua amiga, mas sou da família. Sei que você é minha cunhada, mas sempre pensei em você como irmã, como a irmã que eu sempre quis. Não é estranho, é? Você acha que é estranho?

— Não. — Balanço a cabeça. E começo a chorar.

Não são apenas lágrimas que escorrem pelas minhas bochechas. São lágrimas enormes e pesadas, acompanhadas de soluços. Deito a cabeça sobre os braços e solto tudo. Finalmente.

Emma pega Tom e o leva para a sala, onde consegue deixá-lo em estado catatônico com um DVD do *Baby Einstein*; depois volta para a cozinha e esfrega as minhas costas enquanto choro.

E não consigo parar. Todos os sentimentos guardados durante as últimas semanas, durante os últimos meses, parecem ter se condensado em um choro infindável. Choro e choro e choro, e quando as lágrimas secam, solto enormes soluços secos, Emma senta-se na minha frente e ergue uma sobrancelha.

— Parece que você estava precisando disso — diz ela. — Está se sentindo melhor agora?

— Estou — fungo e tiro um lenço de papel velho do bolso, que solta nuvens de fiapos no ar. — Desculpe — fungo enquanto Emma dispersa os fiapos com a mão.

— Não seja boba — diz Emma. — A casa não é minha.

— Você sabia que esta é a coisa mais maravilhosa que já disseram para mim? — digo.

— O quê?

— Que você me considera sua irmã.

— Ah, meu Deus, não vá começar a chorar de novo. O *Baby Einstein* está quase no fim.

Dou uma risada.

— Não, não vou começar a chorar de novo — e me ocupo limpando a mesa, enquanto tento processar minhas idéias.

Porque o que Emma acabou de me oferecer é o seguinte: eu sempre quis me casar com um homem que me transformasse em parte de uma família grande e cheia de amor, achava que assim seríamos instantaneamente envolvidos por uma rede calorosa de amor, aceitação e compreensão, mas as coisas não aconteceram assim, e não são assim de jeito nenhum.

E, no entanto, apesar das diferenças, apesar da falta de compreensão, da dor e da mágoa, Emma ainda me considera parte da família. Ela me ama. Ela me aceita apesar de eu estar separada de Dan, apesar de eu ter evitado seus telefonemas durante semanas, apesar de eu ter agido como se desejasse não ter mais nada a ver com ela.

Até hoje, até vê-la sentada na porta da minha casa, eu achei, achei de verdade, que não queria ter mais nada a ver com a família Cooper. Achei que se meu casamento com Dan tinha terminado, minha relação com a família dele deixaria de existir, mas acho que as coisas não são assim tão determinadas e precisas.

Emma continua me amando, apesar de não precisar, apesar de não me considerar mais parte da família dela. Talvez isto signifique que aquela família também é minha, apesar de tudo que aconteceu, e mesmo que Dan e eu peçamos o divórcio no fim, talvez continuem a ser minha família, e não só por causa de Tom.

— Tudo bem com você? — Emma pergunta, enquanto eu olho pela janela, em transe.

— Estou bem — respondo. — Então, como vão todos? Como vai a sua mãe?

Permita-me deixar as coisas bem claras antes de prosseguir. Não tenho vontade de ver Linda. Nem Michael, apesar de ele não freqüentar muito os meus pensamentos.

Mas ver Emma ali traz tantas lembranças de volta... Lembranças boas. Lembranças felizes. Lembranças de antes do acidente, que durante tanto tempo pareceu ter apagado tudo que aconteceu antes dele.

De repente me lembro de Linda me abraçando. Lembro de como ela me apertou forte no dia do meu casamento e disse como eu era mais uma filha na família. Lembro-me dos brincos que me deu de presente, da alegria dela quando Tom nasceu, seu desejo de se envolver em tudo, sua alegria verdadeira por mim.

Continuo sem vontade de vê-la. Mas bem que gostaria de saber como vai.

— Minha mãe vai bem — diz Emma. — Continua chata como sempre, mas acho que o fato de Dan estar em casa está começando a deixá-la levemente irritada.

— Mas eu achei que ele era o filho perfeito. O Dan que faz tudo certo.

— Ele era — ela faz uma careta. — Mas agora parece ter se transformado em Dan o filho tristonho que espera que ela lave toda a roupa suja dele, que cozinhe e limpe a casa para ele. Só ouço falar da bagunça do quarto dele.

— Ah, mas que beleza. Imagino que agora ela fique achando que eu o mimei demais.

— Acho que ela percebeu o trabalho completo que realizou antes mesmo de você entrar em cena. A gente está com saudade de você, sabe? Quer dizer, não só eu, todos nós. Talvez você não esteja pronta para ouvir isto, não quero aborrecê-la.

— Não quer ver mais um ataque de choro, é isso?

— Bom, é. Exatamente, mas a minha mãe ficou arrasada de verdade com o que aconteceu com Tom.

— Eu também fiquei. — Tento não ranger os dentes.

— Mas ela também ficou arrasada pelo que aconteceu com você, de você não querer falar com ela, não querer vê-la, e agora ela acha que a separação é toda culpa dela.

Abaixo os olhos para a mesa.

— O que eu disse que era ridículo — prossegue Emma. Eu não digo nada. — Não é mesmo?

— Não sei. — E não sei mesmo. Culpei Linda durante meses, consegui culpá-la por todas as coisas ruins que aconteceram na minha vida, transformei-a em uma enorme figura demoníaca, na matriarca desta família horrorosa e disfuncional; mas agora que Emma, a Emma amável de sempre, está sentada aqui na minha cozinha, eu não sei mais o que pensar.

Não vou admitir, não na frente de Emma, mas parte de mim quer encontrar-se com Linda. Parte de mim quer engolir o orgulho e conversar com ela, mas conversar de verdade sobre o que aconteceu. Quero saber exatamente quanto ela sofreu, ver se ela realmente sente o que todo mundo me diz que sente.

Mas acho que não tenho forças para fazer isto. Acho que a minha garganta não é grande o suficiente para engolir tanto orgulho.

— Ela adoraria ver você, sabe? — diz Emma baixinho.

— É por isso que você veio aqui? — De repente minha voz sai cheia de fúria, furiosa com a possibilidade de haver algum truque por trás da visita repentina de Emma.

— Pelo amor de Deus, não. Acalme-se. De jeito nenhum. Ela não sabe que eu vim aqui. Nem Dan. Mas ela fala muito de você.

— Fala mesmo? Que tipo de coisa?

— Bom, claro que não fala na frente de Dan. Ele simplesmente sairia de perto. Mas ela fala de você como se fosse da família. Ouvi outro dia mesmo quando ela disse para alguém que a nora trabalha no marketing do Calden. Ela nunca fica se exibindo assim por causa de mim.

— Ah. Foi mesmo?

— É. Foi sim. O que você acha? Será que poderia ligar para

ela ou algo assim? Quem sabe se encontrar com ela para conversar?

— Não sei — respondo. — Acho que ainda não estou pronta. Tudo ainda é muito recente e há muita mágoa.

Um silêncio desconfortável se instala.

— Você acha — diz Emma depois de um tempo — que você e Dan vão voltar? Porque, apesar de não ser da minha conta, parece que ninguém entende por que vocês se separaram, e a gente sabe que os casamentos têm lá seus momentos ruins, e que para fazer algo durar é preciso se esforçar.

Olho para Emma, surpresa.

— Desde quando você virou conselheira matrimonial?

— Ah, sabe como é. Conselheira matrimonial. Produtora de moda. Dermatologista. Meus talentos são infinitos. — Ela ri antes de prosseguir. — E então? Vocês vão voltar?

— Espero que sim — digo antes de ter oportunidade de pensar sobre o assunto, e a expressão de choque no rosto de Emma iguala-se à minha.

Depois que ela vai embora eu coloco Tom na cama, tiro a maquiagem, visto o pijama, entro na cama e apago a luz. Fico lá deitada um tempo, pensando primeiro em Emma, mas depois de um tempo meu pensamento volta para o lugar onde tem estado todas as noites desde o último sábado.

Para Charlie Dutton. E, mais uma vez, como sempre faço, repasso os acontecimentos da noite, revisitando cada olhar, cada palavra. Penso de novo sobre todas as coisas que não aconteceram mas que poderiam ter acontecido. Tinha que ser assim, penso.

Mas então, por que eu fico sentindo uma pontinha de decepção?

26

Precisamos mesmo conversar.

Onze semanas depois, Dan e eu ainda não conversamos, e agora percebo que precisamos compreender o que está acontecendo na nossa vida, se de fato temos uma vida em comum, ou se de fato esta separação vai levar a algo mais permanente.

Ainda não consigo acreditar direito no que disse a Emma. Que o meu subconsciente tomou conta de mim e proferiu aquelas palavras, quando eu não estava nem ciente daquele sentimento, nunca tinha pensado, nem por um instante, que gostaria de voltar com Dan.

Mesmo agora, não tenho certeza. Mas sei que sinto falta dele. Sinto falta de ser a metade de um casal. Sinto falta de tê-lo por perto. Sinto falta de ter alguém com quem fazer tudo junto.

Trish me perguntou se eu sentia falta de alguém ou se eu de fato sentia falta de Dan, e acho que ainda estou tentando descobrir.

Durante um tempo, achei que sentia falta de fazer parte de um casal, mas *de fato* sinto falta de Dan. Sinto falta do Dan com quem eu me casei, não do Dan dos últimos meses. Sinto falta do Dan que me fazia rir, que cuidava de mim, que me fazia achar que não havia nada melhor no mundo além de poder acordar e ver o meu melhor amigo deitado ao meu lado.

Sinceramente não sei se haverá uma maneira de voltarmos a ficar juntos. Se Dan pudesse voltar a ser o homem com quem eu me casei, voltaria com ele amanhã. Mas não vou me fingir de inocente aqui. Lembro-me de quando nos casamos, de como eu era jovem, ingênua e feliz, e sei que preciso redescobrir esta pessoa também, preciso reencontrar aquela alegria dentro de mim antes de poder ter uma chance em um milhão.

Mas uma coisa continua bem clara. Precisamos conversar.

Onze semanas depois de eu revelar a Emma que espero voltar com ele, dia 19 de maio, para ser mais precisa, ligo para Dan no celular (não tem como ligar para ele na casa de Linda e Michael, não estou pronta para falar com eles). Meu coração bate forte e fora de compasso enquanto o telefone chama. Sei que ele vai ver o meu número, vai ter a possibilidade de resolver se atende ou não, mas o telefone toca e toca e acaba caindo na caixa postal.

De certa forma, fico aliviada. É mais fácil deixar um recado do que ter que conversar. E isto não significa necessariamente que Dan está me evitando: o telefone dele deve estar, como sempre, enfiado no fundo de um bolso, ou de uma bolsa, em algum lugar onde não dá para ouvir.

— Oi, Dan, sou eu. Hmm, a Ellie. Olhe, só estou ligando porque já faz quase três meses que a gente se falou da última vez e acho que precisamos conversar. Tem tanta coisa que a gente não falou, e eu gostaria muito de... — Ah, meu Deus. Será que eu falo? Será que coloco as minhas cartas na mesa? Respiro fundo. — ...eu queria ver se a gente consegue ajeitar as coisas. Quer dizer, Tom sente tanto a sua falta, e parece que tudo isso não tem razão nenhuma. Então, bom... — Merda. Será que eu errei? Será que eu não devia ter dito nada disto? Agora é tarde demais. — Então, quem sabe você me liga quando voltar? Talvez possamos conversar neste fim de semana? — Falei demais. Demais da conta. Desligo o telefone e me sinto um trapo completo.

❤

— Como você *está*? — Fran está no telefone e, pela maneira como faz a pergunta, dá para ver que já sabe sobre Dan e eu.

Não que eu me importe de ela saber, mas simplesmente estou cansada de falar sobre isto. De tentar explicar *por quê*, já que eu mesma não estou bem certa das razões. E todo mundo quer ajudar. Todo mundo quer me convidar para uma visita, quer me levar para jantar fora, fica olhando para mim com olhos cheios de pena quando me dizem que posso contar com eles, se eu quiser conversar.

— Tudo bem — respondo curta, amolecendo ao perceber que ela não é qualquer uma, mas Fran. A querida Fran, para quem eu deveria ter telefonado. — Você já sabe, não é mesmo?

— Eu ouvi falar alguma coisa — ela responde, acanhada. — E não acreditei. Você sabe como são os boatos, então achei que era melhor telefonar primeiro e perguntar, para ver se é verdade e, em segundo lugar, para ver se posso fazer alguma coisa.

— Bom, é. Primeiro, é verdade, e, segundo, não, você não pode fazer nada, mas eu adoraria me encontrar com você.

— Então ele andou espancando você? — diz Fran e eu engasgo de horror.

— Meu Deus, não! Que horror. É o que estão dizendo por aí?

Ela solta uma enorme gargalhada.

— Não, desculpe. Mas não consegui resistir. Só ouvi dizer que vocês se separaram. Não consegui acreditar, Ellie. Quer dizer, eu achava que você e Dan eram tão felizes juntos...

— Não muito — solto um suspiro. — Já fazia muito tempo que não éramos mais, mas tenho certeza de que não é permanente. Mas acho que eu não devia dizer isto. Só Deus sabe o que vai acontecer, mas espero que encontremos um jeito de resolver. Aliás, quem contou para você? Sally?

— Não. Acho que Sally nem sabe. Para falar a verdade, foi Charlie Dutton. Ele veio jantar aqui na semana passada. Preciso dizer que fiquei um tanto acanhada. Ele ficou fazendo mil perguntas sobre você e eu não queria dizer a ele que você tinha desaparecido e nunca mais retornou minhas ligações. Eu tive que fingir que estava sabendo de tudo.

— Desculpe, Fran — respondo. — Mesmo. Não estou conseguindo manter contato com as pessoas. Depois do acidente a vida ficou tão confusa, e eu simplesmente me isolei de todo mundo. Mas tenho sentido saudade de você.

— Nós também sentimos saudade de você. Queríamos muito vê-la. E Charlie Dutton também — ela ajunta, e eu praticamente consigo enxergar o sorriso malicioso no rosto dela.

— Como assim? — Eu me finjo de inocente, jogando verde para descobrir mais.

— Nada — diz ela com leveza, fazendo-se de inocente por sua vez.

— Ah, dá um tempo — imploro, não que esteja interessada, mas se ele estivesse interessado, seria uma bela massagem para o meu ego, e isso pode parecer egoísta, mas Deus sabe que o meu ego anda precisando de uma massagem.

— Ele disse que cruzou com você uma noite destas e que tomaram um drinque juntos. Também disse que acha você incrivelmente *sexy*.

— Mentira!

— Verdade!

— Mas eu não sou *sexy*! — Meu sorriso está do tamanho do do Gato da Alice. Há anos ninguém diz que eu sou *sexy*. Sou mãe. Uma mãe mal-ajambrada que passa a maior parte do tempo sem maquiagem, de moletom da Gap e tênis, menos no dia em que me esforcei para sair com Lisa, e acabei cruzando com Charlie Dutton.

— Eu sei! — ela dá risada. — Eu tentei dizer a ele que você não é nada *sexy*, mas ele nem quis saber.

— Ah, muito obrigada!

— Estou brincando. Mas, falando sério, parece que ele gostou mesmo de você. Ficou me bombardeando com perguntas a seu respeito.

— Tipo o quê?

— Queria saber tudo sobre você.

— Meu Deus, sinto-me lisonjeada.

— Eu sei. É por isso que estou lhe contando. Está interessada nele?

Faço uma pausa, tentando deixar os elogios de lado por um instante, tentando ver qual é a resposta verdadeira.

— Sabe como é, se eu ainda fosse solteira, tenho certeza de que me interessaria e, é verdade, eu o acho muito charmoso e, em outras circunstâncias, com toda a certeza eu estaria a fim dele, mais ainda não estou pronta para nada. Acabei de me separar, e se Dan e eu voltarmos, nunca vou me perdoar por ter permitido que algo acontecesse.

— Então, você não está nem um pouquinho a fim dele?

— Ah, tudo bem — resmungo, lembrando-me da onda de desejo que tomou conta de mim quando estava com ele. — Estou um pouquinho a fim dele. Mas não vou tomar nenhuma atitude em relação a isto, certo?

— Certo — diz ela, feliz por finalmente ter arrancado aquilo de mim. — Então, se Marcus e eu insistirmos para você vir jantar conosco na quinta, a gente deve ou não convidar Charlie?

— Não! — praticamente grito. — Com toda a certeza, não. Não quero mais vê-lo. É sério. Não estou interessada.

— Tudo bem, tudo bem, acalme-se. Só perguntei por perguntar. Mas então isto quer dizer que você vem jantar com Marcus e eu?

— Você não liga de eu ficar segurando vela?

— Se você não ligar, eu também não ligo.

— Tudo bem. Deixe eu combinar com a babá e, se tudo der certo, eu adoraria ir. Mas não me venha com surpresas de homens solteiros, certo? Nem Charlie Dutton nem outro qualquer.

— Tudo bem, tudo bem — ela resmunga. — Nada de solteiros-surpresa. Vamos ser só eu, você e Marcus.

Entro sem fazer barulho, na ponta dos pés, no quarto de Tom, para ver se está tudo bem antes de ir para a cama. A luzinha noturna dele emite uma iluminação suave, que mostra os brinquedos e nada mais. Vou até o berço e sorrio ao olhar para ele.

O cheiro de vômito é inconfundível, e vejo Tom, dormindo profundamente, deitado em uma poça seca de vômito.

— Merda! — sussurro em um leve pânico, acendo a luz, Tom se mexe, abre os olhos e começa a chorar.

Coloco a mão na testa dele, mas não está com febre, e dou um beijinho de leve para acalmá-lo enquanto o levo até o banheiro para limpá-lo.

— Tudo bem, querido — digo cantarolando, tirando o pijama imundo, tirando a camisetinha pela cabeça, tentando não fazer mais sujeira. — A mamãe está aqui — digo e tento impedir que seus gritos perfurem meu coração enquanto lavo o cabelo dele para tirar o vômito.

Levo-o de volta para o quarto, coloco-o no trocador e o visto com rapidez. Agora está totalmente acordado, não pára de falar, e eu o coloco na cadeirinha de balanço no chão para trocar os lençóis.

— Bleeuurgh.

Viro-me e vejo Tom vomitando de novo: um enorme vômito em forma de projétil, cobrindo o pijama novo e limpinho, cobrindo a cadeirinha de balanço, cobrindo o tapete.

— Ah, merda.

Ele começa a chorar de novo, eu o pego no colo, levo de volta para o banheiro e começo tudo de novo.

Às duas da manhã ele já vomitou mais três vezes e eu o embalo no colo para tentar fazer com que durma. Estou exausta. Não consigo decidir se ligo para o médico, mas ele não tem febre, nada além do enjôo, e não consigo incomodar o médico no meio da noite por causa de alguma coisa que provavelmente não é séria.

Então Tom e eu ficamos balançando na cadeira, ele acaba dormindo no meu colo, os dois exaustos demais para se mexer.

Levo-o para o meu quarto e o coloco na cama ao meu lado. Tenho medo que ele vomite enquanto dorme de novo, então ligo a televisão bem baixinho e fico acordada até o amanhecer, quando o sono me vence e eu durmo recostada nos travesseiros.

Antes de adormecer, penso em como aquilo tudo é difícil. Fazer tudo isto sozinha é mesmo a maior dureza.

❤

Fran me abraça com força. Não diz mais nada, e nem precisa: o abraço dela me reconforta mais do que palavras.

E então Marcus me abraça, então nós três nos afastamos e trocamos sorrisos.

— Que bom vê-la, Ellie — diz Marcus. — Nós estávamos começando a achar que tinha algo de errado conosco.

— De jeito nenhum. Eu é que sou uma péssima amiga. Desculpe — peço.

— Não se preocupe — diz Fran e dá cotoveladas em Marcus. — Deus sabe que você já tem muita coisa com que lidar.

— Então. Acha que podemos comer aqui por perto, que tal? O chinês de Belsize Park está bom?

— Ótimo — digo pegando meu casaco do corredor. — Perfeito. Desde que possa ir para a cama às nove, fico feliz.

— Ainda bem que somos uma companhia tão boa — Marcus ergue a sobrancelha enquanto caminhamos até o carro dele.

— Não leve para o lado pessoal — dou uma risada. — Eu me sentiria assim mesmo que fosse jantar com... — tento pensar em alguém.

— Charlie Dutton? — Marcus oferece com um sorriso sarcástico.

— Ah, cale a boca. — Agora é a minha vez de dar cotoveladas nele. — *Principalmente* se fosse Charlie Dutton — digo, tentando me defender. Viro-me para Fran. — Será que vocês podem por favor parar de falar em Charlie Dutton? E, aliás, se por alguma enorme coincidência ele passar no restaurante hoje à noite e nos vir lá, eu vou embora, certo? Só para vocês saberem.

— Que droga. — Marcus ri. — Você estragou o meu plano maligno.

— Não se preocupe — Fran enlaça o braço no meu. — Não temos nenhum plano maligno. É só que você é nossa amiga e Charlie é nosso amigo, e seria muito legal, só isto. Se você estivesse pronta para isto — ela ajunta, apressada. — O que, claro, sabemos que não está.

— Então, chega de piada com Charlie Dutton? — pergunto.

— Tudo bem. — Marcus dá de ombros. — Eu paro se a Fran parar.

— Tudo bem — diz Fran. — Meu marido de 4 anos e eu prometemos parar agora mesmo de fazer brincadeiras com Charlie Dutton.

Estou tão acostumada a segurar vela com Fran e Marcus, já os conhecia havia tanto tempo antes de Dan aparecer, que voltamos com muita facilidade à amizade de antigamente, e por um instante eu me esqueço de que não sou mais a mulher que era quando jantei com os dois pela última vez, que agora tenho um filho, um marido, uma vida diferente.

Conversamos e rimos, e eu sei que não vou mais deixar passar tanto tempo antes de voltar a vê-los; que se encaixam sem sombra de dúvida na categoria dos amigos mais íntimos, e que eu errei ao permitir que a amizade amornasse entre nós quatro (Marcus, Fran, Dan e eu) por nunca ter sido tão boa quanto a existente entre nós três.

Não que Dan não gostasse deles. Sempre disse que eram muito legais, mas a dinâmica sempre foi diferente, de algum modo mais formal, e sinto um espécie de alívio ao vê-los sem ele.

No meio da segunda garrafa de vinho (que, é preciso dizer, eu e Fran tomamos quase sozinhas), eu me levanto para ir ao banheiro e, serpenteando pelo meio das mesas do restaurante lotado, dou uma olhada em toda aquela gente conversando com animação, todo mundo se divertindo, e penso em como é bom estar de volta ao mundo.

Porque eu me sinto como se tivesse sido afastada da vida real. E agora, as nuvens que me separaram, que me distanciaram de tudo durante tantos meses, finalmente se dissiparam e sou capaz de retomar meu lugar na terra dos vivos, de voltar a sentir alegria.

Sei que não é porque estou sozinha. Sei que não estou mais feliz sem Dan ao meu lado, mas sua partida funcionou como uma espécie de catalisador, deu um tranco em mim para que eu voltasse à vida, forçou minha retomada da realidade.

Sorrio ao ver que gosto da maneira como me sinto, e é então que os vejo. Enfiada em um canto reparo em uma moça, e só reparo nela porque é muito bonita. Cabelo escuro comprido e brilhante, olhos verdes grandes, olhando cheia de adoração para seu parceiro.

E é claro que meus olhos se deslocam para ver o parceiro dela, achando que ele provavelmente vai ser um rapaz alto, bonito, tipo modelo, e fico paralisada. É Dan.

Fico parada no meio daquele restaurante lotado e o tempo se congela, e observo a morena rindo e se inclinando para a frente para dizer algo. Não consigo me mexer. Só fico lá parada olhando para eles, e ela com toda a certeza sente que estou olhando e ergue os olhos ao encontro dos meus, curiosa.

E Dan se vira, ainda com um sorriso estampado no rosto de alguma piadinha particular que os dois compartilharam, e procura o que ela está olhando, e ele me vê, e juro que seu rosto fica absolutamente sem cor, exatamente como tinha acontecido no sul da França.

Então, ficamos nos olhando, Dan e eu.

Não consigo me mexer, e ele parece não saber o que fazer. A moça acaba colocando a mão dela na dele, e ele se vira para ela, diz algo (imagino que seja "é a minha mulher", a menos, é claro, que ela nem saiba que ele é casado) e começa a se levantar, e sei que ele vai vir até mim, mas não posso segurar esta. Não agora. Não aqui. Não quando estou prestes a vomitar a qualquer instante.

Caminho rapidamente de volta até Fran e Marcus.

— Preciso ir embora — digo, mal parando perto da mesa para dizer isto. — A gente se vê lá fora.

— Ellie? Está tudo bem? — Fran se levanta enquanto eu vou saindo, mas eu não paro para dizer nada, só saio para o ar da noite.

O telefone está tocando quando chego em casa. São 21h45, tarde demais para qualquer amiga minha ligar, levando em conta que todas temos filhos e sabemos que é muita falta de educação ligar para quem tem filho pequeno depois das 20 horas, depois das 20h30 no máximo.

Ignoro o telefone e agradeço a Rachel por ter cuidado de Tom mais uma vez, de último minuto, e a pago. Reparo que a pessoa que estava ligando não deixa recado, prefere ligar de novo alguns minutos depois.

A pessoa que estava ligando. Claro que sei que é Dan. Quem mais poderia ser? Pego o telefone exausta, sem ter muita certeza se quero ouvir o que ele tem a dizer, simplesmente me sentindo entorpecida, e enjoada, e cansada. Cansada demais.

E envergonhada. Depois do recado que deixei na caixa postal dele. O recado ao qual ele nunca respondeu. Eu poderia dar um chute em mim mesma por ter feito aquilo. Na hora que fiz, sabia que estava errada, sabia que não deveria ter permitido que ele soubesse como eu estava vulnerável. Ele não retornou a minha ligação, mas achei que poderia estar viajando, e nos veríamos no sábado de manhã quando ele viesse pegar Tom, que ele tocaria no assunto na ocasião.

Mas uma parte de mim esperava que ele não tocasse.

— Posso explicar — diz Dan quando atendo ao telefone e o levo ao ouvido.

— Não tem nada para explicar — digo, fria. — Você não me deve explicação. Você não me deve nada. Estamos separados.

— Ellie, não é o que você está pensando — diz ele. — Aquela era a Lola Smith, ela está apresentando a nova série que estou produzindo. Era um jantar de negócios.

Aquilo não era jantar de negócios coisa nenhuma.

— Não faz diferença — digo. — Ela com toda a certeza não achava que aquilo era um jantar de negócios e, aliás, você tem todo o direito de sair com alguém, ou de arrumar uma namorada. — Quase engasgo com a palavra, mas prossigo mesmo assim.

— Ela não é minha namorada. Nem era um encontro. — Dan parece arrasado.

— Então, onde você está agora? Do lado de fora falando no celular enquanto a *Lola* — só a menção do nome dela faz com que eu me sinta enjoada — espera no seu carro?

— Não. Ela foi para casa. Ela tem o carro dela.

Não digo nada, mas fico contente. Talvez não fosse mesmo um encontro. O Dan que eu conheço, o Dan com quem saí, sempre insistia em passar para me pegar.

Um silêncio. E depois:

— Recebi o seu recado.

Ah, que merda. Exatamente as palavras que passei dias esperando, exatamente as palavras que passei a temer desde que vi Dan com ela. *Lola. L-l-l-l-lola.*

— Sinto muito por aquilo — digo, fria. Ah, que merda. O que posso dizer? Como vou escapar desta? Que desculpa vou dar? — Acho que eu estava um pouco bêbada. Para ser sincera, nem me lembro direito do que eu disse. Seja o que for, ignore.

— Você estava bêbada? Às quatro da tarde? — Consigo ouvir o sorriso na voz dele e tenho vontade de bater nele.

— O que foi, Dan? — Sinto-me humilhada além do possível, e só quero desligar o telefone, encolher-me em um canto e chorar.

— Achei que talvez você tivesse razão. Que precisamos conversar. Quem sabe conversamos neste fim de semana?

Faço uma pausa. E então penso em *Lola*. Em Lola e Dan rindo. Em Dan beijando Lola. Será que ele faz as mesmas coisas com ela que fazia comigo? Será que ela é melhor na cama do que eu? Ah, meu Deus. Por favor, permita que eu pare de pensar nessas coisas.

— Não posso — minha voz sai fria de novo. — Simplesmente agora não vai dar, Dan. — E minha voz começa a falhar, e desligo o telefone devagar.

As lágrimas duram uma hora, e quando terminam, tiro o cartão de Charlie Dutton do bolso do meu casaco. Foda-se. Se Dan pode ter seu casinho, ou seu grande amor, ou a porra que ele esteja tendo com Lola, eu também posso ter o meu com Charlie Dutton.

Quinze para as onze. Será que é tarde demais para ligar? Nunca ligaria para qualquer outra pessoa, mas trata-se de um homem solteiro, e é sexta à noite. Duvido muito que esteja em casa. E, de todo modo, esta noite me deu coragem, falsa ou não, e se eu não ligar agora, não vou ligar nunca mais.

Sei de verdade que é agora ou nunca.

Ligo e estava certa. Ele saiu. A secretária eletrônica atende e, tentando fazer minha voz soar o mais normal possível, deixo um recado.

— Oi Charlie. É Ellie. Ellie... Cooper. — Durante um segundo, quase digo meu nome de solteira e, ao proferir meu nome de casada, penso em como aquilo faz com que eu me sinta adúltera. — Ellie Black — digo com firmeza porque, se vou mesmo ser infiel, como sei que vou ser, eu o farei na pele de uma moça solteira.

Com certeza assim vou me sentir menos culpada?

— Acabei de encontrar o seu cartão e estava aqui pensando se você quer sair uma hora destas. Ligue para mim. — Deixo o meu telefone e desligo, parabenizando a mim mesma pelo recado bacana que deixei.

E agora é só uma questão de tempo.

27

Não consigo tirar a imagem de Dan e Lola da cabeça. Vejo-os no restaurante, a mão dela se esticando para encostar na dele, ou a minha imaginação faz hora extra e os imagino em todas as posições comprometedoras que minha mente cansada é capaz de inventar.

Fico furiosa. Tomada pela raiva. Isso alimenta um desejo infantil de vingança da única maneira que conheço, que é ir para a cama com Charlie Dutton.

Coitado do Charlie Dutton. Fico aqui me perguntando se ele sabe que eu planejei tudo. Fico imaginando se ele sabe que planejo seduzi-lo da melhor maneira que sei fazer: com luz de vela bem sensual, roupas sedutoras, comida deliciosa.

Já estou com meio caminho andado, levando em conta que ele já confessou que me acha *sexy*. Com certeza só precisa de um empurrãozinho. Penso em Lola colocando os lábios dela nos de Dan e percebo que não vai ter como Charlie Dutton escapar das minhas garras.

Ele não pareceu surpreso com o meu telefonema. Aliás, ficou deliciado. Disse que estava a fim de me ligar e só pareceu um pouco surpreso quando eu o convidei para jantar. No sábado. A noite em que Tom não está e os ratos podem fazer a festa.

Mas parece que já faz muito tempo desde que fiz o jogo da sedução pela última vez, se é que algum dia eu já o fiz. Este com certeza é o terreno de Lisa, não o meu, e apesar de ser possível pedir-lhe conselhos (provavelmente *deveria* pedir-lhe conselhos), não consigo admitir o que estou fazendo, não posso contar para ninguém até depois de acontecer.

Não que eu esteja atrás de um caso de uma noite, de jeito nenhum. Mas não sei aonde isto vai levar, e não estou pensando no futuro, apenas nesta noite.

O salmão está enrolado e na geladeira, só esperando por sua camada de tapenade e massa, a salada está bem crocante dentro do saquinho, e a torta de limão espera pelos suspiros de prazer que sempre recebem a minha *pièce de resistence* e, ironicamente, apesar de isso não ter me ocorrido na hora, naturalmente, é a sobremesa preferida de Dan.

Posso não estar usando roupas novas, não nesta noite, mas pode ter certeza de que estou usando lingerie nova. Minhas calcinhas cinzentas e desfiadas de algodão, meus sutiãs cor da pele feios, nada *sexys* mas absolutamente práticos, podem bastar para um marido, mas nunca serão suficientes para um amante.

Neste ponto, aceitei o conselho de Lisa. Acho que é a primeira vez na vida que deixo de lado a loja de departamentos Marks & Spencer e vou à Agent Provocateur. Que vergonha. Que *sexy*. Que nada a ver comigo. Saio balançando minha culpa no pulso: delicada e deliciosa, pedacinhos de chiffon e renda. Lingerie para a mais *vamp* das *vamps*, a mais vagabunda das vagabundas.

E é verdade que nesta noite vou representar uma personagem. Nesta noite não sou Ellie Cooper, nem mesmo Ellie Black. Ellie Black, solteira, jamais agiria da maneira como planejo agir hoje à noite. Ellie Black, solteira, acharia que Agent Provacateur era um vilão de um filme de James Bond. Ellie Black não seduzia, deixava-se *ser* seduzida, e só de vez em quando, e só depois de ter saído com o rapaz pelo menos durante um mês, e só se tivesse muita, muita, mas *muita* certeza de que ele gostava dela.

Hoje à noite, planejo agir muito mais como Lisa do que como eu mesma. Planejo acender velas, colocar Norah Jones para tocar baixinho no som, sentar no sofá com Charlie Dutton e olhar para ele de coração aberto por cima da borda da taça de vinho tinto.

Se Charlie Dutton não tomar a iniciativa, mas preciso dizer que tenho certeza de que vai tomar (será que poderia existir situação mais perfeita?), eu tenho total intenção de atacar eu mesma, alimentada pelo meu desejo de vingança (basta pensar em *Lola*) e quantidades copiosas de álcool.

Às oito estou pronta. Oito horas. Parece um retorno à minha vida de antigamente. Charlie vai chegar às 20h15, e eu ando nervosa pelo apartamento, acendo velas e logo as apago. Óbvio demais. Ainda não. Elas serão acesas, mas apenas mais tarde.

Mas a lareira está acesa (as noites do final de maio continuam frias) e eu me sento ao lado dela para esperar que ele chegue, vou enchendo o copo e bebendo o vinho com rapidez para me sentir mais confiante.

A campainha toca. Meu coração começa a bater forte. Ah, meu Deus! O que eu estou fazendo? Será que é tarde demais? Será que posso fingir que não estou aqui? Mas é claro que não posso. Ellie Black, ou Ellie Cooper, ou até mesmo Ellie Vamp, continua sendo uma pessoa educada demais, boazinha demais até para pensar em fazer algo assim tão sem educação, tem medo demais que as pessoas parem de gostar dela se agir assim.

Caminho pelo corredor: cada passo sela o meu destino. Uma olhadela rápida no espelho confirma o que eu já sei. Que estou bonita. Talvez seja porque eu estou vestindo a *lingerie* mais *sexy* que já vi por baixo da roupa, talvez seja porque estou um pouco bêbada, mas meus olhos brilham e minhas bochechas estão coradas e, se eu fosse Charlie Dutton, com toda a certeza ia querer ir para a cama comigo.

— Oi. — Paro à porta e sorrio, ele se inclina para a frente, dá um beijo recatado na minha bochecha e me entrega um buquê enorme e muito bonito de lírios.

— São para você — diz ele e entra atrás de mim.

— Muito obrigada. Muito amável.

Digo a Charlie que sente e espere na sala enquanto me ocupo na cozinha, procurando um vaso para as flores. De repente, sinto-me muito nervosa. Isto não é um sonho. Não é uma fantasia. Tem um homem no meu apartamento, eu planejo ir para a cama com ele e ele não é o meu marido. De repente, tudo começa a parecer muito esquisito.

E muito errado.

— Quer um vinho? — digo da cozinha, desejando agora poder passar o resto da noite ali, para encontrar uma maneira de evitar o inevitável.

— Adoraria uma taça, sim — ele responde da sala. — Posso ajudar em alguma coisa?

— Não, tudo bem. Vou para aí em um minuto. Sinta-se em casa. — Sinto-me péssima ao dizer estas palavras, quanto clichê. Mas que situação mais clichê. Este... encontro. Eu tinha tanta certeza de que os meus dias de paquera tinham chegado ao fim, que eu nunca mais teria que fazer nada disso, e aqui estou eu.

Respiro fundo e levo duas taças de vinho para a sala, onde encontro Charlie parado na frente das estantes de livros. Ele se vira e sorri para mim, e eu começo a relaxar. Pelo amor de Deus, é só um homem. Você não precisa fazer nada, Ellie. Só jante bem e bata um bom papo. Você vai sair desta viva. É sério.

— Sempre acho que dá para conhecer bem uma pessoa por meio dos livros que tem.

— Ah é? — estou parada ao lado dele e olho para onde estava olhando: os livros de não-ficção de Dan misturados aos meus livros de *design*, meus livros de capa dura de ficção, vários presentes de casamento salpicados aqui e ali (travessas de cristal que nunca usamos, caixas de Limoges que estariam mais integradas à casa da mãe de Dan do que à minha e muitas e muitas fotografias de Tom). Tom recém-nascido, o rosto amassado, vermelho e bravo na frente da câmera. Tom recebendo carinhos de Dan, Tom comigo, Tom engatinhando, Tom dormindo...

— Acho que você já deduziu que nós... que *eu*... — digo, corrigindo-me apressada — amo o meu filho. — Gostaria de ter pensado em tirar as fotos de Tom com Dan, de remover todas as evidências de Dan por completo.

Charlie dá uma risada.

— Não é para menos. Ele é um amor.

— É mesmo, não é? — Relaxo, sinto-me à vontade em território conhecido, afinal. — Claro que não sou totalmente imparcial, mas acho que ele é a criança mais divina do mundo.

— Quando ele faz dois anos?

— Em agosto.

— Espere só ele fazer dois anos — ele sorri. — É aí que a diversão verdadeira começa.

— Quantos anos o seu filho tem mesmo?

— Cinco. Mas os dois anos foram os piores. Você não vai conseguir fazer mais nada. Ele está aqui? Dormindo?

Sacudo a cabeça.

— Não. Ele passa os fins de semana com Dan. E Finn? Você fica com ele nos fins de semana?

— Normalmente fico, mas minha ex e o namorado dela foram passar o fim de semana no interior com ele.

Minha ex. Imagino quando Dan vai deixar de ser Dan e se transformar no meu ex, ou se de fato vai mesmo se transformar no meu ex. Quando é que o outro pára de fazer parte da vida da gente? Quando é que a gente se torna capaz de falar do outro sem paixão, sem conexão, sem sentimento, sem sinal de mágoa? Não consigo me imaginar jamais falando de Dan como meu ex. Ainda não. Mas não vou pensar sobre isto hoje à noite. Tomo um gole bem grande de vinho.

— Então, você ainda não me disse o que deduziu a partir dos meus livros.

Charlie sorri e olha de novo para os livros, antes de se virar para mim.

— Hmm. Vamos ver. Vou partir do princípio de que os livros de não-ficção de história e todas as coisas de filme não são seus, o que me deixa uma paixão por *design*, alguém que lê todos os mais novos best sellers mas que tem uma queda por livros vagabundos de se ler nas férias, apesar de tentar esconder, e com toda a certeza vejo que no seu casamento havia muitos parentes velhos e poucos amigos de verdade.

Dou uma risada.

— Mas como diabos você adivinhou?

— Porque eu ganhei um montão de cristal e essas caixinhas pintadas também, e fiquei bem feliz de deixar minha ex ficar com tudo quando nos separamos.

— Quando vocês se separaram?

— Há quatro anos. Mas por que você quer saber?

Caminho na direção do sofá e me sento.

— Você parece falar dela com tanta facilidade, sem nenhuma emoção. Estou aqui me perguntando quando vou chegar a este estágio.

— Sinceramente, acho que cada pessoa demora um tempo diferente. Eu demorei muito, mas agora somos amigos, mais ou menos. Não que eu a convidaria para vir à minha casa, mas sempre tentamos agir com civilidade, pelo bem de Finn. Isto tudo ainda é muito novo para você e — ele faz uma pausa com um sorrisinho no rosto — provavelmente ainda é cedo demais para convidar homens desconhecidos para vir à sua casa jantar.

Ele sorri e me olha nos olhos enquanto toma um gole de vinho; duas coisas acontecem simultaneamente comigo: coro (meu Deus, como eu detesto estas minhas bochechas que vivem me entregando) e sinto uma onda de desejo. Fico olhando-o nos olhos um segundo além do tempo desejável, depois, com o sorriso mais meigo e inocente do mundo, consigo balbuciar:

— Mas você não é um desconhecido.

— *Touché.* — Ele sorri e ergue o copo.

— Deixe eu ir começar a preparar o jantar.

Levanto-me e ele me segue até a cozinha.

— Eu sou o mago das cozinhas. Deixe-me ajudar.

Conversamos, rimos e bebemos mais um pouco enquanto eu coloco o salmão no forno e Charlie corta a salada. Há algo tão familiar e ao mesmo tempo desconhecido nesta cena toda. Mais uma vez, percebo como sinto falta de integrar um casal, de cozinhar na companhia de alguém; uma coisa tão prosaica, tão cotidiana, de repente se torna tão especial quando a gente não tem mais.

Parece tão normal entregar uma faca para Charlie, a tábua de cortar, as verduras. E, no entanto, enquanto ele corta a salada, picando o pepino e o tomate em pedaços pequenos, eu tenho vontade de pedir que pare, que Dan não faz assim, que não gostamos de picar, que os pepinos e os tomates precisam ser fatiados, que ele está fazendo tudo errado.

Mas é claro que não digo nada. Simplesmente fico alegre com a maneira como a cozinha ganha vida porque há mais do que Tom e eu sozinhos ali. Como Norah Jones consegue criar uma atmosfera de calor e relaxamento, como de repente eu me vejo apreciando esta noite muito mais do que pensava, principalmente porque está sendo bem diferente do que eu pensava.

Eu estou a fim de Charlie. *Estava* a fim de Charlie. Não dá para negar. Mas agora que ele está aqui, agora que a fantasia se tornou realidade, aquela noite não é o evento ardente e sensual que eu tinha imaginado. Estou me divertindo. Não estamos paquerando, estamos conversando. E não estamos nos beijando, estamos rindo. Parece que estou preparando o jantar com um amigo, e de repente percebo que estou me divertindo, e que na verdade não quero ir para a cama com Charlie, e mais do que tudo, não *preciso* ir para a cama com Charlie. Estou fazendo um novo amigo, e a idéia faz com que eu relaxe e sorria.

— Por que você está aí sorrindo para si mesma?

— Só estava aqui pensando que estou me divertindo — digo. — Venha, vamos comer — e, juntos, levamos a comida para a sala e nos sentamos à mesa.

Charlie começa a falar maravilhas da comida.

— Você está agindo como se não visse uma boa refeição há meses — rio enquanto ele termina o salmão, pede para repetir e depois come três fatias enormes de torta de limão.

— Ser solteiro e cozinhar são duas coisas que não combinam.

— Achei que a maneira de conquistar o coração de uma mulher fosse pelo estômago.

— Não, é assim que se conquista o coração de um homem.

— Eu sei, estava brincando, mas não é verdade que as mulheres solteiras dizem não existir nada mais *sexy* do que um homem que sabe cozinhar?

— Não sei, falam? Você que é solteira é que deve saber.

— Tudo bem, não existe nada mais *sexy* do que um homem que sabe cozinhar. — Agora é a minha vez de tirar sarro.

Charlie me olha nos olhos e sorri.

— Isso quer dizer que você não me acha *sexy* porque eu não sei cozinhar?

Meu Deus. Isto é que é ser direto e preciso. Ele olha para mim, à espera de uma resposta, e eu não sei o que dizer. Minhas intenções de sedução já se foram há muito tempo, meus planos de agir como Lisa agora estão totalmente descartados. Gaguejo como uma adolescente, então rapidamente balbucio alguma coisa a respeito de tirar a mesa. Levanto, pego os pratos e os levo para a cozinha, onde tento me recompor encostada à pia, de olhos fechados, respirando fundo para retomar o equilíbrio.

Não ouço quando ele entra. Não sei que está ali até que sinto sua respiração quente no meu pescoço. Está em pé atrás de mim, tão próximo que quase sinto seu coração bater, sinto sua pele roçar na minha.

Meu coração pára. Não consigo respirar.

— Você não respondeu à minha pergunta — ele sussurra no meu ouvido, os lábios roçando o lóbulo da minha orelha, e meus joelhos amolecem. Começo a me virar para falar alguma coisa, qualquer coisa, e o rosto dele está lá, a alguns centímetros do meu, e meus olhos se fecham e nos beijamos, e penso que devo empurrá-lo para longe, não devia estar fazendo isto, mas é tão bom...

Tão, tão bom...

Os braços dele envolvem o meu corpo. Braços tão diferentes dos de Dan. Boca tão diferente da de Dan. Ele tem sabor doce. Almiscarado. Forte. As mãos dele acariciam a parte de trás da minha cabeça e ergo as minhas para tocar nas costas dele, não sou varrida por uma onda de paixão como achei que seria, mas estou curiosa, quero saber como ele é, este novo corpo encostado no meu, na cozinha.

Os ombros dele são mais definidos do que os de Dan, a cintura dele é maior, tem um pneu extra de carne que eu não tinha notado antes.

Sem falar, vamos para a sala, deitamos no sofá e começamos a explorar os contornos um do outro, trocando beijos e murmúrios, sorrindo.

Sei que ele está aceso. Sinto que está aceso. E sei que eu devo estar acesa, principalmente levando em conta os sentimentos que ele despertou em mim antes desta noite e, no entanto continuo me sentindo como uma espectadora, parece que observo aquele momento sem fazer *parte* dele. Isto é provavelmente o mais próximo que jamais chegarei de ter uma experiência extracorporal, porque cada vez que ele encosta em mim, cada vez que eu encosto nele, eu tenho plena consciência da sensação que a ação desperta, que é muito diferente de quando estou com Dan.

Aquilo traz à tona todas as lembranças que tenho de Dan, como uma enxurrada. Fazia tanto tempo que não transávamos quando ele foi embora que eu nem tinha pensado no assunto, não me lembrava de como era gostoso, de como nós dois gostávamos daquilo, e de como era maravilhoso ter chegado ao ponto em que não é mais preciso se esforçar, em que não é mais preciso fazer um *show*, em que a gente simplesmente ama alguém da melhor maneira possível, e essa pessoa devolve o amor.

Charlie murmura alguma coisa a respeito de ficarmos ainda mais à vontade, de ir para o quarto, e eu assinto, porque de repente eu não consigo mais confiar em mim mesma para falar, porque há um nó na minha garganta, e quando ele vem na minha direção para mais um beijo eu sacudo a cabeça e me sento ereta, repelindo-o com gentileza.

Charlie se afasta e fica olhando para mim, o cabelo despenteado, a camisa meio desabotoada.

— Eu sabia que não era boa idéia — diz ele diz baixinho, quase para si mesmo. — Eu sabia que era cedo demais.

— Desculpe — sussurro, culpa estampada no meu rosto. — Desculpe de verdade, Charlie. Acho que você é um amor, de verdade. Se não fizesse tão pouco tempo, se eu estivesse pronta...

— Não precisa explicar. — Ele pega a minha mão e segura na dele, faz um carinho na palma e nós dois olhamos para ver como a minha mão é pequena. — Fran me disse que ainda era cedo demais, e foi por isso que eu não liguei. Mas daí, quando você me ligou, achei que talvez estivesse pronta. Sabe, eu acho você uma mulher fantástica.

— Obrigada. — Eu sorrio e aperto a mão dele de leve.

— O prazer é todo meu — diz ele, e ficamos lá, sentados em silêncio durante um tempo. — Você acha que vai voltar com o seu marido? — diz ele, afinal.

— Acho que o futuro continua incerto, mas acho que a única coisa que sei com certeza, depois desta noite, é que não estou pronta para outra pessoa.

— Eu sei.

— Será que ainda podemos ser amigos? — digo, cheia de esperança, quando Charlie solta a minha mão e se levanta, e sei que está se aprontando para ir embora. Não tem motivo para ficar. Não mais. Eu deveria me sentir culpada, mas só sinto alívio. Ele sorri e dá de ombros, e eu sorrio triste para ele, ciente de que a resposta é não.

Em outro tempo, em outro lugar, em outra vida, quem sabe. Mas não agora, não aqui. Não comigo.

28

Recebo uma ligação do Calden logo na segunda de manhã. Precisam com urgência da proposta de marketing, que deve ser enviada por fax até o fim do dia.

Ainda não terminei. Quase, mas ainda falta um pouco, e graças a Deus Trish leva Tom para a casa dela, para que eu possa terminar.

Passo a tarde toda colada ao computador, dando telefonemas, alimentada por café preto bem forte, até as 16h. Recosto-me na cadeira e soco o ar, triunfante. Terminei.

Por mais desorganizado que isto pareça, não tenho fax, e Trish levou as crianças ao zoológico, então não posso entrar na casa dela.

Lisa foi viajar, fez um fim de semana prolongado (como sempre, ela recuou quando eu quis saber mais), mas ela tem fax, e eu tenho a chave da casa dela. Claro que eu poderia ir à loja de xerox da esquina, mas seria ridículo ficar na fila e pagar, levando em conta que uma das minhas melhores amigas tem um fax aqui do lado, e eu sei que ela não se importaria nem um pouco.

Mas ainda mais ridículo, penso ao vestir o casaco, é não ter fax. Foi um dos aparelhos essenciais que Dan levou consigo quando foi embora, e parece que agora vai ter que ir para o topo da minha lista de compras.

Ligo para Trish e digo que vou mandar um fax e que me encontrarei com ela no café de Regent's Park para tomar um chá.

— Seu filho é um anjo — diz ela, e não importa quantas vezes me dizem isso, a frase sempre aquece o meu coração. — Ele é tão bonzinho! Como é que você consegue? Por que o meu filho fica dando chilique o tempo todo e o seu filho é um amorzinho? Como é que você consegue?

Esta é uma conversa que se repete vezes sem fim. Já tentei explicar minhas teorias, tentando dizer a ela com muita gentileza que deveria fazer o filho ter mais rotina, mas ela é uma causa perdida, e eu não posso forçar a barra. E hoje eu disse o que sempre digo, que cada criança é diferente e que eu tive sorte.

Nós nos despedimos e eu pego a chave extra de Lisa, então hesito. É melhor ligar primeiro e avisá-la. Afinal de contas, eu não ia gostar que alguém entrasse no meu apartamento sem permissão, mesmo que tivesse a chave.

Ligo para o celular dela, que está desligado, então deixo recado.

— Lisa, sou eu. Olhe, preciso usar o seu fax, espero que você não se importe. Prometo que não vou mexer em nada na sua casa e só vou demorar uns minutos. Espero que você esteja se divertindo aí, seja onde estiver, seja com quem estiver. Ligue para mim quando voltar. Tchau.

E lá vou eu.

Adoro dias como hoje. Quando o sol brilha em Londres, não existe nenhum outro lugar no mundo em que eu preferiria estar. Pode ficar com o sul da França, com sua ilha no Caribe, com seu refúgio em Mallorca: Primrose Hill com sol é o lugar que eu mais amo.

Todo mundo parece feliz ao sol, todo mundo parece sorrir,

todo mundo parece caminhar saltitante. Eu sinto uma onda de vigor e alegria que não sentia há muito tempo, e pela primeira vez em muito tempo, ela não é causada por outra pessoa. Não estou feliz por causa de Dan, ou por causa da ausência de Dan, ou porque estou pensando em alguma outra pessoa.

Caminhando por Regent's Park Road, acenando para os vendedores que passei a conhecer como amigos desde que me mudei para cá, de repente sinto que a vida é bela. Não sei o que vai acontecer com o meu casamento, mas de repente sinto que tudo vai dar certo, que tudo acontece por um motivo, e que isto tudo tinha que acontecer.

O apartamento de Lisa é o que eu adoraria que fosse meu se tivesse dinheiro para isso. Ela mora em uma daquelas casas altas de estuque com vista para o parque. Uma daquelas casas que têm janelas enormes, de cima a baixo, molduras originais no teto, iluminação natural em todas as partes da casa.

Adoro o apartamento de Lisa, apesar de o gosto dela para decoração ser completamente diferente do meu. Adoro o meu apartamento porque é aconchegante, confortável, eclético. O apartamento de Lisa parece ter saído das páginas da *Elle Décor*, de tão chique, minimalista e refinado que é.

A única coisa fora de lugar são os brinquedos de Amy, que costumam ficar jogados pelo chão da sala e da cozinha diminuta, mas Lisa sendo Lisa, consegue guardar tudo em caixas de vime refinadas, e quando as caixas são bem arranjadas encostadas na parede, não dá nem para fazer idéia que alguma criança jamais entrou naquela casa, quanto mais que mora lá.

Eu tenho um cadeirão de plástico colorido enorme, com motivo de *Mamas and Papas* que ocupa metade da cozinha, mas Lisa tem um cadeirão minimalista de madeira da Tripp

Trapp que não ficaria deslocado na loja de mobília chiquérrima Conran Shop (vai ver até que foi comprado na Conran Shop).

O quarto de Tom é azul e, amarelo e verde, cheio de móbiles, ursinhos de pelúcia e quadros, mas o quarto de Amy é cor de café, com persianas marrom-chocolate e tapete de sisal, a única dica de que aquele é um quarto de criança é o berço e, ainda assim é um tipo de móvel de cerejeira que, segundo Lisa, poderá ser convertido em uma cama de um dia para o outro, quando Amy crescer mais.

Tenho milhares de fotografias de Tom espalhadas pelo apartamento inteiro. Lisa tem uma parede de fotografias no corredor. São todas branco-e-preto, lindas imagens profissionais de Amy, e de Amy com Lisa, e algumas só de Lisa, ampliadas em tamanho gigante com moldura preta delicada.

Tudo no apartamento de Lisa grita bom gosto, estilo, chique. No começo eu me sentia intimidada, aliás, Lisa me deixava intimidada, mas eu sei que ela é muito mais do que isso e, desde que Dan foi embora, é verdade que me vejo cada vez mais próxima de Lisa, sei que ela compreende o que eu estou vivendo de um jeito que Trish nunca compreenderá.

Claro que Trish me apóia, claro que ela quer ajudar, mas como ela não passou por nada disto, não tem como saber. Olhando para nós três, é fácil combinar Trish e eu, saber que somos amigas, que Lisa, glamourosa e perfeita, é a diferente do grupo e, no entanto Lisa e eu estamos ficando cada vez mais próximas, e Trish, apesar de não ser a que se destaca pela diferença, com certeza é a que não nos entende tão bem.

Não me sinto à vontade no apartamento de Lisa sem a permissão dela, mas não vou demorar. Vou diretamente para o escritório dela, que fica em uma alcova ao lado da cozinha, tiro o documento da bolsa e coloco no aparelho.

Tento não ficar reparando em nada. Só fico lá parada olhando pela janela enquanto o fax é enviado. Então, logo que a página três termina, juro que ouço um barulho.

Fico imóvel, esforçando-me para escutar melhor e, sim, tenho certeza que escuto passos no apartamento de Lisa. Meu coração começa a bater forte. Para isto eu não estava preparada. Invasores. Meu pior pesadelo. Olho em volta, procurando rapidamente por algum objeto pesado para agarrar, e tiro o abajur da tomada: tem o formato certo e é pesado. E agora, sentindo-me bem armada, atravesso a cozinha na ponta dos pés para investigar.

A maior parte dos ladrões é oportunista, acho. A maior parte deles tem pavor de ser confrontado. Vou assustá-los. Eles vão dar meia-volta e fugir. Ah, merda, por que isto tem que acontecer logo quando estou aqui?

Esgueiro-me pelo corredor e ouço o barulho inconfundível de alguém no apartamento. Uma porta que se fecha. Passos. Topadas com a mobília. Ah, merda. Meu coração bate forte dentro do peito e, parada na frente da porta do quarto, percebo que não estou preparada para lidar com isto, deveria simplesmente sair correndo e chamar a polícia.

E lá parada, pronta para correr, a porta do quarto se abre de supetão e eu engulo em seco e largo o abajur, porque ali, na minha frente, enrolado apenas em uma toalha, segurando um abajur de cabeceira na mão direita, e parecendo tão assustado quanto eu, está Michael.

Meu sogro.

Nenhum de nós diz nada. E imagino que a expressão dele seja parecida com a minha. Choque. Confusão. Mais choque.

— O que você está fazendo aqui? — Ele é o primeiro a falar, e atrás dele vejo Lisa com um roupão atoalhado, e ela está horrorizada, e por que isto não me ocorreu, como foi que eu não percebi?

Lisa e meu sogro.

Lembra como ele foi simpático com ela na França? Lembra como ficamos rindo de como ele praticamente babava quando olhava para ela?

Tudo volta como uma enxurrada.

E depois a conversa que tivemos há tão pouco tempo. Ela não tinha dito que era complicado, que ele era casado, mas que estava infeliz? Ah, meu Deus. Meu sogro.

Começo a me sentir muito, muito brava. Como ela *tem coragem*? Como ela *pôde fazer isto*? Ele não é dela. Ele é o marido de Linda. O pai de Dan. Como ela *tem coragem*?

Olho para Michael. Depois para Lisa, e não consigo encontrar palavras. Quero dar um tapa nele. E enquanto olha para mim, sua expressão passa de choque para culpa e finalmente, tenho certeza, para um certo remorso.

— Sinto muito — diz ele baixinho, enquanto eu fico olhando paralisada, sem conseguir acreditar que a minha amiga me traiu deste jeito. A única coisa pior que ela poderia fazer seria ficar com Dan, mas isto aqui não é muito melhor. Pode acreditar, isto aqui não é muito melhor.

Resisto à vontade de dar um tapa na cara dele. Olho para Lisa e vejo provocação em seu rosto, ali parada ao lado de Michael.

— Sinto muito você ter que descobrir assim, mas por que você está aqui? O que está fazendo no meu apartamento? — ela diz, e eu só consigo sentir nojo.

— Eu estava usando o seu fax — digo com frieza. — Se

você checar seu celular, vai ver uma mensagem minha. Achei que você tinha viajado, mas é óbvio que não percebi como você anda mentindo bem.

Fico feliz por Michael já não ser mais capaz de me olhar nos olhos, mas Lisa olha diretamente para mim, pronta para dizer algo em sua defesa, em defesa *dos dois*, mas eu não permitirei que fale, não estou interessada em nada que tenha a dizer.

— Vocês me dão nojo — digo baixinho, enquanto Michael olha para o chão e parece encolher a cada segundo que passa. — Vocês dois me dão nojo. Se Linda soubesse... — Não termino, nem preciso. Parece que Michael tem vontade de chorar, e Lisa o tira do caminho e fica na frente dele, sei que nossa amizade morreu em um instante, que nunca mais poderemos voltar a ser amigas.

— Você não compreende. Michael e Linda são infelizes há anos. Nós nos amamos. Isto aqui não é um casinho barato.

— Então, Linda sabe que você vai abandoná-la por outra mulher? — Olho para Michael e solto uma gargalhada falsa, porque é claro que ela não sabe. Porque ele não vai fazer nada disto. Ele pode estar apaixonado por Lisa, mas até eu sei que Lisa está seriamente iludida se acha que ele vai se separar de Linda.

Não quero mais estar aqui, não quero ficar aqui parada e me sujar com esta associação, não quero ter mais nada a ver com eles. Dou meia-volta e pego o meu fax, saio pela porta da frente e tomo uma atitude infantil, batendo-a atrás de mim.

Linda disse para não confiar nela, penso, enquanto caminho apressada até o zoológico. Ela sabia, ela sabia o tipo de mulher que Lisa era, mas nem Linda jamais pensaria que Lisa ficaria de olho no marido dela.

Linda. Coitada, coitada da Linda. Qualquer animosidade que eu ainda sentisse em relação a ela tinha desaparecido, e de repente vejo Linda como uma vítima inconsciente, uma vítima de traição, alguém que não fez nada de errado. Reconheço que sou a primeira pessoa a acusá-la de ser sufocante, e teimosa, e difícil, e provavelmente impossível para viver junto às vezes, mas falando sério, será que ela merece? Será que *alguém* merece?

O que pode ser pior para uma mulher com cinqüenta e tantos anos além de descobrir que o marido está indo para a cama com uma mulher de trinta e poucos, e não uma mulher qualquer, mas alguém tão perfeita quanto Lisa?

Coitada da Linda.

Mesmo que você conseguisse segurar seu casamento, como poderia voltar a se olhar no espelho e gostar do que vê? Como é que ia resistir a sempre se comparar ao modelo mais novo e melhor, e como seria capaz de aceitar a sua imagem de novo, ou de se sentir feliz em relação a ela?

Coitada da Linda.

Onde ela acha que o marido dela estava no fim de semana passado? Será que ela teve que agüentar noites em que ele chegou tarde em casa, conversas misteriosas cochichadas pelo telefone que terminam no minuto em que ela chega, contas de cartão de crédito sem explicação?

Porque Linda pode ser muitas coisas, mas burra não é. Será que ela não sabe mesmo? Ou será que ela é do tipo de mulher que sabe, mas acha que é melhor não saber? Será que ela é daquele tipo que fica achando que tem muito a perder, que pode ignorar as indiscrições contanto que sua vida continue do jeito que sempre foi?

E, quando chego ao zoológico, sinto algo que nunca imaginei algum dia sentir por Linda. Não que eu sinta pena dela, mas sinto necessidade de protegê-la. Sinto, como é estranho, quase um instinto maternal em relação a ela. De repente quero saber como está, para me assegurar de que vai bem, quero ajudá-la a sobreviver a isto, quero que saiba no mínimo que pode contar comigo, quero ajudá-la a lidar com isto, quero ser amiga dela.

E percebo a mesma coisa que percebi com Emma no outro dia. Para o bem ou para o mal, Linda faz parte da minha família. Independentemente do que acontecer com Dan, sou mãe do neto dela e, goste ou não, ela sempre vai fazer parte da minha vida. Até que a morte nos separe.

Nunca tinha entendido essa história de o sangue falar mais alto, mas estou começando a compreender o que significa. Posso não gostar da idéia, posso não gostar, às vezes, dela, mas Linda, e todo o clã Cooper, e tudo o que vem junto com eles, fazem parte de mim.

Parte da minha família.

— Você está péssima. Qual é o problema?

Abro caminho através da massa de mães que dão comida aos filhos pequenos no café e me inclino para dar um beijão em Tom.

— Você não vai acreditar quando eu contar — digo, ciente de que vou contar a ela, é claro que preciso compartilhar isto com alguém, que preciso me livrar do fardo de carregar tal informação sozinha. E quando olho para Trish, fico tão feliz pela nossa amizade e percebo que, apesar do que pensei recentemente de ter tanta coisa em comum com Lisa, Trish é que é uma pessoa melhor, Trish é que nunca faria algo assim. Trish continua sendo, e sempre será, uma amiga melhor.

— O quê?

E eu conto.

Ela solta o ar ruidosamente quando termino de falar, então me abraça bem forte.

— Como você está? — diz ela, toda preocupada. — Tudo bem?

— Estou meio entorpecida. Dá para acreditar? Você não acha um horror? Pelo amor de Deus, é o meu sogro, isso sem falar que ele é casado.

— Quer saber a verdade? — diz Trish, e eu faço sinal positivo. — Bom, eu acredito sim, e nem estou assim tão surpresa. Veja bem, acho que Lisa é uma mulher extraordinária em muitos aspectos, mas ela é muito durona, e sabe o que quer, e acho que mulheres assim são sempre meio inescrupulosas. Sempre colocam homens acima da amizade com outras mulheres.

— Mas por que você nunca disse nada? — pergunto. — Nunca vi você falar mal da Lisa, nem uma vez. Como foi que você nunca me disse isto?

Trish dá de ombros.

— Por várias razões. Não é o meu estilo ficar falando mal das amigas, e sempre fico muito nervosa com triângulos. Acho que, mesmo sendo adultas, a amizade entre três mulheres sempre deixa uma de fora, e eu não queria ser responsável por isso.

Não digo nada, porque é claro que Trish tem razão, e percebo que Lisa e eu, em nossas sessões de mãe solteira, deixamos Trish de fora, e agora sinto-me muito, muito arrependida mesmo.

— Eu deixei você de fora, não foi? — digo, triste, e ela sorri e balança a cabeça.

— Tudo bem — diz ela. — Eu percebi que você precisava da ajuda da Lisa para sobreviver a isto e eu entendi. Eu nunca precisei me virar sozinha, eu não sabia o que era isto, e eu sabia que a Lisa era capaz, de certo modo, de dar a você um tipo de apoio impossível para mim. Mas, Ellie — e ela se inclina para a frente e coloca a mão no meu braço —, eu sempre soube que a nossa amizade não foi colocada à prova, certo?

Assinto e engulo em seco. Ah, se eu pudesse dizer a mesma coisa. Que filha-da-puta eu fui.

— E, se você quer mesmo saber — ela prossegue —, eu achei mesmo que ela estava tendo um caso, porque anda toda misteriosa, e fiquei morrendo de medo que fosse com Dan. Se posso dizer alguma coisa, por mais terrível que isto pareça, fico aliviada por ser Michael.

— Você pensou mesmo nisto? — estou chocada. — Por que não disse nada?

— O que eu poderia ter dito? — pergunta Trish, tristonha. — Você ficaria com raiva de mim por pensar isto, e eu não queria perder a sua amizade se ficasse no meio da história.

— Graças a Deus que você estava enganada.

— Eu sei — ela responde. — Graças a Deus que tem pelo menos uma luz no fim deste túnel. E agora? O que você vai fazer? Você acha que é sério de verdade?

Sento e reflito, mas não acredito que seja, não acredito que possa ser. Não acredito que Michael vá de fato trocar Linda por Lisa. Eles podem ter lá seus problemas, mas tenho certeza de que Michael, no fundo, ama Linda e que isto é, se preferir, uma espécie de crise de meia-idade que vai passar logo.

— Acho que não. Mesmo. Talvez só esteja sendo ingênua, mas não consigo vê-lo abrindo mão de tudo por Lisa. Meu Deus. — Balanço a cabeça, admirada. — Não acho que Linda saiba.

— Como assim?

— Veja a coisa da seguinte maneira: você não foi a única a achar que a Lisa estava tendo um caso com Dan. Linda me avisou a respeito de mulheres como Lisa quando a conheceu na França.

— Mentira!

— Verdade! Com toda a certeza, ela é uma mulher muito mais sábia do que qualquer uma de nós duas.

— Coitada da Linda.

— Eu sei. É exatamente o que eu fiquei pensando.

— O que você vai fazer? Você não vai contar a ela, vai? — Trish parece horrorizada.

— Meu Deus, não! — Estico o braço e roubo uma batatinha do prato de papel de Tom. — Mas acho que vou ligar para ela. Só para ver se vai bem. Sei que parece estranho, mas de repente comecei a sentir um instinto de proteção em relação a ela.

Trish sorri.

— Não acho nem um pouco estranho. Acho que é muito legal. E Deus sabe que ela adoraria ter notícias suas. Não foi este todo o problema, o fato de ela querer que você fosse mais como uma filha para ela?

Assinto. Por que isto de repente não parece mais assim tão estranho?

— Linda? É Ellie.

Um som de engolir em seco. Depois silêncio, enquanto ela se recompõe.

— Oi, Ellie — ela diz com a voz mais fria que já ouvi. — Em que posso ajudar?

Bom, e o que é que eu esperava? Que ela se desmanchasse em lágrimas e me dissesse como está com saudade de mim? Que estava muito grata por eu finalmente estender-lhe o galho de oliveira da paz? Bom, é, para falar a verdade, é sim. Eu esperava algo assim, e é um choque ouvir tanta frieza na voz dela.

Mas trata-se da mulher com quem me recusei a falar durante meses. *Meses.*

Respiro fundo.

— Sinto muito — digo baixinho e, quando as palavras saem, sinto lágrimas se formando na minha garganta.

— Sente muito pelo quê? — a voz de Linda continua gelada.

— Sinto muito por tudo — digo e desabo completamente. Fico lá soluçando ao telefone e tento falar várias vezes, mas sempre começo a chorar de novo e, quando finalmente retomo a compostura, nem sei se ela ainda está escutando.

— Linda? Você ainda está aí?

— Estou, Ellie. — Agora sua voz está suave. — Continuo aqui.

— Podemos conversar? — Digo, apesar de não ter planejado isto. — Podemos nos ver? Quem sabe almoçar?

Um silêncio prolongado. Rezo para que ela diga que sim, que ela simplesmente não desligue o telefone na minha cara, apesar de eu merecer exatamente isto, e ela teria absolutamente todo o direito de não aceitar.

— Podemos — ela finalmente diz. — Acho que é uma idéia excelente.

29

— Não sei o que fazer com Lisa — Trish confessa enquanto empurramos os carrinhos pelo parque.

— O que tem ela? — eu resmungo.

— A gente não pode simplesmente descartá-la — diz Trish. — Você não pode simplesmente descartá-la. Estou completamente passada com o comportamento dela, mas ela é uma boa amiga, e você não pode julgá-la só com base neste erro.

— Erro? — Eu paro e olho para Trish, boquiaberta. — Erro? É assim que você classifica o que ela fez?

— Tudo bem, é mais do que um erro, mas pense em tudo que Lisa tem de bom. Pense em como ela é uma boa amiga para nós duas, como você sempre diz que ela foi ótima depois que Dan foi embora. Acho que me parece errado culpá-la. Ela não é uma pessoa tão má assim.

— Bom, mas ela também não é uma *boa* pessoa — interrompo, amarga.

— Eu sei — Trish suspira. — Só estou tentando não me envolver demais, estou tentando não escolher.

— Veja bem. — Eu paro e me viro de frente para ela. — Falando sério, não estou pedindo para você escolher. Até onde me toca, não quero ter mais nada a ver com ela e, sim, seria mentira se eu dissesse que não me importo se você continuar a ser amiga dela, mas também sei que isto seria muita criancice, então você não deve parar de falar com ela por minha causa. Só peço que você não me fale nada dela, porque, neste momento, não quero saber mesmo.

Trish reflete enquanto caminhamos mais um pouco.

— Eu devo estar me preocupando à toa — ela termina por dizer. — De qualquer jeito, ela não retornou meus telefonemas. Você não quer mais saber dela de verdade?

— Para mim, ela não existe mais — digo, em tom definitivo. — Até onde eu sei, minha sogra tinha razão.

— E o seu sogro? — pergunta Trish. — O que você acha que vai acontecer com ele?

Por acaso, eu sei o que vai acontecer com ele. Eu sei o que vai acontecer porque, três dias depois de eu ter topado com Lisa e Michael, ele me ligou. Naturalmente, ligou da segurança de seu escritório, claramente pouco à vontade, e minha voz estava bem fria enquanto eu escutava o que ele tinha a dizer.

Apesar de eu ter dito que não estava interessada, era mentira.

— Eu queria explicar — ele começou, limpando a garganta.

— Você não precisa explicar nada para mim — respondi. — Acho que já ficou tudo bem claro.

— Ellie, por favor. Eu sei que você vai almoçar com Linda, e eu preciso explicar, preciso pedir para você não dizer nada a ela. Por favor. — Dava para ouvir o medo na voz dele. — Por favor, não conte a Linda sobre Lisa.

— Acho que agora você vai soltar algum clichê ridículo, do tipo que Lisa não significa nada para você, ou que você anda infeliz.

Michael suspirou fundo devido ao sarcasmo na minha voz.

— Ellie, a vida nem sempre anda na direção que a gente acha que vai andar, e a gente às vezes comete erros, e às vezes fazemos coisas de que não nos orgulhamos, mas o único jeito de aprender é com os erros...

Eu o interrompi, irritada com o fato de ele querer se fazer de santo.

— Michael, eu não estou interessada mesmo. Fico feliz por você ter encontrado uma maneira de justificar seu caso para si mesmo, mas eu não...

— Isto não aconteceu — disse ele com firmeza.

— O que não aconteceu?

— Eu não consegui encontrar uma maneira de justificar isso para mim mesmo. É que eu... — ele suspirou. — Eu simplesmente não consegui resistir a ela. Ah, meu Deus, eu sinto muito mesmo, Ellie. Sinto muito porque não tinha a intenção de aborrecer você, nem de magoar Linda, nem de me envolver. Juro que eu não tinha intenção nenhuma de ter um caso, só fiquei lisonjeado com a atenção dela, ela é tão jovem, e...

Por uma fração de segundo, senti pena dele.

Não. Eu não sentiria pena dele. Mas minha curiosidade agora tinha sido cutucada. Eu tinha imaginado que Michael a seduzira, que correra atrás dela, que conduzira a traição. Será que eu me enganara tanto assim?

— Ficou lisonjeado com a atenção dela? Como assim?

Michael, inteligente que é, detectou a brecha na minha armadura e mergulhou de cabeça, despejando toda a história patética.

Parece que foi Lisa quem começou a paquera. Ele não se sentia *infeliz* com Linda, mas também não estava exatamente feliz, e já fazia alguns anos. No começo, ele não botou muita fé, quando Lisa fez um comentário sugestivo e ficou olhando-o nos olhos um pouquinho mais do que o necessário, durante mais tempo do que qualquer mulher jovem e bonita o olhara nos olhos em anos.

Tinha acontecido no sul da França. Antes do acidente, claramente. Uma série de comentários sugestivos de Lisa, comentários que Michael tentou ignorar, mas não pôde evitar de se sentir lisonjeado. Meu Deus, como é que a gente deixou passar tudo isso? Como é que Linda deixou passar tudo isso? Como ela nunca pôde imaginar que o alvo de Lisa era Michael, com tanta suspeita que levantou?

Ele estava acostumado a receber elogios por seu intelecto, explicou. Sua habilidade no tribunal, seu conhecimento, seu raciocínio rápido. Mas havia anos que não era elogiado por sua aparência, por seus feitos, por *ele mesmo*.

— Ela foi a primeira? — perguntei a certa altura. Não que fosse da minha conta. Não que eu achasse que ele responderia.

Fez-se uma longa pausa.

— Você precisa compreender — Michael suspirou. — Faz 35 anos que sou casado. É muito tempo. — Ele não disse mais nada. Não precisou.

Coitada da Linda.

Lisa tinha ligado para Michael depois do acidente. Tinha encontrado o telefone do escritório dele na internet. Tinha ligado para dizer que sentia muito, que se ela pudesse fazer alguma coisa para ajudar, bastava ele pedir, e que se ele quisesse conversar, ela poderia se encontrar com ele.

Que *vagabunda*. Usando o meu filho como desculpa para começar um caso com o meu sogro.

Porque na minha cabeça não existe nenhuma dúvida de que tudo foi totalmente premeditado. Que ela decidiu que

Michael era exatamente o tipo de homem de que precisava. Que ela moveria montanhas, se fosse necessário, para assegurar-se de que ele de algum modo tivesse um caso com ela e presumivelmente abandonasse a mulher por causa dela.

Então, almoço. Um almoço inocente, Michael disse, porque ele precisava mesmo conversar, já que Linda tinha se transformado em uma confusão de lágrimas e emoções. Fiquei quieta neste momento, eu não precisava dizer mais nada sobre o que eu achava.

E o almoço, segundo ele, levou ao inevitável.

— Você ama Lisa? — perguntei. Apesar de eu não querer saber, de ter afirmado que não estava interessada; mas agora que eu sabia, precisava me inteirar dos detalhes.

— Eu amo a maneira como ela faz eu me sentir — disse ele baixinho. — Amo o fato de me sentir jovem quando estou com ela. Mas, na mesma medida, odeio a culpa. Para cada momento maravilhoso, há um igualmente terrível. Detesto a culpa e me detesto por ter caído nas armações tão óbvias dela.

Fiquei em silêncio. Não havia mais nada a dizer.

— Terminei tudo com ela — disse ele. — Eu amo a minha família. Não quero magoá-los. Este foi um erro terrível e, mais uma vez, sinto muito, Ellie.

— Lisa sabe?

— Acho que sim. Depois que você saiu nós conversamos muito. Mas não sei se ela acreditou muito. Mas é verdade. Acabou.

— Eu não vou dizer nada a Linda — afirmei. — Quer dizer, eu já não ia, mesmo antes de você ligar.

— Obrigado. — Dava para ouvir o alívio na voz dele. — Obrigado, Ellie.

— Tudo bem — eu respondi, porque dizer que não era nada seria mentira.

❤

Trish e eu chegamos ao parquinho e, quando ultrapassamos as árvores, vejo Lisa sentada sozinha em um banco, falando no celular enquanto Amy caminha pelo tanque de areia.

— Merda — balbucio e puxo Trish pelo braço para trás da segurança das árvores.

— O que foi? — Trish, como sempre, não se liga.

— É Lisa. Ela não viu a gente. Não vai dar. Eu simplesmente não vou conseguir lidar com isto.

Trish assente.

— Tudo bem — diz ela. — Vamos lá para casa.

— Ah, meu Deus — eu murmuro, enquanto saímos dali de fininho como se fôssemos adolescentes. — Você acha que a gente vai ter que parar de vir aqui?

— Ouvi dizer que Muswell Hill é bem legal — diz Trish e, pela primeira vez naquele dia, eu solto uma risada.

Então paro de rir, abruptamente, porque não só Lisa nos viu com toda a certeza como está vindo em nossa direção.

E não temos para onde fugir.

— Oi — diz ela, chegando mais perto e olhando diretamente para mim.

— Oi, Lisa. — Trish abre um sorrisão, tentando parecer o mais normal possível. — Como vai?

— Tudo bem — Lisa dá de ombros. — Oi, Ellie.

— Oi, Lisa — balbucio, consigo olhá-la nos olhos por um segundo e logo desvio o olhar.

— Ellie — diz Lisa —, será que podemos ir a algum lugar para conversar?

— Eu fico aqui com as crianças — Trish apressa-se em oferecer. — Por que vocês duas não vão dar uma caminhada?

Eu lanço um olhar furioso para ela, mas Trish finge não ver, e Lisa me conduz por uma trilha do parque.

Caminhamos em silêncio durante um tempo e depois Lisa diz:

— Terminou tudo, sabe?

— É — respondo. — Eu já sabia.

— E lá estava eu, achando que desta vez seria diferente. — Ela solta um suspiro pesado. — Achei que ele ia largar a mulher por mim. Achei que finalmente tinha encontrado a felicidade verdadeira.

— Lisa... — começo a dizer, para explicar que não quero saber daquilo, nem falar mais daquilo, mas então vejo uma lágrima rolando pela bochecha dela. Paro, surpresa de ver Lisa assim tão vulnerável, e de repente percebo que aquilo tudo não tinha nada a ver com traição a mim. Aquilo tinha a ver com Lisa estar apaixonada, e agora, desiludida.

Isto aqui não tem absolutamente nada a ver comigo.

E, sem perceber, já estou estendendo os braços e abraçando Lisa, e, enquanto a aperto e ela chora, ela pede desculpas por ter me magoado, diz que nunca teve a intenção de me magoar, diz que sou a melhor amiga dela, e que faz qualquer coisa para que tudo volte a ficar bem entre nós.

Ela pode até conseguir superar a perda de Michael, explica, sorrindo por entre as lágrimas, mas não vai conseguir superar a perda da melhor amiga ao mesmo tempo.

Achei que eu não seria capaz de perdoá-la. Achei que nunca mais falaria com ela, mas percebo que ela é só um ser humano; que todos nós cometemos erros; que eu já julguei Linda demais da conta, e que não seria justo fazer a mesma coisa com Lisa.

— Tudo bem — eu esfrego as costas dela. — Eu entendo. Também sinto muito. Sinto muito por ter julgado você, por não ter lhe dado uma chance. Sinto muito. — E sinto mesmo. — Claro que ainda somos amigas.

Quando nos soltamos, Lisa sorri para mim, e compreendo que só me resta uma coisa a fazer. Agora preciso pedir desculpas a Linda.

❤

Reconheço que estou nervosa. Tão nervosa quanto no dia em que conheci Linda, possivelmente até um pouco mais do que naquele dia em que Dan me levou pela primeira vez ao almoço de domingo, quando acreditei ter encontrado o homem perfeito com a família perfeita.

Parece que estou saindo com um homem pela primeira vez, desesperada pela aprovação dela, o que é uma sensação verdadeiramente muito esquisita, ainda mais se tratando de Linda. Nunca precisei brigar para obter a aprovação dela antes, não desde aquele primeiro dia. A luta foi para tentar afastá-la, para tentar mantê-la a certa distância, para tentar incorporar a nossa família à dela e a dela à nossa sem que ela nos consumisse por inteiro.

E eu não consegui. Não naquela época. Eu não sabia como integrá-la aos poucos, e ela não sabia como construir uma relação sólida sem afobação. Então, ela viera correndo ao meu encontro de braços abertos, e eu pulei para fora do caminho e ergui uma barreira que ela nunca teria como atravessar.

Sempre fico me perguntando se tudo seria diferente se o acidente não tivesse acontecido. Se teríamos chegado a este ponto de qualquer maneira, se a tensão entre mim e a família de Dan era tão forte que alguma outra coisa teria explodido, alguma outra coisa teria se colocado entre nós, teria feito com que eu fugisse correndo.

Nos últimos dias, tenho pensado se amoleceria se não tivesse descoberto o que sei agora, se eu estaria sentada aqui se não tivesse passado a enxergar Linda como vítima, se não tivesse sentido pena dela, se não tivesse sentido vontade de ajudá-la.

E quero ser amiga dela.

Pode ser que não esteja pronta para ser filha dela. Pode ser que eu nunca venha a ser filha dela, principalmente porque agora Dan e eu estamos separados, e neste momento a situação não parece ter chances de mudar a curto prazo. Mas estou disposta a ser amiga dela.

Ou, pelo menos, estou disposta a tentar.

Olho para o relógio. Ela está atrasada. Não é normal. Linda sempre chega adiantada a tudo. Olho para a porta e então a vejo. Fico em pé e faço um meio aceno, e meu coração bate com força dentro do peito.

Ah, relaxe, pelo amor de Deus. É só a sua sogra.

Ela parece envelhecida. Mais envelhecida do que eu me lembrava. Está usando a mesma quantidade de maquiagem que sempre usou, mas não me lembro daquelas rugas todas, ou talvez de serem tão acentuadas.

Ela esbarra em uma cadeira no percurso até nossa mesa, e pede desculpas, e naquele momento eu sei que nunca mais vou enxergar Linda como a matriarca imponente da família. Ela é humana, frágil, e vulnerável.

Por que eu nunca enxerguei este lado dela antes?

Ela pára na minha frente e sorri e (ah, meu Deus, quando foi que me transformei neste bebê chorão?) e sinto o nó na garganta e os olhos marejados, então ela estica os braços e me abraça, e penso que, apesar de não ser minha mãe, não é uma segunda opção ruim e eu me sinto muito arrependida mesmo por tudo.

E então nos sentamos.

Esta é a primeira vez que senti alguma frieza da parte de Linda. Depois do abraço inicial, achei que voltaríamos ao papel de antes, mas ela age com educação e uma certa reserva, e eu fico besta de ver. É um lado que eu não conhecia nela, e percebo que o abraço não significou que ela me perdoou, que tudo estava bem e que eu já era parte da família mais uma vez.

Aquele abraço tinha apenas a intenção de me reconfortar, foi uma resposta pavloviana às lágrimas, percebo, e sentada ali naquele restaurante, remexendo uma travessa de salada e conversando amenidades, eu faria qualquer coisa, *qualquer coisa*, para levar aquela Linda fria embora e trazer de volta a Linda que eu conhecia, a Linda que eu pensava detestar. A Linda que eu agora compreendo e de quem senti falta.

Então, falo de Tom. Um assunto que sem sombra de dúvida vai amolecê-la. Falo tudo que posso imaginar a respeito de Tom. Sei que ela o vê nos fins de semana, mas ela não o vê nas aulas de ginástica, nem com os amigos, nem ouve todas as coisas engraçadas que ele diz, então eu a bombardeio com histórias a respeito de Tom, e dá para ver que começa a dar certo.

Ela vai amolecendo gradativamente e, sentadas lá bebericando *cappuccinos*, digo mais uma vez que sinto muito, e começo a explicar por que eu não tinha como falar com ela, por que eu a culpara, mas paro. Não há mais nada a dizer. Eu mesma não sei por que tinha sentimentos tão acentuados. A raiva desapareceu de uma maneira tão completa e tão total que não deixou nem sombra, e eu sei que nada no mundo seria capaz de justificar para ela por que eu me recusei a vê-la, ou impedi que fizesse parte da nossa família durante tanto tempo.

— Então, como vai Dan? — mudo de assunto, rompendo o silêncio desconfortável, tentando soar o mais desencanada possível. Fico me perguntando se ela é capaz de me dar alguma informação que eu não tenho, se ela sabe sobre *Lola*, se ela sabe o que vai na cabeça de Dan, ou o que ele sente, ou o que ele planeja fazer a respeito de nós.

Se é que ainda existe um *nós* a respeito de que falar.

Linda coloca açúcar no café, mexe com a colherinha e nós duas ficamos observando a espuma da superfície rodopiar, e, no final, Linda olha para mim.

— Ele está da maneira como seria de se esperar — olha para mim diretamente.

— Eu sinto a falta dele — digo baixinho e percebo que esta é a chave mágica. Não o neto amado, mas o filho amado.

E ela parece relaxar visivelmente ante meus olhos. Uma hora e meia depois de entrar no restaurante, o rosto dela finalmente relaxa, e vejo a Linda de verdade. A Linda que eu conhecia antes.

— É mesmo? — ela pergunta, e vejo esperança em seus olhos.

Faço um sinal afirmativo com a cabeça.

— Sinto muita falta dele, de verdade. E Tom sente falta dele. E queremos que ele volte para casa. Mas acho que ele não quer mais saber da gente.

— Ah, Ellie, é claro que ele quer vocês de volta. Ele adora os dois. Eu não entendo nem um pouco por que tudo isso aconteceu. Não consigo entender por que vocês se *separaram*.

— Ela faz careta quando profere a palavra e vejo o quanto ela não aprecia esta situação, independentemente do que possa ter pensado de mim.

— Mas eu tentei conversar com ele, e ele não diz nada, e se quer voltar para casa, por que não diz?

Linda revira os olhos e agora é mesmo aquela Linda que eu conhecia, só que hoje não me irrita. Se é que eu sinto alguma coisa, acho que é uma graça.

— Ah, Ellie, não seja tão ingênua — ela fala em tom quase de bronca. — Ele pode ser meu filho e a coisa mais preciosa do mundo para mim, mas também é homem. Dan nunca foi muito bom em se comunicar quando está magoado. Sempre fez exatamente o que está fazendo agora. Ele se isola, se encolhe em uma bolinha e fica escondido até a mágoa passar.

Ah, muito obrigada, meu Deus. Muito obrigada, muito obrigada, muito obrigada. Então ele não saiu ileso desta; a coisa não é tão insignificante quanto parece. Pela primeira vez desde aquela noite quando o vi em Belsize Park, começo a sentir um pouquinho de esperança.

— Você acha então que ele está magoado? — Preciso ouvir isto da boca da mãe dele, principalmente depois das minhas últimas conclusões.

— Claro que está magoado — ela caçoa. — Ele não sabe mais o que fazer, mas está com o orgulho ferido também, e é por isso que não a procura primeiro, apesar de estar com vontade. Você vai ter que procurá-lo. Pode acreditar, eu sei que você o conhece bem, mas eu o conheço há muito mais tempo.

— Ele não tem saído para a balada todas as noites? Achei que ele ia voltar direto para a vida que levava antes de me conhecer.

— Meu bom Deus, mas é claro que não! — diz Linda. — De onde você tirou esta idéia?

— E a *Lola*? Ele não está saindo com ela?

— Lola? Você está falando da moça que apresenta o programa novo dele? — Linda olha para mim como se aquela fosse a coisa mais ridícula do mundo.

— Mas eu vi os dois juntos — reclamo. — E ela estava toda em cima dele.

Linda sacode a cabeça.

— É impossível você ter visto o que acha ter visto. Juro. Ela acabou de se casar e está grávida do primeiro filho, e feliz da vida, pelo que Dan diz. Ele a levou para jantar para falar de trabalho enquanto o marido estava trabalhando em Leicester, mas juro que não tem nada entre os dois. Para começar, ela não é o tipo dele e, em segundo lugar, Dan não está interessado em ninguém mais além de você.

Ela não é o tipo dele? Eu me lembro de Linda falando de um outro tipo, do tipo que sairia com um homem que pertence a outra mulher, e me remexo pouco à vontade na cadeira enquanto Linda parece ler a minha mente.

Ela faz um sinal para a garçonete para pedir a conta, então se volta de novo para mim.

— Então, como vão as suas amigas? — pergunta. — Trish e... Lisa?

Foi minha imaginação ou ela fez mesmo uma pausa, disse o nome dela com mais ênfase? Será que ela sabe? O que eu faço se ela perguntar? Será que dá para negar? Será que dá para mentir?

— Estão bem — digo, incapaz de olhá-la nos olhos. — Ainda nos encontramos bastante.

Um silêncio desconfortável se instala e eu tento preenchê-lo dando um gole na minha Perrier, mas quando o copo chega aos meus lábios, percebo que está vazio.

— Eu estava certa a respeito da Lisa, sabe? — diz Linda baixinho, eu engulo em seco e olho para ela. Ah, meu Deus. Ela sabe. Como é que ela sabe?

— Como é que você sabe? — Meus olhos estão esbugalhados de terror, minha voz se transforma em um quase sussurro.

— Não sou idiota. — Ela sorri, triste. — Eu vi muito bem o que aconteceu na França.

Fico lá sentada olhando para ela, igual a uma surda-muda. Não sei o que dizer. O que isso significa? Será que ela vai largar Michael? Será que ela vai conseguir perdoá-lo?

— O que você vai fazer? — termino por dizer.

— Fazer? — Ela olha para mim e ri. — Nada! Eu vi muito bem que ela estava dando em cima de Michael, paquerando quando achava que estávamos envolvidos em outra conversa, lançando olhares demorados e cheios de malícia para ele. Felizmente meu marido não é do tipo de ter casos — ela ri com leveza. — Se não, eu ficaria seriamente preocupada.

Ela não sabe. Como é que ela pode *não* saber? Como é que ela pode ter somado dois e dois e chegado ao resultado de três e meio?

— Então, não aconteceu nada entre os dois? — não consigo me segurar... Não dá para acreditar que ela não sabe. Quero saber exatamente o que ele disse a ela.

— Não por falta de tentativa dela — Linda solta uma gargalhada. — Você sabia que ela até teve a audácia de convidá-lo para almoçar?

Tento fazer cara de inocente.

— É mesmo?

Linda ri.

— Não é ridículo? O que uma moça nova daquelas pensa, indo atrás de um homem de meia-idade casado? Simplesmente não consigo entender.

Não há nada que eu possa dizer.

— Nunca achei que ela fosse do seu tipo — Linda desdenha. — E com toda a certeza nunca confiei nela. Aliás, Michael e eu estamos mais felizes do que nunca. Ontem à noite ele chegou em casa com passagens para irmos passar o fim de semana em Florença! De surpresa! — Ela solta risadinhas infantis. — Então, sua amiga realmente escolheu o casal errado.

Assinto e desvio o olhar. Não há mais nada a dizer. O fato de ela ter razão a respeito de Lisa não significa que algum dia precise saber mais do que já sabe. Só Deus sabe como ela tomou conhecimento do convite de Lisa para almoçar (talvez seja verdade que Michael não tinha intenção de que as coisas fossem tão longe quanto foram), mas ela parece feliz, e eu acreditei em Michael no telefone. Acabou, e espero que Linda nunca fique sabendo.

Mudo de assunto com destreza e conversamos sobre bobagens enquanto nos preparamos para ir embora. Penso em como apreciei este almoço, agora que Linda relaxou, agora que parece termos encontrado uma maneira de avançar.

Eu tinha achado que colocaríamos tudo às claras. Achei que o almoço seria cheio de recriminações, de conversas a respeito de quem se magoou, e de como tínhamos ficado magoadas, e de como nos sentimos, e de como nos sentíamos agora.

Eu estava pronta para uma carnificina emocional, e sinto-me grata por não termos precisado fazer nada disso, que Linda não quer desnudar minha alma. Também não tem vontade de listar cada desgosto que teve em relação a mim.

Encontramos uma maneira de seguir em frente, sem ter que voltar e revisitar toda a dor, e desta vez enxergo de verdade como podemos estabelecer um relacionamento, como podemos fazer parte da vida uma da outra.

— Então, você acha mesmo que eu devo procurar Dan primeiro? — pergunto enquanto vestimos o casaco e nos preparamos para sair. Linda pagou a conta como sempre, imersa demais em seu papel de mãe suprema para fazer algo diferente.

— Acho mesmo — ela responde com um sorriso, e hesita antes de colocar o braço em volta dos meus ombros e me dar um apertãozinho, como fazia a Linda afetuosa e amável de outrora. — Ligue para ele hoje à noite e diga que quer conversar.

Epílogo

— Ah, meu Deus, você deve estar de brincadeira! — Dan e eu soltamos gritinhos de alegria e prazer ao pousar as malas no chão de mármore e caminhar com rapidez até as enormes janelas que dão vista para o mar.

— Isto é maravilhoso! — viro-me para Dan e sorrio enquanto ele me abraça e me dá um beijo na boca.

— E quem é que não queria tirar férias em família? — ele diz e me empurra de leve.

— É, bom. Isto aqui não se trata exatamente de férias em família. É o sexagésimo aniversário da sua mãe, isso sem contar que seu pai está pagando tudo. Pode acreditar: se dependesse de nós, nunca estaríamos aqui.

— Pode acreditar — Dan ri —, se dependesse de nós, nunca *teríamos dinheiro* para estar aqui.

— É verdade — assinto, concordando com ele.

Sandy Lane. O hotel dos hotéis. O destino preferido pelos ricos e famosos. Um lugar aonde eu nunca pensei ir, nem nos meus sonhos mais insanos.

Michael anunciou há dois meses que traria a família toda para cá como surpresa para o aniversário de 60 anos de Linda. Eles chegaram ontem, e ela não faz idéia de que todos nós vamos aparecer hoje à noite para o jantar de aniversário dela no The Cliff.

Tom olha maravilhado para a imensa TV de plasma que fica na frente do sofá da nossa suíte, então entra correndo no quarto.

— Mãe! — ele grita todo animado. — Pai! Tem outra TV *ginorme* aqui também. A gente pode assistir agora? Pode, pai? Por favor?

— Não, querido — diz Dan, seguindo-o quarto adentro. — Nada de TV hoje. — Ele se volta para mim e revira os olhos. — Ele ainda não tem nem 4 anos e já está obcecado com a televisão. Imagine só como vai ser quando chegar à adolescência?

Sorrio.

— Vá distraí-lo com um castelo de areia gigante. Tem baldinhos e pazinhas para vender na loja de suvenires.

— Por uns 100 paus. — Dan sacode a cabeça.

— Mas é para o seu querido filho — digo. — Vá em frente. Compre um baldinho e uma pazinha e vá com ele até a praia.

Dan pega Tom e o coloca nos ombros.

— Vamos lá, Mr. T. Que tal irmos à praia fazer um castelo de areia?

— Oba! — Tom grita. — Boa idéia, pai! — E ele arrasta a mala para o quarto e tira dali o calção de banho e se troca.

Os rapazes vão para a praia e eu coloco Millie, adormecida, no bercinho que ajeitaram ali para nós.

Ela perdeu a soneca e, apesar de ter se comportado maravilhosamente no avião, o polegar está enfiado na boca e ela está apoiada no meu peito, sinal certeiro de que está pronta para dormir.

Esgueiro-me para dentro do quarto escuro depois de cinco minutos e ela já dormiu. Os cílios se recurvam com suavidade por cima das bochechas, ela continua chupando o polegar com suavidade, e eu me seguro para não me abaixar e cobri-la de beijos, ciente de que ela ainda não está em um sono profundo.

É tão diferente ter uma filha... Eu fiquei com medo, durante tanto tempo, de repetir os padrões de minha mãe, de não estar pronta para ter uma menina, de nunca estar pronta para ter uma filha.

E, no entanto, no minuto em que ela nasceu, eu me apaixonei completamente por ela. Mesmo agora, aos nove meses, ela já é totalmente diferente de Tom. Mais macia, mais quietinha, mais feliz. Tom era sério, mas Millie nunca pára de sorrir. Tom, por ser menino, sempre pareceu um pouco estranho para mim, mas sei exatamente quem Millie é, o que ela está pensando, o que ela quer.

Deixo-a no quarto dela (ah, como é bom ter uma suíte com dois quartos) e tiro nossas roupas da mala antes de pegar uma maçã na fruteira e ir me acomodar na varanda.

Não consigo parar de sorrir ao pensar no luxo deste lugar. Tem um sofá até na varanda. Um sofá! Do lado de fora! Deve estar custando uma fortuna a Michael, mas se este é o preço que ele precisa pagar por uma indiscrição de tanto tempo atrás, então que seja este o preço.

Tento não pensar naquela época com muita freqüência. Dois anos depois de Dan e eu termos voltado, chegamos até aqui, todos nós, e me sinto uma pessoa totalmente diferente. Quando penso naquela época obscura, quando Tom se acidentou, quando Dan e eu nos separamos, e quando Michael estava de caso com Lisa, penso em como é extraordinário o fato de eu estar tão feliz agora, levando em conta que fui infeliz durante aquele período.

Vejo Dan de mãos dadas com Tom, examinando as varandas da ala das orquídeas à minha procura, até que me encontra, e daí os dois acenam e jogam beijos para mim, e eu fico jogando beijos para eles até desaparecerem.

Nós nos transformamos na família com que eu sempre sonhei. Não que tenha sido instantâneo, nem fácil. As primeiras semanas depois que Dan voltou sempre tinham momentos desconfortáveis, mas nós conseguimos superar, com a ajuda de um conselheiro matrimonial, cientes de que estávamos juntos pelas razões certas e de que desejávamos que desse certo: não só por causa de Tom, mas por nossa causa.

Olhando para trás, lembro-me de tudo como se tivesse acontecido da noite para o dia, apesar de isto certamente não passar de um truque da memória, porque as coisas nunca foram assim tão simples. Mas eu me lembro de ter passado um período meio estranho entre nós dois e, de repente, um dia, tudo ficou bem. Não, melhor do que bem. Um dia, de repente, tudo ficou maravilhoso.

Então eu logo engravidei de Millie e, de algum modo, compreendi que seria impossível repetir os erros dos meus pais. Tom nunca ia ser o filho único desajustado e solitário que eu fui; Tom teria um irmão, talvez dois, quem sabe mais.

Nós formaríamos uma família adequada.

E minha felicidade e minha sensação de contentamento crescem a cada dia. Hoje Dan é verdadeiramente meu melhor amigo. Meu marido, meu amante, meu confidente. Ele é, como Sally colocou, o marido perfeito. (E a coitada da Sally continua solteira, desesperada atrás de algum homem.)

Quem poderia pensar nisto?

E embora Linda e Michael possam até não ser os sogros perfeitos, nós fizemos muitos avanços em relação àqueles dias obscuros do passado.

Demorei muito tempo para perdoar Michael. Aliás, demorei um tempão para ser capaz de olhá-lo nos olhos. Não que ele tivesse alguma facilidade em fazer a mesma coisa. Mas à medida que o tempo foi passando, vi como ele e Linda estavam mais carinhosos um com o outro. Era como se o caso dele, ou o fim da história, tivesse feito com que ele se lembrasse de tempos melhores. Se aquilo fez com que ele ficasse mais carinhoso, ou se por causa daquilo Linda tenha passado a admirá-lo mais, tanto faz: a verdade é que estão mais felizes do que eram há alguns anos.

No começo, eu nunca via afeição entre os dois. Michael mal falava, e Linda falava com ele principalmente para menosprezá-lo. Mas agora eles conversam e trocam sorrisos, e até já vi Linda dar beijos espontâneos em Michael. Ah, é claro que isso não acontece assim com tanta freqüência, mas até Dan já comentou que nunca viu os pais assim tão felizes.

Talvez nossa felicidade seja contagiante.

Linda com toda a certeza está mais tranqüila do que era. Está mais cautelosa em relação a mim, mais cautelosa do que era antes de Tom sofrer o acidente mas, como eu disse a Dan, isso não é ruim. Eu prefiro que ela seja cautelosa em relação a mim a que queira me dominar como fazia antes, que queira me transformar na filha dela e depois acabe me detestando porque eu não estou a fim de entrar no jogo.

Encontramos uma maneira de fazer as coisas funcionarem.

Ela não é, nem nunca vai ser, a mãe que eu nunca tive, e não tenho intenção de ser filha dela. Nossa relação é de sogra e nora, e assim nos tornamos amigas. Eu não troco confidências com ela, nem recorro a ela em busca de conselhos, apesar de saber muito bem que ela adoraria isso.

Mas saímos para almoçar, geralmente uma vez por semana,

e conversamos sobre coisas inconseqüentes: livros, notícias, pessoas que conhecemos. Batemos papo e damos risada. Nunca falamos sobre as coisas importantes, como Michael, ou Dan, ou as crianças, a não ser para relatar histórias que dão conta de como são adoráveis, ou para contar as coisas engraçadas que dizem.

Eu costumava achar que Linda não aprovava o meu jeito, que ela sempre se achava melhor do que eu, que era melhor em tudo, inclusive no papel de mãe. Agora ela me diz que sou uma mãe espetacular e, em vez de achar que ela está com algum truque, prefiro acreditar nela. E nos damos muito bem.

Ouço uma batida na porta, espio pelo olho mágico e vejo Emma ali. Abro a porta e ela se joga para cima de mim em um abraço enorme.

— Você está acreditando neste lugar? — diz ela, entra na suíte e pega uma pêra antes de se jogar no sofá. — Este não é o lugar mais incrível em que você já esteve? Faz o Calden parecer uma pousada barata. — Ela ri e dá uma mordida grande na fruta.

— Ah, muito obrigada! — Mas ela não está errada.

— E adivinhe só? Juro que acabo de ver um dos Gallagher lá embaixo, no bar. E parece que a Beyoncé esteve aqui na semana passada. Estou louca para descer e sair à caça de celebridades, mas com a minha sorte eu só vou ver o horroroso do Michael Winner.

Tenho um ataque de riso.

— Então, também avisaram para você ficar longe da praia? — Lembro-me das instruções escritas de Michael em relação à nossa chegada, para que Linda não nos visse. — Você sabe que este trecho está dentro do limite permitido.

Michael disse que podemos ir até onde ficam os botes e tudo bem. Parece que ele e sua mãe estão no restaurante.

— Eu sei, mas Jake não é exatamente discreto.

— Ah, é verdade. Bem lembrado.

Jake Motrin. O mais novo *chef*-celebridade por quem Londres se apaixonou, isso sem falar em Emma, que está dizendo, pela primeira vez, que encontrou o homem certo. Jake é o *homem perfeito* para ela. Ele não é discreto por causa da fama que tem (a última série de TV que apresentou teve enormes índices de audiência e o estabeleceu como um dos cinco maiores *chefs* da cidade, e seu restaurante em Notting Hill atualmente é o mais disputado e elogiado da zona oeste de Londres) e por causa da altura (com um 1,98m ele é com toda a certeza alguém para quem todo mundo olha), então compreendo por que Emma não quer ir com ele à praia, apesar de estarmos no canto mais afastado de Linda.

Não me surpreendo por Emma estar com alguém como Jake. Sua fama, além do visual, é um ponto de atração óbvio para uma moça como ela, uma moça que gosta de ver todas as pessoas certas e ser vista por elas. O que me surpreende é que os dois parecem formar uma combinação perfeita. E o fato de Emma ter ido devagar, coisa que nunca faz. De ela ter se mudado para o apartamento de solteiro dele em Marylebone e o ter transformado em um lar. De ela ficar em casa feliz assistindo à TV em vez de sair para uma balada.

Richard é o único que parece não ter avançado muito. Continua sendo o bebê de Linda, continua procurando um truque para ganhar muito dinheiro, continua tão irresponsável como sempre. Fico me perguntando se ele algum dia vai conseguir crescer, se Linda não o mimou um tantinho demais, se sua incapacidade de se estabelecer vai impedir que encontre a felicidade.

Mas se você conversar com Richard, ele vai dizer que é feliz. Vai falar sobre a idéia que teve para uma nova série de vídeos com Jake (o coitado do Jake que está sendo seqüestrado para esta família excêntrica), vai dizer que a idéia dele é maravilhosa, que já foi contatado por diversas produtoras, que com isto vai ganhar uma fortuna.

E então ele pode ou não tentar fazer com que você invista no projeto, dependendo da avaliação que ele fizer de você, mas eu continuo dizendo a mesma coisa que disse a respeito dele quando o conheci, há tantos anos. Ele é um amor, mas você deve tomar muito, muito cuidado. Se for solteira, e gostar da aparência dele, gostar de ouvir o papo dele, eu a aconselho a cair fora agora, antes de ficar de coração partido como todas as outras.

Mas, tudo bem. Emma está feliz, e Dan está feliz e, como eu sempre digo, dois em três não é um número ruim, e se somarmos Linda e Michael à equação, com certeza Richard não conta.

A esta altura você deve estar aí se perguntando o que aconteceu com Lisa. Não é de surpreender: nós não somos mais as melhores amigas. O caso com Michael foi um golpe muito duro para nós duas, e as coisas nunca mais foram as mesmas.

Eu a perdoei. Totalmente, sem equívocos, mas nós duas tomamos rumos diferentes. Acho que foi muito difícil para ela quando Dan voltou para mim, e quando Millie chegou para cimentar nossa família, a vida de Lisa (que continuava na balada, misturada às celebridades) parecia muito distante da minha.

Ainda nos vemos. Ainda almoçamos juntas de vez em quando, ainda nos encontramos no parquinho, mas não é mais a mesma coisa; apenas tentamos fingir que é.

Trish, por outro lado, é a mesma grande amiga que sempre foi. Talvez ainda maior, e sem dúvida minha melhor amiga; aliás, a melhor amiga que já tive.

Acho que todas nós percorremos um longo trajeto.

Da última vez que encontrei Lisa, ela disse que tinha conhecido alguém novo. Se fosse antes, eu ia querer saber de todos os detalhes. Quem ele era, onde se conheceram, como era a relação, mas agora já não me sinto assim tão íntima dela para fazer essas perguntas, nem interessada o bastante para querer saber.

Fico contente por ela estar feliz. Desejo tudo de bom para ela e acho que basta.

Charlie Dutton é muito famoso agora. Casou-se com a atriz principal de um de seus filmes, uma moça inglesa que realizou a rara façanha de se dar bem em Hollywood, juntando-se às fileiras de Catherine Zeta Jones e Minnie Driver, mas eu aposto que ela não é nem de longe tão bonita quanto parece quando acorda de manhã.

Aliás, abri o jornal *Daily Mail* há três semanas e lá estava uma foto colorida enorme de Charlie e a mulher se esbaldando nas ondas de, é, você adivinhou, Sandy Lane.

— Por que você não traz Jake aqui e a gente pede umas bebidas? — digo e estico as pernas, admirando minhas unhas dos pés pintadas de vermelho, porque fiz pedicure especialmente para as férias. — Acho que uma boa *piña colada* vai servir para nos acordar.

— Mas que vergonha — diz Emma ao mesmo tempo que pega o telefone para ligar para Jake. — Bebendo enquanto sua filha dorme no quarto ao lado. — Mas ela está sorrindo.

— Ah, cale a boca! — dou uma risada. — Estou de férias e, além do mais, é o seu pai quem está pagando!

— Tem razão — diz ela bem quando Jake atende. — É melhor pedir dupla.

❤

Às sete e meia, quando a *van* vem nos pegar para levar ao restaurante, já estamos bem animados. Não tanto por causa do álcool (apesar de as *piñas coladas* estarem deliciosas), mas porque todos nos sentimos como agentes de espionagem, esgueirando-nos pelo hotel, escondendo-nos em cantos e dando uma olhada nos corredores antes de passar, para o caso de Linda estar por lá.

Jake disse que, a caminho do nosso quarto, passou pela biblioteca e, quando olhou pelas portas envidraçadas, viu Linda, sentada em um computador, checando os *e-mails*, por sorte de costas para a porta. Michael estava em pé, olhando para fora, e parece que ficou branco quando viu Jake, mas Jake conseguiu passar sem que Linda o visse.

— Boa noite, Sra. Cooper — diz o porteiro. — Divirta-se.

— Uau! — sussurro para Dan. — Como é que ele se lembra do meu nome?

— É para isto que eles são pagos. Mas é bem impressionante, não é mesmo?

— Ah, é sim. — Jake se inclina para entrar no carro e se aperta atrás de nós. — Ele se lembrou do meu nome também.

— Bom, você é famoso — diz Richard ao entrar. — Não é lá muito surpreendente, falando sério.

— Não sou famoso em Barbados — Jake reclama. — Ele não sabe quem eu sou.

— Você se dá conta — digo a Emma — de que na semana que vem o *Daily Mail* vai mostrar fotos de você e Jake brincando nas ondas?

— Claro que sim — Emma sorri. — Por que você acha que eu passei o último mês fazendo ginástica na academia, isso sem falar no biquíni fantástico da Missoni que eu comprei?

— Preciso reconhecer que é bem sensual — diz Jake, sorrindo.

— Ah, *eca* — Dan e Richard dizem exatamente ao mesmo tempo. — Você está falando da minha irmã! — E todos rimos enquanto a *van* se dirige para o restaurante.

Não sei muito bem como Michael conseguiu pegar a melhor mesa do restaurante, mas é bem espetacular. Estamos no deque, com vista para o mar azul-turquesa. E o clima, o cenário, a atmosfera toda não podia ser mais perfeita.

Independentemente da influência que precisou usar, do dinheiro que custou esta noite, esta viagem toda, com certeza vale cada centavo, porque eu nunca estive em um lugar mais parecido com o paraíso na vida.

Tem champanhe à nossa espera na mesa, e fazemos um brinde a nós e bebericamos, enquanto observamos o relógio. Às 19h50 em ponto, exatamente como Michael especificou nas instruções por escrito, ele e Linda entram no restaurante.

Michael está com o braço em volta dela e a conduz com gentileza através das mesas, e Linda olha para a vista e fica sem palavras diante de tanta beleza. Ela não faz idéia de que estamos aqui.

Todos nós sorrimos, e eu estou tão animada com esta surpresa, tão animada de ver o rosto dela, que praticamente tremo em cima da cadeira, então olho em volta e percebo que todos nos sentimos da mesma maneira, cada um de nós com um sorriso enorme estampado no rosto, a maior parte com os olhos marejados.

Michael pára à nossa mesa e Linda olha para ele, confusa, achando que estava se dirigindo para a mesa de dois lugares atrás de nós, então olha dele para nós e, quando percebe que a família inteira está ali, leva as mãos ao rosto e se desmancha em lágrimas.

Emma e eu começamos a chorar também.

E todos nos levantamos e há muitos abraços, e choro, e riso, e Linda olha para cada um de nós e diz que nos ama, e que este é o dia mais feliz da vida dela.

Dan aperta minha mão quando nos sentamos e coloca o braço em volta de mim, puxa meu corpo para mais perto do dele e me dá um beijo na cabeça enquanto contamos a Linda o trabalhão que tivemos para guardar este segredo, e ela ri quando contamos como ficamos nos esgueirando pelo hotel a tarde toda, e a vemos explodir de alegria quando percebe que os netos também vieram, e que estão dormindo no hotel.

— Isto é o que mais importa — diz Linda com simplicidade, sorrindo através das lágrimas ao erguer o copo e fazer um brinde com cada um de nós. — Família.

E todos erguemos o copo antes de desejar feliz aniversário a ela e dar um gole longo e gelado.

— À família — brindamos mais uma vez e, quando erguemos o copo de novo, eu sorrio, porque sei que estou em casa.

E isto, afinal, foi o que eu sempre quis, a vida inteira.

Este livro foi composto na tipologia Minion, em corpo 11,5/15,5, e impresso em papel off-set 90g/m², no Sistema Cameron da Divisão Gráfica da Distribuidora Record.